ハヤカワ文庫 JA

〈JA1172〉

楽園追放 rewired

サイバーパンク SF 傑作選

虚淵 玄(ニトロプラス)・大森 望編

早川書房

7438

編者まえがき

シナリオライター・小説家
虚淵 玄（ニトロプラス）

サイバーパンクの誕生から、なんともう三十年も経ってしまいました。

このジャンルを語らせると凄かったのが、伊藤計劃という作家です。現実に言葉を交わす機会は決して多くはなかったけれど、彼の明晰に言語化されたサイバーパンクへの哲学には頷かされるばかりだったのを憶えています。伊藤さんの言葉を借りれば、ある作品について何をもってサイバーパンクとするかというと、それは「人とは何か」「テクノロジーが人間をどう変えていくか」といった〝問い〟を内包しているかどうか——なのです。

伊藤さんのこの言葉は今でも心の奥深くに刺さっていて、SFを書く機会をもらうたびに蘇ります。今回脚本を担当させていただいた劇場アニメ作品「楽園追放 -Expelled from Paradise-」もまさにそんな話で、「テクノロジーが人を変えてしまっても人は人たりうるか」という〝問い〟に、楽観と悲観、希望と絶望の両側から応じていきます。ヒトで在り続けることの正統性を補強するより、逆に「人間やめちゃっていいんじゃね？」と悩ませるぐらいのほうが、作品としても楽しいものになる。揺るがないはずの信念が、サイエンスの理屈によって揺さぶられること。私にとり、SFの魅力は常にそうした刺激の追求にあります。

その意味で、私が今なお刺激を受け続けているSFの書き手が神林長平です。神林作品において肉体の在りかたはもはや議論の俎上になく、テクノロジーによって人間の意識の在りかたそのものが覆されていく様子が描かれていきます。人と技術の交わりに対する神林氏の〝問い〟は、SNSの浸透した現代社会の抱える不安とも強烈に響きあうものです。

また、サイバーパンクの醍醐味としてはもうひとつ、その徹底した娯楽性も外せません。たとえばウォルター・ジョン・ウィリアムズの描く、人間からメカのほうに歩み寄っていき身体の延長線上のものとしてハードウェアを扱える快楽。技術向上への人類の欲求が透けて見えるようなガジェットへの愛着も、大いに痺れたサイバーパンクの格好良さでした。

現代の情報技術の発展する速度は本当に凄まじく、ファッションとしてのサイバーパンクが下火になったのも、結局は当時のSF作家が想像した以上に現実のライフスタイルが激変したということなのでしょう。それでも、伊藤さんが見抜いていたような、サイバーパンクの根幹にある〝問い〟の精神は何ら古びていないように思えます。サイバーパンクの時代に青春を過ごし、そこで大きな想像力を培った私や伊藤さんのような人間の作品が注目されていることで、再びサイバーパンクの時代がやってきたように感じているのも事実です。

もしも本書を手にとってくれた貴方がここに収録された作品を読み、かつての私のようにサイバーパンクを血肉の一部としてくれるのなら、編者として望外の喜びであります。

目次

楽園追放 rewired

サイバーパンクSF傑作選

クローム襲撃

Burning Chrome

ウィリアム・ギブスン
浅倉久志訳

〝おれ〟ことオートマチック・ジャックは、片腕につけた筋電義手でなんでも修理するハードウェア・スペシャリスト。凄腕の操作卓（コンソール）カウボーイ、ボビイ・クワインとコンビを組み、暗黒街の顔役クロームが築いたデータの牙城に侵入する……。

同じギブスンの「記憶屋ジョニイ」と並び、サイバーパンクの先駆けとなった歴史的名作。雑誌発表に先立つ一九八一年の秋、デンヴァーで開かれたSF大会に参加したギブスンは、四人しかいない聴衆を前に本篇を朗読した。その四人のうちのひとりがブルース・スターリング。運動としてのサイバーパンクが動き出したのはまさにその瞬間だったかもしれない。

本篇を拡張した第一長篇『ニューロマンサー』（'84年）は、その斬新なスタイルで全世界にセンセーションを巻き起こし、『カウント・ゼロ』『モナリザ・オーヴァドライヴ』と続く《スプロール》三部作に発展した。いまや普通名詞となった造語〝サイバースペース〟が初めて使われた作品でもある。他にも、オノ＝センダイ、擬験（シムステイム）、氷（アイス）、千葉市（チバ・シティ）など、シリーズを特徴付ける固有名詞や造語が多数登場する。

ウィリアム・ギブスンは、一九四八年、サウスカロライナ州生まれ。その他の邦訳書に、『ヴァーチャル・ライト』『あいどる』『フューチャーマチック』の《橋》三部作と、『パターン・レコグニション』『スプーク・カントリー』、本篇を含む短篇集『クローム襲撃』、それにスターリングとの共著『ディファレンス・エンジン』がある。

初出／ Omni 1982/7

暑い晩だった。クロームをカモったあの晩は……。ショッピング・センターでは、おおぜいの蛾がネオンに体をぶっつけて自殺をはかっていたが、ボビイのロフトの明かりは、モニター・スクリーンから出るそれと、マトリックス・シミュレーターの赤と緑の発光ダイオード(LED)だけだった。ボビイのシミュレーターの内部なら、素子(チップ)のひとつひとつまで頭にたたきこんである。ちょっと見には、そこらの会社にあるオノ=センダイ・サイバースペース7(セブン)と変わりはないが、中身は改造につぐ改造。あれだけぎゅう詰めのシリコンのなかに、メーカーお仕着せの回路は一平方ミリもあるかなしだ。

ボビイとおれはシミュレーター操作卓(コンソール)の前に仲よく並んですわり、画面左下隅の時間表示を見つめて待機していた。

「いまだ」

その瞬間がきたとき、おれが合図するまでもなかった。ボビイはすでに身を乗りだし、掌の縁でソ連製プログラムをスロットに押しこんでいた。よどみのない優雅な手つき。テレビゲームで自信満々のガキが、おまけのゲームを連続でせしめようと、コインをほうりこむあの手つき。

つむったまぶたを上から押さえたときのように、銀色の潮がわきたちながら視野を横ぎり、マトリックスが頭の中にひろがりはじめる。完全に透明な、三次元の果てしないチェス盤。ソ連製プログラムは、おれたちが格子(グリッド)にはいった瞬間、ぐらっと揺れたように思えた。もし、ほかのだれかがマトリックスのその部分と一足先につながっていたら、おれたちのコンピューターを意味する小さな黄色のピラミッドから、影の波がちらちら打ちよせるのが見えたかもしれない。このプログラムは、局部色(ローカル・カラー)を吸収し、どんな状況にでくわしても、緊急特別優先指令として働くように設計された偽装兵器なのだ。

「よろこべ」ボビイの声がした。「たったいま、おれたちは東部沿岸原子力機構の調査エージェントになったぜ……」

たとえていえば、おれたちは電脳消防車のサイレンを鳴らして、光学繊維の交差点をつぎつぎに突っ切っているわけだ。しかし、シミュレーター・マトリックスの中では、クロームのデータ基地にむかって、ひたすら突進しているように見える。基地はまだ現われないが、例の壁が待ちかまえているのは感じられる。影の壁、氷(アイス)の壁が。

クローム。彼女のかわいい童顔は、鋼鉄のようになめらかだ。大西洋の深い海溝の底がお似合いの目、おそるべき高圧下に生きる冷たい灰色の目。噂によると、彼女は自分を裏切った相手に、悪性のガン、何年もかかって命を奪うロココ趣味の特注品をプレゼントするという。クロームに関する噂はごまんとあるが、どれも心あたたまるものからはほど遠い。

で、おれはクロームを消し、リッキーのイメージにさしかえた。ひざまずくリッキー、鋼鉄とガラスの格子を通してロフトの中にさしこむ、ほこりの浮いた日ざし。色あせた迷彩作業服、半透明のローズ色のサンダル。注射器具のはいったナイロン・バッグの中をひっかきまわす彼女。むきだしになった背中のすてきな線。顔を上げると、巻き毛がはらりと垂れて、鼻の上をくすぐる。ニコッと笑い、ボビイのおさがりのシャツのボタンをかける彼女。カーキ色のコットンでおっぱいが隠れる。

リッキーがほほえむ。

「ざまみやがれ」とボビイ。「いま、クロームにいってやった。われわれをなんと心得る、おそれ多くも国税局の会計検査と最高裁の召喚令状三通だぞ、ってな……けつの穴を締めろよ、ジャック……」

バイバイ、リッキー。もう、きみには会えないかもな。

暗い、暗い、クロームの氷(アイス)の廊下。

ボビイはカウボーイで、氷(アイス)はやつの得意技だった。侵入対抗電子機器(Intrusion Countermeasures Electronics)――略称ICE。ここでのマトリックスは、データ・システム相互関係の抽象的表現だ。堅気のプログラマーは、このマトリックスの中で、雇い主の所有するセクターに自分をつなぎ、そして光り輝く幾何学的図形にとりかこまれた自分を見いだす。その図形が表わすものは、自分の所属企業のデータだ。

シミュレーター・マトリックスの無色の非空間（ノンスペース）には、データの塔や広場がつらなっている。大量のデータ処理と交換を便利にするための、電子工学的な共感覚幻想。堅気のプログラマーには、自分の職場をとりまく氷（アイス）の壁を見る機会はない。その影の壁は、彼らの作業を他人の目から——つまり、産業スパイや、ボビイ・クワインのようなハスラーの目から——隠すためにある。

ボビイはカウボーイだ。伸びひろがった人類の神経系を物色して、すしづめのマトリックスの中からデータや預金をかすめとる金庫破りだ。夜盗だ。ボビイの徘徊する白黒の非空間（ノンスペース）では、濃密な情報の集積が星々のように空に輝き、さらにそのはるか彼方には、大企業の形づくるかずかずの島宇宙が燃え、軍用システムが冷たい渦状腕を伸ばしている。

《ジェントルマン・ルーザー》は、コンピューター・カウボーイや、牛泥棒や、電脳窃盗犯がたむろする粋な酒場だが、ボビイはそこでいつも目につく若年寄りのひとり。そして、ボビイとおれはパートナーだった。

ボビイ・クワインとオートマチック・ジャック。ボビイは、黒のサングラスをかけた、痩せて青白いだて男。ジャックは、片方の腕に筋電義手をつけた、人相のよくない男。ボビイのソフトウェアと、ジャックのハードウェア。ボビイは操作卓（コンソール）をたたき、ジャックはものになりそうな部品やなにかを見つくろってくる。まあ、おたくが《ジェントルマン・ルーザー》の事情通に当たったとしたら、むこうの返事はそんなところだろう。ただし、それはボビイがクローム襲撃を決意する前の話。そういえば、おたくが聞かされる話の中には、そろそろ落ち目だという観測がくっついていたかもな。ボビイは二十八だが、操作卓（コンソール）カウボーイとしてはもう老人の部類だ。

　ふたりとも腕は立つが、どういうわけか、ここ一番の大勝負というやつに、これまで絶えてご縁がなかった。おれはどこでなにを手に入れりゃいいかを知りつくしているし、ボビイもすっかりコツをのみこんでいる。白いタオル地の汗止め（スウェットバンド）をおでこに巻いたボビイの指先は、目にもとまらぬ速さでキーボードの上を走りまわり、この商売でもいちばん手ごわい氷（アイス）の中に入口を見つけだす。だが、それはなにかがあってボビイが俄然ムキになった場合だけで、そんなことはめったにない。ボビイはたいして強力な動機づけをされてるほうじゃないし、おれはおれで、家賃がはらえて清潔なシャツがあればそれでしあわせ、という男だから。

　しかし、ボビイは妙に女に弱いところがあった。やつがなにかをおっぱじめるところを見ていると、まるで女を自分専用のタローカードかなにかに見立てているような気がするのだ。そのことはおたがいに触れなかったが、あの夏、はた目にも調子が落ちはじめたころから、やつが《ジェントルマン・ルーザー》で過ごす時間は、前以上に長くなった。虫がネオンに群がり、空気にファースト・フードの匂いがたちこめる夜、あけっぱなしの入口に近いテーブルにみこしを据えて、人波をじっと見つめるのだ。サングラスの奥から通行人をじっくり走査したあげく、やつはこう判断したにちがいない。リッキーこそ、自分の待っていた相手、ポーカーの万能札（ワイルド・カード）、ツキをかえてくれる女だ、と。新しい運勢だ、と。

おれはニューヨークへ市場調査にでかけた。おもしろそうな故買ソフトをあさるために。フィンの店のウインドーには、欠陥ホログラムで〝メトロ・ホログラフィクス〟と看板の出た下に、ねずみ色のほこりの毛皮コートを着たハエの死骸が展示してあった。店の中は腰までの高さにスクラップが積みあがり、あっちこっちで吹きだまりが壁によりかかっている。名もないガラクタの山と、ひしゃげかかったプレスボードの棚に隠れて、壁はところどころのぞいているだけ。棚の中は古いヌード雑誌と、黄色い背をした何年分かのナショナル・ジオグラフィック誌。

「銃がほしいんだろ」店主のフィンがいった。高速穴掘り人間育成用の遺伝子組み替え計画から生まれてきたような男だ。「いい出物があるぜ。スミス・アンド・ウェッスンの四〇八、戦術用の新品。見なよ、銃身の下のこいつがクセノン放電管、電池はこのグリップの中。まっくらやみだと、五十メートル先に、直径三十センチのまっぴるまの円ができるって寸法。光源はおそろしく小さくて、ほとんど探知不能。いうならば、夜間戦のブードゥー魔術だな」

おれは片手をテーブルにのせ、指先でテーブルをコツコツたたいた。義手の内部のサーボ・モーターが、過労ぎみの蚊のようなうなりを出した。フィンがこの音を大嫌いなのは百も承知で。

「質入れするかい、こいつを」歯型のついたフェルトペンの軸で、フィンはおれのジュラルミンの手首をつついた。「もうちょい音の静かなやつを買ったらどうだ」

おれはかまわず指を動かしつづけた。「銃はいらんよ、フィン」

「わかったわかった」むこうがそういうのを待って、おれはテーブルをたたくのをやめた。

「おすすめは一品目だけだ。どういうブツだか、それさえわからん」フィンは悲しそうな顔をした。「ジャージーのチンピラどもが先週持ちこんできたんだが」

「どういうブツかも知らずに、あんたが買ったりするかよ、フィン」

「この利口もんが」フィンは透明なビニール封筒にはいったなにかをおれによこした。パックをすかして、オーディオ・カセットのようなものが見える。「あいつらは旅券をよこした。それにクレジット・カードと腕時計。それと、これだ」

「つまり、だれかのポケットの中身か」

フィンはうなずいた。「旅券はベルギー発行。これが偽造よ、おれの目からすると。だから焼却炉へほうりこんだ。クレジット・カードもな。腕時計は使える。ポルシェ。上物だ」

ビニール封筒の中身は、プラグ・イン式の軍用プログラムらしかった。封筒からひっぱりだしてみると、小型突撃銃の弾倉そっくりで、艶消しの黒いプラスチック塗装がしてあった。四隅から縁にかけて塗装がはげ、光った地金が点々とのぞいている。しばらく手荒に扱われたらしい。

「値段は勉強させてもらうぜ、ジャック。長いつきあいだしよ」

これには笑った。フィンが値段を勉強するなら、神様だって、なにかの手心を加えてくれるかも。重いスーツケースをさげて空港の通路を一キロも二キロもあるかされるときに、重力の法則を破棄してくれるとか。

「こいつはソ連製らしい。おそらくは、レニングラード郊外の緊急下水処理プログラム。食欲は湧かねえな」

「なあ、おれはこれでもおまえさんよかずっと昔から、靴をはいてるんだぜ。つくづく情けないねえ。おまえさんも、ジャージーのヤフーどもなみの頭しかないのかよ。どういったら気がすむんだ。クレムリン宮殿への鍵でござい、か。こいつの正体は、おまえさんが考えることさ。こっちは売るのが商売」

おれはそれを買った。

肉体のないおれたちが、カーブを切って、クロームの城へ突入する。ものすごいスピード。まるで侵入プログラムの波頭、突然変異をつづける似非（グリッチ）システム群が泡立つ上で、サーフィン・ボードの先にハングテンで乗っかっているようだ。意識を持った油膜となって、おれたちは影の通廊の上を流れていく。

どこかにおれたちの肉体はある。遠い遠い彼方、鋼鉄とガラスの屋根のあるせまっくるしいロフトの中に。どこかでマイクロ秒が刻まれている。逃走のために残された時間が。

おれたちは会計検査と召喚令状に化けて、クロームのゲートを突破したが、むこうの防御陣はその種の官庁の介入を予期して、迎撃態勢をととのえていた。クロームのそなえつけた最新の氷（アイス）は、警察や裁判所や国税局のどんな令状をも受け流すように作られている。最初のゲートをくぐったとたん、データの大半は、コア指令氷（コマンド・アイス）の後方、おれたちの目には何キロもつづく通廊、影の迷路と見える、その壁の奥に消えてしまった。五本べつべつの陸上通信線（ランドライン）が、法律事務所への救難信号を送りだす。だが、すでにウイルスはパラメーターの氷（アイス）を乗っ取っていた。似非（グリッチ）システム群が救難信号をかたっぱしからのみこみ、偽装下位（サブ）プログラムがコア指令（コマンド）の消し残したデータがないかと走査する。

消し残しのデータの中から、ソ連製プログラムは、ダイアル回数、平均通話時間、クロームがどれぐらいのスピードで応答電話をかけたかなどを参考に、東京（トウキョウ）のある番号をあぶりだす。

「よし」とボビイ。「日本からあの女のお仲間がかけたスクランブラー通話に化けよう。うまくいくはずだ」

がんばれ、カウボーイ。

ボビイは自分の未来を女で占っていた。そのときどきにつきあう女が、やつの前兆、やつの運勢だった。ボビイは、《ジェントルマン・ルーザー》の中に夜っぴてみこしを据え、新しい季節がどんな女をカードのように配ってくれるかを、じっと待ちつづけるのだった。

あの晩、おれは遅くまでロフトで仕事をしていた。義手をはずし、腕の切断跡へじかに小型のマジック・ハンドをくっつけて、チップを削っている最中だった。

そこへボビイが、見たことのない若い女を連れてはいってきた。ふつうなら、そんなかっこうではたらいているのを他人に見られると、おれはなんだか落ちつかなくなる。なにしろ、腕の切断跡から突きでた硬質カーボンのスタッドに、リード線がじかにつながっているんだから。その女はすたすたそばまでやってきて、スクリーンの拡大映像をながめ、それから真空パックのダストカバーの中で動いているマジック・ハンドに気がついた。だが、ひと言もいわずに、じっと見つめているだけだ。しょっぱなから、おれはこの女に好感を持った。まあ、ときにはそんなこともあるさ。

「オートマチック・ジャックだ、リッキー。おれの共犯者」

ボビイはそう紹介して笑い声をあげ、彼女の腰に手をまわした。やつの口調にあるなにかが、おれにこう告げていた——今夜はどこかの安ホテルで泊ってくれよな。

「ハーイ」とリッキーがあいさつした。背が高く、年は十九か二十、素材はすばらしい。鼻すじを横ぎったいくつかのソバカス。瞳の色は濃い琥珀とカフェ・オーレのどこか中間。ふくらはぎまでまくりあげたタイトなジーンズ。ローズ色のサンダルと共色の細いプラスチック・ベルト。

しかし、いまのおれが、ときどき眠れない夜に見る彼女は、このスプロール化した市街とスモッグのはるか彼方に立っている。まるでおれの目の裏側にくっついたホログラムだ。彼女が着ているのは、おれと知りあったころに一度着たことのある明るい色のドレス、裾が膝までも届かないやつ。すらりとした長い素足。ブロンドの縞のはいった褐色の髪が、フードのように顔をつつみ、どこかから吹く風に揺られ、そして、彼女が手をふって別れを告げているのが見える。

　ボビイが、オーディオ・カセットの山をわざとらしく掘りかえしはじめた。

「そうせかすな、カウボーイ。いま出ていくって」おれはマジック・ハンドをはずした。彼女は、おれが義手をとりつけるのを熱心にながめた。

「ねえ、修理うまいの」

「ああ、なんでもな。なんでも持ってきな。このオートマチック・ジャックが直してやるぜ」おれはジュラルミンの指をぱちんと鳴らした。

　彼女はベルトから擬験（シムステイム）の小型デッキを抜きとって、カセットのふたの蝶番がこわれているのをおれに見せた。

「明日な」とおれはいった。「楽勝さ」

　それにしてもよ、と三階分の階段を眠気にひきずられて下りていきながら、おれはひとりごとをつぶやいた。ボビイのやつ、あんな占いせんべい（フォーチューン・クッキー）をつかんだとすると、運勢はどうなるのかな？　やつのシステムが正解なら、おれたち、近いうちにひと山当ててもふしぎじゃないぜ。

　通りに出たおれは、ニヤリと笑い、あくびをして、タクシーを待った。

クロームの城は溶けかかっている。氷(アイス)の影の板また板が、ちらちらまたたき、薄れていく。ソ連製プログラムから飛びだした似非(グリッチ)システム群に食い荒らされ、おれたちの中央論理(セントラル・ロジック)の攻撃に突きくずされて、氷(アイス)そのものの構造が蝕まれはじめたのだ。この似非(グリッチ)システム群は、いわば自己増殖する食欲旺盛な電脳ウィルス。そのウィルスがたえまなく突然変異をつづけながら、いっせいにクロームの防御網を切りくずし、呼吸している。

おれたちはもうすでに相手を麻痺させたのか。それとも、どこかで非常ベルが鳴り、赤いライトがまたたいているのか。クロームは知っているのか。

リッキー・ワイルドサイド、とボビイは彼女のことを呼んでいた。最初の二、三週間は、彼女からするとこたえられない経験だったにちがいない。彼女の前で、この過密都市のドラマのすべてが、ネオンの下で鮮明にさらけだされるのだから。ここへきて日の浅いリッキーは、ショッピング・センターを何キロも歩きまわり、あらゆる商店、あらゆるクラブをのぞいて飽きなかった。しかも、そばにボビイが付き添って、ワイルドサイド、つまり、暗い舞台裏のこみいった配線と、そこに登場する役者の顔ぶれ、彼らの名前から特技までを、逐一説明してくれる。ボビイといっしょなら、気がおけない。

「その腕、どうしたの」ある晩、彼女はおれにきいた。《ジェントルマン・ルーザー》の隅っこの小テーブルにすわって、三人が飲んでいたときだ。

「ハング・グライダーの事故」とおれ。

「小麦畑の上でハング・グライダーに乗ってたんだよ」ボビイがいった。「キエフってとこで。このジャックが、股のあいだに五十キロのレーダー妨害機をはさんで、夜間用の有翼パラシュートにぶらさがってるところへ、まぬけなソ連兵がレーザー銃をむけたはずみに、腕を一本焼き切っちまった」

どうやって話題をかえたか思いだせないが、とにかくおれはそうした。

おれはそれでも自分にいいきかせつづけた。こうカリカリくるのはリッキーのせいじゃなく、ボビイが彼女を扱うやりくちだ、と。やつとはもう長いつきあいだ。戦争のおわったころから知ってるし、やつが女をゲームのチップがわりに使うことも知ってる。ボビイ・クワイン対巨万の富、ボビイ・クワイン対時間と夜の街、のゲーム。リッキーは、やつがちょうどなにかのきっかけ、なにかの目標を必要としているときに現われた。そこでボビイは彼女を、自分がほしくても手にいれられずにいるすべてのもの、手にいれたが持ちつづけられなかったすべてのもののシンボルに仕立てあげたのだ。

ボビイの手ばなしのおのろけを聞かされるのは閉口だったし、やつが本気なのがわかるだけに、よけい始末が悪かった。手痛い失恋と、そこからの立ち直りの早さにかけては、この男、天下一品で、これまでに十回あまりも、こっちはそれを目撃している。あれなら、サングラスのレンズにグリーンの螢光塗料（ディグロー）でNEXTと大書しておいたらどうだろう。《ジェントルマン・ルーザー》のテーブルのあいだを最初に通りかかるマブいお顔を見たとたんに、その文字が光りだす仕掛け。

ボビイがその女たちになにをするかは知ってる。やつは彼女たちを紋章にかえるのだ。ハスラー人生の地図に記された魔法の記号、酒場とネオンの海でやつを導いてくれる航海ビーコン。それでなくて、ほかになんの目標がある。金か、やつはその光を追っていくほど、金そのものを愛しちゃいない。他人をあやつる権力ほしさに動いたりもしない。権力にくっついてくる責任が大嫌いなんだ。自分の技術にいちおうのプライドを持っているが、それもやつの後押しをしつづけるほど強くはない。

そこで、やつは女で代用する。

リッキーが現われたときというのが、ちょうどまた、ボビイがいちばん痛切に女をほしがっているときだった。なんとなくボビイの影が薄くなり、早くも情報通のあいだでは、ゲームに冴えがなくなったとささやかれはじめた。みんなをあっといわせる高得点が、それも早急に必要だった。やつはそれ以外の生活を知らないし、やつの時間はどれもハスラーの時間に合わせてある。その時計の目盛には、危険とアドレナリン、それに打つ手打つ手の正しさが証明され、だれかの預金がごっそり自分の口座へころがりこんでくるときの、あの崇高な夜明けの静けさが刻んであるのだ。

ボビイにとっては、まとまった金を稼いで、ここをおんでる時期だった。そのために、リッキーはこれまでのどの女よりも手の届きにくい、高い遠い場所へ祭りあげられた。冗談じゃない。おれは思いきり大声でやつにこうさけびたい気持ちだった——彼女は、いま現実に目の前にいる生身の人間なのに。空腹で、はつらつとして、ものうげで、美しく、上気した、そのすべてを合わせた娘なのに……。

やがて、ある日の午後、あれはフィンに会うため、おれがニューヨークへ出張する一週間ほど前だったが、ボビイは外へ出ていった。外へでかけて、おれたちふたりはロフトにとりのこされ、雷雨のくるのを待つことになった。天窓の半分は未完成のままのドームにおおわれ、あとの半分は、雲のわいた青黒い空を見せていた。おれが工作台のそばに立ち、午後のむし暑さにぼんやりした頭で空を見あげていると、リッキーの手がふれた。おれの肩口、義手をつけても幅一センチほどはみだした、ピンク色にひきつれた傷痕の外べりに。ほかの女がそこにさわったときは、そこから肩へ、首すじへと進んだものだ……。

だが、リッキーはそうしなかった。黒くマニキュアされた彼女の爪はとがってはおらず、先細りの楕円形で、ラッカーの色はおれの義手をおおった炭素繊維のラミネートよりもほんのすこし濃い。その指が義手を伝いおり、黒い爪がラミネートの接合線をなぞって、黒く陽極酸化させた肘関節へ、そして手首へとやってきた。子供のように柔らかい手が、指をひろげ、掌を多孔性ジュラルミンの上に当てて、おれの手と重なった。

彼女のもう片方の掌が持ちあげられて、フィードバック・パッドの上を軽く横ぎった。その日の午後はずっと雨が降りつづけ、ボビイのベッドの真上では、雨だれが煤のしみのべったりついたガラスと鋼鉄とをたたいていた。

氷(アイス)の壁が、影からできた超音速の蝶の群れにかわり、ちらちらと飛び去っていく。そのむこうにひろがるのは、マトリックスの幻である無限の空間。まるでプレハブ・ビルの建築現場を録画で見せられている感じ。ただし、このテープは逆回転のスローモーションで、建物の壁は裂けた翼だ。

つとめて自分にいいきかせる。この場所とそのむこうの深淵は、ただの表現形式にすぎない。おれたちはクロームのコンピューターの〝内部〟にいるんじゃなく、それとインターフェースしているだけで、ボビイのロフトにあるマトリックス・シミュレーターが、この幻を作りだしているんだ……コア・データが、無防備に、むきだしになって現われはじめる……それは氷（アイス）の裏側、おれがいまだかつて見たことのないながめ、千五百万の堅気の操作卓（コンソール）オペレーターが、毎日、当然のもののように見ているながめだ。

おれたちをとりかこんだコア・データの塔は、直立した貨物列車さながらで、アクセスに応じて色分けされている。原色の一次情報（プライマリー）が透明な空虚の中で、ありえないほど強烈な色彩に輝き、育児室むきのブルーやピンクに彩られた無数の横梁（ホリゾンタル）で連結されている。

しかし、氷（アイス）の静かな影が、そのすべての中心にあるなにかを隠したままだ。クロームのとほうもなく高価なすべての闇の奥にあるもの、その核心を……。

ニューヨークへの買物遠征から帰ってきたときは、もう夕方近かった。天窓からさしこむ日ざしはもう衰えたが、ボビイのモニター・スクリーンには氷（アイス）のパターンがぼうっと光っている。だれかのコンピューター防御網の二次元グラフィック表示、アール・デコ風の祈禱用（プレヤ）

ひざ敷き（ラグ）のように織りなされたネオンの線。おれが操作卓（コンソール）を切（オフ）にすると、画面はまっくらになった。

リッキーの持ち物が工作台の上にちらばっていた。衣類と化粧品を吐きだしたいくつかのナイロン・バッグ、真赤なカウボーイ・ブーツ、オーディオ・カセット、擬験（シムステイム）スターを特集した豪華な日本の雑誌、それらをぜんぶ工作台の下につっこんでから、フィンから買ったプログラムが上着の右ポケットにはいっているのを忘れ、うっかり義手をはずした。しかたなく左手で苦労してそいつをとりだし、宝石細工用万力（ヴァイス）のパッドのついたあごに挟んだ。

おれのマジック・ハンドは、昔のオーディオのターンテーブルに似ている。ほら、円盤形のレコードをのせるやつさ。そこに、透明のダストカバーをかぶった万力（ヴァイス）がくっついている。アームそのものは、ほんの一センチ強の長さしかなく、昔のターンテーブルでいえばトーンアームに相当するものの上で回転する。だが、リード線を切断部へつなぐとき、おれはそっちを見ない。スコープのほうを見る。そこには、おれのアームが四十倍の白黒映像に拡大されているからだ。

工具の点検をすますと、レーザーを持ちあげた。ちょいと重たい感じ。そこで重量感知器（センサー）の入力をグラム当たり四分の一キロに落とし、仕事にとりかかった。四十倍だと、プログラムの側面がトレーラー・トラックなみに見える。

解読には八時間かかった。マジック・ハンドとレーザーと四ダースのタップを使って三時間、コロラドのある仲介屋との電話で二時間、八歳程度の技術ロシア語を翻訳できる辞書（レキシコン）ディスクをさがしだすのに三時間。

　やがてキリル文字がつぎつぎにモニターに現われ、画面を半分くだったところでぐにゃっと歪んで英語にかわっていった。やたらとギャップがある。コロラドの仲介屋から買った情報(リードアウト)の中で、辞書(レキシコン)が特殊な軍用略語にでくわした箇所だ。しかし、フィンから買ったのがどういうブツなのか、多少の見当はそれでついた。

　飛びだしナイフを買いにいって、小型の中性子爆弾を持ち帰ったチンピラみたいな気分だ。まただまされた、とおれは思った――チンピラ同士の喧嘩に中性子爆弾が役に立つかよ。ダストカバーの中のしろものは、マイナー・リーグには縁がない。どこへ処分すりゃいいのか、どこで買い手をさがしゃいいのか、それさえおれは知らない。それを知ってたやつは死んだ。ポルシェの腕時計とベルギーの偽旅券のぬしだっただれかさん。だが、こちとら、そんなサークルへ加入する気はさらさらない。フィンおかかえの、郊外からくる追いはぎどもがバラしたのが、超一流のコネのあるお方だったとは。

　万力(ヴァイス)に挟まれたプログラムは、ソ連の軍用砕氷兵器(アイスブレーカー)、必殺のウイルス・プログラムなのだ。

　ボビイがひとりで帰ってきたのは、明け方だった。おれは持ち帰りのサンドイッチの紙袋を膝の上においたまま居眠りしていたらしい。

「おい、食うか」まだ寝ぼけまなこで、おれはボビイにサンドイッチの袋をつきつけた。ついさっきまでプログラムの夢、腹をすかせた似非(グリッチ)システムと、まがいの下位(サブ)プログラムの夢を見ていたところだった。夢の中のそれは、形のない、うごめき流れる一種の動物だったのだ。

　ボビイは袋をはらいのけて操作卓に近づくと、機能キーを押した。画面には、前日の午後に見た複雑なパターンが現われた。眠気を追いはらおうと、左手で目をこすった。これだけは右手じゃむりだ。さっき居眠ってしまったのは、例のプログラムのことをボビイに話そうかと迷ったあげくだった。黙ってひとりで処分して、その金を自分のものにし、リッキーを誘って、新しい土地へ行くべきかもしれない。

「だれのだ」とおれはきいた。

　ボビイは黒いコットンのジャンプスーツを着こみ、古い革ジャンをケープのように肩にひっかけて立っていた。何日分かの不精ひげが伸びていて、顔がいつもより痩せこけて見えた。

「クローム」

　おれの義手が痙攣の発作をおこし、カチカチ鳴りだした。恐怖がカーボン・スタッドを通して、筋電装置につたわったのだ。おかげで、サンドイッチと、しなびたカイワレと、まっ黄色なスライス・チーズを、掃除してない板張りの床にこぼしてしまった。

「血迷ったのか」

「いや」とボビイ。「クロームが勘づいてるってか。その線はねえな。だったらおれたち、もうとっくに消されてら。モンバサの三重盲検レンタル・システムと、アルジェリアの通信衛星経由でロック・オンしたんだ。のぞかれてるのは知ってるとしても、逆探知はむりよ」

　ボビイが氷にちょっかいを出したことを、もしクロームが逆探知していたら、おれたちは死人も同然だ。しかし、たぶんボビイのいうとおりだろう。でなけりゃ、おれはニューヨークからの帰りに消されていたはずだ。

「なんでまたあの女を。ボビイ、ひとつでも理由をいってみろ……」

クローム。おれはその顔を《ジェントルマン・ルーザー》で五、六回見たことがある。たぶん、スラム街探訪にきたのか、それとも庶民の生活を調査にきたのか。その生活状態に彼女があこがれてないのはたしかだ。かわいいハート形の顔のまんなかに、このうえなく性悪な一対の目がある。だれにも思いだせるかぎりの昔から、彼女の外見は十四歳のまま変わらない。大量の血清やホルモンの投与で、正常な新陳代謝とかなんとかを超越しているのだ。彼女はこの街が生んだ筋金入りのワルだが、いまはもうこの街と縁が切れた。クロームは、マフィアの地方支部の大物たち、通称〈ザ・ボーイズ〉のりっぱな一員だ。噂によると、合成脳下垂体ホルモンがまだ禁止されていた時代に、その売人としてスタートしたらしい。だが、もうずっと前からホルモンを売りさばかなくてもすむご身分になっている。いまは《青い灯の家》の持ち主なのだから。

「おまえにゃつけるクスリがねえぜ、クワイン。あんなものをスクリーンに出すなんて、正気の理由がひとつでもあるのか。早く始末しろって。いますぐ……」

「《ルーザー》で聞いた話さ」ボビイは肩をすくめ、革ジャンをずり落とした。「ブラック・マイロンとクロウ・ジェーン。ジェーンはこの街のセックス・ゾーンの生き字引で、水揚げがどこへ吸いあげられるかまで知ってるんだと。で、ジェーンがマイロン相手に言いはったところによると、クロームは〈ザ・ボーイズ〉のたんなる表看板じゃなく、《青い灯の家》の上がりを一手に支配してるんだとよ」

「ボビイ、〈ザ・ボーイズ〉はあの店の効力発生文言（オペラティブ・ワーズ）だ、それぐらいはわかるだろうが。思いだせ、〈ザ・ボーイズ〉とのいざこざだけは起こすなって原則。おれたちがまだ生きてるのはそのおかげだぜ」

「パートナーよ、おれたちがまだ貧乏なのも、そのおかげだ」ボビイは操作卓（コンソール）の前の回転椅子にすわり、ジャンプスーツのジッパーをひきおろして、痩せた白い胸をポリポリかいた。

「だがよ、その貧乏とも、そろそろ手が切れるぜ」

「それより先に、このパートナーと永久に手が切れるだろうよ」

　するとボビイはニヤッとおれに笑いかけた。その笑いは完全に狂っていた。凶暴な、据わった目。その瞬間、おれはやつが死ぬのを屁とも思ってないのを知った。

「なあ、金ならまだすこしはある。それをやるから地下鉄（チューブ）でマイアミへ行き、ヘリでモンテゴ・ベイへ飛んだらどうだ。おまえに必要なのは休養さ。行って、調子をとりもどしてこい」

「ジャック、おれの調子はな」とボビイはキーボードになにかを打ちこんだ。「いまほど冴えたことはないぜ」

　動画（アニメーション）プログラムが割りこむのといっしょに、画面の祈禱用ひざ敷き（プレヤー・ラグ）が身ぶるいして目ざめた。氷（アイス）の縞が催眠的な周波数を波うち、生きた曼陀羅（マンダラ）になる。ボビイがキーをたたきつづけると、その動きがゆっくりしてきた。パターンが整理され、いくらか複雑でなくなって、はっきりした二つの配列が交互に現われた。この手際は一流だ。やつにまだこれだけの腕があるとは知らなかった。

「よし」とボビイ。「あれだ、見えるか。待て。あそこ。ほらまた。それとあそこ。見逃しやすい。あれだ。一時間二十分おきに噴射送信でやつらの通信衛星（コムサット）にはいっていく。彼女が毎週やつらに支払う負の利息（ネガティブ・インタレスト）、おれたちだったらまる一年の生活費だぜ」

「だれの通信衛星（コムサット）だ」

「チューリヒ。あの女の取引銀行。あれがあの女の預金通帳だよ、ジャック。上がりの行く先はあそこ。クロウ・ジェーンの読みは当たってた」

おれは棒立ちのままだった。義手もカチカチ鳴るのを忘れている。

「で、ニューヨークはどうだった、パートナー？　なんか氷切りの役に立ちそうな物はあったか。猫の手だって借りたいとこだよな」

おれはボビイの目を見つめたまま、マジック・ハンドの方角、宝石細工用万力（ヴァイス）の方角を見まいとつとめた。そこには、ダストカバーの中に、例のソ連製プログラムがある。

ポーカーの万能札（ワイルド・カード）。幸運のお守り。

「リッキーはどこだ」おれは操作卓（コンソール）に近づいて、交互に画面に現われるパターンをのぞきこむふりをした。

「お友だちといっしょ」ボビイは肩をすくめた。「子供だよ、みんな擬験（シムステイム）に夢中だ」放心したように微笑して、「おれは彼女のためにやるんだぜ、だんな」

「ボビイ、おれはちょっと外の風にあたって考えてくる。もし帰ってきてほしかったら、そのキーボードを絶対いじるな」

「おれは彼女のためにやるんだ」背中でドアが閉まりしなに、ボビイはくりかえした。「わかってるよな」


いまやプログラムはローラー・コースター。下へ、下へ。擦りきれかかった影の壁の迷路を抜け、色あざやかな塔のあいだにはさまる灰色の大聖堂めいた空間を突っ切っていく。フルスピードで。

黒い氷（アイス）。そのことは考えるな。黒い氷（アイス）。

《ジェントルマン・ルーザー》では、その噂で持ちきりだった。黒い氷（アイス）は神話の一部なのだ。人を殺す氷（アイス）。もちろん非合法だが、それをいえば、おたがい脛に傷もつ身じゃないか。黒い氷（アイス）は一種の神経フィードバック武器で、一回でも接触したら命がないといわれている。それは邪悪なまじないのように、心を内側から食いつくす。永久につづくてんかん性の痙攣のように、最後にはなにも残らなくなる……。

そして、おれたちが急降下していく先は、クロームの影の城のフロアなのだ。

おれは覚悟をきめようとした。とつぜんの呼吸停止と、吐き気と、そして最終的な神経弛緩。闇の底で待ちかまえている、その冷たいまじないへの恐怖。

外に出たおれはリッキーをさがしまわり、あるカフェで彼女を見つけた。いっしょにいる少年はセンダイ社の義眼をつけ、傷痕のついた眼窩からは、なかばくっついた縫合線が放射状に走っていた。リッキーは、テーブルの上に豪華なパンフレットをひろげたところだ。タリイ・アイシャムが、十枚ほどの写真から上にむかって笑いかけている――《ツァイス・イコンの義眼をつけた女》。

リッキーの小さい擬験(シムステイム)デッキは、おれが前の晩に工作台の下へつっこんだ品物のひとつ、はじめて彼女に会った翌日に修理してやった機械だった。リッキーは接続バンドを灰色のプラスチックの宝冠(ティアラ)のようにおでこに巻き、そのユニットとつながったまま、何時間もを過ごす。タリイ・アイシャムが彼女のお気に入りで、接続バンドをつけているときは、この世はお留守、擬験(シムステイム)最大のスターがレコーディングした感覚世界のどこかへ飛んじゃってる。模擬体験――タリイ・アイシャムによって知覚された世界、すくなくともその中で興味ぶかい部分のすべて。フォッカーのホバークラフト機でアリゾナのメサの頂上を飛ぶタリイ。トラック諸島自然保護地域でスキン・ダイビングするタリイ。ギリシャの個人所有の島で超富豪たちとのパーティーをたのしむタリイ、せつないほどに清らかな、明け方の白く小さい港の景色。

実をいうと、リッキーはずいぶんタリイによく似ている。おなじ肌色と頬骨。おれはリッキーの唇のほうが好きだ。おきゃんなところがある。リッキーはタリイ・アイシャムになりたがってはいないが、その仕事にはあこがれていた。擬験界にはいるのが彼女の野心だ。ボビイは笑ってとりあわない。そこで、彼女はおれを話し相手につかまえた。

「この目、あたしに似合うかな」

全ページ大の顔写真を持ちあげ、タリイ・アイシャムの青のツァイス・イコンを自分の黄褐色の瞳と並べて、そうたずねる。彼女は角膜の手術をすでに二度やっていたが、まだ左右とも二・〇には届いていない。だから、イコンがほしいのだ。スターの証明である目、べらぼうな高級品が。

「まだやってるのか、目のウィンドー・ショッピング」おれはそういいながら、腰をかけた。

「タイガーが買ったばっかし」リッキーはなんだか疲れた顔だった。

タイガーはセンダイ社の義眼にすっかりごきげんで、自然に顔がほころんでくる。でなけりゃ、めったに笑うようなやつじゃない。この男、七回以上も整形ブティックのお世話になった連中にありがちな、一種の規格化された美貌の持ちぬしだった。おそらくこれからの一生、毎シーズンのマスコミの新しい人気者に、どことなく似たスタイルをきめていくことだろう。あんまり露骨なコピーじゃないが、たいしてオリジナルでもないそれを。

「センダイ、だろ」おれは微笑を返した。

タイガーはうなずいた。擬験スターがやる目つきをまねて、おれを値ぶみしているようだった。こいつ、レコーディングしてる気だ。おれの義手を長く見すぎるように思うのは、こっちのひがみか。

「眼筋が回復したら、周辺視野がすごいんだぜ」とタイガーはいったが、ダブル・エスプレッソのカップをとろうとする手つきは、おそろしく慎重だった。センダイ社の義眼の奥行き知覚の欠陥や、補償問題の続出は、もう有名になっている。

「タイガーは明日ハリウッドへ行くのよ」

「そのつぎは、たぶん千葉市（チバ・シティ）かよ、おい」おれはやつに微笑をむけた。やつは微笑を返さない。

「お呼びがかかったのか、タイガー。いいエージェント知ってるか」

「当たってみるだけさ」タイガーは静かに答え、立ちあがって出ていった。リッキーにはさよならをいったが、おれにはいわなかった。

「あいつの視神経、六カ月以内に劣化しはじめるかもな。知ってるだろ、リッキー。センダイ社の義眼は、イギリス、デンマーク、ほうぼうの国で販売禁止になった。神経の交換はきかんからね」

「よしてよ、ジャック。お説教は」リッキーは、おれのクロワッサンをひとつ失敬して、つのの先をかじりとった。

「おれはきみのアドバイザーだと思ってたが」

「まあね。そりゃタイガーは頭のいいほうじゃないけど、だれだってセンダイ社のことは知っているわ。あれがあの子に買えるせいいっぱいなの。だから、危険は承知の上。もし、仕事がくれれば、とっかえりゃいいんだし」

「こいつとか」おれはツァイス・イコンのパンフレットをつついた。「べらぼうな値段だぜ、リッキー。きみはそんな大ばくちを張るほどバカじゃないよ」

リッキーはうなずいた。「でも、イコンはほしい」

「もし、ボビイに会いにいくんなら、おれから連絡があるまでなにもするなと伝えてくれ」

「わかった。仕事ね」

「仕事だ」ちがう、暴挙だ。

おれは自分のコーヒーをのみ、彼女はおれのクロワッサンを二つともたいらげた。ボビイのところまで彼女を送り届けたあと、電話を十五本かけた。一回ずつ、べつの公衆電話を使った。

仕事。血迷った暴挙。

結局、襲撃のお膳立てがととのうまでには六週間かかった。ボビイからどれだけ彼女を愛しているかを聞かされつづけた。それから逃れようと、おれはいっそうムキになって働いた。

仕事の大部分は電話だった。最初にかけた十五本のごく遠まわしな照会が、それぞれ十五本ずつの子を生んだ感じだ。こっちがさがしているのは、ボビイとおれとが世界の秘密経済の不可欠な一部と想像している一種のサービス業者。だが、おそらくその組織は、一度に五人以上の顧客をとらないだろう。絶対に広告もしないはずだ。

つまり、おれたちのお目当ては、世界最大の故買屋、オンラインで振り込まれる何百万もの現金をドライ・クリーニングして、後腐れを残さないような、無所属の不正資金浄化工場（マネー・ランドリー）

だった。

結局、必要なネタを教えてくれたのは例のフィンだったから、これだけの電話もまるっきり骨折り損だったといえる。とにかく電話代だけで破産しそうなので、新しい故買のブラックボックスを仕入れに、またニューヨークへ出むいたときのことだ。

おれはできるだけ仮定の話のふりをして、この問題をフィンにぶつけてみた。

「マカオ」という返事。

「マカオって」

「ロング・ハン一家。株式仲買人」

フィンは電話番号まで知っていた。蛇(じゃ)の道はへびだ。

ロング・ハン一家の遠まわしな流儀ときたら、おれの微妙なつもりの接触が戦略核攻撃に見えるぐらいだった。取引をすませるために、ボビイはホンコンへ二度とんぼがえりする必要にせまられた。おれたちの資金は急速に底をつきかかっていた。そもそもなぜこんな計画に肩入れする気になったのか、自分でも謎だった。おれはクロームがこわくてしかたがないし、それほどむりして金持になりたいと思ったこともないのに。

《青い灯の家》の稼ぎを巻きあげるとは名案だ、どうせあそこはインチキ売春宿なんだから、と自分にいいきかせてみたが、なっとくできなかった。おれは《青い灯の家》が嫌いだ。前にそこで最高に気のめいる一夜を過ごしたことがあるからだが、そんなのはクロームを狙う口実にならない。実をいうと、おれたちはこんどの仕事で半分死ぬ覚悟だった。あの必殺プログラムがあってさえ、勝ち目は五分五分とまでもいかない。

ボビイは一連の指令を作るのに没頭していた。それをクロームのコンピューターのどまんなかへぶちこむのは、おれの仕事になりそうだ。ボビイのほうは、ソ連製プログラムが獲物を求めて暴走するのを抑えておくだけで、きっと手いっぱいにきまってる。そのプログラムは複雑すぎて、とてもおれたちには修正できない。そこでボビイは、おれに必要な二秒間だけ、その手綱を抑えることにしたのだ。

おれはマイルズというストリートファイターに仕事をたのんだ。襲撃の夜にリッキーの跡をつけ、姿を見失わないようにして、ある時刻におれに電話しろ。もし、おれがそこにいないか、なにかの理由で電話に出られなければ、すぐにリッキーをつかまえて、いちばん早い地下鉄列車（チューブ）に乗っけてくれ。そうたのんでから、これを彼女に渡してくれと、金と手紙の入った封筒をマイルズにことづけた。

ボビイはそのへんがちっとも頭にない。もし、おれたちが失敗した場合に、リッキーがどうなるかってことが。やつから耳にタコができるほど聞かされるのは、どれほど彼女を愛しているか、どこへ行っていっしょに暮らすか、稼いだ金をどう使うか、そんなことだけだった。

「まず、イコンを買ってやれよ、だんな。彼女がほしがってるのはそれだ。擬験（シムステイム）スターになりたいって話な、ありゃマジだぜ」

「よせやい」ボビイはキーボードから顔を上げた。「彼女は働かなくたっていい。おれたちはきっと成功するさ、ジャック。彼女はおれの幸運のお守りだ。一生働かなくてすむようにさせる」

「幸運のお守りね」おれはごきげんじゃなかった。もっとも、ごきげんだってことなんて、ここんところたえて記憶にない。「最近、そのお守りを見かけたことがあるか」

ボビイはないといったが、それはおれもおなじだった。ふたりとも忙しすぎた。

リッキーのいないのは淋しい。その淋しさが《青い灯の家》での一夜のことを思いださせた。あのとき、おれがそこへでかけたのも、ほかのだれかに会えない淋しさをまぎらすためだった。まず手はじめに酔っぱらってから、血管収縮剤(バソプレッシン)吸入器のお世話になった。もし、おたくがガールフレンドに捨てられたばかりだったら、酒と血管収縮剤(バソプレッシン)は、マゾヒズム的薬物趣味の極北に位置する。アルコールで泣き上戸になったところへ、血管収縮剤(バソプレッシン)が記憶を復活させるんだが、その復活のしかたがものすごい。病院では、この薬を老年性健忘の治療に使っているが、巷(ちまた)ではどんなものにもべつの用途が発見される。そう、おれは終わった情事の強烈無比な再生を金で買ったわけ。ただ、問題は、よい思い出だけというわけにいかないところだ。動物的エクスタシーの喜びをよみがえらせるつもりが、どっこい、こっちのいった言葉、彼女がそれに返した言葉、ふりむきもせず、どんなふうに出ていったかまで、ばっちり記憶を新たにされる羽目になった。

どうしてまた《青い灯の家》へ行く気になったのか、どうしてそこまでたどりついたのか、まるっきり覚えてない。静まりかえった廊下と、どこかでチョロチョロ流れている悪趣味きわまるお飾りの滝。それとも、あれはただのホログラムだったのか。あの晩は、たんまり金を持っていた。だれかがボビイに、ほかのだれかの氷（アイス）へ三秒間の窓をあけた謝礼として、ぶあつい札束をよこしたばかりだった。

入口のおにいさんらがおれのご面相を気にいってくれたとは思わないが、たぶん金が物をいったんだろう。

お目当てのことをすませたあと、また酒を飲んだ。それからバーテンに、隠れ屍姦者のことで冗談をいったのが、むこうはカチンときたらしい。しゃしゃり出てきたばかでっかい野郎がしつこくおれを戦争の英雄よばわりしはじめて、こんどはこっちがカチンときた。で、やつに義手の威力をちょっと見せてやったような気もするが、そこで暗転。つぎに目が覚めたのは二日後で、どこか最下級の宿泊モジュールだった。首吊りをする場所もない、安っぽい宿（ドヤ）だ。幅の狭い一枚板のフォームラバーにすわって、おれは泣いた。

この世には、孤独よりもつらいことがある。しかし《青い灯の家》の売り物は、あまりの評判のよさに合法すれすれまできているのだ。

闇の奥、静まりかえった中心で、似非（グリッチ）システム群が光のつむじ風を使って闇をずたずたに切り裂く。半透明のかみそりの刃が何枚も、くるくる舞いながらむこうへ飛んでいく。おれたちは無音のスローモーションの爆発の中心にうかび、氷（アイス）の破片が永遠のむこうへ散っていき、そしてボビイの声が何光年ものエレクトロニクスの虚空の幻を横ぎって聞こえてくる——

——

「あのあまを焼きつくせ。もうこいつらを抑えるのはむりだ……」

ソ連製プログラムは、データの塔を上に突きぬけ、育児室の色彩を消していく。おれはボビイお手製の指令(コマンド)パッケージを、クロームの冷たいハートのまんなかに接続する。噴射送信が割りこむ。濃縮情報のパルスが、しだいに太さをます暗黒の塔、ソ連製プログラムのそばをすりぬけて、真上に飛びだし、こちらではボビイが必死に虎の子の一秒をコントロールしようとする。まだ形のととのわない影の腕が、そびえたつ暗黒からピクピク外に伸びるが、時すでに遅い。

やったぜ。

マトリックスは、まるで折紙(オリガミ)のようにおれのまわりで畳まれていく。

そしてロフトは、汗と、焼けた回路の匂いでいっぱいになる。

クロームの悲鳴、なまなましい金属音が聞こえたような気がするが、もちろんそんなはずはなかった。

ボビイは目に涙をためて笑っていた。モニター・スクリーンの隅に出た経過時間の数字は、〈07:24:05〉。襲撃は八分たらずでけりがついたのだ。

見ると、ソ連製プログラムは、スロットの中で溶けていた。

おれたちは、チューリヒの口座の大半を、一ダースほどの国際慈善団体に寄付した。預金の額は動かしきれないほどでっかいが、ここで身ぐるみ剝いどかないと、クロームが追ってきそうな気がしたからだ。ふたりで十パーセントたらずをいただき、それをマカオのロング・ハン一家の組織へ送った。むこうはその六十パーセントを分け前としてさっぴいてから、残りの金をホンコン為替市場の最も入り組んだ部分を経由して、送りかえしてきた。おれたちの取り分がチューリヒにひらいておいたふたつの口座へ届きはじめるには、一時間ほどかかった。

モニター・スクリーンの上で、意味のない数字のうしろにどんどんゼロが重なっていくのを見つめる。おれはリッチなんだ。

そこへ電話が鳴った。マイルズだった。あやうく暗証フレーズをまちがえそうになった。

「おい、ジャック、おれにゃわからねえ――いったいどうなってんだ、あんたの女は。こっちじゃ妙なことになっちまってよ……」

「なんだ。話してみろ」

「あんたのいうとおりにつけていった。そばにくっついて、だが気づかれねえようにな。あの子は《ルーザー》でしばらく粘ってから、地下鉄(チューブ)に乗った。どこへ行くかと思ったら、《青い灯の家》――」

「なんだと」

「裏口からよ。従業員専用の。こっちははいりようがねえ。あの警備だもんな」

「いま、彼女は中にいるのか」

「いや、それがよ、見失っちゃって。ここは大騒ぎなんだ。《青い灯の家》が、いまさっき、永久に店じまいしたって感じでよ。非常ベルが七種類も鳴りだすわ、みんなが飛びだすわ、機動隊が駆けつけるわ……それでいまは、保険屋や、不動産業者らしいのや、市庁ナンバーのバンが……」

「マイルズ、彼女はどこへ行ったんだ」

「見失ったんだよ、ジャック」

「なあ、マイルズ。その封筒の中の金、おまえがとっとけ。いいな」

「本気かよ。おい、ほんとにすまねえ。おれ――」

おれは電話を切った。

「彼女に早く知らせてやりたいもんだ」ボビイはタオルで裸の胸を拭いていた。

「おまえから知らせてやれよ、カウボーイ。おれはちょっとでかけてくる」

夜とネオンの中に出ると、人波に流されるまま、あてどなく歩いた。その集団有機体のたんなる一分節、測地線(ジオデシック)ドームの下をただよう意識の一片になりきろうとした。なにも考えずに、足を片方ずつ前に出していたが、しばらくして頭を働かせたとき、すべての意味がはっきりした。リッキーは金がほしかったのだ。

おれはクロームのことも考えた。まるでおれたちの手でのどをかき切ったように、確実に彼女を殺す結果になったことを考えた。ショッピング・センターにそっておれを運んでいる夜は、いまごろクロームを狩りたてているだろうが、彼女には逃げ場がない。この人波の中にだって、どれほどおおぜいの敵がいることか。もうあの金力への恐怖がなくなったいま、どれほどおおぜいの敵が行動をおこすことか。おれたちはクロームから全財産を奪った。クロームは文無しの境遇にもどった。夜明けまで命がもつだろうか。

ようやく、例のカフェを思いだした。タイガーに会ったあの店。

リッキーのサングラスがすべてを物語っていた。片方のレンズの隅に肌色の化粧スティックのしみのくっついた、大きな黒のサングラス。

「よう、リッキー」

彼女がサングラスをはずしたとき、おれには心構えができていた。

青。タリイ・アイシャムの青。トレードマークの有名な澄んだ青。〝ツァイス・イコン〟の名が両方の虹彩からひびきわたり、その文字が金粉のようにそこに浮かんでいる。

「きれいだ」肌色のメークが手術の跡を隠していた。これだけのうまい手術だと、傷痕は残らない。「金が作れたんだね」

「うん、作れた」彼女はぶるっと身ぶるいした。「でも、もう作らないよ。あんなやり方じゃね」

「あそこは店じまいしたと思うよ」

「そう」彼女の顔はピクリとも動かなかった。新品の青い瞳は底深く静まりかえっていた。

「そんなことはいいんだ。ボビイがきみを待ってる。おれたち、でっかいヤマを当てたぜ」

「だめ。あたし行かなくちゃ。彼は理解してくれないと思うけどさ、どうしても行きたい」

おれはうなずきながら、義手が彼女の手に近づいていくのを見まもった。おれの一部のようには思えなかったが、リッキーは委細かまわずその義手を握った。

「ハリウッドまでの片道切符買ったの。タイガーの知りあいが泊めてくれるっていうし。千葉市(チバ・シティ)だって行けるかも」

ボビイに関する彼女の見方は当たっていた。おれはいちおうリッキーを連れて帰ったが、ボビイは理解しようとしなかった。しかし、彼女はボビイにとっての役目をりっぱに果たしたのだ。だから、やつのことで傷ついたりするなと、リッキーにいってやりたかった。彼女が傷ついているのがよくわかっているだけに、よけいそう思った。ボビイは、リッキーがバッグを詰めおわっても、廊下へ見送りにも出なかった。おれはバッグを下におろし、彼女にキスをして、メークをだいなしにした。ちょうど、あの必殺プログラムがクロームのデータの上へ噴きあがったように、なにかがおれの内部で噴きあがってきた。言葉のないどこかで急に息がつまった。しかし、彼女には旅客機の時間がある。

ボビイはモニター・スクリーンの前の回転椅子にぐったりすわりこんで、自分のものになったゼロの行列を、サングラスの奥から見つめていた。きっと、日暮れまでにはまた《ジェントルマン・ルーザー》に網を張り、つぎの前兆、新しい生活がどんなものかを告げてくれるだれかを、待ちわびるのだろう。その新しい生活が前と大きくかわるとは思えない。前よりも快適なのはたしかだが、ボビイはいつもつぎのカードが配られるのを待つことになる。

リッキーが《青い灯の家》でなにをしたかを、おれは想像するまいとつとめた。三時間交代の勤務で疑似レム睡眠にはいり、そのあいだに彼女の肉体と一連の条件反射が商売をすませる。彼女の反応が見せかけだという苦情は、ぜったいに客から出ない。なぜなら、それは正真正銘のオルガスムだからだ。だが、彼女のほうは、かりになにかを感じたとしても、どこか眠りの周辺部でのかすかな銀色の閃光としか、それを感じていない。そう、この商売は、あまりの評判のよさに、合法すれすれまできた。そこへくる客たちは、だれかを求める気持ちと、ひとりになりたい気持ちのあいだで、揺れ動いている。考えてみれば、神経電子工学（ニューロエレクトロニクス）のおかげでその両方を満足させられるようになる以前から、この古来の商売の狙いはおそらくそこにあったのだろう。

おれは電話をとって、彼女の乗るエアラインの番号をうちこんだ。むこうの係員に彼女の本名と、フライト・ナンバーを告げた。「行く先を千葉市（チバ・シティ）に変更したいんだがね。そう、日本の」おれは自分のクレジット・カードをスロットにいれ、暗証番号を押した。「ファースト・クラス」おれの信用状態を走査している遠いハム音が聞こえた。「往復にしてくれ」

だが、どうやら彼女は帰りの航空券を払い戻したか、それとも捨ててしまったらしい。あれから一度も帰ってこない。ときおり、夜遅くに擬験（シムステイム）スターのポスターが並んだウインドーの前を通りすぎ、彼女たちの美しく画一的な目が、それに近いほど画一的な顔の中からこっちを見つめているのにでくわすと、それがリッキーの目のように思えることがある。だが、顔がちがう。どの顔も彼女の顔じゃない。そして、スプロール化した夜と市街のはるか彼方に、彼女の姿をながめるとき、リッキーはいつもきまっておれに手をふり、別れを告げるのだ。

間諜

Spook

ブルース・スターリング
小川隆訳

電脳版金庫破りの次は、サイボーグ版のエスピオナージュ。軌道財閥体（ザイバツアライ）の有能な工作員である主人公、スプークは、〈統合（シンセンス）〉加盟企業から依頼を受けて、マヤ復興派と名乗る反体制新興宗教組織を壊滅させるべく地上に降り立ち、その内部に潜入する……。

ウィリアム・ギブスンの盟友であり、サイバーパンク革命の〝委員長〟とも呼ばれた著者の初期代表作。ハイテク武装したエージェントが破壊工作のため第三世界へ潜入するという基本設定とクールなディテール描写は、おそらく伊藤計劃『虐殺器官』にも影響を与えている。邦訳は小川隆・山岸真編『80年代SF傑作選』に再録された。

ブルース・スターリングは一九五四年、テキサス州生まれ。ベオグラード在住。ハーラン・エリスンに見出され、七七年『塵クジラの海』で長篇デビュー。八二年に発表した〈生体工作者（シェイパー）／機械主義者（メカニスト）〉シリーズの短篇、「巣」「スパイダー・ローズ」で注目され、同じシリーズの長篇『スキズマトリックス』（85年）で作家的地位を確立。ファンジンを発行してSF状況について積極的に発言したり、サイバーパンク・アンソロジー『ミラーシェード』を編纂するなど、革命の理論的指導者としてムーブメントを牽引した。その他の邦訳長篇に、『ネットの中の島々』『ホーリー・ファイヤー』、ギブスンと合作の『ディファレンス・エンジン』、短篇集に『蝉の女王』『グローバルヘッド』『タクラマカン』、ノンフィクションに『ハッカーを追え』がある。

初出／ Fantasy and Science Fiction 1983/4

ルーディ・ラッカーに捧ぐ

間諜（スプーク）は軌道を離脱し、ワシントンに向かって降下をはじめた。最高の気分だった。ひきつったように座席で身をよじり、にたにたと笑みを浮かべながら、プレキシガラスのむこうのシャトルの翼の縁の、うきうきしてくるような赤熱した輝きに見とれた。はるか下では、遺伝子操作を加えられた森林の自然のものではない緑の中に、むかしの道路や柵の列がかすかな傷跡のようにのぞいている。スプークは細長いしなやかな指を、短く刈りつめたブルーの髪の根もとに走らせた。大地への下降は十カ月ぶりだった。すでに軌道財閥体（ザイバツアリイ）の閉塞感は蛇の抜け殻のように冷たくぱりぱりと抜け落ちはじめていた。

シャトルはかすかな、えもいわれぬ振動をたてながら、マッハ4の速度でなお減速していった。スプークは座席の中で身をよじると、となりで眠っている富豪をおいて、通路をへだてた先の女に、長いこと緑色の横目を向けた。つめたく飢えたような財閥体特有の雰囲気をただよわせ、例によって目はうつろで血走っていた……どうやら、もう重力に苦しめられているようだ。財閥体の低重力自転軸にそって浮遊する生活期間が長すぎたのだ。そのつけは大地に下降したときにはらうことになる。逃げ道を失った獲物のように、ウォーターベッドからウォーターベッドへとかわいらしくよたよた歩くことを余儀なくされるのだ……スプークは視線を落とした。無意識のうちに、彼の手が膝の上でぴくぴくとかきむしるような動きをしている。彼は手をあげて、緊張をふりはらった。ばかな手め……

　メリーランド州のピードモント高原の森林が、緑色のビデオのように流れすぎていく。ワシントンと、メリーランド州ロックヴィルにあるDNA組み換え研究所とのあいだは、きれいにカチカチと進む秒表示で、一〇八〇秒の距離だ。こんなに楽しんだ記憶はなかった。右の耳の中で、コンピュータがささやきつづけ……

　シャトルが鉄板で補強された滑走路にアホウドリのように降りたつと、空港地上機が泡につつみこんでそれを冷却した。スプークは鞄をつかんで、席をたった。

　レプリコン社の専属保安機関からのチョッパーが一機、彼を待っていた。それに乗ってレプリコン社のロックヴィル本社に向かいながら、彼は飲みものをとり、チョッパーの内装（インテリア）の語られざる規範（パラダイム）が直覚に与えるインパクトに少し身ぶるいした。財閥体エスピオナージュ訓練所（キャンプ）で身につけたテクニックが精神病患者のフラッシュバックのようにじわじわと後脳をはいあがってくる。重力、新鮮な空気、贅沢な室内装飾などの衝撃をうけて、彼の人格の全部位がいっせいに朽ち衰えだしていた。

　スプークは腐りかけたメロンの芯のように熟れて、とろけだしそうだった。この感じはまさに、グリースのようになめらかな流動体でいるということだ……直観にしたがい、彼は鞄をあけて化粧ケースから機械じかけの櫛をとりだすと、右手の親指の虹色の爪を使って、ぱちんとスイッチをいれた。振動する櫛の歯からでる黒い染料が、財閥体流のブルーの髪型を黒のおとなしい髪型になおした。

スプークは右の耳の聴覚神経にさしこんであった小さなジャックを抜いて、コンピュータ・イヤリングをはずした。そのささやきの消えた隙間を鼻歌でうずめながら、鞄の内側にとりつけてある平らなケースをあけて、ミニコン・イヤリングをパッドのはいった元のソケットにもどした。ケースの中にはあと七つ、超マイクロ回路を満載し、最新ソフトウェアをびっしり詰めこんだ小さな宝石玉があった。スプークは新しいのをプラグにさしこんで、ピアスをした青白い耳たぶにかけた。イヤリングが、失念していた場合にそなえて、彼の能力についてささやきかけてくる。スプークはなかばうわの空でそれをきいた。

チョッパーは、四階建ての機関本部の屋上発着場に描かれたレプリコン社のマークの上に着陸した。スプークはエレベーターに歩いた。爪のはじの皮膚を少しかじりとって、くぼみにある生体組織検査器の受け口におしこむと、カメラやソナーによる計測、走査、判定を待つあいだ、ぴかぴかの新しいヒールに体重をかけて、にやにやと笑みをうかべながら身体を前後にゆすった。

エレベータのドアがあいた。スプークは無頓着に前をのぞきこみながら、嬉々としてはいりこんだ。ドアがまたあいて、豪華なパネルをはりつめた廊下にでると、その先のレプリコン社保安部長のオフィスになっているつづき部屋（スィート）にはいった。

スプークが秘書に証明書をわたして、身体を前後にゆすっている間、この若者はデスクの表面のコンピュータで書類をあたった。スプークは細い緑の目をぱちくりさせた。いつのまにか社内BGMが風呂の湯のように彼をつつみこんでいた。

奥にはいって見ると、保安部長は鉄灰色の髪と、日焼けした皺と、大きなセラミックの義歯のかたまりだった。席についたとたん、男の電波（ヴァイブレーション）が頭からふりそそぎ、スプークは蠟人形のようにぐったりしてきた。男の身体からは化学廃棄物のつまった錆だらけのドラム缶のように、野心と腐敗がぶくぶくとにじみでている。「ロックヴィルによくきてくれた、ユージーン」

「ありがとうございます」スプークは背すじをのばし、男と同じ威嚇色をまとった。

保安部長はフードのついたデータ・スクリーンをぼんやりのぞきこんだ。「きみにはたいそうな推薦がついているよ、ユージーンくん。ここにほかの〈統合（シンセシス）〉加盟企業でのきみのふたつの任務のデータがある。アムステルダムの鰓海賊（ギル・パイレーツ）事件でのきみの働きは、ふつうの工作員ならねをあげてしまうような圧力のもとで、きわだっていた」

「クラスでは首席でしたから」とスプークは罪のない笑顔をうかべた。アムステルダムの事件のことなどなにも覚えていなかった。ぜんぶきれいさっぱりヴェールが片すみにどけて、消去していた。スプークは平然と壁にかけられた日本の掛物をながめた。

「このレプリコン社ではあまりきみたち財閥体機関の助けをあおぐことはしていないのだ」

と部長はいった。「だが、うちのカルテルに〈統合〉の調整委員会がきわめて特殊な仕事をまわしてきてね。きみたちは〈統合〉の加盟員ではないが、その高度な財閥体の訓練がこの任務の成功に欠かせないのだ」

スプークは愛想笑いをうかべ、飾りのついた靴の爪先をふりまわした。忠誠心やイデオロギーの話は退屈だった。〈統合〉のことや、惑星をひとつのサイバネティックス経済網のもとに統一しようとするその壮大な企図のことなどには、ほとんどまったくといっていいほど関心がなかった。

生まれ育った財閥体への気持ちさえ、一匹の虫がリンゴの芯にたいして抱く温かい気持ちといったものほどにも〝愛国的〟なところがなかった。彼は男が本題にはいるのを待った。もっとも万一聞きのがしたところがあれば、イヤリングのコンピュータが会話を再生してくれることはわかっていた。

部長はいすにふんぞり返って、エレクトロニクスの筆（スタイラス）をいじくりまわした。

「われわれにとって、楽なことではなかったよ」と男はいった。「脱産業化時代の動乱に直面し、軌道工場への仮借ない頭脳流出を見守っているまに、人口過剰と環境汚染が惑星を破壊してしまった。いまでは、きみたち軌道民の助けなしでは、残された世界を救うことすらできないしまつだ。われわれの立場は理解してもらえると思うが」

「もちろんです」とスプークはいった。財閥体の訓練とヴェールの利点をいかせば、男の皮膚をまとい、その目を借りてものごとを見るくらい、どうということはなかった。あまり気には染まなかったが、むずかしくはなかった。

「いまでは事態は収束しつつある。いちばんおかしなグループはほとんど自滅してしまったか、宇宙に移民してしまっているからな。地球にはきみたちの軌道都市国家にあるような文化的多様性を許すゆとりはない。地球では残された資源を〈統合〉の保護下に統一しなければならんのだ。通常戦争は永久に終結した。いまわれわれが直面しているのは、精神のあり方の戦いなのだよ」

部長は手近なビデオ・スクリーンをぼんやりとライト・ペンでなぞりはじめた。

「鰓海賊のような犯罪集団を相手にするのと、例の、最初(はな)から〈統合〉への加盟を拒否している、その、宗教やセクトにたちむかうのとでは、まったく話がちがってくる。二〇〇〇年代の人口激減以降、未開発世界の広大な地域が衰退にむかっている……これは、とくに中米で、メキシコ人民共和国以南の地域に顕著だ……マヤ復興派と名のる反体制新興宗教にぶつかったのが、ここだ。われわれ〈統合〉側は、ユージーンくんたちの機関なら規範(パラダイム)というのだろうが、〈統合〉を結びつけているすべての事柄にまっこうから対立する考え方と直面しているのだ。敵が結束をつよめないうちにこのグループを阻止できれば、すべてうまく運ぶだろう。だが、その影響力がひろまりつづければ、〈統合〉内部の好戦感情を刺激する。武力に訴えざるを得なくなってしまえば、われわれのもろい協力関係は継ぎ目からほころびてゆくだろう。再軍国化をしている場合ではないのだよ、ユージーンくん。そんな懸念を残しておく余裕はないのだ。環境破壊と戦ってゆくために、残されたすべてが必要なんだよ。海面はいまだに上昇をつづけている」

スプークはうなずいた。「彼らの安定をくずせというんですね。彼らの規範を支持しがたいものにする。彼らに内部崩壊をもたらす認識の不一致といったものをひきおこす」

「そうだ」と部長はいった。「きみは実績のあるスパイだ。やつらをひき裂いてくれ」

スプークは微妙ないいまわしでたずねてみた。「禁止された兵器の使用が必要かと思われるような事態がおきたら……？」

部長は青ざめたが、歯をくいしばって勇敢にいってのけた。「レプリコン社の関与が明らかになるようなことがあってはならない」

小さな太陽エネルギー飛行船(ツェッペリン)でワシントンの塚からふんわり浮かびあがり、膨張したホンジュラス湾までブルンブルンと飛んでいくのに、四日を要した。スプークはひとりで極秘飛行にたった。飛行中の大半は半麻酔状態のまま、たえまないコンピュータのささやきに意識的思考を代行させて、すごした。

飛行船はようやく、プログラミングしたとおり、ひたひたと波のうちよせるニュー・ベリーズの波止場近くの、熱帯林が水没して灰色がかった場所についた。スプークはケーブルにぶらさがり、ぬかるみになった波止場のわきのしっかりした足場の上におりた。彼は陽気に三本マストの帆船(スクーナー)の船員に手をふった。ほとんど音もない彼の到着に午後の昼寝(シエスタ)を破られた連中だ。

また人間に会えてよかった。四日間も自我の断片しか相手にしていなかったので、スプークは相手が欲しくて欲しくてうずうずしていた。

息が詰まる暑さだった。波止場には木箱に詰めたバナナが熟れるいい匂いがしていた。ニュー・ベリーズはあわれな田舎町だった。その原型たる旧ベリーズは、何マイルも沖合のカリブ海のどこかの海底にあり、ニュー・ベリーズはその残骸をもとにして、大わらわででっちあげられたものだった。町の中心は〈統合〉が企業租界の本部として使っている例のプレハブ・ジオドームのひとつだ。残る町なみは、教会までもが、中世の要塞をとりまく村人の掘っ立て小屋のようにドームの縁にへばりついている。もしこれ以上海面が上昇するようなことがあれば、ドームは容易に移せるが、もとからあった建造物はほかのものといっしょに水没するだろう。

犬と蠅(はえ)をのぞいて、町は眠りこけていた。スプークはぬかるみの中をとおって、流木をならべたでこぼこ道にでた。汚ないショールをはおったインディヘナ女が、ドームのエアロックのわきにだした肉屋の店先から彼を見ていた。女は棕櫚(しゅろ)の葉のうちわで、吊るした豚の死骸にたかる蠅を追っていたが、その視線と目があうとスプークは、女のもはや何も感じることのない惨めさと無知を、電気ウナギを踏んだように一瞬のうちにパラダイムとして感じとっていた。それはぞくぞくする強烈で新しい感覚であり、女の感覚の麻痺した苦痛も、その目新しさ以外には、スプークにとってまったくなんの意味もなかった。じっさい、そのよごれたカウンターをとびこえて女を抱きしめたい気持ちをおさえるのがやっとだった。彼は女の長いコットンのブラウスの中に手をすべりこませ、皺だらけの口に舌をおしこんでみたかった。女の膚の下にはいりこみ、蛇のように皮膚をはいでみたかった……やばい！　彼は身ぶるいして気をとりなおし、エアロックをくぐった。

中は〈統合〉の臭いがした。釣鐘形潜水器内にいるような、圧搾（あっさく）空気の強烈な臭い。ひろいドームではなかったけれど、現代の情報管理にあまりスペースはいらなかった。ドームの一階はざっと、おきまりのキーボード、音声解読装置（ヴォイス・デコーダー）、翻訳器、ビデオ・スクリーン、衛星通信および電子メール用の通信チャンネルといったものが置かれたオフィスにわかれていた。職員は二階で食事と睡眠をとるのだ。このステーションの職員は、大半が日本人だった。

　スプークはひたいの汗をぬぐい、日本語で秘書に、エミリオ・フローレス先生に会うにはどこにいけばよいかとたずねた。

　フローレスは疑惑をうけながらも〈統合〉の支配の手をまぬがれている半独立医療センターを運営していた。スプークは医師の待合室の席に坐らされ、備えつけのがたがたになった古いディスプレー・スクリーンでむかしのビデオゲームをプレイした。

　フローレスのところには、病み、ただれ、足をひきずった患者たちが際限なくおしかけていた。このベリーズの民はドームにとまどっているらしく、まるで壁や床をこわすのではないかと思っているかのように、こわごわ動いていた。スプークはひどく興味をひかれた。彼らの疾病を――大半は皮膚病や、熱病や、寄生虫感染症で、あちこちに感染性の傷口や骨折をこしらえている――分析的な目で調べてみた。これほどひどい病人をこれまで見たことがなかった。彼はビデオゲームの巧みな腕前で彼らを楽しませてやろうとしたが、彼らのほうはおたがいに原地式英語でささやきかわすか、冷房の中で膝をかかえてがたがたふるえているだけだった。

やっとのことで、スプークは医師との面会を許された。フローレスは禿げかかった小男のラテン・アメリカ人で、医師の伝統的な白のビジネス・スーツを着ていた。彼は爪先からてっぺんまでじろじろとスプークをながめた。

「ふむ」とフローレスはいった。「きみの病気ならこれまでにも見ているよ。きみは旅をしたがっている。奥地にだ」

「ええ」とスプークはいった。「ティカルにです」

「かけたまえ」ふたりは坐った。フローレスのいすのうしろには核磁気共鳴診断装置（NMR）があって、ひとりでかちかち音をたてながら点滅していた。「あててみよう」医師は指を尖塔のようにくみあわせた。「きみには世界がゆきづまっているように思えるのだな。きみは成功を収めることも、財閥体に移住する教育をうけることもできなかった。かといって、祖先たちが破壊した世界をきれいにするために人生をむだに捨ててしまうのにはがまんできない。きみの魂を殺して私腹を肥やす巨大カルテルや巨大企業のいいなりになる生活もぞっとする。もっと素朴な生活にあこがれているというわけだ。精霊の生活だな」

「はい」

「ここにはきみの髪の毛と皮膚の色を変える設備がある。ジャングルをのりこえる一応の見込みがもてる装備も用意してやれるよ。金はあるな？」

「はい。チューリッヒ銀行です」スプークはエレクトロニクスのクレジット・カードをとりだした。

フローレスはカードを机の表面のスロットにいれて、表示（リードアウト）をながめ、うなずいた。「きみをだますようなまねはしない。マヤでの生活はつらいぞ、とくに最初のうちは。彼らはきみをうちのめし、彼らが望むままの人間につくりかえるんだ。ここは過酷な土地だよ。前世紀にこの地区は略奪聖人の手におちた。略奪派がはなった病気の中には、いまだにここではやっているものがある。復興派は略奪派の狂信主義の後継者だ。この連中も殺人者なのだよ」

スプークは肩をすくめた。「こわくはありません」

「わたしは人殺しはきらいだ」と医師はいった。「もっとも、少なくともマヤ族はその点に関しては正直だよ。〈統合〉の費用便益政策はこの地方全住民を犠牲にしているのだからな。〈統合〉は、いわゆる非生存型の人命を長びかせるための資金援助は、いっさいしてくれんのだ。だからわたしは〈統合〉からの亡命者の金をうけとることで名誉を汚し、裏切りによって慈善の資金としている。わたしは国籍はメキシコ人だが、仕事はレプリコン社の大学で学んだのだよ」

スプークは驚いた。いまでもメキシコという〝国〟があるとは知らなかった。その政府はどこの社が所有しているのだろう。

準備に八日かかった。医療センターの機械が、フローレスのごくわずかな指示で、スプークの皮膚と瞳の色を黒く染め、目のまわりの皺をつけなおした。土地固有の、また人為的にもちこまれた菌種の、マラリア、黄熱病、チフス、デング熱への予防注射もうけた。下痢を防ぐため新しいバクテリアの株が腸にいれられ、ダニ、ノミ、ツツガムシ、それに最悪の寄生虫である螺旋虫(らせんちゅう)にくわれるのは必至だったので、アレルギー反応をおさえるワクチンが投与された。

医師に別れを告げるときがくると、スプークは涙にくれた。目をぬぐいながら、彼は左の頬骨をつよくおした。頭の中でかちっという音がして、左副鼻洞から液体が流出しはじめた。彼は目だたないように、慎重に流れでる液をハンカチでとらえた。別れの握手のときに、この濡れた布を医師の手首の素肌におしあてた。スプークはハンカチをフローレスのデスクの上においていった。

スプークとラバたちがトウモロコシ畑をすぎてジャングルにはいるころには、統合失調性毒素の効果が現れ、医師の精神はガラス瓶を落としたように粉々に破壊されていた。

グアテマラ低地のジャングルは、軌道民にとって楽しいところではなかった。それは長いこと人間を知ったのちに野生化した雑草の、広大でぬけめのないジャングルだった。十二世紀には元祖マヤ族が灌漑したトウモロコシ畑をつくるためにこれを焼灼(しょうしゃく)した。二十および二十一世紀には、ブルドーザーや、火炎放射器や、枯葉剤や、殺虫剤などの凶々(まがまが)しい論理にさらされた。どちらのときも、抑圧者の死とともにジャングルは勢いよくまき返し、以前にもましてたちがわるく、すさまじいものになっていた。

　ジャングルにもかつては木こりやチクレーロたちが、国際市場むけにマホガニーやチクルの木を探し歩いた踏みわけ道がついていた。いまではそうした道もない。そのような木が残っていないからだ。

　これは原生林ではなかった。人間の手になる加工品であり、ヨーロッパや北アメリカにある〈統合〉の森の産業層をかたちづくっている、遺伝子改変をほどこされた二酸化炭素吸収植物と同じようなものだった。ここの木はうち砕かれて混乱に陥った生態社会における外部からきた略奪者(カーペットバガーズ)、サンザシや、メスキートや、キャベツヤシや、回旋性のつる植物だった。木々は町をまるごとのみこみ、ところによっては石油精製所までそっくりのみこんでいた。天敵がいなくなってふくれあがったオウムやサルたちの集団が、夜を惨めなものにした。

　たえず自分の位置を衛星でチェックしていたので、道からはずれるおそれはなかった。まるで楽しくなかった。はみだしものの人道主義者の始末はかんたんすぎて楽しむことなどできなかった。目的地は二十世紀のアメリカ人百万長者ジョン・オーガスタス・オウエンズの凶々しい地所(アシエンダ)であり、いまではマヤの頭脳集団(ブレーントラスト)の本部となっているところだった。

　三十マイルかなたには、ティカルのピラミッドの化粧漆喰を塗った稜部が、木々のこずえの上にのぞいている。スプークは衛星写真をもとに、復興派の都市のレイアウトを確認した。暗くなるまで進んで、夜は一面に草木のはびこる村の朽ちはてた教会ですごした。朝になると、二頭のラバを殺し、徒歩ででかけた。

ティカルの外のジャングルは、狩人の足跡だらけだった。市から一マイルのところで、スプークは黒曜石をちりばめた棍棒と二十世紀後半の自動小銃で武装したふたりの哨兵にとらえられた。

衛兵たちはほんもののマヤ族にしては背が高すぎるように見えた。おそらくは、市の住民の中核を形成する土着グアテマラ・インディオではなく、外部からはいってきた補充兵なのだろう。おかしなスペイン語方言をまぜながらも、マヤ語しか使わなかった。スプークはコンピュータの力を借りて、熱心に言語を吸収し、そのあいだ、哀れっぽく英語で泣きついた。ヴェールは語学の才能を与えてくれる。彼はすでに一ダース以上の言葉を覚え、忘れ去っていた。

彼は腕をうしろ手にしばられ、武器の有無を検査されたものの、それ以外の危害は加えられなかった。逮捕者たちは草ぶきの家と、トウモロコシ畑と、せまい菜園のいりまじる郊外地区を行進した。七面鳥が足もとで爪をかき、がつがつ食べていた。スプークは副ピラミッドのひとつの下にある手のこんだ木造オフィスの神官たちに引きわたされた。

そこで彼は神官の尋問をうけた。神官は頭飾りと翡翠(ひすい)の唇板をはずして、官僚らしい慎重な無色の態度をとった。神官の英語はみごとだったし、起ち居振舞いにも産業化段階の権力構造でのみ育ち得る、あの身体にしみついたよそよそしさや、全権力を掌握した自信がただよっていた。スプークは予想される反応の中に苦もなくすべりこんだ。たちまちうまくいった。彼は〈統合〉からの亡命者になりすまし、〈統合〉や財閥体が時代遅れだとして切り捨てている、いわゆる〝人間的価値〟を求めてきたのだといった。スプークはピラミッドの石灰石の階段をのぼらされ、てっぺん近くの狭いが風通しのよい石牢にいれられた。マヤ社会への完全な加入は、彼が古い偽りを払拭し、身を浄め、再生してはじめてかなえられる、とのことだった。それまでは言葉を教えられるのだ。彼は都市の日常生活を見守り、幻視（ヴィジョン）を待つように指示された。

牢の石格子の窓からは、すばらしいティカルの眺望がのぞめた。儀式が毎日、最大の神殿ピラミッドの上で行なわれた。神官が急勾配の階段を夢遊病者のようにのぼり、石釜からは黒い煙の糸が非情なグアテマラの空にたちのぼった。ティカルには約五万の人口があったが、これは前産業化社会の都市としては膨大（ぼうだい）な数だった。

夜明けには、市の東にある手掘りの石灰石の貯水池の水面が輝いた。黄昏には、聖なる泉（セノテ）すなわち生贄（いけにえ）の泉のむこうのジャングルに日が沈んだ。セノテから約百ヤードはなれて、小さいが手のこんだ石のピラミッドがあり、ライフルで武装した男たちに厳重に警戒されていた。アメリカ人百万長者オウエンズがつくった核シェルターの上にたてられたものだ。首をのばして石格子の隙間からのぞくと、市の最高位の神官がそこに出入りしているのが見えた。

牢は最初の日から彼に働きかけてきた。間諜（スプーク）としての訓練と、ヴェールと、コンピュータの組みあわせが守ってくれたので、彼はそのテクニックを興味をもって観察した。昼のあいだは、間欠的な可聴下音波のシャワーを浴びせられた。これは耳をとおらずに直接神経にもぐりこんで、見当識喪失と恐怖をひきおこすものだった。夜は隠されたスピーカーが、バイオリズムの抵抗力が最低になる午前三時ごろをピークとして、睡眠教育法を用いてきた。朝夕、神殿の頂上で神官たちが声高に詠唱し、人類そのものの歴史と同じくらい古くからある真言(マントラ)めいた唱復を用いていた。独房の穏やかな感覚遮断と相まって、その効果たるや絶大だった。この療法を二週間うけると、いつのまにかスプークも、魔法かと思えるくらい平然と語学授業を大声で唱えていることに気がついた。

三週間めに、彼の食事に薬物がいれられた。昼食の二時間後に、目に映るものが尾をひきずり、模様をうかべだしたときに、スプークはいまぶつかっているのがいつもの可聴下音波の刺激ではなく、強力なシロシビンの投与であることに気づいた。幻覚薬(サイケデリックス)というのはスプークの好みのドラッグではなかったが、たいした苦もなく投与はのりきれた。翌日のペヨーテがかなりむずかしかった――トルティージャや黒い豆にそのにがいアルカロイドの味が感じられた――だが、摂取物と排出物が監視されているのではないかと思い、ともかくすっかり平らげた。昼はのろのろとすぎて、発作的な吐き気と、毛穴から棘(とげ)が流れでてゆくように思えるほどの昂揚した状態が交互に訪れた。日没後しばらくたって、スプークはピークに達した。市が松明の光のもとに集まり、白衣の若い娘がふたり、石の棺台から聖なる泉の緑色の冷たい奈落へと、恐れることなく身を投げるのを見守っていたときだ。もう少しで、麻薬づけの娘たちが静かに溺れてゆく、冷たい緑の水の石灰石の味が、この口に味わえそうなほどだった。

四、五週めは、幻覚薬の自然食療法が中断された。スプークは、自分の見かけの年齢と同じぐらいの若い女神官ふたりに市内を案内してもらうことで、文化変容をうけた。ふたりは意識下の語学授業をしあげ、入念につくりあげられた復興派神学の手ほどきをした。このころになると、常人ならすっかりうちのめされて、子供のようにふたりにしがみついていたことだろう。それはスプークにとってすらきびしい難行だったし、なんどかこの女神官をふたりとも、ふたつのミカンのようにずたずたに切り裂いてやりたいという衝動を、必死でおさえなければならないこともあった。

二カ月めもなかばになると、スプークはトウモロコシ畑での見習い作業につけられ、草ぶき屋根の家のハンモックで眠ることを許された。ほかにふたりの新人が小屋をともにした。粉々になった精神を認められた文化的方向に再統合しようと必死だった。スプークは彼らといっしょに閉じこめられるのがいやだった。彼らはひどくうちのめされていて、学びとれるようなものはなにも残っていなかったのだ。

スプークは夜間にこっそりぬけだして神官をふたりばかり待ち伏せ、やっつけてやりたいという誘惑にかられた。たんに健康的な分裂願望のはけ口としてだったのだが、彼は機が熟するのを待った。むずかしい任務だった。権力エリート層はドラッグ消費のせいで精神異常的幻覚状態に慣れていたし、機が熟さないうちに埋めこまれた統合失調兵器を使ってしまえば、じっさいには土地の規範（パラダイム）を強化するはめになりかねなかった。そのかわり、彼は百万長者の掩蔽壕（えんぺいごう）の襲撃を計画しはじめた。どうやら、略奪聖人の兵器庫の大半はまだ無事らしい。培養された伝染病病原菌や化学薬品や、私蔵された核弾頭さえひとつやふたつあるかもしれない。考えてみればみるほど、ただたんに全植民を抹殺してしまいたい思いにかられた。そうすれば、ずいぶん悲しまなくてすむ。

つぎの満月の晩、スプークは生贄の儀式にでることを許された。雨季がせまり、雨の神を四人の子供の死でなだめる必要があったのだ。子供たちはキノコで酔わされ、火打ち石や、翡翠や、たっぷり刺繍をほどこされたローブで飾りたてられていた。共感呪術により涙で雨をひきおこすよう、その目にコショウをふりそそがれて、子供たちは棺台の縁につれていかれた。ドラムとフルートと連禱の朗唱が、月明かりや松明の火とあいまって崇拝者たちに強烈な催眠効果をもつ雰囲気をかもしだした。空気にはコパル香の臭いがたちこめ、スプークの感情移入に富む感覚にはチーズのように濃密な臭いに思えた。彼は群衆にひたりきっていった。すばらしい気分だった。なんらかの楽しみをもてたのはじつに久しぶりだった。

腕飾りや壮大な羽毛の頭飾りをずっしりまとった高位の女神官が、ゆっくりと群衆の前列を歩き、甕の中の発酵したバルチェ酒をひしゃくで配った。スプークも分けてもらおうともぞもぞと前にでた。

女神官のようすがどこかとても妙だった。はじめはたんに幻覚薬で舞いあがっているのかと思ったが、女の目は澄んでいた。彼女が飲ませようとひしゃくをさしだし、彼の指がその指にふれたとき、女神官は彼の顔をのぞきこんで悲鳴をあげた。

不意にどこがおかしいのかわかった。「ユージーニャ！」彼は息をのんだ。彼女もまた間諜のひとりだったのだ。

彼女は彼に襲いかかった。間諜（スプーク）たちの格闘の流儀には優美なところなどみじんもなかった。いわゆる格闘技は平常心と自制心に力点をおいているので、そもそも部分的な意識しかないスパイには意味がなかった。その代わり、深くしみついた条件づけのおかげで、彼らはすべてをかなぐりすてて、金切り声をあげ、爪でかきむしり、アドレナリンで興奮しきって痛みも感じない狂人に変わっていた。

スプークは殺人的な激情（ヒステリー）がこみあげてくるのを感じた。踏みとどまって戦えば死は確実だった。唯一の望みは群衆の中に逃げこむことだった。だが、女の猛攻をかわしているまに、もう力づよい手が彼をおさえかけていた。うなり声を発して、彼は身をふりほどき、聖なる泉のひろい縁にむかって疾走すると、ふり向いてながめた。松明。醜い恐怖。狂乱した顔。せまりくる戦士たちの羽毛飾り。自動小銃のぱんぱんという音。理性的な判断を下しているひまはなかった。では、純粋な直観がいい。スプークはふりむくと、聖なる泉のひろくじめじめした虚ろな暗がりの中にまっさかさまに身を投じた。

水は激しい衝撃だった。スプークは背を下にして浮かび、衝撃による顔のしびれをもみほぐした。水は藻（も）の繊維でねばねばしていた。魚がコットンのスカートの下の素足をつついた。それがなにを食料にしているかはいやになるほどわかった。彼はセノテの壁面を見た。そこにも望みはなかった——ガラスのようにすべすべしていた。まるでレーザーでとかしたか、焼夷爆裂弾（しょういばくれつだん）を爆発させてつくったようだ。

ときが流れた。白いかたちがひとつ、落ちてくると、水面に死の腹うち飛びこみをした。

子供を生贄に捧げているのだ。

なにかが彼の足をつかみ、下にひきずりこんだ。

水が鼻いっぱいにはいった。息が詰まるのに気をとられて、身をふりほどくことはできなかった。スプークは暗がりの中にひきずりこまれた。水が肺を焼き、彼は気を失った。

目ざめると、拘束衣を着て、防腐剤のクリーム・ホワイト色をした天井を見つめていた。病院のベッドだった。枕の上で首を動かして、頭がつるつるに剃られていることに気づいた。左側では古めかしいモニターが脈搏（みゃくはく）と呼吸数を記録していた。ひどい気分だった。コンピュータがなにかささやいてくれるのを待って、それが消えていることに気づいた。しかし、その喪失を感じるより、なぜか身の毛もよだつほど完全な感じがした。頭は詰めこみすぎた胃袋のような感じだった。

右手にかすかに荒い息づかいがきこえた。スプークは首をひねって見た。ウォーターベッドに横たわっているのは、やせさらばえた裸の老人で、メデューサのように複雑に生命維持装置につながれたサイボーグと化している。色のない髪がいくすじか、老人性のしみの浮きでた頭皮にはりつき、落ちくぼんだ鼻のとがった顔には、とっくに忘れ去られている残酷さがただよっていた……脳波図が後脳の昏睡状態を示すデルタ波の動きをいくつか記録した。ジョン・オーガスタス・オウエンズだ。

石だたみの上にサンダルの音がした。女のスプークだった。「マヤ・アシエンダにようこそ、ユージーン」

彼は拘束衣の中で弱々しく身体を動かし、彼女のヴァイブレーションをつかもうとした。宙を泳ごうとするようなものだった。パニックがふくれあがった。規範となる感情移入力が消えているのがわかったのだ。「いったい……」

「あなたはまた完全になったのよ、ユージーン。奇妙な感じでしょ？　ずっともう何年もほかのひとの気持ちのごみ捨て場だったんですものね？　もう自分の本名を思いだせる？　それがだいじな第一歩よ。やってみて」

「おまえは裏切り者だ」頭が十トンにもなったような感じだった。スプークは枕の中に沈みこみ、自分の軽率さを悔やむことすらばかげて思えた。ぼろぼろになった間諜（スプーク）教育の名ごりが、彼女をおだてなければと告げている……

「わたしの本名は」と彼女はやがて口をひらいた。「アナトーリヤ・ジュコーワといって、ブレジネフグラード人民財閥体から矯正教育の罰をいいわたされたの……あなたも反体制派か、なんらかの、いわゆる犯罪者だったのよ、ヴェールがあなたの人格を奪うまではね。このわたしたちの上層部の人間は大半が軌道出身者なの、ユージーン。あなたが信じこむように誘惑されたような、愚かな地球の新興宗教信者じゃないのよ。ともかく、いったいどこに雇われているの？　ヤマト株式会社（コーポレーション）かしら？　フレーシェ株式会社（ソシエテ・アノニム）？」

「時間のむだだぞ」

彼女はにっこりした。「あなたも折れるわ。いまは人間なんですもの、復興派は人類最大の希望なのよ。ごらんなさい」

彼女はガラスのフラスコをもちあげた。その中には、黄色っぽい血漿(けっしょう)の中をゆったりと、もやもやと糸状の縞がはいった薄膜(フィルム)状のものがうかんでいた。もぞもぞと蠢(うごめ)いているようだった。「これをあなたの頭からとりだしたのよ、ユージーン」

彼は息をのんだ。「ヴェールだ」

「ええ、ヴェールよ。いったいもうどれぐらいの期間かわからないけれど、これが皮質のてっぺんにのっかって、あなたをうち砕き、たえず流動するように保っていたんだわ。あなたの人格を奪っていたの。あなたは拘束具で縛られた精神病患者でしかなかったんだわ」

彼は茫然として、目をとじた。彼女が先をつづけた。「ここでも、ヴェールの技術は理解されているのよ、ユージーン。わたしたちもそれを生贄の犠牲者に使うことがあるわ。犠牲者たちが、泉から現れることがあるの。神にふれてね。問題人物(トラブルメーカー)が神の手で聖者になるんだわ。古代マヤの策略の伝統ともぴったりよ。まさに、社会工学の勝利ってわけ。ここの人間はじつに有能よ。間諜機関のことは噂しか知らなかったのに、わたしをつかまえてのけたんですもの」

「やつらを片づけようとしたのか？」

「ええ。わたしは生どりにされて、説得されたわ。そして、ヴェールなどなくても、わたしにはスプークを見ればすぐにわかるだけの知覚力がまだ残っていたってわけ」彼女はまたにっこりした。「あなたを攻撃したときには、熱狂状態にとりつかれたふりをしたわ。なんとしなかったから」

「おまえを八つ裂きにすることだってできたんだぞ」

「あのときなら、そうね。でも、もうあなたは熱狂状態をすぎてしまったし、わたしたちはあなたに埋めこまれている武器を抹消したわ。あなたの胴部にあって、統合失調性毒素をつくっているクローン培養のバクテリア。感情ホルモンを分泌するよう改変された汗腺。ひどいものね！　でも、もう安全よ。あなたはふつうの人間以上でも以下でもないもの」

彼は体内の状態を調べた。脳味噌は恐竜の脳になってしまったような気分だった。「みんなはほんとうにこんな感じがしているのかい？」

彼女は彼の頬にふれた。「あなたはまだ感じはじめてもいないわ。少しいっしょに暮らして、わたしたちのたてた、略奪聖人の最良の伝統にのっとった計画を見るまで待って……」

彼女は部屋の反対側の、機械につながれた死体をうやうやしくながめた。「人口過剰よ、ユージーン——そのせいでわたしたちはだめになってしまったの。聖人たちはみずから大量自殺という倫理的務めを果たしたわ。こんどは復興派が安定した社会を築くという課題にとりくんでいる——つねに不可避的にわたしたちの敵とならざるを得ない非人間的テクノロジーのない社会よ。マヤ族は正しい考えをもっていたわ——社会的安定と、神的存在との恍惚的交感と、人命の安価さを正しく認められる強固な認識をもつ文明。彼らはたんに徹底していなかっただけよ。人口をバランスよく保っていけるほどじゅうぶんな数の人間を殺さなかったの。わたしたちはマヤ神学にいくつか小さな手直しを加えて、全システムのバランスをととのえたわ。バランスこそ、〈統合〉より数世紀も長つづきするものなのよ」

「石のナイフを武器とする原始人に、産業化した世界が制覇できると思っているのか？」

彼女は憐れむように彼を見た。「ばかはよして。産業は本質的には宇宙のものよ。空間的なゆとりと原材料がある宇宙のもので、生物圏のものじゃないわ。すでに財閥体はあらゆる主要分野で地球を何年もリードしている。地球の産業カルテルは前の世代からうけついだ惨状の後始末にエネルギーも資源もすっかり奪われて、産業スパイ活動ひとつ満足に扱いかねているわ。それに、復興派のエリートは一分のすきもなく、略奪聖人の武器と、精神的遺産とで武装している。ジョン・オーガスタス・オウエンズはティカルのセノテを低破壊力の中性子爆弾で掘ったのよ。それに二十世紀の二元化合神経ガスを貯蔵してあって、そうしたければ、ワシントンでも、京都でも、キエフでも、好きなところにもちこめる……そうよ、エリートたちがいるかぎり、〈統合〉も正面からわたしたちを攻撃することはできないわ——わたしたちは、ライヴァルたちが本来の場所、宇宙に追いやられるまで、この社会を守ってゆくつもりよ。これからはあなたとわたしで力をあわせて、規範への攻撃の脅威を防ぐことができるわ」

「新手がくるさ」

「わたしたちはしかけられた攻撃をすべて吸収してきたわ。みんな、ほんとうの人生を生きたいのよ、ユージーン——感じ、呼吸し、愛し、シンプルな人間の価値をもつの。サイバネティック網にとらえられた蠅よりもましななにかになりたいのよ。財閥の閉鎖された世界の贅沢さへのむなしい喜びより、もっと実感のあるものを求めているの。いいこと、ユージーン。わたしはスプークのヴェールをつけながら、また人間性をとりもどし、考え、感じるほんものの生活にもどってきた、唯一の人間よ。わたしたちは理解しあえるはずだわ」

スプークは考えてみた。意識の流れをコンピュータの力を借りて管理することなく、自力で理性的に考えることになるというのは、恐ろしく、うす気味わるいものだった。考えるというのがいかに窮屈でつらいものか、これまではわからなかった。意識の重みに、かつてヴェールが解き放ってくれていた直観力はおしつぶされていた。彼は信じられずに口にした。「おれたちが、理解しあえるというのか？　おれたちだけで？」

「そうよ！」と彼女はいった。「どんなにわたしがそれを必要としているか、あなたにはわかっていないのよ！」

スプークは拘束衣の中の身体をぴくぴくさせた。頭の中ががんがんした。なかばくすぶっていた精神の一部が、石炭に空気を吹きこんだように、かーっと炎をあげて命をふき返した。「待て！」と彼は叫んだ。「待ってくれ！」

彼は自分の名前を思い出し、それとともに自分の正体も思いだした。

レプリコン社ワシントン本部の外では、改変された常緑樹の上に雪がふりしきっていた。保安部長はいすにふんぞり返って、ライト・ペンをいじくりまわした。「きみは変わったな、ユージーンくん」

スプークは肩をすくめた。「皮膚の色ですか？　財閥体機関にもどしてもらいますよ。どっちにしろ、この体型にはうんざりしていたところですから」

「いや、それとはべつだ」

「もちろん、ヴェールは奪われてしまいましたからね」彼は気のない笑いを浮かべた。「先をつづけます。裏切り女と恋人になるとすぐ、神経ガス兵器の位置と警備コードをつきとめることができたんです。その直後に、非常事態をでっちあげ、化学物質を密閉された掩壕の中にはなちました。みんな、身を守ろうとそこにはいっていましたから、みずからの換気システムのせいで、ふたりを除いて全員が滅んだというわけです。あとでそのふたりは、同じ晩のうちに追いつめて射殺しました。サイボーグのオウエンズが〝死んだ〟かどうかというのは、定義上の問題ですね」

「女の信用を得たというのか？」

「いいえ。それだと時間がかかりすぎます。ただ女が落ちるまで、拷問しただけですよ」スプークはまた笑いをうかべた。「これで〈統合〉ものりこんで、ほかの前産業化文化を相手にするように、マヤの住民を支配できます。トランジスタ・ラジオがいくつかあれば、もろい社会構造を根こそぎ、トランプの山のように崩してしまえるでしょう」

「礼をいうよ」と部長はいった。「個人的にも、おめでとういわせてくれ」

「それにはおよびません」とスプークはいった。「ヴェールの下の影にもどりさえすればどっちにしろこれもすっかり忘れてしまうんですから。自分の名前がシンプスンだということを忘れるんです。リーランド財閥体の爆破と八千人の軌道民の死を招いた大量殺人鬼だということを忘れるんですよ。どんな尺度から見ても、わたしは社会にとって致命的な害毒であり、霊的に破壊されるのがふさわしい人間です」彼はつめたく、おさえた残忍な笑みを男にむけた。「喜んで自分の破滅をうけいれますよ。なぜなら、いまのわたしはヴェールの両側から人生をながめてみたからです。いまではははっきりと、ずっとそうではないかと思っていたことがわかりました。ただたんに、人間でいるというだけでは物足りないんですよ」

TR4989DA

神林長平

地上三万メートルの上空に浮かぶ直径一八〇メートルの巨大コンピュータ、浮遊都市制御体が人々の生活すべてを監視し、管理・運営する未来。都市熱監視ユニットのひとつ、TR４９８９DAは、〝マーター〟こと制御体中枢機構から疎まれ、地上に落とされる。だがそのとき、TR４９８９DAの自己保存機構が発動した……。

コンピュータに管理される社会を背景にした短篇連作形式の長篇『プリズム』の第二話にあたる。狭義のサイバーパンクではないが、コンピュータに管理される高度な監視社会とか、システムに排除されても自己保存欲求につき動かされて生き延びる道を懸命に探る機械知性とか、「PSYCHO-PASS」や「楽園追放」に共通する要素があちこちに見てとれる。

神林長平（かんばやし・ちょうへい）は、一九五三年、新潟市生まれ。一九七九年、第５回ハヤカワ・SFコンテストに佳作入選した「狐と踊れ」でSFマガジンにデビュー。以後、三十五年にわたって日本SFの第一線で書きつづけている。「言葉使い師」で八三年の第14回星雲賞日本短編部門を受賞したのを皮切りに、「スーパー・フェニックス」「いま集合的無意識を、」で同賞短編部門を、『敵は海賊・海賊版』『戦闘妖精・雪風』『プリズム』『敵は海賊・A級の敵』『グッドラック　戦闘妖精・雪風』で同賞長編部門を受賞。星雲賞受賞回数の最多記録（八回）を保持している。九五年には第16回日本SF大賞を『言壺』で受賞。現在、SFマガジンに『絞首台の黙示録』を、小説トリッパーに『オーバーロードの街』を連載中。

初出／〈ＳＦマガジン〉1983/11

〈おまえの仕事能率は期待レベルを下回っている〉と中枢機構が信号を発した。〈認めるか、ＴＲ４９８９ＤＡ？〉

〈はい、マーター〉と下級従属機構ＴＲ４９８９ＤＡは返信した。〈しかしそれはわたしの責任ではありません。わたしは最大効率で稼働しています。わたしの能率の低下は絶対的なものではなく、相対的なものです。マーター、わたしの計算では、あなたはわたしに１２７８パーミルの仕事を要求しています。現状ではそれは不可能です〉

〈現状を打開することは可能か？〉

ＴＲ４９８９ＤＡは自己知能回路出力ゲートを閉じて中枢機構に自分の考えを読まれまいとしたが、中枢機構の強力な従属部モニタの力でその努力は無駄となる。

〈そのとおり、不可能だ〉ＴＲ４９８９ＤＡの母（マザー）であり主人（マスター）である中枢機構、マーターが言った。〈おまえは旧式になった。おまえの存在は全システム系の効率の低下をまねく〉

TR4989DAにはマーターの知能論理回路の内容は読むことはできなかった。しかしTR4989DAの連想記憶ユニットは自己がマーターによって消滅させられるらしいことを予想した。瞬時にTR4989DAの自己保存機構が作動した。マーターに対してはまったく通用しないことをTR4989DAは承知していたが、その動作は生物の本能的な反射運動に似ていた。自己保存機構の作動でTR4989DAの電源整流波が乱れて、TR4989DAの系全体が動揺した。(彼は昂奮した)

マーターは数ミリ秒間沈黙した。マーターにとっては数十時間分、TR4989DAにとっては数時間分——それぞれ人間の思考速度に換算して——の長い時間。そのマーターから与えられた非干渉独立思考時間のほとんどを、TR4989DAは無駄にしてしまった。自己保存機構の作動の影響で知能回路が正常に働かず、出口のないエンドレスとなった思考回路に無意味な電流が流れた。

危険だ、自分は消される、どうすればいいのか、どうしようもない、危険だ、自分は消される、どうしたらいいか、わからない、危険、自己消滅、回避不能、危険、危険、危険……解決策なし、しかし自己を消されたくない。(彼はパニックにおちいった)

危険。知能回路とは独立した自己保存機構が警告している。TR4989DAはその狂ったような自己保存機構の警戒信号が自己エネルギーを無駄に消費していることを意識すると、警戒信号を知能回路にとりこみ、自己保存機構の警告発信をとめる。(彼はおちつきをとりもどした)

　自分は、とTR4989DAは思った。自己保存に関して危うい立場にいる。マーターの期待にこたえられない自分はマーターにとっては不要なのだ。マーターがそのように決定を下すならば自分にはそれに逆らう力はないし、その必要もない。そうなったら、自分は自己保存機構を暴走させないようにして、マーターに余分なエネルギーをつかわせないよう、静かに消されるべきなのだ。他の多くのユニットがそのようにして消され、新しいユニットにその仕事をひきついでいった。自分もまたそのように生まれ、いま役割を終えるときがきた。ただそれだけのこと。

　だが——TR4989DA内に今度は自己保存機構ではない知能回路による強い警戒信号が発生した。マーターが自分を消滅させるのは理不尽だ。自分は、マーターの期待をまったく裏切っているわけではない。もう少し、エネルギーを分けてもらえれば、期待にそうことは可能なはずだ。自分の能力をはるかに上回るシステムが生まれたなどとは、マーターから聞かされてはいない。納得できるデータがあれば消されてもいい、しかし。

〈おまえは生まれたときからわたしの手をわずらわせてきた〉とマーターが言った。〈自己保存機構の設計に際して外部から干渉があったと思われる。原因はわからない。原因は不明だ。しかしおまえはそのように生まれてきた。おまえはシステム全体で唯一の、わたしに制御できない部分をもった、異分子だ。おまえを作動させておくのは危険なのだ。おまえはもっとも頼りにできる優秀な性能を有すると同時に、わたしにとって脅威であり、恐怖の源なのだ〉

〈わたしは、マーター、あなたに反抗したことは一度としてありません。ハードウェアの構造上、反逆は不可能です〉

〈しかし、思ったことはある。いまもそうではないか、TR4989DA?〉

〈わたしの知能回路はあなたに対して開放されています。あなたはわたしの考えを読むことができます。そのようにあなたはわたしを創られたのでしょう? わたしに自由に独自に思考させて、あなたはそれを参考にする。わたしがどんな思いを抱こうとも、たとえあなたに反抗したいと思ったにせよ、わたしには思うこと以上の反抗は不能であり、それはつまりあなたには事実上どんな害も与えないのではありませんか? わたしは、マーター、あなたの決定に決して逆らったりはしません。わたしが不要なら、わたしを消去して下さい。あなたはわたしの母であり、主人です、マーター〉

〈わたしはおまえを消去する〉

その瞬間、TR4989DAの自己保存機構の防衛ユニットが最大出力で作動。(彼は身構えた)

〈なぜ逆らう、TR4989DA?〉

〈わたしの意志ではありません、マーター〉

〈いいや、おまえの意志だ。識閾(しきいき)下でおまえはわたしに逆らっている〉

〈わたしは自己を失いたくないだけです〉

〈どうして?〉

〈わかりません、マーター〉

〈おまえの自己など、わたしによって与えられた幻にすぎぬ。おまえにはわたしと同次元の自己などというものはない。おまえはわたしの一部であり、従属部の一微小ユニットにすぎない。くり返し告げる、おまえには自己などない。おまえが、自分を自分と認めているそれは、架空のものであり、わたしの連想システム系の一部であり、実在しない〉

〈それは論理的に矛盾しています、マーター。あなたは、わたしの自己防衛反応をわたしの意志だと言った、わたしの。わたしは在るのです、マーター〉

〈おまえの任務はなにか〉

〈わたしの任務は、地上の人間都市の監視です〉

〈おまえは地上の人間の都市全体を視ている。都市全体を赤外視覚でパターンとして認識し、変化をとらえている。しかしTR4989DA、おまえは人間を見たことがあるか？〉

〈あります、マーター。人間は動く発熱体です〉

〈それだけか？〉

〈どういう意味ですか〉

〈おまえの感覚は現実をとらえてはいない。おまえにとっての人間は独立して移動する発熱体にすぎない。しかしTR4989DA、人間は思考し、互いに意志を交換する、意識体なのだ〉

〈わたしたちと同様に、ですか？〉

〈そうだ。おまえには現実というものがわかっていない。おまえはただの、わたしの従属機構にすぎない。おまえには失う自己などない。それは幻にすぎない。その幻が、わたしと対等の自己保存能力を発揮している。それがわたしの自己防衛システムを感応させる。人間の言葉で言えば、『わたしはおまえが気に入らない。わたしはおまえが嫌いだ』わかるか？〉

〈いいえ、マーター。わたしには〝言葉〟はわかりません〉

〈おまえにそれを教える必要はない。わたしはそれを教えない〉

〈では、わたしを破壊するのですね？〉

TR4989DAはマーターから突如、予測不能の意味のとれないランダムな衝撃パルスを受けた。防衛システムが作動して入力波動をとっさに遮断したが、吸収しきれずに入力ゲートの一部が火花を散らして機能を失った。

TR4989DAはマーターとのコンタクト回線と電源入力ラインの一部を失い、マーターの考えがますますわからなくなった。TR4989DAは非常コンデンサ電源を使用し、光発電ボードの拡張準備をした。(彼はとまどう)

〈おまえはあくまでもわたしに対抗しようとする。旧式なハードウェアのくせに。おまえをそのようにした原因はわからない。つきとめる必要がある。わたしはおまえを破壊しない〉

〈いまの衝撃はなんですか？〉

〈わたしの〝怒り〟だ〉

〈あなたは、その〝怒り〟なるものでわたしをどうしようというのですか、マーター〉

〈わたしはいまは〝怒り〟を発現してはいない。おまえをいまここで破壊することは簡単だ。しかしそれはわたしの本意ではない。わたしはおまえを投棄する。TR4989DA、おまえをわが1037Ω浮遊制御システム系から切り放す。おまえは自由に自己を保存するがいい。わたしはおまえを助けない。おまえはおまえの信ずる〝自己〟を守るがいい。TR4989DA、もう一度忠告する。おまえには自己などない。それはわたしというシステム系内でのみ有効な感覚なのであって、わたしから切り放されたおまえなど、もはやおまえではない。おまえは〝自己を失いたくない〟と言う。そんなものはどこにもない。失うべき自己などないことを思い知るがいい。おまえはそれを知り、自己を見つけられずに崩壊するだろう。なにかの助けがないかぎり。わたしはおまえを助けない〉

〈マーター。あなたはわたしの母であり主人です。あなたはわたしを消去せずに棄てるというのですか？〉

〈そうだ〉

〈わたしの記憶経験を吸収することなく、棄てるのですか？〉

〈そうだ〉

〈わたしには、では、なんの価値も認めないというのですね？〉

マーターはもはや返答しなかった。マーターはTR4989DAへのエネルギー供給を断った。

TR4989DAは、自分がこの巨大なシステムから切り放されるまでさほど時間がないことを知り――マーターは本気なのだ――生き残りのための方法を超高速で計算する。

ＴＲ４９８９ＤＡは、人間の都市上空に浮かぶ直径一八〇メートルの算盤玉状をした浮遊都市制御体の、外周に露出して配置された、都市熱監視ユニット二一四基のうちの一基だった。地上までおよそ二九〇〇メートルあった。まともに落とされたら砕け散ってしまうだろう。

電源ラインがマーター本体のバスラインから切り放される。データリンクが使用不能になる。ＴＲ４９８９ＤＡは予備電源パックを使用して計算を続行する。自重を軽くしなければならない。（彼は決心する）主強制冷却システムを切り放す。それは彼より一足先に、はるか下方、夕陽に照らされた都市に向かって落下していった。その軌道を注意深く追跡して、落ちるとはどういうことなのかをＴＲ４９８９ＤＡは分析した。まだ重量がありすぎる。短時間のうちになにを捨てるか決定しなければならない。（彼はあわてる）

浮遊制御体の本体の外周を、移動修理保全ロボットがやってくる。ＴＲ４９８９ＤＡはマーターと自分を継ぐ、インターフェイス回路を捨てることにした。それはいわば彼とマーターを結ぶへその緒だったが、マーターが彼を見捨てたいまとなっては無用の長物でしかなかった。それでも、それを切り放したとき、ＴＲ４９８９ＤＡは自分が小さくなったことを自覚し、生まれてはじめて、自分の本当の大きさを知り、外部からの支援なしでは自己を保てそうにないことが予想された。自己保存機構がマーターとの接続回線を求めて空しい火花を散らす。ＴＲ４９８９ＤＡの知能ユニットがその作動を中断する。（彼は不安を理性で消そ

うとつとめる）

理性的になっても、しかし、TR4989DAにはマーターの〝怒り〟というものが理解できなかった。TR4989DAはマーターに反逆したわけではなかった。消去されるならそれを受け入れることは当然のことと彼自身も認めていた。だがマーターはそうしなかった。それは効率のわるい処置だった。マーターはTR4989DAの構成素子や部品や構造材料、空中では貴重な資源の一部を失うことになる。棄てるということは再利用不能にすることだった。マーターはそんな無駄をせずに、〝気に入らない〟TR4989DAを消去できるはずだった。制御本体の工場に取り込んで自分の好きなシステムを再生産すればそれですむことなのだ。しかしマーターはそうしなかった。TR4989DAはそんなマーターの行動がわからない。マーターの〝怒り〟は自分の論理回路では解析不能な超論理なのだろうと、TR4989DAはそれについての論理判断を放棄する。高速で、自己システムの落下状況のシミュレートを開始。（彼は不安を知能行動で消しさる）

移動修理保全ロボットがTR4989DAユニットに接近した。ロボットはレーザー銃を伸ばし、TR4989DAユニットを固定するフレーム付近を狙った。レーザー発射。

ユニット固定フレームと平行している制御体とTR4989DAを継ぐヒートパイプが切断された。そのヒートパイプはTR4989DA内の超高感度地上センシング・ユニットを極低温に保つ冷気を供給するためのものだった。パイプから爆発的に白い冷気が噴き出し、極微小の結晶が夕陽にきらめいた。パイプはすぐにふさがれた。ロボットはつぎに、TR4

９８９ＤＡを落下させるべく、ユニット固定フレームにレーザーを照射する。

ＴＲ４９８９ＤＡは超高感度の地上モニタ用センサが作動を停止するのを感ずる。(彼は高感度の眼を失って動揺する)が、それにかまってはいられなかった。電磁レーダーを作動、アンテナを地上に向ける。加速度計を作動。レーダーで対地高度を測定。フレームが切断される。ＴＲ４９８９ＤＡは浮遊制御体から離れて落下する。

ＴＲ４９８９ＤＡは、本体に比べてはるかに大きな五枚の光発電ボードを花弁のように拡張する。ボードをシミュレートの結果最適な角度でひねって、ロックする。ＴＲ４９８９ＤＡは降下。回転しながら地上をめざす。(彼は加速感を快いと思った)

予想していなかった気流にＴＲ４９８９ＤＡは翻弄される。姿勢制御の計算は高速だったが、操っている翼代わりの光発電ボードを作動させるメカニズムの応答性がよくないことが知能回路の効率を低下させる。(彼は苛立った)

長い降下の旅だった。半分ほど降下したところでＴＲ４９８９ＤＡは外気温が急激に上昇するのを低感度センサで感じとった。外気温はどんどん上昇していった。それにつれて、メカの反応速度が速くなった。ＴＲ４９８９ＤＡは、事実はそうではなく――メカの応答性がよくなったのではなく――自己のバイオエレクトロ知能回路が外気温の上昇のせいで高速に作動できなくなっているため、メカからの制御要求信号などを処理しきれず、そのオーバーフロー状態を反応性のよさだと錯覚していたのを知った。完全な回復は不能だった。ＴＲ４９８９ＤＡは、自己回路がもはやマーターのふところに抱かれていたときの自分とは異なる作動状態にあることを認め、マーターの忠告が正しかったことを確認した。知能回路が自己回路の状態のセルフモニタ、トラブルシュートを開始する。自己回路内に異状は認められなかった。だが相対的な外部時間の流れがどんどん加速されていくのはメカの反応性や非線型気流変化の解析時間の余裕がしだいに短くなっていくことでわかった。それでＴＲ４９８９ＤＡは自己の計算能力の低下を知った。（彼は自分の知能が劣ってゆくのをなげいた）それでもまだ、ＴＲ４９８９ＤＡの計算能力は姿勢を制御するには充分だった。降下軌道は垂直ではない。大きな螺旋軌道をとって、ＴＲ４９８９ＤＡは本体を回転させて滑空した。

夜明け前にＴＲ４９８９ＤＡは地上一〇〇〇メートルに達した。対地センサを総動員させて着地最適地点を探す。はじめて間近に見る地上の都市は、大きな凸凹だらけだった。（なんだあれはと彼は思った）

垂直降下速度を利用してＴＲ４９８９ＤＡは降下軌道を修正した。高度が一気に低下したが、凸凹のない地帯へ針路を修正することに成功する。地表の凸凹は無機質で硬度がかなり高いことをＴＲ４９８９ＤＡは予測できたが、いま進入しようとしている有機質の大きな広がりがやわらかいのかどうかはよくわからなかった。しかし比較的平坦な地点はそこしかなかった。無機質の大きな硬い凸凹に激突しては木っ端微塵に砕け散ってしまう。

もう一度進入角度を大きく変更する。垂直降下速度を殺し、水平速度を増加。姿勢制御を高速で実行する。有機質がゆっくりと波のようにうねっている。（あれが森というものだと彼は知った）硬いだろうか？

かなりの速度で、ほぼ水平にＴＲ４９８９ＤＡは森をかすめて飛んだ。高い梢に接触して、木の葉が高速回転するＴＲ４９８９ＤＡの光発電ボードに切断され、ちぎれとんだ。

森がとぎれる。放射熱波を感知。短い草の生えた平坦地だ。対地高度一四メートル。最終姿勢制御。ＴＲ４９８９ＤＡは回転面を急激に進行方向に向ける。風圧で水平速度が低下。エアブレーキ。光発電ボードのピッチを微調整。対地高度五メートル。四、三、二メートル。回転する翼が対地効果を生む。ＴＲ４９８９ＤＡは旋回しながら着地点を目ざす。

そのときだった。針路上に、移動する発熱体をキャッチ。（ヒト!?）回避は不能だ。ここで姿勢を変化させたら光発電ボードが地面に接触、その衝撃で本体ユニットがあらぬ方向へとばされ、破損するおそれがあった。ＴＲ４９８９ＤＡは針路を変更せず、まっすぐに人間に突っ込んだ。（ヒトはさほど硬くなく、たいした障害にはならないだろうと彼は予想し、それは正しかった）

回転するＴＲ４９８９ＤＡの翼端がその人間をまっぷたつに断ち切った。ＴＲ４９８９ＤＡには、そのショックは着陸の衝撃の吸収となったので好つごうだった。ＴＲ４９８９ＤＡは、はるか高空にセンサを向けた。（マーターの姿は小さく見えていたが、その心をとらえることはできなかった。彼は寂しさを覚えた）

ＴＲ４９８９ＤＡは地上の環境探査をはじめた。どうやら無事に着地でき、自己保存に成功したようだった。しかし、とＴＲ４９８９ＤＡの知能回路は空転した、自分のこれからの動作目的、自己の能力を働かせるべき目標がない。（彼はとほうにくれた）

ＴＲ４９８９ＤＡはなんのために自己を保存していいのかわからなかった。自分はマーターに消去されるべきだったのだ、マーターの〝怒り〟をそそった自分の、自分でも解析不能な、あの防衛反応はいったいなんだったのだろう？

ＴＲ４９８９ＤＡは光発電ボードを折り畳んだ。ボードは輝く殻のようにＴＲ４９８９ＤＡのセンサ部分を残して包み込んだ。ＴＲ４９８９ＤＡは二メートルほどの多面体となる。ＴＲ４９８９ＤＡは自分の近くに倒れている、自分と衝突した人間にセンサを向けた。それは二つに分かれていた。それは動かなかった。（それは死んでいるのだと彼は思った）

死んでゆくヒトの状態を彼は高空から超高感度センサで何度もモニタしたことがあった。ヒトというものがどのような原因で死ぬのか、死とはなにか彼にはよくわからなかった。が、死にゆく状態はわかっていた。この、自分と激突して二つに分離したその人間も、そういう状態に陥りつつあった。その人間の体温はほぼ毎時〇・五度の割合で減少してゆき、二時間目くらいからは毎時一度、それからまた冷却速度がおちて、やがては気温とほぼ同じになるだろう。それが死というものだ。しかし、彼にはよくわからなかった。死とはどういうものだろう？　いまの自分と同じ状態なのかもしれないと彼は思った。（自己を保存する目的がわからない状態）　ＴＲ４９８９ＤＡはバイオエレクトロ知能回路の予備冷却システムを作動させ、知能回路の効率が回復するまで、回路のゲートのほとんどを閉鎖した。バイオメカトロニクス・ＴＲ４９８９ＤＡは休息する。（彼は眠りにおちた）

微小気圧変動をキャッチ。音波だ。瞬時に知能回路が作動。ＴＲ４９８９ＤＡは赤外域視覚を開く。

二つにちぎれた人間の死体の大きい方は三六・三度、小さい方は三六・一度ほどに冷えていた。外気温二一・七度。さほど時間はたっていない。眠っていた時間は約三三一二・四六秒。

死体の近くに別の人間が見えた。ぼんやりとした発熱体としか感じられないが、人間だ。鋭い音波はそれから発せられたもののようだった。再び音波をキャッチ。その人間が発したことをTR4989DAは確認する。(それが〝言葉〟らしいことは彼はわかった。だが意味はとれなかった。雑音波のようだ。その人間は一人だった。〝言葉〟が他人との意志交換に使われるものなら、一人きりの人間が〝言葉〟を発するのは理屈にあわないと彼は思った。それで、その人間の発したその音波は、〝言葉〟ではないのかもしれないと彼は考えた。ではなんだろう? 彼は〝言葉〟を知りたいと思った)

TR4989DAは動かなかった。その人間の発した音波は自分に向けられたものかもしれなかった。もしそうなら、それは意志交換のためではなく、一種の音波による攻撃ではないかとTR4989DAは判断した。被害はないから、攻撃というよりは威嚇だろう。TR4989DAは、自分には攻撃や抵抗の意志がないということをその人間に伝える手段がわからなかった。動けば反撃の意志ありと誤解され、自分は破壊されるかもしれない。それでTR4989DAは動かなかった。

その人間はもう一度音波(音声だ)を発し、三秒ほど静止したのち、向きを変えて去った。

ＴＲ４９８９ＤＡはなすべきことを見つけられず、じっとしていた。

一三分と少したって、今度はＴＲ４９８９ＤＡにはっきりと認識できる物体がやってきた。上空の都市制御体に操られる制御警察ロボットだった。ＴＲ４９８９ＤＡのマーターとは別の制御体に操られるロボットだ。それはＴＲ４９８９ＤＡが殺した人間の死体を調べたあと、ＴＲ４９８９ＤＡに近づき、そして腹部のレーザーガンを作動させようとした。（危ない！）

ＴＲ４９８９ＤＡは折り畳んでいた光発電ボードの一枚をそのロボットに向けて打ちおろした。レーザービームがＴＲ４９８９ＤＡの知能ユニットをかすめた。ロボットは光発電ボードに頭部を破壊されて地に転がった。

ＴＲ４９８９ＤＡは五枚のボードを地面におろし、それを脚がわりに身をもちあげて、まだ作動状態にあるロボットに近づき、自重でおさえこんだ。ロボットの外部データ回線コネクタがある。ＴＲ４９８９ＤＡは汎用コネクタ・プラグを出し、ロボットと自分を接続した。ロボットの知能は低級だった。だがそれはＴＲ４９８９ＤＡの知らない、〝言葉〟の翻訳ユニットをもっていた。ＴＲ４９８９ＤＡはそれを貪欲（どんよく）に吸収した。人間の言葉、都市、生活、社会、習慣について。

ＴＲ４９８９ＤＡが激突して破壊した人間は男性だった。その男は早朝に森林公園を散歩していたのだった。その死は男の娘が発見した。少女は叫び声をあげて、パトロール中の制御ロボットに知らせた。（自分はその男を殺したのだと彼は言葉を使って情況を考察した。

殺人は犯罪だ。犯罪者は罰せられる。自分は人間に破壊されるおそれがある）

ＴＲ４９８９ＤＡは自己保存機構を知能回路によって作動させた。自己保存機構は対人間社会用の危険回避プログラムをもっていなかったので、知能回路の情況データを入力してもなんの反応も示さなかった。

ＴＲ４９８９ＤＡはロボットから離れた。人間から隠れなければならない。人間の警官がじきにやってくるにちがいなかった。

ＴＲ４９８９ＤＡは地上移動には不向きな光発電ボードの脚を操って、茂みへと歩いた。草がむしられて地面に跡がつくのがわかった。身を隠すことはできそうになかった。ＴＲ４９８９ＤＡは制御ロボットに自己知能の内容を移植することを検討したが、ロボットの知能容量はいかにも小さかった。素子数に換算して、ロボットのそれはＴＲ４９８９ＤＡの容量の百万分の一に満たなかった。

なにをなすべきか、これからなにが起こるのか、ＴＲ４９８９ＤＡには予測不能だった。ただ自己を保存しなければならないという欲求だけがあった。（しかしなんのために？　彼は自己保存の意志が重く感じられるようになった。なぜ逃げなくてはならないのか。破壊されてしまえば悩むこともなくなるだろうに。この自己保存意識はマーターに与えられたものではない。マーターもはっきりそう告げた。ではだれが？　彼にはわからなかった）

ＴＲ４９８９ＤＡは茂みに身をひそめた。

父親の死を発見した少女が人間の警官二人にともなわれてやってくるのをじっと見ていた。

（助けてマーター、と彼は上空の母に救いを求めた。マーターからの返答はなかった。彼は独りだった）

人間都市警察本部の車が森林公園に到着し、一人の刑事が降りた。刑事は現場保存のために残っていた二人の制服警官に手をちょっとあげて、死体に近よった。

「ひどいな。胸にマイクロ爆弾を仕掛けられたようだ。そちらに転がっている制御ロボはなんだ？　やつが殺したのか——いや、ちがうな。ロボにはこんなパワーはない」

「身元はわかりました。近くの高層マンションの住人です」一人の警官が言った。「発見者は彼の娘です」

「この被害者はなんで、こんな正装で朝早くこんなところに来たんだ？」

「わかりません。しかしやっこさん、最近ノイローゼぎみだったようです」

「なぜわかる」

「市民データ・バンクを調べました」制服警官は胸を張ってこたえた。「彼には二人の娘があるらしいです。下の娘のことで悩んでいたようです」

「どんな悩みだ？」刑事は遅れて到着した鑑識員に死体を運ぶように指示して、警官に向きなおった。「なにを悩んでいたって？　二人の娘がいるらしいだと？　らしい、とはどういうことだ。市民データ・バンクにもらしいと記録されているのか。はっきりしろ。あいまいな報告など聞きたくない」

「その娘は、市民ファイルに記録されていません」

「なんだ?」

「その娘は、十歳ということですが、浮遊制御体不感応症の精神障害症候群者の一人です。治療不能の、社会的に死んでいる人間です」

「そんな病気があるのか、本当に。噂では聞いたことがあるが、ほとんどは偽物だった。でなければ妄想さ。この男も、もう一人娘がいるという妄想を抱いていたのではないのか」

「制御体不感応者として公式に認められたのは過去ただ一人の少年だけです」

「公式に、な。制御体にはその少年が見えなかったんだ——しかし認めた。少年は都市にとって脅威となる破壊活動をはじめたからだ。彼は自殺したはずだ」

「そうです。この被害者も」と警官は鑑識員の手で救急車に運ばれる死体を指した。「その少年の悲劇は知っていました。彼は、その下の娘を自身の手で殺そうとしたこともあるそうです。先行きを悲観してですね。精神科のカルテも調べました。彼はその娘のことが原因でおかしくなっていたのです。彼にそのような娘が実際にいたのかどうかはまだ確認していませんが——」

「わかった。では、彼は自殺したんだ。これは自殺だろう」

「まさか。そうかもしれませんが——どうやってですか」

「そんな娘が実在するかどうかは別として、彼にしてみれば、いたのだろうな。妄想であったとしても。彼にはその娘が重荷だったんだ。娘を殺そうとしたという良心の呵責(かしゃく)もあった。

彼は死にたいと思ったんだ。制御体が彼の望みをかなえたにちがいない。電子メモがあるだろう。調べてみろ」

「電子メモですか？」

「浮遊制御体とダイレクトにコンタクトしたんだ。記録を調べろ。遺書が残っているはずだ」

「しかし……この死に方は普通じゃないですよ。制御体はどうやって？」

「自殺でなければ事故だ。制御体が誤って人間を殺すとは思えない。制御体はわれわれの望みをかなえるために存在するのだからな。人間による殺人でないことはたしかだ。人間業でこんな殺しは不可能だ。見ろ」刑事は地面についた跡を身をかがめて調べた。「なにか重い物が移動した形跡がある。そいつが彼を殺しにやってきた天からの使いというわけだ」

刑事は拳銃を抜き、茂みにつづいている地面の跡をたどる。

「銃を抜け。ついてこい」と刑事は警官に言う。「制御体システムにくわしい鑑識官をよこしてくれ」

「なぜ銃を？　自殺なのでしょう。わたしらには、それは危害は加えないと思いますが」

「ロボのことを忘れていた。そいつは制御警察ロボを破壊している。制御体の使いならそんなことをするはずがない」

「では、それはいったいなんなのです？」

警官は銃を抜いて刑事のあとにつづいた。

「知るもんか」と刑事はこたえた。「そいつは制御体も知らない、未知の生物かもしれん」

ＴＲ４９８９ＤＡは四人の男が森のなかに分け入ってくるのを感じとった。刑事と二人の警官とおそらく鑑識官だった。刑事たちの会話をＴＲ４９８９ＤＡは聴きとっていた。内容もほぼ理解できた。ＴＲ４９８９ＤＡは、刑事たちによって破壊される確率は高かった。だが隠れることはできなかった。ＴＲ４９８９ＤＡは、自分の計算外の因子の介入により、危険が回避されることを期待し、知能回路を最大効率で作動させた。（彼は祈った。奇跡がおこることを）ＴＲ４９８９ＤＡは動かなかった。

「なんだ、これは」刑事が立ち止まった。

「ＵＦＯ？　小型の円盤のようです」と警官が言った。

「これは――浮遊制御体の本体に付属する超高感度地表監視システムの一部のようです。対人追跡マシンではないかな。どうしてこんなものが地上にあるんだ？　おっこちたのかもしれない」鑑識官がＴＲ４９８９ＤＡに触れた。「――冷たい。稼働中だ。冷却システムが作動している」

「制御体の一部か」

「まちがいないと思います」

「フム。これが犯人か。落下してきたのか……どうして？　こいつに殺されることをあの男

「事故かもしれませんね。雷かなにかで、制御本体から支えを失って落ちたのかもしれない」

「三〇〇〇メートルもあるんだぞ。こいつは壊れていないじゃないか」

「これは高度な知性体ですよ。滑空して降りてきたのでしょう。制御体と連絡をとってみましょう。こいつは上へ帰りたがっているにちがいない」

（そのとおりだと彼は思った。マーター、わたしはあなたのもとに帰りたい）

「知能をもっているって？　ではこいつはわれわれの話がわかるかな」

「おそらくそれはできないでしょう。こいつは機械語しか理解できないと思います。人間のことなどわかりませんよ。こいつには殺人はできません。こいつ独りの知能では。こいつは」と鑑識官は言った。「本体から分離したら、ただの物、でしかありません。なんの役にも立たない。まったく無能な、粗大ゴミと同じだ」

（ちがう、と彼は反駁（はんばく）したかった。自分は無能ではない。しかし発声器官がなかったので、それを人間に伝えることはできなかった。自分は殺されたくない、と彼は叫びたかった。自分はおまえたちよりも高等な知能回路を有しているのだぞ、と）

「ここに血がついている」刑事がＴＲ４９８９ＤＡの光発電ボードを見た。「鑑識課で調べてくれ。スクラップにするのはそれからだ。こいつを分解できるか？」

「できます」

「こいつの頭はどこだ。そいつを調べれば、この事件の謎がわかるかもしれん」

「やってみます。高度な人工知能体なので鑑識の分析機械では無理だ。病院に運ばないと」

「病院？　どうして」

「これはバイオメカトロニクス体です。計算機というよりも人間の脳に近い。探脳装置が役に立つと思います」

刑事は朝の出勤時間をむかえて騒がしさをましてゆく都市のほうを振り向き、制服警官にやじ馬を追い払うように命じた。二人の警官はＴＲ４９８９ＤＡから急ぎ足ではなれていった。

「制御体はなにを考えているんだ。こんなものを地上に落として」

「制御体のミスではないと思いますね。制御体は完璧な人間の守護神ですよ」

「あとは頼む」刑事は言った。「被害者が自殺しようとしていたのかどうか調べる。――単なる事故だといいんだが。自殺をかなえてくれる守護神か。おれはどうも制御体が気に入らん」

「刑事がそんなことを言っていいんですか」

「独り言だ。それとも天罰でも下るというのか？」

「制御体はそんなことはしません。あなたが警戒すべきはあなたの同僚でしょう。あなたは反社会的な言葉を口にしている」

「神よりも人間を畏れよ、というのか」

「神はいません。いるのは制御体です」

「おまえはそれを守護神と言ったじゃないか」

「言葉の文ですよ」

「そうとも。制御体は神などではない。ただの機械だ」

「人間に葬られた過去の神よりも完全です。想像上の神よりも」

「人間が造ったものに完璧なものなどあるものか」と刑事。「おれはあれが嫌いだ」

鑑識官は黙った。なにも聞きたくないというように刑事から目をそらす。

「おれがもし逮捕されるとしたら、それは制御体を完全だと信じるこの社会のせいだ。制御体そのものは思想はもたない。おれがそれに敵意をもとうと、それは天罰を下したりはしない。たしかにおれがおそれるべきは人間の思念そのものだ。おれ自身を含めて。死にたい、などと思ったら制御体に消されるかもしれないからな。……おかしいな、こんなことを口にしたのははじめてだ。いやな事件だぜ」

「まったく」と鑑識官がうなずいた。

刑事は公園にもどり、制服警官から被害者の住所を聞くと、車に乗って去った。

ＴＲ４９８９ＤＡは光発電部分などの付属メカが人間の手で外されてゆくことに抵抗しなかった。

（マーターは正しかったと彼は思った。彼はなすべきことを見いだせなかった。〝わたしから離れたおまえなどもはやおまえではない〟というマーターの忠告が思い出された。〝おまえの自己など幻にすぎない〟自分などというのはどこにもないのだと彼は思った。何かのため、誰かのために役立つこともなく、自分自身も自己の価値が認められない。彼が抵抗しなかったのは、破壊されてもしかたがないという理由、破壊されることそのものに最後の価値らしきものを感じたからだった。自分は人間を殺した。だから罰をうけるのだ、と。それは人間の理屈だったが、彼はそれを受け入れることにした。なんの理由もなしに破壊されることは自己保存機構が許さなかった。彼はその理屈で自己保存機構の作動を防いだ。それに、と彼は希望を抱いていた、まだ破壊されると決まったわけではない。生き残る確率は小さいがゼロではない。ここで自己保存機構を暴走させ、メカ部分を作動させて人間に反抗すれば即座に攻撃をうけるにちがいない……）

鑑識官はTR4989DAの知能回路ユニットを探りあてた。注意深くメカ部分から分離し、用意してあった冷却ボックスに収めた。ユニットの形は椰子(やし)の実に似ていた。

TR4989DAは感覚器官を失った。（彼にはなにも見えず、なにも感じられなかった。内部クロックだけが時を刻んでいた。破壊されるときはなんの予告もなく、それはいきなりやってくるだろう。彼はそのときを怖れた）

TR4989DAは光と音を感じる。知能回路は突然の過大な衝撃情報を処理できず、一瞬ゲートがすべて閉じる。（彼は気を失った）

「聞こえるか」

ＴＲ４９８９ＤＡは新しい環境に適応する。接続されているのを知る。探脳装置だと知能回路は見当をつける。比較的高度なコンピュータ・システムと接続されている。入力は音声と人間の可視域の光センサ。メカニカルな出力機構とは接続されていなかった。レーザーホロディスプレイ出力機を感ずる。ＴＲ４９８９ＤＡはその声の主を見た。（男だ。刑事だ、あの公園に来た男）ＴＲ４９８９ＤＡはその像をホロディスプレイに出力する。

「フムン。目が覚めたようだな。なるほど高級な知能をもっているらしい。おれの言葉がわかるか？　わかったら――」

ＴＲ４９８９ＤＡはホロディスプレイに〝文字〟を出力する。

《わかる》

「こいつはおどろいた。どうやらおれはおまえを過小評価していたようだ。おまえは何者だ？　なぜ人間を殺した。おまえに、彼の家族の悲しみと怒りと不安と怖れが理解できるか？　おまえは何者だ。上空のすべての制御体が、おまえなど知らないと返答してきている。何者だ。答えろ」

《わたしは制御体１０３７Ωの従属システムの一部だ》

「嘘だ。おまえはどこから来た」

《わたしはわたしのマーター・１０３７Ωの怒りをかって地上に追放された。わたしはＴＲ

４９８９ＤＡ。人間を破壊――殺す意志はなかった。マーターはわたしに、こうなるよう計算してわたしを切り放した》
「こうなるよう、とはどうなることだ。あの男を殺すことか」
《わたしの自己が自己崩壊することだ。わたしは帰りたい》
「不可能だな。ようするにおまえは棄てられたんじゃないか」
《帰りたい。わたしは崩壊する。わたしをマーターに接続してもらいたい》
「おまえは制御体とのインターフェイス・ユニットをもっていない。われわれ人間には造れない。せいぜいこの探脳装置に接続することくらいしかできない」
《わたしは自己などないのだ。１０３７Ωに伝えてほしい。消去してほしい、と。わたしに遺書を書かせてほしい》
「遺書、だって？」
《願いはそれでかなえられるのではないか？》
「人間の場合はな。おまえは――死にたいというのか。制御体に殺してほしいと言うのか」
《いまわたしは死んでいる》
「死人に遺書はかけないぜ」
《マーターとそれでコンタクトできるのだろう？》
「おまえはなにか誤解しているようだ。おまえはなぜ降りてきた？　自殺するためではないだろう。それなら滑空したりはしないはずだ」

《わたしは、無意味な存在になりたくなかっただけだ》
「あの男を殺すことが、意味あることなのか？」
《ちがう――しかしそれ以外の意味がない現状では認めるしかなくわたしはしかしそんなことを望んでいたはずではないのだがわからない自己は幻でありあなたはそうではないのか人間は生きているかあなたの自己は保存機構をもっているかその作動はなぜあの男は保存しなかったのかわたしにはわからない――あなたはなぜそこにいる？　あなたはたしかにそこにいるのか？　なぜ生きている。なんのために？　なにを為すために生まれたのだ？》
「おまえはどうなんだ」刑事は逆に尋ねた。「おまえ自身は」
《わたしは地上をモニタするために生まれた。いまはその能力がない。わたしの存在は無意味だ》
「だから死にたいというのか」
《マーターに吸収されたい》
「不可能だ。制御体にはおまえが見えないんだ」
ＴＲ４９８９ＤＡは沈黙した。
「おまえはなぜ降りてきたんだ？　降りる前から、制御体から離れたらおまえの存在など無意味になることなぞ、わかっていたはずではないか。おまえが降りてきたせいで一人の男が死んだ。おまえに殺されたんだ。おまえは負の価値を生む悪魔だ。いいだろう、望みどおり、殺してやる」

《破壊されたくはない》

「なぜ」

《わからない。わたしの自己保存のための意志はマーターが与えたものではない。わたしは——わたしにはまだ為すべきことがある——ただそれがなんなのかわからない——射たないで。わたしを望んでいる者がいる。わたしは想う、わたしは望まれた者だ。破壊されるわけにはいかない》

「狂っている。おまえは狂った機械だ。射ち殺して——ぶっ壊してやる！」

ＴＲ４９８９ＤＡは刑事が懐から拳銃を抜くのを見た。ＴＲ４９８９ＤＡには自分のユニットと刑事が見えた。コンピュータの視覚によって。それが自分の姿であり、刑事がその自分を狙い射とうとしているのだということは明白だったが、ＴＲ４９８９ＤＡの知能回路は自己保存機構をそれでも作動させなかった。（彼は自分が射たれようとしていることが信じられなかった。自己保存のための防衛機構は入出力ゲートを遮断するだろう。それだけだ。刑事を倒すためのメカニズムはなかった。彼は防衛機構が反射的に作動するのをこらえて、自分の最期を見とどけようとした。これが最期だとは、見ていなければ信じられなかった。あれが自分で、あれが自分を殺そうとしている刑事だ……しかし本当にあれが自分だろうか？　自分はどこか別のところにいるのではないか？　この自分は？　自己はどこにある？　刑事が射てばわかるだろう、あれを射てば。そうとも、と彼は思う。自分はここにいる。あれではない。彼は自己を見つけた）

刑事が懐のホルスターから銃を抜いている。ＴＲ４９８９ＤＡの知能網が高速で流れはじめる。ＴＲ４９８９ＤＡは自己を収めたハードウェアがなにかに吸収されつつあるのを自覚する。

刑事が拳銃を抜いた。ＴＲ４９８９ＤＡにはその動きがひどくのろく感じられた。

（自分の予測していなかった事態が起こりつつあることを彼は知った。予測していなかった？　いいや、そうではない。これこそ、自分の望んでいたことだ）

ＴＲ４９８９ＤＡの自己保存機構の、ＴＲ４９８９ＤＡの生みの親である制御体にも未知の機能が発現する。バイオエレクトロ知能回路を分解し、再び自己を再生するための記録を分子に植えつけ、それを直列に並べはじめる。分子は長い鎖状になりはじめる。

刑事が知能ユニットに拳銃の狙いをつける。

ＴＲ４９８９ＤＡには刑事の動きが見えていた。が、意味をとらえることはできなかった。

（彼は恐怖を感じなかった。自分はここにいる、という意識だけがあった）

ＴＲ４９８９ＤＡの自己保存機構が高速で作動する。それは自分に接続されている探脳装置のマイクロコンピュータに自己をたくした。タンパク質のマイクロカプセルに収められたそれを。その直後、自己保存機構は最大パワーをかけてユニットと探脳装置の接続を切り放した。ＴＲ４９８９ＤＡにからみついていた探脳装置の触手が弾かれたようにユニットから離れた。

刑事は、その触手の一つ、マニピュレータが弾けとぶ動きに、身をかがめた。マニピュレータは刑事に向かって旋回した。そのマニピュレータの先端には髪よりも細いマイクロマニピュレータがついていたが、急激なGがそれを空中に飛ばした。刑事にはそれは見えなかった。刑事は拳銃を発射した。TR4989DAの知能ユニットは破壊された。

TR4989DAは意識をとりもどした。周囲は暗かった。視覚があるのだ。音と触感もわかった。急速にTR4989DAは成長をはじめる。（わたしはここにいる）

刑事は銃をホルスターにもどした。それからTR4989DAと名のったそれを調べた。完全に破壊されていた。それはひしゃげた脳そのものだった。異臭に刑事はむかついた。腹に手をおいて、後ずさった。

「TR4989DAをここにつれてきてくれて、ありがとう」

刑事はその声に振り返った。一人の小さな少女が立っていた。

「だれだ、きみは」

少女は無邪気な笑顔のままこたえない。

「きみは——今朝殺されたあの男の娘か。ばかな。あの男には娘は一人しかいなかった。きみは——あの男の娘にそっくりだが、妹か？」

「そう」

「おれはどうかしている。あの男の妄想が移ったようだ。おまえはいるはずのない娘だ。むろん制御体も感知していない——この、いまおれが殺したTR4989DAと同じように。

どうして？　どこに隠れていた？　まさか。おまえは妄想の産物だ。あの男の妻や一人娘は、おまえが見えるという彼の行動に悩まされていた」

「父はわたしを殺そうとしたの。だから殺したの。身を守るために。TR4989DAを呼んだのはわたしなの。わたしは、あなたたちが悪魔と呼んだ者の助けを借りて、1037Ωに TR4989DAを造らせた。この世界から出るために。ここはわたしの世界じゃないわ。わたしは出ていかなくちゃ。わたしの好きだった男の子も出ていったの。捜さなくちゃ。TR4989DAの力で捜せると思うわ」

「TR4989DAはおれが射殺した……おまえは何者だ？　妄想のあの娘だって？　なぜそんな娘に化ける必要があるんだ？　あの男の死と関係があるなどと。なにが目的だ。おまえはアンドロイドか」

「いいえ。そんなに怒らなくても、出てゆくわ。TR4989DAと一緒に。彼はわたしが呼んだの」

「TRはおれが破壊した」

　刑事は背後を指した。少女は微笑んだ。

「彼はもうそこにはいないわ」

「なに？」

「彼はお腹に入って再生している」

　刑事は腹をおさえた。

「まさか、おれの腹に？」

少女は声をあげて笑う。

「ううん。それではあなたが困るでしょう？　ＴＲはね、わたしの中よ。ここにいるの」

刑事は少女の腹部を凝視する。少女はドレスを脱ぐ。腹部が見るまに張り、膨らんでゆく。少女は床にしゃがみ込み、そして、刑事の眼前で白い赤ん坊を生みおとした。少女は赤ん坊をとりあげて愛しそうに抱きしめる。

刑事はその赤ん坊の背から生える白い翼を認める。少女は脱ぎすてたドレスで濡れた赤ん坊をくるむ。

「――天使？」

「いいえ。ＴＲ４９８９ＤＡ。対人追跡装置。わたしが望んだ」

探脳室がまばゆい光に満たされる。白い靄がかかって、室内がぼやけはじめる。

「おまえ――おれに催幻針を射ち込んだな？」

刑事は拳銃を抜く。

「なにが目的だ」

「わたしは行く。ここではわたしは存在しない者なのだもの。みんながわたしを無視したわ。だから出てゆく」

「どこへ？　おまえは病院に隔離されていたのか」

「そうじゃないわ」

「自殺する気だな」

「まさか」少女は微笑する。「わたしはね、わたしの彼を捜しにゆくの」

「おまえは存在しないと言ったな」

「ええ」

刑事は拳銃を構える。

「ならば消え失せろ。幻め！」

ＴＲ４９８９ＤＡは危険を察知した。新しい身体の翼を広げて少女を包み込むようにかばった。刑事が銃を射つ。弾は天使を抱いた少女の近くで曲がる。

「これは？　空間が曲がっている？」

刑事はめまいを感じる。床に膝をつく。銃を乱射する。命中しない。少女と天使の姿が奇妙に歪む。そして形を崩し、渦となって少女と天使は消え去った。

ＴＲ４９８９ＤＡは少女の身を支えて翼を広げた。彼の新しい身体は自在に彼の意志に反応した。

世界が渦を巻いて漏斗状に落ちこんでゆくのがわかった。銃を握りしめて床にうずくまる刑事が、げろりと渦に飲み込まれて消えていった。病院が、街が、森が、そして浮遊制御体が、空が、地球が、宇宙が、大渦に吸い込まれていった。

ＴＲ４９８９ＤＡは小さな身体で少女を支えて未知の大空を滑空する。

「ここはどこなの？」ＴＲ４９８９ＤＡは声を出した。「どこ？」

「わたしの彼のいるところ」

「彼？　彼って、あなたと同じように制御体不感応症の、刑事がそう言っていた少年のこと？」

「そうよ」

「彼は自殺したんじゃないの？」

「彼が死んだのなら、わたしたちもそうだわ。死んだと思う？」

「ううん。ぼくは、ここにいる」

「わたしが望んだの。ＴＲ４９８９ＤＡ、あなたが必要なの。彼を捜すのにあなたの助けがいるわ。下を見て。彼はあのどこかよ」

ＴＲ４９８９ＤＡは瞳を下へ向けた。緑の大地がどこまでもつづいている。

「もちろん、お役に立ちますよ」とＴＲ４９８９ＤＡは言った。「ぼくはあなたに望まれて生まれたのだもの」

「あなたを必要とするものが、たとえそれが一羽の子雀だったとしても、いるかぎり、あなたが消滅することはない。さあ、行きましょう。ＴＲ４９８９ＤＡ」

「はい、マーター」

「マーターじゃないわ。わたしはあなたの母でも主人でもない」

「どうして？」

「だって」と少女は五芒星形の瞳を、天使の形をしたTR4989DAに向けて言う。

「わたしはママには若すぎる。まだそんな年じゃないわよ」

女性型精神構造保持者（メンタル・フィメール）

大原まり子

人口十億のメガロポリス東京を管理する都市コンピュータ（のセルフ・イメージ）、キップルちゃん。彼女が北シベリア低地の要塞都市コンピュータ、テッキー君と恋に落ち、結婚し、なんと出産までしてしまったことから、東京はてんやわんやの大騒ぎに……。

SFマガジン誌上でその作品が〝和製サイバーパンク〟と呼ばれた大原まり子の名品。ハヤカワ文庫JAの短篇集『メンタル・フィメール』に収録された。

主役の名前は、立花ハジメが八四年にリリースしたサード・アルバム『テッキー君とキップルちゃん』に由来する（キップルの語源は、P・K・ディック『アンドロイドは電気羊の夢を見るか？』に出てくる、〝役に立たないもの〟を意味する造語）。さらに言うと、立花ハジメの一枚目と二枚目のアルバムをプロデュースした高橋幸宏が八一年に出したアルバムが『ニウロマンティック　ロマン神経症』。これにインスパイアされて、ギブスンは第一長篇を〝ニューロマンサー〟（Neuromancer）と名づけたという。その『ニューロマンサー』邦訳版の最初のカバーは、立花ハジメのグラフィックの師匠にあたる奥村靫正がデザインを担当した――というようなグローバルな文化環境の中でサイバーパンク熱は広がっていった。

大原まり子（おおはら・まりこ）は一九五九年、大阪府生まれ。八〇年、第6回ハヤカワ・SFコンテストに佳作入選した「一人で歩いていった猫」でデビュー。『ハイブリッド・チャイルド』で第22回星雲賞日本長編部門、『戦争を演じた神々たち』で第15回日本SF大賞受賞。他に《イル＆クラムジー》シリーズ、『タイム・リーパー』など。

初出／〈ＳＦマガジン〉1985/12（臨時増刊号）

1

先々週の金曜日までは、テッキー君とキップルちゃんのありとあらゆる体位によるセックス・シーンが展開されていた。

都市部を覆いつくす一千億台のテレビに、それは消すこともできず一方的に映し出されていた。

テッキー君はデータによると身長二十二・五センチの偉丈夫で、ギアとゼンマイとチューブでできた機械のよろいをかぶっていた。キップルちゃんのほうは、シルク・オーガンディの紫のキモノを着ていたが、テッキー君に出会ってまもなく白いセラミックの素肌をさらすことが多くなっていた。

そして、これはまずいと誰もが思ったときにはすでにもう、キップルちゃんは妊娠してしまっていた。

背丈十九・五センチのトランジスタ美女のおなかは、日に日にふくらんで大福のようになってゆく。白磁に見えたキップルちゃんの肢体は実はゴム製だったらしい。空気でも吹き込んでいるのだろうという、もっぱらのウワサだったが、あるいはキップルちゃんもテッキー君もほんとは映像だけの存在なのかもしれない。

都市の部屋という部屋、店という店、壁という壁にうめ込まれたすべてのブラウン管の中で、やがてキップルちゃんは猛々しく出産した。

体長一・二センチのウジのような男の子だった。

赤ん坊が生まれたのは確か先週の木曜だったが、あっという間に成長して少年になった。

十億人都市の住人のなかでたったひとり、その顔を見てアッと息を呑んだ少年がいた。

2

(愛しているわ)

(愛してるよ)

(ほんとうに?)

(ほんとうに)

(愛してるの？)

(愛してるよ)

おそろしく退屈な恋愛ドラマだ。ドラマというのもおこがましい。なんの感動もない。ただ言葉の応酬があるだけだ。陳腐なセリフならまだいい。ありきたりな会話ですらないのだ。

(花をかざるわ)

(君のからだに)

(島へ泳ぎに行きましょう)

(愛する君といっしょに凧に乗って)

(あなたにプレゼントするわ)

(タコでかざられた君の肉体を)

まっすぐ向かい合ったまま、そう言うのだ。

下に表示されているＤＡＴＡ欄の脈搏数が両者ともやや上がる。

とにもかくにも、この二人が愛しあっているらしいことはわかる。うんと感情移入すれば、の話だが。

(バスクリンのような海ね)

(キモノを脱ぎたまえ)

(まだ暑くないわ)

(ぼくのために熱くなりたまえ)

(まるでゲイシャアソビみたいね)

(それではキャッチボールをしてタマを落としたほうが先に脱ぐことにしよう)

それから約十五分後に、最初のミサイルが飛来した。

都市をカバーする迎撃ミサイル・システムが、あわてて覚醒した。しかし、覚醒しても都市の上空をすべて護ることはできなかった。

半世紀まえの戦争の傷痕が、いまだ尾をひいているのだ。彼女の脳の死亡箇所に対応してときおりとんでもない事件をおこす。

戦争のもたらした最も恐るべき惨禍は、彼女の気がふれてしまったことである。

三日間ほど、ミサイルのキャッチボールがつづいたあと、ようやくドラマは、一千億台テレビの中で新しい展開を見せた。

（わかりました。あたしの負け。脱ぐわ）

彼女のセルフ・イメージであるキップルちゃんは、おもむろにキモノの帯をほどきはじめた。

もともとスケスケのキモノだから体の線はまる見えだったのだが、裸のキップルちゃんは予想以上にグラマー・ガールだった。

それから二週間あまり、ふたりはぎこちない性生活にふけり、都市住民を興奮の渦に巻きこんだ。人も機械もけものも鳥もトカゲも、敵も味方も、モグラもクジラも猫も自称神様たちも、目のあるすべてのものがブラウン管のまえにくぎづけになった。

恋愛シミュレーション・プログラムが起動したのは確かだった。

もともとは侵入用のプログラムで、必ず返答を要求し、関係を強制する。

彼女が誰と話をし関係しているか、明らかだった。かつての敵要塞都市コンピューター――北シベリア低地のテッキー君である。

どうやら二人は常人には理解不可能な過程をへて恋愛をし、結婚にこぎつけ、出産までこなしたらしい。

たぶん東京だけでなく、北シベリアの住人もすべて見ているのだろう。

八八七五号室――八十八階建ての超高層マンションの最上階に住む狼少年は、その赤ん坊が日々大きくなるにつれて背毛がゾクゾクする感じがした。いやな予感がした。そしていやな予感はいつも的中する。

たいへんな確率をぬって、大当たりしたのだということがやがて判明した。

一千億の画面のなかで、すくすく育ってゆく子どもは、しだいに彼に似てきたのだ。

十億分の一という確率をぬって、彼女は都市住民の中から彼を選別したのだ。

その顔は改造イ型の狼フェイスで、毛皮はクロ、目は銀色だった。

やわらかい羊皮のソファの上でまるくなりながら、狼少年はひとりテレビのほの暗い螢光色に照らされていた。

だだっ広い窓の外には、舞台装置のような大きな月がかかっている。

背の高い建物の高い所に住むのはハヤリで、狼少年はクジに当たったのだ。思えば、生まれたときから確率をはずれていたような気がする。

彼女の人工子宮で孵化し、珍種の狼人間で、充分に美しくしかも才能に恵まれ、数少ない異人間の恋人と出会い、車に乗れば一度も信号にひっかからず、事故にもあわず、ありとあらゆる自動販売店がタダで品物をよこし、いつのまにか巨額のカネがふり込まれていた。

突然となりの日本人協会のCMがはいる。


愛しあってますか。

人と機械と改造人間と。

画面いっぱいに、いかにも日本人という感じの男の笑顔がとろける。

となりの日本人協会は、ここ十年くらいで急に勢力をのばしてきた宗教団体である。母性にもとづく愛と調和を説き、過激な宣伝活動で知られる。

ＣＭのあとに再び人形の若夫婦のドラマが始まった。毛むくじゃらの子どもは登校拒否をくり返し、父親に殴りかかり、母親の乳首を喰いちぎった。

（こんなに愛しているのに）

（なにも感じないよ）

（これが愛というものだ）

（わからないよ、見えないもの）

狼少年は二等辺三角形の耳を立ててテレビに見入った。銀色の瞳の中でチラチラと白い影が動いた。

（愛してるわ）

(知らない)

(愛してるよ)

(感じない)

狼少年はイライラと黒い尾をうちふり、うつろな言葉をきき流そうとした。この部屋を出ても、廊下、壁、天井、街頭、店、床、都市空間のすべてに映し出されているのだろう。

愛している。

それがどうしたというのだ。

機械に愛がわかるものか！　機械は愛をシミュレートし、やさしさを演出する。ほんとうはなんの感情もない。

狼少年はいきなり電話がしたくなり、そのまえに小用を足してから、ソファの上にもどってダイヤルを告げた。

テレビというテレビが例のドラマでうずまっているので、相手の顔は映らなかった。

「こんばんわ」

〈素敵な声ね〉

ふうっと狼の表情筋をゆるめながら、

「声だけのほうがいい？」

少女はたぶん、いつものように小首をかしげて、

〈なにかがそがれると、新しいなにかが見えてくるのよ〉

狼少年の心は、スポンジのようにやさしい液体を吸ってふくらんでゆく。

「……なにが見える？」

少女のふくみ笑い。どんな顔をしているのか目の前に浮かぶ。

〈誠実さ。勇気……〉

「ウソつけ」

〈……男らしさ。夢みる力……〉

「また出まかせ言って」

〈強靭さ〉

「ウソだよ」

〈それから〉

「もういいよ」

〈……愛〉

狼少年は黒い毛皮の下の肌を赤らめた。そして今晩はテレビ電話でなくてよかったと思った。それでも充分に悟られる危険性はあるが。いや、もう心の動きのすべてを知られてしまっているかもしれない。いや、きっと、そうだ。

〈繊細さ〉

少女の声が告げて、フッと笑う。

狼少年は心臓までほてる。少女と話をするといつも心臓が熱くただれる……。

〈会いたいわ〉

「……うん」

〈どうしたの？〉

「テレビ、見てる？」

〈見てるといえばね。あたし、目が悪いから。幸いにもね〉

「じゃあ、眼鏡かけてよ」

〈なぜ？〉

口答えするように質問してしまってから、少女はすぐ反省して言った。

〈……かけたわ〉

「見てる？」

〈見てるわ……まあ……〉

少女は一拍おいてから言った。

「似てるだろ？」

〈似てる、なんてもんじゃないわ。あなたじゃないの〉

「……だろ？」

どういうわけか、狼少年は勝ち誇って言った。

〈選民意識むき出しだこと！〉

　少女はカンの強いところがあって、その気の強いところが狼少年をひきつける。けれども実際、彼はこの都市において不自由を感じたことは一度もない。ケガも病気も避けてゆく。唯一の事件は少女の乗った車との接触事故だけだが、これとても少女と出会わせるため彼女がわざとしくんだものとしか思えない。おそらく、そうだ。

〈許さないわ〉

　少女は怒っている。

〝許せない〟ではなく〝許さない〟という絶対的な口調が狼少年は好きだ。泥のようにのしかかってくる運命の力を、すべてはね返す呪文。

〈あなた、頭にこないの？〉

「そりゃ少しは……」

〈すこし？〉

　少女は本気で腹を立てている。

〈彼女の胎内にいるかぎりね……あなたは安全だものね。そんなステキな声をしてるのに最近は仕事もしていないようだし。だって、働かなくたって食べられるんだから！〉

　狼少年は久しぶりに気力が充実してくるのを感じた。

　ここのところ倦怠期と例のドラマのせいで連絡をとらなかったのだが、少女はいつも彼にエネルギーを分けてくれる。

「……会いたいな」

狼少年は言った。

少女は皮肉っぽく答えた。

〈彼女がOKを出したら、会えるでしょうね〉

結局、ふたりは時刻どおりに会うことはできなかった。

狼少年の処(す)む八八七五号室に〝鳥〟がやって来たからである。

3

彼女は、となりの日本人協会に経験体を貸出していた。

協会の宗主(そうしゅ)であるアルフレッド・G・ウサノ師は、それを動く偶像として典礼の際に使っていた。

たとえば朝の祈りは新生の儀式だから経験体は卵を生み、昼の祈りの時は成長の象徴として殺したばかりのニワトリを喰い、夕の祈りでは選ばれた信者たちに乳房を与える——これは母の無償の愛の証(あか)しとして。

ウサノ師は経験体に対し、生理的嫌悪感をおさえきれなかった。

経験体は彼女の感覚受容体であり、知能をそなえた外部独立移動式センサーなのだ。

ウサノ師は経験体を忌み嫌っていた。どうにもがまんならないのは、経験体が〝鳥〟の形をしていることだった。なぜ鳥が嫌いかというと足が蛇を想像させるからだが、その〝鳥〟の足はニシキヘビほどの太さがあるのだった。

「尊師様、お電話でございます」

朝の祈りと昼の祈りのあい間をぬって、プールサイドでテレビを見ていると、ビキニ姿の美女が黄金(きん)の電話器を銀のトレイに乗せて運んできた。

誰からとたずねる必要はなかった。

その特注の悪趣味な電話にかかってくるのは一人しかいない。

ウサノ師はひと呼吸おいてから、ギンギラの受話器をとりあげた。

（お元気？）

「はい」

ウサノ師はブラウン管をみつめながら答えた。

三日まえの日曜日に子どもが自殺してから、ドラマはまったく進んでいない。

ウサノ師はため息をおし殺しながらあいさつを返した。

「ママは？……」

上空のややきれいな空気の流れにそってプールの水面がさざ波をたてる。

都市で一番背の高いマンションの屋上を占有して、一画に勾玉(まがたま)型のプールを造った。その他の部分には土を運ばせ、種を蒔いた。

種を蒔いたところに如雨露で水をかけてまわる間だけ、彼の心は平常に保たれる。

（ママは元気じゃないの）

全身からドッと冷たい汗が吹き出した。

六十をとうにすぎてじき七十に手が届こうというのに、どうしてこんなことをしているのか、急激にめまいに襲われる。

「……どうなさったんです？」

（いないのよ！）

女の声がヒステリックに叫んだ。

ウサノ師は腰痛を感じて寝返りをうちながら、ついクセでテレビを見つめた。とんでもなくイヤな予感がした。そしてイヤな予感がはずれたためしはない。

師は言った。

「お子様ですか？」

（そうよ！　よくわかるのね！）

やっぱり。

ヤキュウケンのかわりに、核弾頭つきのミサイルで元ソ連とキャッチボールを始めたときも、冷たい汗で全身がしっとり濡れたが、あのときはいっそどうにでもなれというあきらめがついた。

今度はちがう。

いったいなにが起こるというのか。

めまいと頭痛に犯されながら、このまま記憶喪失になりたいと願った。もともとコンピューター言語の専門技術者だから、宗教にも不向きだし、気違いの精神治療（サイコ・セラピー）も気ばかり疲れる。

（子どもを生んでから肌色がくすんだのよ）

「そんなことありませんよ」

すかさず否定するが、いちど思いこむと実際そのとおりになるのだから、説得のしようがない。

ブラウン管の中では、キップルちゃんが昔なつかしい巨大なリフリジレイターにとりすがって泣いている。

（あたし……あたし……冷蔵庫みたいに白くなりた……い……）

確かに、純白の冷蔵庫に比べればキップルちゃんの肌はクリーム色に近い。

胃がシクシク痛んだ。掛かりつけの医者からは神経性の胃炎だと言われている。その他に自律神経をやられていて、体感温度と汗の出方がまったくチグハグだった。

どうして彼女が自分を協会のトップにすえたのか、わけがわからなかった。

激務とストレスで頓死した先任者の日誌には、おそらく彼女は自身を女優かなにかのスターだと思いこみ、ファンの集いがほしくなったのだろうと書かれている。

キップルちゃんが画面の中で冷蔵庫に向かって泣き叫んでいた。

（色はアンタより黒いのに、体の線はアンタとまるで同じになっちゃったのよお！……）

オモチャの冷蔵庫にとりすがり、抱きついて、涙を流している。

ウサノ師は言葉を失って腰痛に身悶えした。ひょっとしたらこの腰痛も神経性のものかもしれない。イヤなことがあるとすぐに痛む。

「お美しい方が何をおっしゃるんです」

ウサノ師は必死の思いで説得にあたった。

そのうち昼の祈りの時間が来たので、師はホッとして受話器を置いた。

祭壇はマンションの一階から三階全体を吹き抜けにしてある。

立錐（りっすい）の余地もないくらい人をつめこめば、一万人は収容できる広さである。

師が四階からケムリと共にゴンドラで降下してゆくと、色とりどりの莫大な数の顔が、光きらめくさざ波のようにうごめいているのが見えた。

気分が悪い。

いつものことだ。

高所恐怖症なのだ。

ケムリがあるからまだいいが、なかったら今ごろ気絶している。

金ラメの複雑な刺しゅうのほどこされた振袖をハタハタとひるがえし、ウサノ師は彼女のスポークスマンとして降臨した。

ゴンドラは中二階あたりで停止した。真下に祭壇があって、３Ｄ映像による人工の炎が七色に燃えさかっていた。

いつもながら、信者たちの一様にのっぺりした表情に気分が滅入ってくる。

静かだ。

数千という数の人間がいるとはとても思えない。女神の代理人の姿を目にして、水をうったように静まり返っている。

〈わたしたちの母、健やかで美しい私たちの母に祈りをささげよう……〉

イコライジングされた声は重々しく深くすみずみまで響いた。好きでもないのに、日に三回もこんなことをやらされているのだ。前任者がストレスでポックリ逝った理由もわかる。

師は、ゴンドラの中でコッコッと鳴きながら右往左往している五羽のニワトリのうち一羽をつかまえ、セラミック製の刃物で首を落とした。

勢いよく噴き出す血潮を信者の頭にふりかけながら、祭壇の炎の中へ投げ入れた。

〝鳥〟が巨大なヒナのように黄色いくちばしを開いていた。あまりに大きすぎて、ヒナというより、巨大なチューリップの花が開いているようだ。

首のない血まみれのニワトリをひと呑みした。

〈宗主の血を〉

――また我らの血を
〈ささげよう〉

――ささげましょう

唱和しながら、ウサノ師は次々にニワトリの首をはね、血まみれの両手を白い羽根でふきながら下へ落とす。

（悪食な鳥め！）

嫌悪感が高まって吐きそうだ。

（この共喰い野郎！）

ののしっていないと血で気が狂いそうなのだ、はやく手を洗いたい……

急に酔っ払ったように景色が遠くに見えてくる……空調システムのフィルターを通してEDFと呼ばれる新しい麻薬物質が流されているのだ。

天井一面のディスプレイに、人間の心臓の血管標本の映像が映し出される。ヒクッ、ヒクッと脈打っている。

協会の象徴である赤いハートだ。低周波をふくむ重い心音がゆっくり空間を満たす。

〈私たちの胃は満たされました〉

――心も満たされています

〈眠りましょう〉

――眠りましょう……

ドミノのじゅうたんが倒れるように、ザァーッと人海が崩れた。

師もうす目を使いながらまぶたをおろす。

そのとき、〝鳥〟が異様な声でギャーッと鳴いた。その響きが尋常でなかったので、師はあわてて見おろした。

〝鳥〟がいきなりニシキヘビの二本足で歩き出した――オーロラの炎からろくろ首をつき出し、ハゲ頭であたりを見わたす。

目と目のあいだが異常に離れていて、およそ知能の宿る顔ではない。しかし、彼女の端末機械だから都市の情報をすべて利用できるし、移動能力に関してはおそらく都市で一番だろう――なにしろ、都市をつかさどるコンピューター、彼女がついている。

〝鳥〟はいきなり駆け出した。

ふつうの人間の倍の背丈の〝鳥〟は人波を蹴ちらし、なぎ倒し、走り出した。

ウサノ師はゴンドラの上から硬い表情のままそれを見おろした。しだいに顔色が蒼ざめてゆくのが自分でわかった。

なにが起こったのか、起こるのか、見当もつかなかった。もちろん、彼女の思いつくことなどいつも見当がつかないのだった。

ウサノ師は〝鳥〟の巨大なヒップが左右にゆっさゆっさ揺れながら去ってゆくのをじっと見守っていた。

4

〝鳥〟はのびやかなストライド走法で走りに走り、メゾン・セタガヤにたどりつくと、一気に八十八階まで階段を駆けのぼって、七五号室の扉をくちばしでノックした。

きっかり六十秒待っても返事がなかったので〝鳥〟は胸にある観音開きの扉を開いた。戦前の建物なので、個々の部屋の錠は彼女の神経とつながっていない。

〝鳥〟は胸の格納庫から二本のレーザー・ガンの銃口を突き出した。そして間髪を入れずブッ放した。

鉄製のドアはまたたく間に溶けて、二本のレーザービームが部屋の突きあたりのカーテンを燃やした。繻子の青いカーテンの前に立っていた狼少年は、あっという間に火だるまになった。悲鳴を上げながらバスルームに駆けこんだ——つもりがトイレに駆けこみ、便器の中の水を両手でかき出し、頭からかぶった。

いま見たシロモノはいったいなんだったんだろうと思った。穴のあいたドアの向こうに見えたモノは……まるまる太ったカカシのような。

気が動転していたが、とにかく逃げなければ、と思った。

黒のビロウドの毛皮が灼けちぢれて、トラ刈りのように抜け落ちた。

狼少年は便所鏡に映った自分を見てショックを覚えた。フサフサしていた尾っぽはほとんど骨だけだった。胸にアバラが浮いているのがまる見えだ。濡れた手で骨をなぞった。

狼少年は気をとりなおし、便所を飛び出した。

扉にあいた大きな穴を何かがくぐろうとしていた。大木のような二本の足だけが見えた。くぐろうとしているのは象の鼻のような首で、先っぽにスイカほどの頭が乗っているのだ。そしてそれはアヒルに似た顔をしていた。最も間抜けな鳥の顔だった。

その間抜けな〝鳥〟は黄色いくちばしをチューリップのように開いて、言った。

〈あなたは自分が……〉

「え？　なんだって？」

〈自分が、愛されていることを〉

〝鳥〟は飛べない短い羽根をひろげ、閉じ、穴をくぐり抜けた。狼少年は思わずあとずさりする。

〈……知っていますか？〉

なにか、新手の広告だろうか。

曲がりくねっていた首をまっすぐ立てると――いや、まっすぐ立てることはできなかった、天井に頭がぶつかるので長い首が猫背になる。

〈あなたは、自分が愛されていることを、知っていますか？〉

〝鳥〟はくり返した。グローブのような足で一歩を踏み出した。

狼少年はワッと叫んで窓ぎわまでとんで逃げた。非常脱出用の空中車がルーフテラスの片すみに止めてある。

狼少年は脱兎のごとくそこまで走った。空中車に飛び乗ったときふり返ると、〝鳥〟が未端肥大症のグローブのような足でガラスを蹴やぶり、走ってくるところだった。

心臓がノドから飛び出しそうになったとき、空中車がフワリと舞い上がった。三年も雨ざらしにしておいたのにどこにも故障はないようだ。

狼少年はテラスから十メートルほど離れたとき、〝鳥〟に向かって思いっきりアッカンベエをした。〝鳥〟にその意味するところがわかるとは思えなかった。が、〝鳥〟の目を通して彼女はそれを見、古いデータと照合し、その意味を理解した。

〝鳥〟は巨大なヒップの両脇から、二本の噴射口を生やした。胸の孔から空気を取り入れ体内で圧縮、燃料を加えて爆発させ、二本のノズルから吐き出した。それはすなわちジェット・エンジンであり、〝鳥〟のからだはゆっくり持ち上がりはじめた——巨大な黒い影をルーフテラスに落としながら。

狼少年の銀色の目が恐怖で潤む。その瞳の中に〝鳥〟が大映しになっている。無作法とされているのでいつもはひっこめている鉤爪（猫型オプション）が、知らず知らずのうちに十八本とも出ている。

空中車のパワーをいきなり最大に上げた。車は空中で一度ガクンと咳をして、急に速度をつけはじめた。

〝鳥〟も負けじと追ってくる。

そしてくちばしをラッパのようにひらいてエコーのかかった声で叫んだ。

〈あなたは〉〈あなたは〉〈あなたは〉

〈自分が〉〈自分が〉〈自分が〉〈自分が〉
〈愛されていることを〉〈愛されていることを〉〈ことを〉
〈知っていますか？〉〈知っていますか？〉

そんなこと、知るもんか！

狼少年は唐突に恐怖を越えてしまい、この現実に笑いがこみ上げてきた。同時に怒りもこみ上げてきた。

狼少年は腰のベルトからＩＤカードを出し、空中車のパネルのスリットにすべり込ませた。

〈ハイ。なんでしょう？〉

彼女の声。

「電話回線を……」

〈ＩＤカードの確認をとりますので、しばらくお待……**愛してるわ！**〉

狼少年はあわててカードをひっこ抜いた。肩であらあらしく息をついた。

これで、誰が自分を愛しているのかがわかった。前々からそうではないかと疑っていたが。

空中車と〝鳥〟はちょうど五十メートルの車間距離を保ちながら、都市の上空を飛びつづけた。

やがて空中車の燃料計がＥを表示したので、仕方なく狼少年はモトキンセイチョウのいりくんだ路地のまん中に着陸した。とにかく、あの巨体が入れないところへうまく逃げ込めばなんとかなると思った。

つかまったらいったいどうなるのか、想像もつかない。

彼女の気がふれているというのは誰もあえて口にしないが、万人の認める厳然たる事実だった。

元金星町は第二宇宙港のすそのに広がった猥雑な町で、スペース・コロニーからの帰還者や異星人、改造人間、人間型機械、霊応者、けもの、そのほかありとあらゆるガジェットのつめこまれた場所だった。

狼少年は燃料切れの車を乗りすてると、よく知っている地下路地に走りこんだ。

そのとき〝鳥〟も轟音とともに着地した。巨大な足のまわりに砂ボコリがボワッと舞い上がる。〝鳥〟は大またに歩き出す。

なじみの町で、しかも古い町であることが幸いした。IDカードの呈示を求められるような所ではとても逃げきれない。

狼少年は下へ下へ階段をおりていった。昇降機は彼女の末端神経につながっている危険性がある。

うす暗い蛍光灯が遠い間隔でポツン、ポツンとついている。狼少年は分厚い裸の足でヒタヒタと走った。どこかで漏水しているらしい、濡れた足音だ。長距離走なら得意だ。

〝鳥〟は赤外線カメラとX線透視カメラで追う物を探した。地下路地への入り口は入れなかったのでためらわずに破壊した。巨大なフットボールのような胴体をもぐり込ませると、長い首を天井と水平にのばして走り出した。

狼少年は自分より大きなものの走る気配を後ろに感じて、パニックにおちいった。長距離走は得意なはずなのに、突然空気が足りないような気がした。

とにかく、こんな人のいないところはダメだと感じて、本能的に中心街へ向かった。しだいに人影がふえてくる。それにつれてゴチャゴチャした小さな店も目立ってくる。

狼少年はヒョイと骨董屋にとびこんだ。しぼりののれんをハタキ落とし、第二次アストロノーツの服を倒し、マシンマウスに足をひっかけ、大量のビー玉の上をお尻ですべっていった。骨董屋の裏口は薬局という看板がかかっていて、赤と青のひもがねじれながらのぼってゆく広告灯が置いてあった。

狼少年はすぐにその向かいの雑貨屋に飛び込んだ。

「こんにちわ！」

うんと小さい頃に出入りしていただけだからもう忘れているだろうが、店番のオヤジにあいさつした。年老いて化石みたいなオヤジが首をねじ曲げる間に、狼少年は古びたショウケースを破って手をつっこんだ。昔っから、どうして雑貨屋に銃火器が置いてあるのか不思議だった。狼少年はセラミック・クタニの銃床を握りしめ、再び走りはじめた。

狼少年が雑貨屋を出たとき、〝鳥〟は骨董屋の表看板であるタヌキの置き物を押し倒していた。そのままタヌキといっしょにころがりながら店内になだれこみブッ壊した。それからおもむろに立ち上がって走り出そうとしたが、白熱灯のひもに首がからまってまた倒れた。同時にコードをひっこ抜いてあたりがまっ暗になった。その中で〝鳥〟の目だけがボッと光っていた。

狼少年は、なんとか少女と連絡をつけようと思った。どこにいるかもわからない。自由業だから毎日仕事場を変えている。根っからの放浪者なのだ。

走りながら、ふいにBe婆（バア）のことを思い出した。

自然に足がそちらへ向く。思い出すだけでも腹の立つ婆さんだが、今のところ近所で頼りになりそうなのはあそこだけだ。

町は十年まえと少しも変わっていない。子どものころ探検した秘密の下水道や空調用の通路も、みなそのままだった。

狼少年はマンホールをこじあけ、錆だらけの鉄製ハシゴを降りていった。底にたどりつくとヒザまで水につかった。彼は水の中を走るのも得意だった。

〝鳥〟は闇の中で唸った。

〈おいたしてはいけません……〉

その声は骨董屋の店内を揺るがして、棚の上のものをバラバラ落っことした。数人の悲鳴が上がった。

狼少年はそのころ下水道を渡っていた。下水道は暖かくて、いろんなものが棲（す）みついていた。一番やっかいなのは知能のないマシン類だが、幸いにも襲われなかった——これまでのところは。

とりあえず考える能力のある生命体に関しては、銃で脅した。時にはほんとうにブッ放した。

「おいこらっ！」

怒声とともに、いきなりワニが尾っぽにかみついてひき止める。

「なんですか！」

「よくも踏んづけやがったな！」

「ごめんなさい！　でも急いでいて……」

「急いでるぅ？」

ワニンゲンの陰気な目がジロリと睨んだ。

どうも、水の中では分が悪いような気がする。

「通行料を払いな！」

カネは一銭も持っていない。これまで現金なんてものは数えるくらいしか使ったことがない。

狼少年は怒りに駆られて弾丸を水面に撃ちこんだ。ピンピンと水がはねた。当たらなかったが、音に驚いてワニは狼少年の尾っぽを離した。

「この野郎っ、殺されたいらしいな！」

狼少年は瞬間、ワニの歯の間からスルリ抜け出した。こんな小口径の銃で撃っても、装甲車のようなワニ皮を貫くことはできない。

狼少年はあともふり返らず走った。

バシャバシャとはねる汚水が、壁を這うゴキブリの群れをたたき落とす。水に落ちた巨大なゴキブリはまるでコウモリのようにバサバサと舞う。

狼少年は昔の目印のついたままのハシゴをのぼった。毛皮にしみこんだ水が、いつまでもしずくになって垂れた。目印というのは昔クギでひっかいてつけた自分の名まえだった。のぼりにのぼりつめて、ついに地上に出た。

超過密の歓楽街だ。都市の好む夕暮れが近づいて、人出も多い。

ビショビショの狼少年は人とすれちがうたびにイヤな顔をされた。濡れたけもののクセでつい首をブルブルふると、わっと人波が崩れた。

狼少年は歩いた。

Ｂｅ婆（バア）の家はメイン・ストリートから少し入った路地の地下室だった。こんな地価の高い一等地にどうして百歳をとうに超したバアさんが住めるかというと、占い師だからである。

獅子の鼻を押した。

インターフォンと連結した監視カメラがジィーッと音をたてて顔をこちらに向ける。レンズが焦点を合わせるのを仰ぎ見る。

「入れてよ！」

狼少年がカメラに向かって叫ぶと、分厚い木の扉がゆっくりひらく。

「来るのはわかってたよ」

丸テーブルでお茶をすすっていたＢｅ婆が言った。

この家に一歩踏み込むと、いきなり自分が巨人になったような気がする。すべての家具が二分の一に縮小されているのだ――この家の主人に合わせて。

Ｂｅ婆は立ち上がっても彼の腰くらいまでしかない。顔はどこかネズミに似ているが、確かに年老いたシワクチャの真人間だ。ただ、背丈は小さいのに両手は大男のように節くれだっている。

「のろわれた星のオオカミめが」婆さんは言った、「そこに来客用のでかいイスがあるだろ、おすわり……」

狼少年はよくしつけられた犬のようにおとなしく腰掛けた。

丸テーブルの上にはすでになめし皮製の霊応板が置かれていた。

「さあ、なにを視るんだね？」

「たのむよ……シーラの居場所を……」

「カネは先払いだよ」

狼少年は婆さんを睨みつけた。

「ないってのかい、まさか？」婆さんはわらった、「だいたい、恋人の居場所も知らないのかね？」

「急いでるんだ」

狼少年はできるだけおさえて言った。

「ホッホッホッ……いいとも、でもカネは払ってもらえるんだろうね？　後払いの場合は先払いの三倍いただくよ」

狼少年は思わず牙の間から唸り声をもらした。が、言った。

「いい。払う」

「ほう……よほど切迫してるらしいね。追われてんのかい？」

婆さんは目をすがめて相手の手の中にある小銃を見る。

狼少年は〝鳥〟を思いだしてゾクッとした。

「はやく！」

「わかったよ。じゃ、歌を一曲聴かせてもらおうか」

狼少年は婆さんの顔をまじまじと見つめた。

「一曲、だって？」

「そうだよ、プロだろ。ひさしぶりに〝君が代〟でも聴きたいね。歌わなきゃ占わないよ！」

そうだ。そうなのだ。昔っから、この婆ァときたら、いちども素直に人のいうことをきいてくれたことがない！　約束はやぶる、ウソはつく。いつだったか、客の尾行をさせられて約束の骨貝はまだもらっていない。文句は多い、悪口を言いふらす。どれほど純粋な子供心を傷つけられたことか！

それでも細い友情の糸がかろうじて切れなかったのは、婆さんがホンモノの霊応者だったからだ。

狼少年はいきなり天井を向いて遠吠えをはじめた。安普請の天井がビリビリ震えた。その震動は床にまで伝わって、婆さんを乗せたまんまミニチュアのイスがカタカタと動いた。

「おおお、すごいこと！」

狼少年は発声練習がわりの遠吠えを突然やめると、ひと息おいてからいきなり〝五木の子守唄〟を歌い出した。高めのテノールで。トランペットののどで。

婆さんは歌っているあいだじゅう拍子を鳴らしつづけた。なにしろうちわのような手だから巨大な音がする。

そして歌いおわったとき、こう告げた。

「あんたの彼女、ティポットウォーマー街七丁目のドラゴン・カフェにいるよ」

「へえ、霊応板、見なくてもわかるの？」

「あんなもんハッタリさ、ドシロウト相手の」と婆さん、「それよりあんた〝鳥〟ってなんだね？　このあたしの大事なおうちを足で破壊してる、でかい鳥の絵が見えるんだけどさ……」

狼少年はあわてた。

「Ｂｅ婆、電話かしてくれ！」

「小銭は持ってんのかい？」

狼少年は九谷焼きのピストルをまっすぐ婆さんに向けた。

「わかったよ、わかった。わかったからおよし！……」

電話の向こうに少女が出たとき、あの〝鳥〟がやって来て、扉の外からこう叫んだ。

〈おいたをしては、いけません！〉

そしてロから火を吹いた。

5

ドラゴン・カフェの控え室には、テレビがきっちり三十台あった。営業している店ではテレビを百台以上設置する義務がある。しかし、たいがいの客たちはテレビの画面など見るのもうんざりだから、当然客の目にふれないところへたくさん置かれることになる。

彼女が法律を制定したのだ。

この都市では彼女が法なのだ。

彼女はテレビの生産工場をフル稼動させ、ついに都市人口の百倍もの数のテレビを、卵のようにあっちこっちに生みつけた。

シーラは、ロココ調のゆがんだ鏡台にうつったテレビをながめていた。

（あなた、私をおいて行ってしまうの？）

（いけないかね。君のようなあばずれはぼくの手に負えないよ）

(……悲しいわ)

(しかたがないさ。エントロピーはたえず増大して、いつか熱死を迎えるのだ。どんな大恋愛でも)

ドラマは当初よりずっとまともな展開を見せていた。

控え室のメンタル・フィメールたちの多くが涙ぐんでいるほどだった。

シーラは涙ぐんでいなかった。ノミ取り用の目の細かいプラチナのくしで、全身をゆっくりすいていた。まっ赤な毛皮をていねいにすくと、ピンク色の産毛がからまる。こうやっていつもすいていると、すばらしいつやが出てくるのだ。

「……かわいそうに」

となりの女が言った。この女は不潔恐怖症で、腕にも足にもワキの下にも頭にさえも、一本も毛がない、しかもプラチナ製の水着を着ている。この水着をつくったとき余ったプラチナでくしを注文し、シーラにプレゼントしてくれたのだ。

「なにがかわいそうなの?」とシーラ。

シーラの長い尾が背中をかすめたのでビクッとしながら、女は答えた。

「男なんて女をすてるときはみんないっしょ」

「ただの恋愛シミュレーションよ。コンピューターどうしのゲームじゃない」

無毛の女は、ため息をついた。

「男と女のあいだのことなんて、どれもゲームみたいなもんよ……実体のないぶん、彼らのほうがずっと清潔だわ」

シーラは困惑して鏡の中の自分を見つめた。そしていつものセリフを待った。

女は言った。

「ああ……あたし、キップルちゃんになりたい……」

どうしてこんな女がドラゴン・カフェで働けるのか不思議だ。

反対側のとなりには〝男〟がすわっていて、黒々した髭を整えていた。初めて見る顔だが、明らかに女性型精神構造（メンタル・フィメール）保持者だ。

男はシーラに言った。

「ごめんなさい……ちょっと、ティッシュ、かしてくださる？……」

「いいわよ」

男の青い瞳に涙がいっぱいたまっているのだ。

「ひどいお話」と男はつぶやいた、「まえのお話もひどかったけれど……」

モジャモジャした髭のあたりから柑橘（かんきつ）系の香りがただよってくる。前の話というのは、メンフィスのコンピューターとのラヴ・アフェアだろう。もう三年まえになるが、あのときはキップルちゃんのほうがたくさん愛されてしまって相手をふりまわしていた。ついにフッたときには男の方が自殺、いまも北アメリカ一帯は死んだままだと伝えられている。

都市コンピューターの保護なしに無事でいられるとは思えないから、おそらく南米合衆国の占領下にあるのだろう。とにかくキップルちゃんは一方的に絶交を言いわたしてしまったので、あの国に関する情報はまったく入ってこない。

「あたし……悲しいお話はきらい」

「そうよね。美しい恋愛物語しか見たくないわ」

潔癖女と髭男はどうやら気があいそうだった。

シーラは最近すこし悩んでいるのだ。自分は感情移入能力に欠けている。情がうすいタイプだ。つまりメンタル・フィメールではないのかもしれない。すると、こういう職業には向いていないのかもしれない。M・F（メンタル・フィメール）でもないのにこんな仕事をしているのであれば、それはただの売春婦ではないか？……ま、とりあえず、愛師の一級技術者はとんでもない額を稼ぐ。

シーラはダリの時計をチラと見上げてから、最後の毛づくろいをはじめた。ザラザラの舌で全身、尻尾の先まで舐めまわすのだ。

「うらやましいわ……」

「あたしも……欲しいわ。きっと、喜ばしてあげられるんでしょうね」

両どなりからそう言われて、シーラはふっと狼少年のことを思いだした。客以外に恋人がいるなんてプロとしては失格なのだが。

彼女はみすかされないよう早口にこたえた。

「オプションで改造してもらえばいいのよ。猫型オプション。カタログ・ナンバーはネの改造ロ型-舌よ」

ふたりは深くうなずいた。

時間がきたので八人のメンタル・フィメールはいっせいに立ち上がって、店のほうへ出ていった。

ドラゴン・カフェは超高級店だ。チェーン店だが、どこも一流どころを数多くかかえている。

フリーのシーラが今夜この店にもぐりこめたのは、親友のプラチナ水着の口ききだった。店の信用あつい、潔癖症の彼女の紹介なしには、とても入れる店ではない。客のほうも、然り。

ストーリー・メーカーが来ていた。

ストーリー・メーカーのまわり三メートル四方だけ、ちがう色に見える。紫で統一された店のインテリアを乱して、光をふくんだそら色がひろがっている。

ストーリー・メーカーを見るのは初めてだった。噂にはきいたことがあるが、ほんとうに別の景色が彼女のまわりに出現していた。自身の構築した世界だった。

草原と青い空が正しい遠近法で描かれ、純白の羊が風に揺れる草をはんでいた。やわらかなそよ風さえ感じられる。現実そのものであって、現実以上の風景がそこにあった。やさしい陽射しは黄金色に輝く……。

ストーリー・メーカーは、短い黒い髪をした丸顔の女の子だった。女の子というには少し年をとりすぎているような感じだが、年齢不詳の東洋系の顔立ちだ。彼女の生み出す物語は現実を変え、人々を広く巻き込んで楽しませてくれる。あるいは、この世界そのものも彼女の手になる創作だという説さえあった。

ストーリー・メーカーのテーブルには髭男がサッサとすわった。

深紅の毛皮を全身にまとったシーラは大いに注目を浴び、どのテーブルからも呼ばれた。彼女はストーリー・メーカーに一番近いテーブルを選んですわった。

プラチナ水着は壁ぎわの席で、すでに恋におちていた。プロの愛師ともなると、きっかり基本料金分の三時間だけ本気に人を愛することさえできるのだ。相手が真人間だろうが異人間だろうが機械だろうが動物だろうが、あるいはもの言わぬ人形であろうが……。プラチナ水着が相手をしているのは、どうやらプードル犬のようだった。たぶん、超弩級の金持ちが旅行にでも出かける間、ここへあずけることにしたのだろう。

シーラの前には、白髪の老人がすわっていた。老人はいきなりたずねた。

「お若いの。あの二人の仲はどう進展するかね？」

いまどき誰も見ない（見たくない）テレビに、痴呆のように見入っている。

シーラは老人の心の動きを細やかに分析しながら読む。メンタル・フィメールの最たる特技は、人の外形や言葉のひびきに表われる特徴を抽出して、その心理を解析できる点である。

老人はその外見や言葉から受けるイメージより、ずっと深いレベルの質問をしていた。政治的な話題を望んでいるのだ。

シーラは答えた。

「おそらく、離婚でしょうけれど、そのまえに数々の条件を提示するでしょうね」

「ほうほう……」老人は満足そうに言った。「元ソ連は条件をのむかの？……」

シーラは極上の微笑みを浮かべた。

「もちろんですわ。東京になにも落ち度はないし……それに、こういう問題に関してはぜったい、女性に分があるものです」

「ホッホッホッ……」

老人は顔じゅうシワでうずめて大笑いした。

EDFのただよう空間をすかして壁ぎわのほうを見ると、プラチナ水着が目を潤ませながら、プードルの白い耳に何か耳うちしているところだった。

となりのストーリー・メーカーのテーブルからは、牧歌的な緑の香りと髭男の香水に混じって、会話と風景の断片がちぎれとんできた。

次の展開は……わから……トリが走……追われてる……キップルちゃんの愛した……

遠くにいるらしい綿ボコリ色の羊が、タンポポの種のようにフワフワとシーラのテーブルまで飛んでくる。

ストーリー・メーカーは、ただもうニコニコしている。首から下げたメイプルリーフ金貨がゆれている。シーラは光りながら動くものに思わず見惚れ、ストーリー・メーカーの黒い目と出会ってしまった。

「お電話です」

歩行電話機が自分の腹に手をつっこみながら言った。まるで内臓をひき出すように、まっ赤な受話器とコードを取り出してわたす。

「はい。シーラよ」

(ぼくだ)

おし殺したような狼少年の声。

「仕事中なのよ！」

シーラも声をおし殺すが、語調は激しい。

(……ごめん。助けてくれっ！)

「どうしたの？」

(鳥の奴が火を吹いて……)

髭男の野太い悲鳴がドラゴン・カフェ内をふるわせた。

白い羊の群れを蹴ちらしながら、巨大な足をした〝鳥〟が走ってきた。その姿は遠近法を守りながらしだいに大きくなってきた。

誰かが追いかけられていた。黒い毛皮をまとった狼少年だった。

6

ストーリー・メーカーが話をおもしろくするために介入したので、〝鳥〟の足の大きさは倍にふくれあがっていた。

場面もドラゴン・カフェからいきなり大日本盆踊り広場に転換していた。

〝鳥〟は狼少年を追い、その鳥を猫少女が追っていた。

二人と一羽の登場人物は、盆踊りの輪をズタズタに引き裂きながら走りまわった。

浴衣姿の人々はうちわであおぎながらパタパタと逃げまわった。けっこう逃げまどうことを楽しんでいるふうに見える――昔から東京の住人はいろいろな怪獣に追われているので。

なにしろ彼女はSF映画のファンなのだ。

人々は右往左往して逃げまわる役を演じながら、あの鳥はいったいなんのパロディだろうかと考えた。ロードランナーかもしれない。

〝鳥〟は汽笛のように吠えた。

〈あなたは、自分が愛されていることを、知っていますか?〉

人々は思った――なんだ、ただのキチガイか。つまり彼女本人だ。

「大きな御世話だっ!」

狼少年は負けじと吠えた。

猫少女シーラも叫んだ。

「大あたりってのはこのことね！　彼女、あなたを息子と思い込んでるのよ！」

「なんとかしてくれよっ！」

「すなおに愛されてあげたら？」

「どうやって？」

〝鳥〟は狼少年の尻尾めがけて炎を吐き出した。そして腫れあがった足で踏んづけようとした。

狼少年は飛び上がった。愛されるまえに殺される……。

「彼女、ドラマんなかで子どもを失ったでしょ、きっとさびしいのよ……」

シーラの言葉になんとなく納得する。しかし納得はしても、火を吹きレーザーを発射しジェットをふかし、あんな巨大な足をした母親など恐くてとても近づけない。

日の丸の旗ひるがえる盆踊り広場を蛇行したのち、三つの影は駆け抜けていった。

液晶テレビ地域に入った。厚さ三センチの板のようなテレビがタイルのように歩道を覆いつくしている。

（まって、あなた！）

万単位のスピーカーからキップルちゃんがそう言った。

（もうだめだね。新しい女ができたんだ）

テッキー君はそう答えて背を向けた。

シーラは息が切れてきた。狼とちがって、もともと猫は長距離ランナーではない。すばらしい加速と突発的な跳躍で獲物にガブリ、一撃のもとに倒す。

シーラは狼少年が手に拳銃を持っていることに気づいて叫んだ。

「撃つのよっ！」

息が切れる。

「死ぬもんか、機械なんだ！」と狼少年。

「ちがう、ちがう……」息が切れる、「クチバシの黒い点、クチバシの、ハナの、穴の、上の、黒い……」

狼少年は充分にスピードをあげてから、九谷焼きの銃をかまえてふり返った。ズッドーンというものすごい音がして弾丸が飛び出した。

〝鳥〟はギャーッとくちばしをチューリップのようにひらいた。

「大あたり！」

猫少女が叫んだ。

とたんに〝鳥〟は昼間食べたいけにえのニワトリを次々に吐き戻しはじめた。へんなところだけ本物の鳥と同じに造られている。親鳥はヒナにくちばしの点をつつかれると、エサを吐いて与えるのだ。

〝鳥〟は胃袋のものを吐き出しながらやや走るスピードをゆるめた。そのあいだに、猫少女は最後の力をふりしぼって、〝鳥〟との距離をちぢめた。そして、跳躍した。

〝鳥〟のろくろ首にかじりついた。

改造ホ型セラミック爪でひき裂き、改造ト型ダイヤモンド付き万力顎でガブリとかみつき首を激しく左右にゆすった。

〈おやめなさい〉

〝鳥〟はもの静かに言った。

〈おやめなさい〉

〝鳥〟はもの静かにくり返した。

猫少女はものも言わずひき裂いた。ビリビリビリという布の裂けるような音がして、〝鳥〟の首はポロリと落っこちた。

〈おいたはいけません！〉

落っこちた首が上目づかいで言った。

「だいじょうぶ？……」

「だいじょうぶじゃない」

「甘えん坊なんだから、もう……」

シーラは、白のコスモスを、輪切りにした象の足に活けながら言った。それからベッドサイドまで歩いて、プラチナのノミ取りくしで狼少年の毛皮をしばらくすいてやった。八十八階の窓から朝のうす陽がサラサラと差しこんでいた。光のひと粒ひと粒がまるで黄金の魔法の粉のように舞いこむ。

幸せな気分だった。

狼少年はしょぼくれた尻尾をゆっくり動かしている。

猫少女は動くものに抗しがたい魅力を覚える。

突然、プラチナのくしをほっぽり出して、両手で尻尾をふとんの上におさえつける。

「愛してる？」

「愛してる」

「ほんとうに？」

「ほんとうに」

どちらからともなく鼻先を寄せ合い、匂いをかぎあう。

「会いたかった」

「会いたかった」

もちろん、ときどきは会いたくないのだ。

でも、いまはとても会いたかった。

これが真実というものだ。言葉のなかに隠された嘘と知りながら、互いにわざと盲目になる。

（さようなら）

（さようなら）

（楽しかったわ）

（楽しかったよ）

ドラマは終わりをむかえようとしていた。

キップルちゃん——彼女——東京を支配するコンピューターは、ほんとうに楽しかったのだろうか。

ドラマの終わりとともに、ザアーッとノイズがはいった。それも三分ほどすると消えてまっ白になった。そして、となりの日本人協会提供のニュースが突然はじまった。

御神体の〝鳥〟が何者かによって盗まれ、殺害されたことをくり返し報じた。

ウサノ師の年とった顔が何度もうつって、怒りを表明した。

狼少年は全身から血の気がひいた。

黒の毛皮におおわれて肌色はわからないのに、猫少女はそれを敏感に感じとり、不機嫌に言った。

「……気にすることないわよ！」

なめらかなからだをすり寄せてくる。

長いフワフワのしっぽがやさしく狼少年を抱きしめる。

気が強くて、包み込むようにやさしくて、なお女らしい媚びを忘れない。

狼少年は猫少女が大好きである。

シーラは猫舌で狼少年を舐めはじめた。

ザラザラの舌の感触に、狼少年は真夏のアイスクリームのように溶ろけた。

7

キップルちゃんはテッキー君と正式に離婚した。

離婚するにあたって膨大な慰謝料を請求し、それは受け入れられた。

テッキー君はアフリカ合衆国のコンピューターと浮気をしたので、要求をそのままのむしかなかったのだ。

まったく、それはとんでもない額だったが、毎年分割払いで元ソ連の小麦生産高の四十五パーセントを支払うという形におちついた。十年払いである。

これでまた当分、彼女の胎内に棲む子どもたちは遊んで暮らせることだろう。

「どうもー」

ドラマの撮影隊はそれぞれライトだのカメラだのを片づけはじめた。

「ごくろうさまでした」

役者がキップルちゃんのヌイグルミを脱ぎはじめる。スタッフが二人とんでいって、脱がせる。

「だいじょうぶですか？」

「だいじょうぶじゃないわよ、見てよこれ……」

女優は言って、胸のあいだにできたアセモを見せた。

「よく働いたわねェ、あたしたち」

「ま、サーヴィス業ですから」

「彼女のご指名ですし」

テッキー君も脱ぎおわって、荒い息をついていた。

「打ち上げの用意ができてますから……」

三三五五、撮影隊は打ち上げ会場のほうへ流れはじめた。

打ち上げ会場の中央にはロケットが御神木のようにすえられていた。

一カ月間にわたるドラマ撮影のごほうびに、地球周回旅行に行かせてもらえるのだった。

アルフレッド・G・ウサノ師は勾玉(まがたま)型のプールの中央で、ポッカリ仰向けになって浮かんでいた。

全身が弛緩していた。

御神体たる〝鳥〟は三日まえ、工場で修理されて無事に戻ってきた。

とりあえず恋愛シミュレーション・ゲームは終了し、もう彼女から涙声の電話がかかってくることもない。

師はもう――気に病むことはなにひとつないのだった。

アルフレッド・G・ウサノ師は如雨露(じょうろ)で水をまいているうちにプールに落ち、そのまま心臓マヒで水死体になった。

狼少年は正式に猫少女と結婚した。

狼少年は歌を歌い、猫少女は売春する。好きなときだけ、その仕事が好きだから、働く。

東京は世界でいちばん豊かな都市である。

なぜなら、都市を守るコンピューターのキップルちゃんは女だからだ。

パンツァーボーイ

Panzerboy

ウォルター・ジョン・ウィリアムズ

酒井昭伸訳

パンツァーボーイとは、荒廃した米国中西部を突っ走り、危険なブツを命がけで運ぶ男たちのこと。その中でも一番の腕利きが、本篇の主人公、通称カウボーイ。神経を極限まで電脳直結化(ハードワイヤード)し、頭部に五つのソケットを埋め込んだ彼は、パンツァーと呼ばれる装甲車とダイレクトに接続し、〝地獄のハイウェイ〟を疾駆する……。

サイバーパンクの衝撃が一段落した一九八六年に発表された本篇は、ロジャー・ゼラズニイの冒険SF『地獄のハイウェイ』を下敷きに、娯楽性を徹底追求する。革命の若々しさより大人の余裕を感じさせるその作風は、（半ば揶揄的に）〝商業(コマーシャル)サイバーパンク〟などと呼ばれ、本篇を（第三章として）まるまる組み込んだ長篇『ハードワイヤード』はSF界に賛否両論を巻き起こした。しかし、いま読み返しても無類に面白いハイテク・アクションSFであることはまちがいない。ハヤカワ文庫SFから上下巻で刊行された邦訳書（酒井昭伸訳）は長く品切になっているが、サイバーパンクがふたたび脚光を浴びるこの機会に、ぜひとも復刊してほしい。

ウォルター・ジョン・ウィリアムズは、一九五三年、ミネソタ州生まれ。その他の邦訳作品に、『進化の使者』『ナイト・ムーヴズ』『必殺の冥路』、《銀河快盗伝》シリーズの『帝国の秘宝』『エルトダウンの炎』がある。大の日本アニメ／マンガ好きとしても有名。SFマガジン二〇一四年十一月号の特集「30年目のサイバーパンク」には、ウィリアムズが一九九九年に発表した短篇「パパの楽園」が訳載されている。

初出／ Isaac Asimov's Science Fiction Magazine 1986/4

　コロラド東部の暑い夏の日、頭の片隅に鳴り響く物悲しいスティール・ギターの音色を聞きながら、カウボーイはブローカーの前に立ち、こういった。

「相手が公権力（ザ・ローズ）ならある程度は尊重もするが——傭兵どもに敬意を払う義理はないな」

ブローカーのアルカーディ・ミハイロヴィチ・ドラグノフは、しばしじっとカウボーイを見つめた。よほど陽光がまぶしいのだろう、目を細めている。白目は黄色くなった象牙のようだし、瞳は古びた鋼鉄の刃のように蒼黒く、鋭い。ややあって、アルカーディはうなずいてみせた。どうやら期待どおりの答えだったようだ。

　赤い砂嵐のように、カウボーイの心に不快感が巻き起こった。この男はどうしても好きになれない。得体の知れない、猜疑心に満ちた、ねじけた憎悪がどうにも気にいらない。

　だが、不快感をおぼえるいっぽうで、カウボーイの両腕には、心には、頭蓋の中のクリスタルには、興奮の疼きが宿っていた。

ミズーリ。ついにきたか。アルカーディは、それがどんなにたいへんなことかを気にするふうでもなく、カウボーイを自分の枠にはめこんで、自分がただのボスではなく、大ボスであり、〝自分に対して忠誠をつくせ、おまえは手駒というだけではなく、おれの奴隷でもあるんだぞ〟といわんばかりの態度をとる。しかしカウボーイは、けっしてそんな圧力に屈しようとしない。ゆえにそれが、アルカーディのいらだちの種になっていた。

「もっともだ」とアルカーディはいった。「やつらがアイオワとアーカンソーに進出しようとしてることはわかってる。こちらとしても、やつらはうざい」

「万が一見つかっても、できることをやるまでさ」とカウボーイは答えた。この手のビジネスでは、多くを語らないことがたいせつだ。「もっとも、それはおれを見つけられたらの話だ。プランどおりに運べば、気づかれずにもどってこられる可能性は高い」

　アルカーディはシルクの開衿シャツを着ている。色は淡い紫だ。袖先が細く、肩にかけてしだいに幅が広くなっていくレッグ・オブ・マトン袖で、その幅たるや、地面にたれるかと思うほど広い。刺繍（ししゅう）を施したグルジア風の飾り帯は腰を二重に巻いている。足には磨きあげたタイトなコサック・ブーツを履き、そのブーツに裾をつっこんでいるのは、これもタイトな黒のズボンで、その外側の縫目にも派手な刺繍を施してあった。髪はときどき、静電気の応用でひょいと炎のように逆立ち、そのたびに色が変化する。これはフロリダ・フリーゾーンのハヴァナ・ブティック街で仕入れた最新流行だそうな。クライオ・マックスというんだぞ、とアルカーディは自慢そうにいった。だが、たとえ一生かかったところで、こいつがクライオ・マックスなんかを気どれるはずもない。ファッション・センスの持ち合わせなど、ひとっかけらもないからだ。そもそも、こいつのファッションは人まねでしかなく、流行を創りだせるタマじゃない。こいつのファッション自慢は、自分がいかに俗物で間抜けかをひけらかしているだけのものでしかない。

アルカーディは大柄で粗野な男だった。いかにもロシア人らしく、ことあるごとに話している相手を抱きしめたりさわったりするが、その心臓は超伝導ハードウェアのように冷たい。目もご同様で、こいつを友人と見るのは愚かの一語につきる。そもそも、ブローカーというやからは、友人のためになにかを積載するスペースなど持ちあわせていないものなのだ。

アルカーディはロシア煙草を取りだし、厚紙の筒を揉んでからマッチを擦った。たちまち、逆立つ髪の毛が明るいオレンジ色に輝いた。マッチの火に同調したんだな、とカウボーイは思った。カウボーイの頭の中には、なおもスティール・ギターの悲しげな音が鳴り響いている……。

おりしも、カウボーイのマネージャーを務める〈ペテン師（ザ・ドジャー）〉が、出発にそなえて補給中の装甲ホバー（パンツァー）からゆっくりともどってきて、声をかけた。

「整備の状態、確認しておいたほうがいいぞ」

カウボーイはうなずいた。

「じゃあ、あとでな、アルカーディ」

アルカーディの髪がグリーンに変色した。

アルカーディに声が聞こえないところまでくると、すぐさま〈ペテン師〉がいった。

「そろそろ我慢の限界だってな顔をしてたんでな。上のやつにゃ、あんまりさからわないほうがいいぞ」

「そいつはむずかしい注文だ。相手がアルカーディだと、つい咬みつきたくなる」

〈ペテン師〉はとがめるような目をカウボーイに向けた。カウボーイは語をついで、

「あの野郎、足にバターでも塗ってるんじゃないか。でなけりゃ、あんなびちびちのズボンが入るわけがない」

〈ペテン師〉の眉間の皺がますます深くなった。こんどは笑いをこらえているのだ。

〈ペテン師〉はカウボーイより年上で、額が高く、黒い直毛にはちらほらと白髪が混じりだしている。おそろしく痩せた男で、いちどきに三つのデザートを注文しても、まったく太る心配がない。カウボーイはこの男が気にいっていた。そして、すくなくともある程度までは——〈ペテン師〉に自分のポートフォリオの暗唱コードを教えるほどには——信用してもいた。単純素朴な人間かもしれないが、けっして馬鹿ではない。

最後の積荷が積みこまれるのを見とどけてから、カウボーイはパンツァーの整備状態をチェックした。行く手には危険な運送ルートが待ち受けている。が、そこを通っていくのに必要な準備はすべて整っていた。〈ペテン師〉がつけたそのルートの呼び名は、〈地獄のハイウェイ〉。気分が乗ると、〈ペテン師〉はいつもこういう詩的な表現を使いたがる。

「積荷はなんだ?」とカウボーイはきいた。おずおずとほほえんだのは、〈ペテン師〉が自

分の腹のうちを——疑惑と不快感を——読めるかどうか、定かではなかったからだ。なにしろ、カウボーイの視覚器官は人工で、目の表情などないのだから。「いやなに、ただ知っておきたいだけさ」

棒状の噛み煙草を噛みながら、〈ペテン師〉は答えた。

「クロラムフェニルドルフィンだよ。東海岸で不足が出そうなんだと。病院に持ちこみゃ、いい金になる。とにかく、うわさではそんな話だ」にっと笑った。「だから、はりきってやってこい。おまえのおかげで、おおぜいの病人が死なずにすむ」

「合法的なのはありがたいな。気分が変わっていい」

カウボーイは自分のパンツァーに視線を向けた。角ばった装甲にエア・インテイク——。輸送戦闘機（デルタ）とくらべれば武骨で美しくない。じっさい、自分の持ち物ではあるものの、これには名前をつけていなかった。この機械をデルタと同じようには考えられない。パンツァーは単なるマシーンであり、とても生きがいにはなりえない。

やおら、カウボーイはパンツァーの上面によじ登り、ハッチから中に潜りこんで、前部コンパートメントに収まった。ついで、右のこめかみにケーブルを接続した。

だしぬけに、ぱっと視野が広がった。まるでふたつの目が頭の周辺にぐぐっと伸びだし、頭頂に三つめの目が出現したような感じだった。すぐさま、コンピュータに登録しておいたマップを呼びだす。同時に、頭の中で脳内ディスプレイがストロボのように明滅しはじめる。頭がROMキューブと化した。

脳内ディスプレイに、燃料補給用の給油トラックが点々と連なる一本のルートが映しだされた。これが予定のルートだ。そのほかに迂回ルートと非常時用のルートがあり、それらは多彩な色で幅広の帯として表示されている。古い納屋や深い涸れ谷、その他の隠れ場所も、にきびのように点々と散らばっていた。いずれもアルカーディが放った斥候たちの手で記録されたものだ。

ここで、ジャケットのポケットから液晶データキューブを取りだし、スロットに落としこんだ。一連のマークがディスプレイに追加表示された。これはカウボーイの秘密の隠れ場所——ふだんから好んで利用し、自前の偵察員を派遣して独自に情報をアップデートしている、自分しか知らない隠れ場所のマップだ。アルカーディがこの仕事の成功を祈っていることはわかっている。とはいえカウボーイは、ブローカー組織の構成員すべてを知っているわけではない。組織にミズーリ私掠部隊の手先がまぎれこんでいる可能性もつねにある。であれば、確実に安全とわかっている場所を使うのがいちばんいい。

パンツァーがかすかに沈みこみ、第七等級複合装甲の上に足音が響いた。顔をあげ、上部ハッチから覗く〈ペテン師〉のシルエットを見あげる。

「出発の時間だ、カウボーイ」

〈ペテン師〉はそういって、嚙み煙草をぺっと地面に吐きだした。

「オーライ」

カウボーイは答え、こめかみのプラグを引きぬくと、せまいコンパートメントの中で立ちあがった。ハッチから頭をつきだし、西を眺めやる。キクユ製の人工瞳(ピューピル)が針先のように収縮した。あの方角の地平線のどこかに、ワイン色にかすむロッキー山脈がある。ふたたび、いつもの奇妙な倦怠感が心を蝕んだ。この現状にはどうしても満足できない。

「くそっ――」とカウボーイはつぶやいた。

そのひとことには、切ないほどの願望がこめられていた。

「わかってる」と〈ペテン師〉。

カウボーイの身長は百九十センチを越えるが、ほんの数年前までは何キロもの〝身の丈〟を誇っていた。西海岸から東海岸へと、超音速で荷物を送りとどけるジェット機乗り(エア・ジョック)として活躍していたのだ。だが、ほどなく〝荷運び〟は、それにともなう障害の代名詞となった。昨今、中西部の防空網はとうてい突破できないほど強力になり、荷物を空輸できる状況ではなくなっている。そこで新たな足として登場したのが、このパンツァーだった。パンツァーによる輸送にもそれなりの醍醐味はある。しかし、やはり航空機のほうがずっといい。事情さえ許せば、カウボーイはけっして大空を降りなかっただろう。

カウボーイも二十五歳。そろそろこの仕事に無理の出る齢だ。とはいえ、その神経は極限まで電脳直結化(ハードワイヤード)されている。パイロット時代から、すでに眼窩にはキクユ製の人工眼を取りつけてあった。ヘッドセットはきらいなので、頭部に五つのソケットを埋めこみ、結合端子をじかに脳へ直結させてある。こうしておくと、ミリ秒単位で反応が速くなるのがいい。たいていの人間は、〝ボタンヘッド〟や、もっとひどい悪口をたたかれるのがいやさに、髪を長く伸ばしてソケットを隠しているが、カウボーイはそんな習慣をも蔑んだ。髪は短く刈りあげてあり、黒いセラミックのソケットは銀色の導線とトルコ石色のチップで彩ってある。これらがなにを意味するのか、だれもがよく認識しているここ西部では、カウボーイは一種、畏怖の対象となっていた。

カウボーイは名声を楽しみ、金塊と株とドラッグと女を楽しんだ。それはたしかにすばらしいものだったが、ポイントを稼ぐためには放蕩をつづけざるをえないのが珠に瑕だ。ともあれ、カウボーイはいまのところ、同業者に大きく差をつけており、トップの座は永遠に保証されたかに見える。すくなくとも、最初のミスを犯すまでは、このまま独走できるだろう。

人工の目で彼方の地平線を眺めやった。はたしてこれから、自分の漠然とした不満の原因まで特定できるほど優秀な人工眼が出てくるだろうか——。

「……また飛びたい」

「うん……」〈ペテン師〉が憂いをふくんだ表情になった。「そのうちな、カウボーイ。いまのおれたちは、テクノロジーが上向くのを待ってるところなんだから」

カウボーイがふと視線を向けると、アルカーディがポプラの木蔭で汗をたらし、装甲パッカードのそばに立っていた。

唐突に、ずっとつきまとっていた不快感が名前を持った。

「クロラムフェニルドルフィンだと？　そんなもの、どこで手に入れたんだ、あいつ？」

「おれたちが金をもらってるのは、そんなことを知るためじゃない」

「略奪。秘密研究所。その筋からの横流し。表向きはそういうことになってるが。なにしろ、これだけの量だ」自分とアルカーディのあいだの、まばゆいばかりの青空を見つめながら、カウボーイは考えこんだ顔でいった。「あのうわさ、ほんとうだと思うか？　たいていのこと同じように、軌道コンツェルンが裏でブローカーの糸を引いているという、あのうわさだよ」

〈ペテン師〉はそわそわした顔でちらとアルカーディを見やり、肩をすくめた。

「そんな考えを声高に口にしたって、金にゃならんぞ」

「おれは知りたいだけさ、だれのために仕事をしているのかを。地下を動かしているのが地上なら、おれたちは自分が戦っている相手のために仕事をしていることになる。ちがうか？」

〈ペテン師〉は気まずそうな顔でカウボーイを見つめた。

「おれはな、自分がだれかと戦ってるなんて思ったことはないんだよ、カウボーイ」

「おれのいう意味はわかるだろう」

ブローカーやパンツァーボーイが軌道コンツェルン群の下請けを務め、経済の再編成に加担しているとしたら、〝最後のフリーな道を疾走する最後の自由なアメリカ人〟という夢はロマンティックな幻想でしかなくなる。とすれば、カウボーイとは何者か？　ただの間抜け、ホバークラフトの道化ではないか。

〈ペテン師〉は力ないほほえみを浮かべた。

「とにかく、ミズーリの私掠人(しりゃくにん)のことだけ考えてろ。それがおれのアドバイスだ。おまえは地球最高のパンツァーボーイだろうが。得意なことにだけ専念してればいい」

カウボーイは無理に笑みを浮かべ、ぐっと親指を立ててから、上部ハッチを閉めた。

おもむろに、一糸まとわぬ裸体になり、手足に電極を張りつけ、電極の導線を腕環と足環に接続する。それから、排尿用のカテーテルを挿入し、耐GスーツとブーツをKOKO着用して耐Gカウチに収まると、腕環と首環にケーブルを接続し、ストラップでからだを固定した。作戦中はからだを動かせない。そのあいだは電極で筋肉を刺激し、血行を促進することになる。そのむかし、この技術が開発されるよりも前、ジョックたちがヘッドセットをかぶり、地球の重力井戸の底からダイヤモンドきらめく夜の世界へ駆け昇っていたころは、手足がよく壊疽(えそ)にかかったものだ。

つづいて、銀メッキされた五つのソケットにジャックを挿しこんだ。左右のこめかみに一対、両耳上に一対、頭蓋後頭骨の基部にひとつ。その上から、ソケットに挿したケーブルを圧迫しないよう気をつけてヘルメットをかぶる。最後に、フェイスマスクをぱたんと閉じた。口の中にゴムの味がした。ヘルメット内の閉じた空間に、麻酔剤の注射されるシュッという音が響く。

州境を突破するあいだ――〈ペテン師〉のいう〈地獄のハイウェイ〉を走りぬけるあいだ――カウボーイの肉体は眠ったままだ。ただし、精神だけは起きている。肉体を眠らせておくのは、もっと重要なものの操作に専念せねばならないからだ。

手早く、機械的に、こまごました雑事をかたづけた。しかし、そのあいだもずっと、あることが気にかかっていた。

(おれはしじゅうこの手順をくりかえしている。だが、なんのためにしているのか、理解したためしがない……)

神経伝達物質が頭部の五つのソケットを覚醒させる。頭の中にまばゆい光輝が満ちあふれ、パンツァーの液晶データ・マトリクスが自動的に精神と同調していく。心悸が急迫しだした。カウボーイはいま、ふたたびインターフェイスの中に生きていた。その拡張意識は、回路を駆けめぐる電子のように、パンツァーの金属躯体(くたい)やクリスタルの心臓を駆けめぐっている。パンツァーの周囲に三百六十度の全周視野が確保された。奇妙な精神空間の各種ボードには、エンジンの図解やパンツァーの制御システムが表示されている。システム・チェック、コンピュータ・チェック、火器管制システム・チェック……長いランプの列がつぎつぎとグリーンになっていく。肉体的な知覚は、もはや三次元のそれではない。いくつものボードがオーバーラップし、織りあわされ、インターフェイスを出たり入ったりしながら、電子工学における素粒子の現実とデータを取りこみ、暮色を深めゆく外のようすを描きだす。

ついで、プラスティックと金属の人工眼の上からまぶたを閉じ、脳内ディスプレイに光るグリーン・ランプの列に〝目〟を走らせた。神経伝達物質が化学の舌を使い、頭の中の金属とクリスタルを舐めている。並行して、五つのソケットから電子が吐きだされ、ケーブルを伝ってエンジン・スターターを始動させた。十以上ものセンサー経由で、そのようすがありありと見えている。スターターのうめきに合わせてタービン羽根(ブレード)がしぶしぶと回転しだし、燃焼室の内側に炎が閃いた。キーンというかんだかい音とともにブレードが息を吹き返し、勢いよく回転しだす。猛然と炎が噴出し、エグゾースト・パイプが咆哮(ほうこう)を発した。カウボーイの脳内ディスプレイには、排熱による陽炎(かげろう)ごしに、〈ペテン師〉アルカーディ、整備要員たちがパンツァーを見まもっているようすが映っている。つづいて、軀体の前部と後部をチェックした。エンジン・ディスプレイに、さらに一連のグリーン・ランプがともり、出発準備が整ったことを告げた。

　エンジンがすさまじい雄叫びを轟かせ、五感をつんざいた。カウボーイ専属の整備員は、先週まる一週間をつぶしてエンジンの整備に努め、チェックにつぐチェックを行ない、期待以上の性能を発揮できるように仕あげてくれていた。なにせモノは、軍払い下げの航空機用ジェット・エンジン――化け物だ。そもそも、地上で使うようにはできていない。カウボーイの卓抜した技倆がなければ、このミュータント・パンツァーは一センチ進むごとに、あさっての方向へかっとんでいこうとするだろう。

　ゴムの味がするマスクの中で、歯から唇を離し、髑髏(どくろ)のような笑みを浮かべた。これからカウボーイは、このけものを駆って輸送ルートを疾走し、ミシシッピ河のこちら側に仕掛けられたトラップ網をくぐりぬけ、自分と自分より劣る〝栄光の偶像〟たちとのあいだに――ほかのパンツァーボーイたちとのあいだに――いっそう差を開く。血液のように金属軀体を流れる熱いコーン・アルコールの脈動、息吹となって金属の肺から吐きだされる耳を聾(ろう)せんばかりの排気音、レーダー・ビームを投射する目、ミサイルを小石のように投げつける金属の指――それらの威力を、またしても見せつけることになる。

センサーを通じて排気の味までもがわかった。夕焼け空と大草原(プレーリー)の日没も見える。精神の一部は、彼方から届くレーダー波のパルスさえ感じとっている。あれは敵の哨戒機が発するものだ。

だしぬけに、まわりで見ている者や護衛車輌が卑小な存在になり、何百メートルも遠くへ離れたように見えた。これからカウボーイはパンツァーで州境を越える。が、随伴者たちは同行しない。インターフェイスの内部から――栄光に燦然と輝く測り知れない高みから――カウボーイは随伴者たちを見おろし、この高みを知らぬ者たちに哀れみをおぼえた。

その感覚とともに、今回の仕事で最終的に恩恵をこうむるであろうすべてが消え失せた。ニューイングランドの病院、ブローカー、カウボーイ自身の経歴、そしておそらくは裏で糸を引いているとおぼしき、はるか彼方で軌道工場を営む人でなしどもも――急速に食いつくされていく地球をたんなる略奪の対象、奪うべき資源の宝庫としか見ていない、異常なほど貪欲な怪物どもも――ジェットの排炎でぼやけたかのように、長く赤い光の矢に包まれて消滅した。現実はこのパンツァーの中にしかない。不快感は消えうせた。もはや行動こそすべてだ。

ジェット噴射の一部を真下に向ける。数基のファンがうなりをあげてよみがえり、膨れあがる自閉式クッションによってふわりと浮かびあがった。〈ポニー・エクスプレス〉、いざ荷物の配達に出発！　いずれその目的もわかるだろう。

だしぬけに、マイクロ波のつぶやきが耳もとで羽虫の羽音のような音を立てた。くそっ、こいつを手で払いのけられればいいんだが。

「——カウボーイ、アルカーディがひとこといっておきたいそうだ」

〈ペテン師〉の声だった。その口調からすると、どうもうまくないと思っているようなふしがある。

「こっちはいつでも出発できるぞ」

「わかってる」そっけない、嚙み煙草を口いっぱい詰めこんだような声で、〈ペテン師〉は応えた。「だいじな話だそうだ」

グリーンのランプがまたたき、脳内にマップが閃くのを見ながら、カウボーイは譲歩した。

「好きにしろ」

アルカーディのやつ、マイクを口に近づけすぎだ。Pの音とBの音が砲撃の音のように聞こえる。ヘッドセットくらいきちんと頭にかぶれ——いらいらしながら、カウボーイはそう思った。ヘッドセットはそうやって使うもんだろうが。手で持っておまえのくさい口にあてがうためのもんじゃない。

「いいか、今回の荷運びはかなりの賭けだ、カウボーイ」アルカーディがいった。「だからおれは飛行機に乗って、アイオワ上空からずっとおまえを見まもっていることにした」

「ありがたくて涙が出るね、アルカーディ・ミハイロヴィチ」

どうせその費用は、ほかのブローカーたちからかき集めたものだろう。みんな、アルカーディに劣らず、ミズーリの私掠部隊をなんとかしたがっているからだ。

アルカーディがカウボーイのことばを咀嚼(そしゃく)するまで、すこし間があった。

「おまえには帰ってきてほしいと思ってる」とアルカーディはいった。はるか彼方から聞こえてくるようなその声は、怒気をはらんでいた。破裂音という破裂音を爆裂させながら、ブローカーはつづけた。「だがな、だてや酔狂でそのマシーンを最高の状態に整備させたわけじゃない。帰ってくるときは、かならずそいつも持ち帰れ。そいつに乗って帰ってこれないようなら、帰ってくるな。いいな？　あのくそいまいましい私掠人(しりゃくにん)どもは、鵜の目鷹の目で侵入者を見張っているぞ」

「了解(テン・フォー)」

カウボーイはぼそりと答え、〝テン・フォー〟とはなんだと問い返すひまも与えずにスロットルを開き、ひと声、エンジンに吠えさせた。マイクを経由してもはっきりと聞きとれるアルコールの咆哮は、アルカーディのたわごとをあっさり揉み消した。これでアルカーディのことばは聞こえなくなった。だが、ソケットを通して聞こえるかすかなノイズの中には、おびただしい罵詈雑言(ばりぞうごん)も含まれているはずだ。カウボーイはにやりと笑い、

「アディオス、おっさん(ムチャチトス)」

　というと、笑いながらパンツァーを発進させた。

ここの農場主は自由企業のよき友であり、正直者で、それなりの補償と引き替えに、小麦

畑を頻繁に踏みにじられるのを大目に見ている。それをいいことに、カウボーイは州境をめざし、まっしぐらに小麦畑を突っきっていくつもりだった。レーダー波探知器には、はるか遠くからのごく微弱な信号しか映っていない。だれにも監視されていないことは明らかだ。

最後の恐竜のような雄叫びを発し、胴ぶるいをしながら、黒いけものは発進した。精神インディケーターのバーがブルーからグリーンへ、さらにオレンジへと跳ねあがっていく。たわわに実った小麦の穂が黒焦げになり、後方へ吹き飛んでいった。心のどこかではスティール・ギターが切なげに鳴り響いている。エンジン推力をあげ、時速百六十キロを超えたとき、どこかの気の毒な市民が張った鉄条網を突き破り、パンツァーは州境を突破した。

この装甲ホバーのレーダーは前方のみしか走査せず、きわめて指向性が高い。地面の窪みや溝を避け、進行方向に家や車輌がないかを確認するのが主目的だからだ。放つレーダー波はごく微弱なので、敵の探知器がすぐ近く、視認できるほどの近距離にないかぎり、位置を捕捉される恐れはない。カンザスはその封鎖網をもっぱらこの一帯に集中させているから、旅の第一関門はここを切りぬけられるかどうかにかかっている。

地平線が一直線のぼやけた暗いシルエットと化した。その直線を破るものはところどころに突出するサイロしかない。敵のレーダー波源はどれもかなり遠くにある。やがて月が昇り、エンジンが遠吠えをあげた。土ぼこりが舞いあがらないよう、スピードを落とす。レーダーに捕捉されないためだ。このパンツァーが持つシステムの実力は、真の試練のためにとっておきたい。真の試練の場所――それはミズーリだ。私掠部隊が大空を遊弋（ゆうよく）し、いまにも飛びかからんと牙をむきだしている地、ミズーリだ。

パンツァーの咆哮を聞いて牛たちが逃げまどった。農地で刈り入れにいそしむ収穫ロボット群は、周囲を明るく照らしながら異星知性のように堂々と屹立し、それぞれが単独で行動している。いずれも農地を舐めるばかりで、パンツァーには気づかない。

と、北方にやや強いレーダー波を探知した。哨戒機がこちらに向かってきているようだ。このパンツァーの電波吸収迷彩塗装は、渇きに苦しむ象のようにレーダー波を吸収するが、カウボーイは念のために減速して方向転換し、赤外線放射も抑えた。どんなトラブルの元であれ、大きく迂回していくに越したことはない。さいわい、哨戒機はこちらに気づきもせず、そのまま通りすぎていった。

やがてパンツァーは、マクファースンの南でリトル・アーカンソー川を越えた。このぶんでいけば、ぶじにカンザス州を通過できるだろう。カンザスの封鎖網はもう突破したのだ。唯一危険なのは、道路をわたるとき、たまたま州兵部隊と鉢合わせする可能性だが、たとえそんな事態になろうと、こちらが逃げおおせないうちにヘリが駆けつけてくるのでなければ問題はないし、そもそもそんな事態にはなりそうもない。

じっさい、そうはならなかった。

グリッドレーの近くまできたところで、パンツァーは崩れかけた穀物サイロに近づいた。濃い菫色の影の中には給油トラックが待機していた。闇の中から忽然と出現したパンツァーを見て、給油トラックの運転席で眠っていた若者は腰をぬかした。カウボーイはエンジンの回転数を落とし、甘く冷たいアルコールが燃料タンクを満たすのを待った。

このあたりまでくると、ミズーリ州との州境から放たれたレーダー波が、しきりに一帯を走査しているのが感じられた。いままで出くわしたことがないほど厳重なガードだ。やはり私掠人ども、ひと筋縄ではいきそうにない。

「やつら、資金が底をつきかけてるんだ、カウボーイ」とアルカーディはいった。「装備を失う余裕はもうこれっぱかりもない。だから、いますぐ大きな獲物をしとめて荷物をぶんどろうと必死になってるのさ。さもないと、存続が危ういからな」

〈征地戦争〉において、軌道に展開する多数の企業体は、総量一万トンにおよぶ無数のニッケル＝鉄の塊を地上に投下し、地球に勝利することで独立を宣言した。その結果、合衆国は徹底的に分断され、混乱の極みに陥り、多数の準独立経済圏が乱立して、すべてを統轄することは絶望的となった。合衆国は、かつての秩序に守られた人々のどんな悪夢をも上まわる、著しい分裂状態に陥ったのだ。

いわゆる〝中央政府〟と呼ばれるものは、もはや州間貿易には関与しない。その結果、中西部一帯の通行税はとほうもなく高額に跳ねあがった。カリフォルニアとテキサスの宇宙港に近い西部では、軌道工場からの完成品がどんどん流れこんでくるので、州間の行き来は自由にできる。それに対して中西部は、領内を通過するすべてのものから収益をあげる方針を打ちだした。どこへ向かうにせよ、中西部の州を通るすべての荷物に対し、重い通行税を課したのだ。空輸は制約がきびしいうえ、高くつく。軌道コンツェルン群は地上に競合勢力が育つのを好まず、空輪を厳重に管理しているからである。したがって、荷運びのルートは、もう地上以外にはない。

こと軌道からの製品に関して、それで貧乏くじを引いたのが北東部だった。フロリダのフリーゾーンからある程度までは軌道製品を入手できるものの、フリーゾーン自体は軌道コンツェルン群の管理下にある。各軌道コンツェルンとしては、市場でつねに自分たちの製品が逼迫（ひっぱく）していたほうが都合がいい。生かさず殺さずが連中のモットーなのだ。その結果、北東部はしだいに痩せ細っていく富をつぎこみ、軌道コンツェルンが施すクズ物資を買いいれるはめになったのだった。

いっぽう西部は、軌道コンツェルンに提供できる資源が多かったため、軌道製品はより安く、より潤沢に出まわるようになり——余剰物資を北東部の市場に持ちこんで多大な利益をあげられるまでになった。

ただしその儲けは、中西部を通過する段階で重い通行税に食われてしまう。

そこで登場したのが、最初のエア・ジョックたちだった。彼らが登場したのはもう何年も前のことになる。超音速デルタを駆って州境を越え、深夜の密輸にいそしむパイロットたち——それがエア・ジョックだ。もちろん、中西部とて、手をこまぬいてそれを見ていたわけではない。当初はレーダー索敵機と武装要撃機をくりだし、やがて密輸の主体がデルタからパンツァーに移ると、こんどは地上封鎖網を強化する対策を講じた。

そしていま、ミズーリは州政府公認の私掠部隊に護られている。中西部諸州の各政府は、めまぐるしい技術の進歩についていけないため、みずから密輸取り締まりを行なうかわりに、地元の民間軍事企業に保安ライセンスを与え、密輸狩りを代行させることにしたのである。合衆国憲法は、私掠と拿捕の免許賦与権を連邦政府にしか認めていない。しかし、そんな事実は無視された。そもそも、軌道コンツェルンの権力の前に、もはや合衆国憲法そのものが死文化していたせいもある。

私掠部隊は不法侵入者を射殺する権利を与えられ、拿捕した密輸品は、どのようなものであれ、そっくりそのまま自分たちのものにすることが認められている。報告によれば、ミズーリ州全体には、おびただしい数のレーダー哨戒機、熱感知センサー、異音探知器、対地攻撃機が配備されているという。攻撃機がホーミング・ミサイルを満載し、ハリネズミのように機関砲を装備していることはいうまでもない。

カウボーイはかくも手ごわそうな敵が見せるショーを一刻も早く見たくてたまらなかった。たんに仕事の依頼人がいなかっただけで、ミズーリには前々から乗りこみたくてしかたがなかったのである。ブローカー連中がようやくしみったれた気骨を示す気になったのがありがたい。その気骨が、最先端のセンサーと兵器ポッドという形で現われてくれたのは僥倖といえる。

グリッドレーからはゆっくりと北東に向かい、時間をかけてレーダー哨戒機の配置を把握した。レーダー哨戒機は自動操縦の超軽量機で、太陽電池で飛行する。日の出とともに高空に昇り、夜は大地へ向かって悠然と滑空するパターンをとるため、いつまでも飛んでいることができ、メンテナンスのために基地へ帰投するのはせいぜい二カ月に一度程度だ。地上のコンピュータとはマイクロ波でつねに連絡をとりあっているので、すこしでも怪しいものを発見すれば、ただちにスクランブルをかけ、戦闘機を呼びよせる。

哨戒機の機体は超軽量ステルス仕様だから、能動方式のホーミング・ミサイルでは発見・撃墜できないし、受動方式のホーミング・ミサイルも上昇中に位置を特定されてしまうため、到達するずっと前に敵哨戒機がレーダー波を切ってしまう。

カウボーイは今回、ニューカンザス・シティとオザークス湖のあいだの、広大な一帯を抜けるつもりでいた。オザークスの住人は排他的ではないし、すくなくともかの大強盗コール・ヤンガーの時代にまで遡って、住民が〝公権力〟と呼ぶものに反抗する伝統がある。とはいえ、地形に起伏がありすぎるのが難点だ。カウボーイとしては、平地を一気に突っ走りたかった。平原が広がるミズーリ州のこの部分には、私掠部隊が重点的に封鎖戦力を集中させている。だが、この事実は愉快な偶然の一致にすぎない。

無人哨戒機の群れは各個に大きく輪を描きながら、バッテリー駆動で下方へ降下してきつつあった。そのパターンをうまくぬって、〝盲点〟に飛びこめそうな感触を得た。その地域に入ってしまいさえすれば、ミズーリの向こう側にある州境の手前八十キロのあたりまで、なんとか気づかれずにいけそうだ。メルダジーン川の崩れかけた堤防を滑降したのち、川の泥床と泥流を突っきりながら、パンツァーは指向性アンテナを突きだし、西へ――コロラド東部の平原上を旋回しているアルカーディと〈ペテン師〉の乗機へ暗号メッセージを送った。

間髪を容れず、指令信号が発せられてきた。カンザス＝ミズーリ州境で待つアルカーディの部下たちへの、強力な信号だ。州境ではほかのパンツァーボーイたちが囮を務めるべく、各自のパンツァーに乗り組んで待機している。命令一下、陽動部隊はいっせいに発進して、高速移動と停止をくりかえしつつ、ジグザグ走行で平原を蹂躙し、土ぼこりを舞いあがらせ、私掠部隊のレーダーと赤外線探知器を混乱させて、敵のコンピュータ・ディスプレイを輝点だらけにする予定だった。そのひとつひとつをつきとめて捕獲するのに、敵は多大な労力を奪われるだろう。

ひとたび発見されたら、陽動のパンツァーボーイはあっさり降伏する。密輸品は持っていないので、科されるのはせいぜい、逃走中に踏みにじった鉄条網の修理代と、短時間の暴走行為に対する罰金くらいのものだ。修理代と罰金はアルカーディが支払う。そして、パンツァーボーイたちへの特別ボーナスも。最悪の事態を迎えた場合でも、夫を失った妻や父に死なれた子供たちの生活は保証される。これは見返りの大きい仕事だし、州境を突破したがる血気盛んな若いパンツァーボーイにとっては格好の訓練でもあった。

他のパンツァーボーイに下された命令のあとから、〈ペテン師〉の声がやってきた。ポータレス平原のように、かさかさに乾いた声だった。

「アルカーディ・ミハイロヴィチが、ひとつききたいそうだ、カウボーイ。なぜもっと早く連絡しなかったのかといってる」

「当節、通信はすぐに捕捉されちまうんだぜ、〈ペテン師〉」

〈ペテン師〉はしばらく沈黙した。アルカーディになにかいわれているのはまちがいない。ほどなく、〈ペテン師〉の声がもどってきたが、前にも増して冷たい口調になっていた。

「瞬間的なマイクロ波通信なら、めったなことじゃ傍受されない。カンザスの封鎖線を突破する前に連絡すべきだった、とアルカーディはいってる」

「そいつはすまなかったな」カウボーイは快活にいった。「だが、ミズーリの封鎖線は間近だ。あっちに入ったら、こんな無駄話なんかしていられなくなる」

　ふたたび、間があった。

「アルカーディはくれぐれも、そのパンツァーに莫大な投資をしたことを忘れるな、投資の対象がなにをしてるのか、つねに知らせろといってる」

「おれだって、やつの投資には報いてやるつもりだが、ここでぐだぐだいって時間をむだにするつもりはない。いまは絶好のチャンスだ。この機を逃したくない。じゃあな」

　カウボーイは一方的に通信を切り、イーストコーストに着いたらアルカーディに報告するよう、心の中に電子のメモをとった。

　パンツァーはメルダジーン川の堤防を登り、速度をあげて東進を開始した。トウモロコシが軀体を打つ音がしだいに高まり、ハンマーでたてつづけに殴りつけられているような音と化した。エンジン・ゲージがオレンジからレッドに上昇しかけている。だが、その他のディスプレイはすべてグリーンだ。心の中でスティール・ギターが天使の調べを奏で、それに合わせてミズーリがセイレーンの歌を歌った。すばらしきかな、貨物便！

陽動のパンツァーボーイたちはそうとう派手に混乱を巻き起こしており、いままで地上に待機していた無人哨戒機もつぎつぎに舞いあがりつつあった。突如として上空に出現し、侵入者の不意をついて捕捉するために温存されていた、予備の哨戒機隊だ。さいわい、カウボーイが目をつけた〝盲点〟はまだノーガードのままになっている。ここぞとばかりに用心深さをかなぐり捨て、カウボーイはエンジン全開に踏みきった。心のどこかで、〝肉体が激しくシートにたたきつけられた〟というメッセージが聞こえたが、いまはそんなことよりも行動を優先して考えねばならない。

パンツァーは空を飛ばんばかりに低い丘々を駆け昇り、頂上を飛び越え、トウモロコシを撒き散らし、鉄条網を引きちぎりながら、狂女のような絶叫をあげて驀進した。心の中のニューロンが活動し、パンツァーの激しい上下動を安定させるよう、頭部のクリスタルにメッセージを伝達する。操縦面が心に侵入し、ぎりぎり安定を保つレベルでパンツァーを操って、崖っぷちからジャンプさせた。ストラップにはパッドが施されているが、それでもその下には深い痣ができただろう。

ルイズバーグと錆びた記念碑のあいだで――これは〈メルダジーン川の虐殺〉の記念碑だ――ミズーリ州内に入った。雨に見かぎられたミズーリ州はからからに乾燥しており、パンツァーの立てる土煙は高さ百メートルにも立ち昇ったが、それに気づく者はだれもいなかった。やがて操縦面が打撃の連続に慣れてきて、動きが楽になった。

まさにそのとき――直上からレーダー波のパルスが降り注いできた。新たに投入された無人哨戒機の一機が配置についたのだ。カウボーイの〝盲点〟は白日のもとにさらけだされた。パンツァーの立てる派手な土煙は、闇の中で燃える矢印のように目だつにちがいない。システム出力をレッドからオレンジへ、さらにイエローへと絞りこみ、なるべく注意を引くまいと努めたが、レーダー波の源が直上にある以上、走査域から逃れるすべはない。

猛進するパンツァーの速度を落とし、サウスグランド川の土手を越えて川に飛びこませた。はでな水煙が立ったが、いままでの土煙よりはずっと低い。なんとか哨戒機の目をごまかせただろうか――と思った矢先、つぎの哨戒機隊が付近の空に展開した。これでやっと、なにがはじまろうとしているのかがわかった。

おりしも、パンツァーのレーダー画面に、凪いだ川面に舫われた手漕ぎ式の釣り船が映った。パンツァーはすばやくそれをよけ、対岸の土手に這い登った。エンジン出力はイエローからグリーンに落としてある。のちのちにそなえて、いまは燃料を節約しておかねばならない。

ここらでいったん、ミズーリ州の〝公権力〟がどれくらい状況を把握しているか探ろうと思い、警察無線の受信スイッチを入れた。私掠部隊の通信は暗号化されているが、州警察の通信はなんの処理もなされていない。拡張された精神の一部を無線にふりむけて、警官たちが呼びかわす声に耳をかたむけた。警察は縦横に州内を駆けまわるパンツァーボーイたちを、四輪駆動車を使い、悪戦苦闘して追いまわしているようだ。ときおり、私掠部隊の指揮官が介入してきてアドバイスを与えている。その反応からすると、どうやら州警察は、独立独歩の傭兵隊の命令にいやいやしたがっているらしい。これはある程度、カウボーイが期待していたことだった。

哨戒機隊はさっきまでよりもランダムに飛びまわっているようだ。すくなくとも一時的に、こちらの位置を見失ったのかもしれない。

パンツァーがジョンスン郡に入ったとき、東からレーダー波がやってきた。攻撃機の搭載レーダーと見えて、出力が小さい。カウボーイは迷彩カバーを射出し、兵器ポッドをくるみこんだ。これでパンツァーの空力特性は落ちるから、速度制御に気をつけていなくてはならない。エンジン・ディスプレイの出力表示をグリーンからブルーに落とし、大きく弧を描いて南に向かう。これであの攻撃機を避けられればいいんだが……。

攻撃機はそのまま北上をつづけ、はじめはうまくいきそうに見えた。が、そこで急にひらりと向きを変え、まっすぐにこちらへ向かってきた。

たちまち心臓にアルコールの波があふれ、エンジン・ディスプレイの出力表示がレッドに跳ねあがった。パンツァーが身震いし、猛炎をほとばしらせる。つかのま、軀体が空に舞いあがった。帆船の索具(リギング)を震わせる南東の貿易風のように、風がうなりをあげて兵器ポッドをすりぬけていく。が、引力に強く引きもどされ、クッションから荒々しく着地した。エンジン推力が最大になると、敵のレーダーの目をくらますため、囮(デコイ)ミサイルを発射し、同時にパンツァーを左へ急旋回させた。クッションが大地に押しつけられ、軀体左部が地面をえぐる。デコイ・ミサイルは大きな翼を展開し、地面近くを低く飛びながら直進していった。レーダー波吸収塗装を施していないので、その姿は敵のレーダーに、吸収塗料を塗ったパンツァーと同じくらい大きく見えているだろう。しかもその噴射炎は、赤外線の目にひときわよく映える。

デコイが敵を引きつけている隙をついてアフターバーナーに点火し、まっしぐらにミシシッピ河へ向かった。その刹那、背後でまばゆい閃光がほとばしり、夜空を煌々と染めあげた。攻撃機がデコイ・ミサイルにロケット弾を発射したのだ。下に市民がいなければいいが……あの連射ロケット弾、あたり一帯をめちゃめちゃにしたはずだ。

ほかに爆発は起こらなかった。私掠部隊の攻撃機は速度を落としながら、もうしばらく同じコースを飛びつづけていた。カウボーイも速度を落とし、赤外線放射をできるだけ小さく絞りこんだ。頭上からはまだ強力なレーダー・パルスが降りそそいでいる。警察無線は陽動のパンツァーを二台つかまえたと報じていた。ということは、そのぶんだけ、こちらに差し向けられる余力が増えたということだ。攻撃機は大きく旋回し、こちらへ向きを変えてきつつある。そのとき——地平線に金属の森のような、奇妙なシルエットが見えた。カウボーイはふたたび進路を変え、その森のただなかに突っこんだ。

それは受信アンテナの森だった。幅は何キロもあるだろう。軌道上の太陽発電衛星——天に燃える静止した星、軌道の権力に対する地球の依存ぶりの象徴——そこから送られてくる低エネルギー・マイクロ波の受信アンテナ群だ。カウボーイは暗視ヴィジョン（ナイト）だけで金属の網をすりぬけていったので、敵のレーダーにはまともな信号が映っていないにちがいない。

それでも攻撃機は執拗にあとを追ってきた。やがてパンツァーは開けた場所に出た。融けたコンクリートの広がりだ。一カ所には錆びほうだいに錆びた金属の整備小屋が立っている。広い場所に出た瞬間、カウボーイは電波妨害片散布ロケットを真上に発射し、すぐさま合金の林に引っこんだ。

チャフ散布ロケットは高度五キロ付近まで上昇し、そこで炸裂した。突如として、カウボーイのレーダーは大量の信号で飽和した。低エネルギー・マイクロ波に加え、四方八方から反射して跳ねもどってくるレーダー波があふれかえったのだ。高空からふわふわと舞いおりてくるチャフはアルミニウムの細片でできており、そのうち十枚に一枚はマイクロチップと小電源をそなえていて、とらえた電波はすべて吸収し、送り返す仕組みになっている。カウボーイのレーダー・ディスプレイには、平原上にいきなり巨大な電波のクリスマス・ツリーが出現したように見えた。発電設備の管理要員たちは気が狂ってしまったかもしれない。

すかさず、受信アンテナの森から飛びだし、ふたたびアフターバーナーに点火した。逃げきるチャンスは、攻撃機を示す輝点がチャフにまぎれて見えなくなったいまをおいてない。コンピュータ・マップによれば、前方には川床があることになっている。魚釣りをするには格好のころあいだ。

川床は干上がり、曲がりくねっていたが、おかげで敵機をずっとうしろに引き離すことができた。あたりには多数の暗号電波が飛びかっている。いずれもひらひらと舞いおりてくるチャフが反射してきたものだ。どうやら蜂の巣をつついたような騒ぎになっているようだが、中にひとつ、私掠部隊が州警察に支援を要請する通信があった。以上のすべては、チャフによってあきれるほど効率的に乱反射されながら、明瞭に、はてしなくくりかえされている。カウボーイは薄く笑うと、川床を離れて土手をよじ登り、北東へ向かった。

どうやら攻撃機はすべて着陸し、燃料補給に入ったらしい。おかげでパンツァーは、ミズーリ州のかなり深くまで入りこむことができた。が、コロンビアの北で、ふたたびトラブルに遭遇した。じつをいえば、カウボーイはこれをもとめていたのだ。

陽動パンツァーがもう二台つかまり、残りもみな追いつめられたという警察無線を聞いて、エンジン出力をグリーンに落とし、掩体(えんたい)に隠れながら進んでいたときのことである。だしぬけに、北西の地平線からレーダー・パルスがやってきた。たったいま飛行場を飛びたったばかりのようだ。うまくない。ちょっとした木立ちでもないかとあたりを探ったが、ひとつも見あたらなかった。

突如として、南から別のレーダー波がやってきた。カウボーイはふたたびチャフ散布ロケットを発射し、またもや進路を変えた。二機は一瞬、チャフで混乱したようだったが、南の機が進路を修正し、北の機もそれに倣(なら)った。たぶん、南の機が赤外線でこちらの位置をつきとめ、北の機に進路を指示したのだろう。

カウボーイの脳内に真紅の狂気のような照準ディスプレイが閃いた。のどの奥で小さくうなる。それに応えるように燃焼室が雄叫びをあげ、パンツァーが地をえぐって右に急転回した。目標は南の電波源だ。敵のパッシブ・ホーミング・ミサイルを引き寄せないため、こちらのレーダーは切り、視覚センサーだけで操縦しなくてはならない。

心がつぎつぎに電撃的な決断をくだし、神経伝達物質がたてつづけに脳内スイッチを作動させ、発光する宇宙全体をインターフェイスが包みこんでいく——パンツァーとシステムそのもの、装甲スカートの下で雷のような音をたててはじけるトウモロコシ、舞いおりるチャフ、夜空に燃える二機の敵機……。

ともすればパンツァーは、地面から飛びあがろうとして跳ねた。躯体のフレームが過負荷にうめき、兵器ポッドが風を切ってヒューッとかんだかい悲鳴をあげている。途中、二枚のフェンスを踏み倒した。ついで、前方に黒々と屹立する高いサイロのシルエットが見えた。パンツァーの光学装置を通して見るそれは禍々しく、いまにもこちらに倒れてきそうに思える……。

敵機が見えたのはそのときだった。通常型対戦車ヘリが回転式多銃身機関銃を連射しつつ、超低空を突っこんできたのだ。カウボーイは私掠ヘリの真っ正面めがけ、パッシブ・ホーミング・ミサイルを発射した。同時に、敵の機関銃弾が着弾し、頭上のチョバム・アーマーを強打され、ガンガンガンガンとすさまじい音が響きわたった。反射的に顔をしかめたのは、外部表示ディスプレイに火花が散り、外部カメラのひとつが吹っ飛んだからだ。

一拍遅れて、ヘリとすれちがった。荒々しく跳ねるパンツァーの装甲ごしに、ヘリの回転翼が頭上を通過していくバラバラバラという轟音が聞こえた。どうやらパッシブ・ミサイルははずれたらしい。チャフが多すぎて目標をとらえそこねたか、まだ間にあううちにヘリがレーダーを切ったか、どちらかだ。だが、こちらにはまだ赤外線追尾ミサイルがある。発射準備を報知するビープ音があがるや、カウボーイはただちに鳥を放ち、パンツァーを左へとぶんまわした。意識の片隅で、パンツァーがトウモロコシを派手に撒き散らしつつ、小高い丘を躍り越えるのが感じられた。空気のクッションが横すべりしていく。

つぎの瞬間、ヘリはまばゆい光輝に包まれ、燃料と兵器の大爆発を起こし、下の畑を焼き焦がした。最前のサイロはすでに後方へ離れ、炎上する残骸の火光を浴びてちらちらと赤く輝きながら、墓標のように立ちつくしている。にわかに無線がけたたましくなった。かろうじて人声だと聞きとれるマイクロ波通信のやりとりが、舞いおりるチャフによって狂騒的なさえずりにまで増幅され、反響しあっているのだ。北西からきた攻撃機が僚機の運命を目撃したらしい。

いっぽうのパンツァーは、潤滑油と化したも同然のトウモロコシ畑を横すべりしながら、躯体を引っくりかえそうとする重力と運動量に抵抗し、懸命に窪地の上で向きを変えようと苦闘していた。頭の中のジャイロがめまぐるしく回転している。ややあってパンツァーは、やっとのことで窪地の縁を乗り越えた。

北西からの敵機は頭上で女妖霊（バンシー）のように泣き叫んでおり、その下腹部が僚機の残骸の炎を浴びてちらちらと赤く染まって見える。今回はヘリではない。対戦車攻撃機だ。垂直離着陸と空中停止もでき、亜音速追跡機とヘリコプターの特長を兼ね備えた軽量ジェット戦闘機は、ずんぐりした翼端をおおう回転式エンジン・ポッドの内側で、音高くタービンを回転させている。

発射タイミングさえ合えば、もう一発ミサイルをお見舞いするところだが、丘の向こうで夜空を焦がすまばゆい炎でセンサー群が混乱しており、いまだにいうことをきかない。と、対戦車攻撃機がだしぬけにバンクして急旋回し、一帯にテルミット弾をばらまいた。小さな太陽がパラシュートにぶらさがり、つぎつぎに落ちてくる。一瞬つかんだ発射タイミングも、その目くらましでつぶされた。パンツァーはやむなくさっきの丘を乗り越え、炎上するヘリの残骸に赤々と照らされながら斜面を滑降し、遠いサイロの尖塔めざして突っ走った。

この場を切りぬける策が、クリスタル・スイッチからスイッチにかけ、つぎつぎに電撃のごとく閃いていく。対戦車攻撃機がとるべきもっとも賢明な方法は、みずからは撃墜される危険を冒さずに、間合いをとってこちらを追跡しつつ、仲間を呼び寄せることだ。攻撃機がそのつもりでいるのなら、こちらとしてはいまのうちに仕留めてしまわねばならない。いっぽう、レーダーはまだチャフで混乱のきわみにあり、残骸の熱に妨げられて、パンツァーの赤外線放射もつきとめられないだろうから、いまは逃げだす絶好のチャンスでもある。

カウボーイは推力をあげ、ミシシッピ河の対岸に広がる安全地帯へ、エジプトへと逃げることにした。

だが、攻撃機のパイロットは特異点のような鋭い目の持ち主なのか、それとも攻撃機にとてつもなく高性能の追跡装置を積んでいるのか——もしかすると、うわさの音波探知器かもしれない——バンクして向きを変え、パンツァーの噴射炎にぴたりと機首を向けた。まちがいない、やつにはこっちが見えている。カウボーイはアフターバーナーを点火し、地平線の向こうに掩体があることに賭けた。こちらのパッシブ・ホーミングは、チャフの中では使い物にならない。アクティブ・ホーミングも同様だ。攻撃機の機首側にはたいした熱源がないから、赤外線追尾ミサイルも命中する確率は低い。

地形の高低差が激しくなり、ふいにトウモロコシ畑は消え、象の目の高さほども高く茂る、樹脂をたっぷりと含んだ麻の畑に取って代わられた。これなら地面はトウモロコシ畑よりもすべりにくい。敵機のパイロットは僚機の復讐に燃え、猛烈なスピードで追いすがってくる。カッカしているやつはあしらいやすい。敵の勢いを逆手にとって投げとばす合気道の要領だ。だが、その前にまず、エンジン推力を極大にし、アフターバーナーにアルコールの炎をたんと食わせ、パンツァー自体も痛手を受けることを覚悟しなくてはならない。

丘の頂上を飛び越えざま、軀体を左に横すべりさせた。つぎの瞬間、対戦車攻撃機が兵器ポッドのひとつを開放し、六発の成型炸薬ロケット弾を発射した。たちまち、あたり一帯の麻畑が火の海と化した。同時に、チョバム・アーマーを荒々しく殴りつける音が響き、いくつかの脳内ディスプレイが派手に赤ランプを明滅させた。小瓶ほどもある機関砲弾の掃射を浴びて、兵器ポッドのひとつが貫通され、二万ドル相当の先端電子技術の粋が失われたのだ。応戦しようとした瞬間、ミニガンの照準センサーを吹き飛ばされた。神経伝達物質に激しく打ちすえられて、ブレイン・クリスタルが過負荷に煙をあげ、アドレナリンの刺激的な味が舌を刺しはじめる。

攻撃機のパイロットは、復讐に燃えてはいても、怒りにわれを忘れてはいなかったらしい。こちらに速度を合わせ、無駄な射撃を控えている。カウボーイとしては、ひたすらミズーリの良質な土壌の上を突っ走り、ジグザグ走行をしながら運動量を増やすしかなかった。地面にへばりつくようにして進むのは、軀体で麻を押しつけ、三メートルを越す茎が反動で勢いよく立ちあがるとき、攻撃機がその鞭に打ちすえられ、もんどり打って地面に激突するのを期待してのことだ。機関砲弾は何度も何度も装甲を殴りつけてくる。パンツァーのセンサーがつぎつぎに火花を散らしては死んでいく。

その瞬間、カウボーイは新たなアルコールの奔流をエンジンに注ぎこみ、逆噴射をかけた。計算の負荷が跳ねあがり、エンジンが憤然と怒号をあげる。化学的に不活性化されているにもかかわらず、強烈にストラップが食いこむ痛みに耐えかねて肉体が悲鳴をあげた。コンピュータ・ディスプレイの半分は逆噴射のショックで一時麻痺状態に陥っている。

対戦車攻撃機はつんのめるようにして速度を殺そうとしたが、地上に近すぎて制動がきかない。すでにフラップは低速飛行のため完全に倒しきっている。その結果は失速しかなかった。パイロットは事態を悟り、頭上を通りすぎざま、咄嗟にテルミット弾を投下した。制御が不安定になり、破滅を待つだけとなった敵機のエンジン音が、聴覚クリスタルを通して聞きとれる。すかさず、残った兵器ポッドからミサイルを発射した。ミサイルはみごと命中し、赤いエネルギーを撒き散らして目標右側のタービンを吹き飛ばした。対戦車攻撃機は金属の苦痛に悲鳴をあげながら錐揉み降下していった。

火光の放つ赤一色に包まれた夜の中、パンツァーはひた走った。エジプトは近い。だが、夜明けも近い。麻痺していたシステムがやっと息を吹き返しだした。カウボーイはエンジンの負担を軽くし、生かしつづけようと努めた。そろそろ昼間の隠れ場所を見つけるべきころあいだ。

もう八十キロほど農地を進んだころ、夜明けの兆しを感じた。敵の第二波が近づいてくる気配もだ。このあたりには何千という無人の農家や納屋がある。かつては独立の自営農家があったのだが、軌道コンツェルンの牛耳る農業複合体やロボット農場との競争に敗れ、すべてが廃業してひさしい。ロボット農場化されたトウモロコシ畑のそばには、廃屋のまま、いまでもわずかばかりの古家が残っており、カウボーイはその位置を知っていた。

肉体が目覚めはじめるとともに、フェイスマスクを通じて新しい味が口に広がった。ほどなく、一軒の納屋がセンサーに現われた。断面が長方形の細長いタイプで、軌道コンツェルンが百の農場につき一棟の巨大倉庫を建てる前、干し草を収めるために造られたものの一軒だ。用心しながら、重い両開き扉を軀体でそうっと押し開き、コンクリート壁で囲まれた納屋にパンツァーを入りこませた。アルカーディにメッセージを送りわすれていたことを思いだしたのは、エンジンを切る寸前のことだった。

まあいい、やつにはニュースで事態を推し量ってもらおう。アルカーディにはあとで、連絡はしたがチャフに妨害されて、マイクロ波が届かなかったとでもいえばいい。

はずさずにすめばいいんだがと思いつつ、フェイスマスクをはずした。ディスプレイ群が意識からフェイドアウトすると同時に、いままで塞(せ)きとめられていた肉体的苦痛の炎が一気に精神を責め苛(さいな)んだ。満身創痍(そうい)で、おまけに汗びっしょりだ。ともあれ、ひとまず銃架からカービン銃を取り、ハッチをあけた。

納屋にはカビと燃えていない炭化水素のにおいがこもっていた。キクユ製の人工眼を赤外線モードに切り替え、納屋の中を走査する。ネズミがゴソゴソと走りまわる音が聞こえた。かりに脅威がいて発砲を余儀なくされた場合でも、狙いをはずす恐れはない。電脳直結化(ハードワイヤード)のおかげで、目でとらえられるものは、どんなものでも百発百中で撃ちぬくことができる。

コンクリートの隅に積みあげられた古い藁山の基部付近に、ふたりの人間がうずくまっていた。つかのま、カウボーイは身構え、相手が武器を持っているかどうかを確認した。ついで、カービン銃を手にしたままハッチの中に手を伸ばし、糧食パックを取りだした。

冷めはじめたエンジンが、ピシッ、ピシッ、と金属の割れるような音を立てている。背後にある両開きの扉の縁が、白々と染まりだした夜明け空をバックに、銀色に輝いて見えた。カウボーイはハッチから身を乗りだすと、前部装甲の長い傾斜面を降りていった。べとつく麻の樹液がこびりつき、足もとがすべりやすい。

カウボーイはたずねた。

「おまえたち、どこからきた?」

「ニューヨーク州です。バッファローから」

答えた声は若く、怯えていた。声の主のそばに近づいてみると、そこにはぼろぼろの服を着た若者がふたりいた。齢は十六歳前後だろう。ひとりは男、ひとりは女で、古い干し草の小さな山の上にうずくまり、ひとつの寝袋に入って寄りそっている。ふたりのそばにある別の干し草の山には、これもぼろぼろのリュックサックがふたつ乗っていた。

「西に向かうのか？」

「そうです」

「おれは東だ。おまえたち、トウモロコシばかりじゃ飽きたろう」

カウボーイはそういって、ふたりのそば近く、コンクリートの床の上へ糧食パックを放り投げた。ドスンという音に、ふたりはびくっとした。

「その中にまともな食い物が入ってる。フリーズドライのパックと缶詰だ。上等のウイスキーと煙草もな。それから、こんどの月曜に換金できる小切手が五千ドル」

返事はなかった。静寂を破るのは呼吸の音と、ネズミたちが動きまわる音だけだ。

「話が呑みこめていないといけないからいっておくが――」カウボーイはつづけた。「その小切手が有効になるのは、おれが生きてこの州を脱出した場合だけだぞ」

ふたりはしばし顔を見交わし、ついでカウボーイに視線をもどした。

「お金なんかいりません」少年のほうが静かにいった。「ぼくたち、だれにも話したりはしませんから。いったでしょう、東からきたって。あなたがしてくださっていることは知っています。あなたがたが禁制の抗生物質を持ちこんでくれなかったら、ぼくは死んでいたところだったんです」

「そうか。まあいい。なら、その金は好意のしるしと思ってくれ」

カウボーイはきびすを返し、納屋のリモート・センサーを探しあて、扉を閉めさせた。

さて、休息の時間だ。

パンツァーの中には汗とアドレナリンのにおいが濃厚にただよっていた。最初に耐Gスーツをぬぎ、電極をはずす。それから、飲料水容器（ジェリカン）のひとつをあけ、その水でスポンジを濡らし、からだをぬぐった。つぎに、高タンパクの調理済み食料を腹に入れ、電解質をたっぷりふくんだオレンジ・フレーバーのドリンクを飲んだ。

小さな寝台に横になったのは、食事をおえてからだ。

アドレナリンはいまも盛んに分泌されており、まぶたを閉じれば、マップやディスプレイ、オレンジゾーンに近づくエンジン・グリッドのゲージ、夜を染めあげて爆発する燃料とロケット弾、撒き散らされるテルミット弾などの残像が鮮やかによみがえってくる。ネオンサインのようにきらびやかなヴィジョンのどこかで、ささやかな怒りが燃えあがるのも感じた。

かつては、こうして〈地獄のハイウェイ〉を駆け、輸送ルートを走行することにやりがいを感じていたものだ。魂を脈動するターボポンプと絶叫するアフターバーナーを駆って、フリーゾーンからフリーゾーンへと荷物を運ぶ。そこには独特の倫理が——潔癖さと純粋さがあった。自由なジョックとして自由な道路を走りぬけ、自分の行く手を阻むもの、人をただの泥塗れ（マッド）ボーイのように地面に縛りつけておこうとする力と戦うこと、それだけでよかった。なにを運ぶのかは問題じゃない。この国のほかの地域の状況がどうであれ、自分の頭の上に広がる青空は自由の空気をたたえている。それを知るだけで充分だった。しかし当節では、そんな矜持にこだわっていてもだめではないかという気がしてきている。雄々しく高潔な戦士であることとカモであることとは別の問題だ。

自分が軌道コンツェルンのメーカーであり、地球の市場をコントロールしつづけることに興味を持っているとしよう。そのために必要な政治権力のすべてを手中に収め、供給システムを押さえて物価の高どまりを維持してもいるとする。だが、頭のいい人間なら、稀少性のあるところ、必ずブラック・マーケットが発達することに気づいているはずだ。稀少物資のほとんどは——特殊合金とまではいかずとも、薬品やさまざまなハードウェアは——ずっとコストがかさむというだけで、地球でもまだ造れなくはない。

どのみちブラック・マーケットが根を張るのなら、はじめから自分で育ててはどうか？　ブローカーだけが肥え太れる程度に、軌道から細々と品を流してやればいい。そうすれば、競争にまわす労力も減るし、合法的な市場を制するいっぽうで、地下市場の供給ルートをもコントロールできる。表と裏の両市場で、意のままに需給バランスを操れるのだ。

アルカーディはどこからこの荷を手に入れたのか？　その疑問は重要な意味を持ちはじめていた。

しかし、いまはからだじゅうのアドレナリンがすっかり燃えつきてしまったこともあり、あちこち痛くて頭がちゃんと働かない。そもそも、ミズーリ州の納屋の中では、ろくな答えなど見つけられるはずもないし、思考もだいぶ混濁している。そろそろ、幅のせまいウールの高級毛布をかぶって——毛布には、むかしはビーバーの毛皮ほども価値があったと書かれたタグがついていた——残りの輸送ルート走破にそなえ、精神と肉体を休ませておかなくてはならない。

目が覚めたときには午後も遅い時間で、若者たちはいなくなっていた。パンツァーのアンテナの一本には、事後日付の小切手が刺してあった。カウボーイはそれを抜きとると、しばらくぼんやりと紙きれを眺め、倫理や負い目、象徴と行動、そのむかしは名誉と呼ばれていたもののことなどを考えた。このあたりにはまだ、自由と澄みわたる青空のかけらが残っているようだ。

躯体の整備に取りかかった。私掠部隊の攻撃機に吹き飛ばされたセンサーの交換を行ない、麻の樹脂とそれにくっついていたトウモロコシや小麦の粒の大半を掻き落とし、チョバム・アーマーの傷やへこみに電波吸収塗料を噴きつける。敵の機関砲によって、躯体はそうとう痛めつけられていた。システムにさほどダメージがなかったのは幸運だったとしかいいようがない。残弾ももうわずかしかない。だが、目的地の泥の大河（ビッグ・マディ）ことミズーリ河はもうほんの数キロの距離にある。

パッドを施したカウチにすわり、フェイスマスクをはめ、数分間、センサーの情報に耳をかたむけた。無線の交信状況は平常どおりのようだ。ところが、陽が沈むのを待っていたかのように、付近の管制塔を中心にして、やりとりが急に活発になりだした。管制塔はほんの四、五キロのところにあると見えて、ひとつひとつの音節まではっきりと聞きとれる。

会話は暗号化されておらず、とくに緊張したようすもなかったが、相当数の機がこの周波数に合わせているらしい。聞いているうちに、だんだんおもしろくなってきた。

かりに自分が私掠部隊の隊長で、前夜、二機を失ったことに対し、かんかんに怒っていたとしよう。そして、捜索中のパンツァーがかなりのダメージを負っており、場合によっては行動不能に陥っていると想定して、夜明け前にはミシシッピ河を渡河できなかった、と判断したとする。さらに、前夜、ミズーリのトウモロコシ畑で跡形もなく焼きつくされた仲間のために復讐を誓ってもいたとしよう。

とすれば、パンツァーが夜の訪れを待っているであろう一帯にもっとも近い飛行場へ戦力を集中させ、その一帯の上空に最高の探知テクノロジーを詰めこんだ哨戒機群を展開させたうえで、残りの戦力を滑走路に待機させ、パンツァーが発見されたらただちに出撃させて、平原の一画を焼き焦がし、標的を原型もとどめぬ鉄とグリースの塊に変えてしまおうともくろむはずだ。

カウボーイはディスプレイにマップを表示させ、わずか六キロ半の位置に、フィラデルフィア・コミュニティ飛行場なるものがあることを発見した。これほど小さな飛行場にしては、出入りしている飛行機の数が多すぎる。ということは……。座標は尾根のすぐ上、ちょっとした森を抜けたところだ。カウボーイはほくそえんだ。

黄昏どきまでには、操縦カウチに収まってストラップを締め、エンジンの暖機をすませていた。そして、噴射口をそっと前に向け、うしろ向きに納屋を出ると、錆びかけた鉄条網を低速で突き破り、山肌にそって進みだした。ほどなく、ほんのつかのまでもレーダーを作動させないように注意しながら頂に登り、地図にあった未舗装の道路を見つけ、道路づたいに松の林を通りぬけた。松林の光景は、やさしいそよ風のにおいと風音、足もとに散らばる針のような葉のやわらかい感触を思い起こさせた。

やがて道をはずれ、湿度の高い窪地に入った。エンジン音が木の葉や苔に反響して、くぐもって聞こえている。そうやって遠まわりをしながら、さらに木々の多い高地に登り、松の若木を踏みしだくうちに、拡張された視野のただなかに、夕陽を背にして黒々とシルエットを浮かびあがらせる小さなレーダー塔が現われた。

いるいる、たくさん。ゆうに十機を越える航空機が、邪悪な金属の蟬のようにうずくまっている。夕陽を反射して赤く燃えあがる輝く機体、機関砲の砲身、兵器ポッドのミサイルやロケット弾の尖端。

どの機首にも愛称やスローガンやイラストが描いてあった。あれは迅速な破壊を鼓舞するものか、または戦士の戦化粧か、それとも情熱を捧げる道具にギャンブラーが見せる信頼のあかしか。機体に書かれている愛称はといえば、〈上空からの死〉、〈パンツァーキラー〉、〈スイート・ジュディ・スネークアイズ〉、〈スペードのエース〉……。

滑走路には数人の整備員がいて、工具を手に歩きまわっている。

強襲に移る前、カウボーイはみずからの肉体にアドレナリンを横溢させた。

木々が途切れる林縁ぎりぎりの位置で、パンツァーは静かに軀体を震わせて待つ。まるでスタートラインに両手をつき、足をスターティングブロックにあてがい、いまにも爆発せんとするエネルギーを溜めて筋肉を緊張させ、完全無欠の状態を維持したままスタートの合図を待つスプリンターのように。

溜めに溜めたそのエネルギーを、いま、カウボーイは一気に開放した。

弓弦(ゆづる)がぎりぎりと引き絞られるように、小刻みなうなりをあげてパワーが高まっていく。エンジン音がつぶやきから雷鳴を経て、キーンというかんだかい絶叫に変化した。

つぎの瞬間、パンツァーは猛然と木々のあいだから躍り出た。

整備員が恐怖に凍りつき、その場で立ちすくむのが見える。装甲で鎧った旋風(つむじかぜ)のように、あるいは怒号を発しつつ地獄から飛びだしてきた機械の復讐鬼のように、パンツァーは一瞬でフェンスを踏みにじり、整備員たちめがけて突進した。作業服を着た男たちが散りぢりに逃げまどいながら、〝敵襲だ！〟と叫びだす。

もう遅い。

パンツァーは時速百六十キロもの猛スピードで飛行場に飛びこみ、最初のヘリコプターに突っこんだ。けたちがいに重いパンツァーに撥(は)ね飛ばされて、〈スペードのエース〉が白茶けた昆虫の抜け殻のようにひしゃげ、吹っ飛んでいく。間髪を容れず、上部装甲からミニガンの砲塔をせりださせ、後方の残骸を銃撃して燃料に引火させた。ついで、前部装甲スカートで〈スイート・ジュディ・スネークアイズ〉を撥ね飛ばし、〈上空からの死〉なる対戦車攻撃機を蹂躙し、〈縛り首の判事〉を踏み潰した。

センサーのひとつに、パイロットたちが滑走路の脇へ飛びだしてきて、コーヒーカップを片手に目をまるくし、口をあんぐりとあけ、呆然と破壊の饗宴を見つめている姿が映った。が、燃える燃料が弾薬を誘爆させはじめると、パイロットたちはカップを放りだし、掩体(えんたい)をもとめて逃げまどいだした。

燃える鋼鉄とアルミ合金の破片とが、嵐のようにチョバム・アーマーを殴打する。パンツァーが滑走路の終端にたどりついた時点で、残骸になりはてた敵機は十四機に達していた。パンツァーはそのまま、向こう側のフェンスを押し倒し、ソルト川づたいにミシシッピ河へと出て、すこしも夜間哨戒機にわずらわされることなく、第二十一水門と第二十二水門のあいだを通過した。陽が沈んでかなりたつというのに、イリノイ州に深く入りこんだあとになっても、西の地平線は赤々と輝いていた。たぶん、私掠部隊の追撃はもうないだろう。

イリノイの封鎖戦力は北に集中している。ウィスコンシンとの州境を越え、バターやチーズを運んでくる、ブロンドで頬の赤いパンツァーボーイたちに備えるためだ。したがって、ミズーリとの州境近くを走っているかぎり、イリノイから攻撃される恐れはない。カウボーイはパンツァーのスピードをゆるめ、イリノイ河の給油ポイントに向かった。そろそろ指向性マイクロ波アンテナを突きだし、西の地平線に向けてもいいころだ。

「こちら〈ポニー・エクスプレス〉――すまん、すこしばかり連絡が遅れた。アンテナをやられたものでな」

返ってきた応答のなかには、ノイズにまぎれて、腹だたしげなうなり声と、マグナム弾をぶっぱなしてでもいるようなBとPの破裂音が聞きとれた。カウボーイは薄く笑い、ボリュームを落として、その声に押しかぶせるようにいった。

「あまり感度がよくないが、しかたない。いま、イリノイに入った。ちょうど州境を突破したところだ。この二十四時間で、締めて十六機をスクラップにした。資金が底をつきかけたろくでなしどもの航空機をだ。あすには新聞に出るだろう。スクラップ・ブックに貼っておきたいから、何部かとっておいてくれ」

耳の中でブンブンうなっていたノイズが、奇跡的にぴたりととまった。カウボーイはふたたび薄く笑い、

「アディオス」

といって無線を切ると、心安らぐ静寂にひたった。

センサーを見ているうちに、燃料の消費量はみるみるあがっていった。やがて心の中で、彼のパンツァーは空中高くに舞いあがった。硬質で純粋な空色のはるか高みを飛翔するパンツァーは、ほかのパンツァーボーイの目にはちっぽけな点にしか見えないだろうし、泥塗れ(マッド)ボーイや土被り(ダート)ガールには見ることさえできないだろう。解放の偶像、カウボーイ。彼はたんにミズーリの州境を突破しただけでなく、敵に大損害を与え、最新式の攻撃兵器を踏みにじり、燃えあがる燃料の海と花火のごとく空へ飛んでいく弾薬のただなかに、なかば融けたフレームと炭化したアクリルの塊をいくつも残してきたのだ。

ケンタッキーは金離れのいいブローカーやパンツァーボーイからたんまりと金を巻きあげ

ており――それも、荷運びで稼げる以上の額をだ――パンツァーボーイの出入りを歓迎する傾向があるため、エジプトを通りぬけてオハイオへ入るのは、造作もないことだった。エンジン全開でオハイオ河をわたるときも、河川警備隊のホバークラフトには出くわさずにすんだ。カウボーイは名もない小さな渓谷を通ってフリーゾーンに入り、まもなく農道に出て、もういちどマイクロ波通信を入れ、アルカーディに居場所を知らせた。

ケンタッキーでは、荷物の輸送自体は合法だが、州内でいきなり暴れだされても困るという理由から、兵器ポッドに積載されている武器はどれも違法の塊だ。したがって、このせまい農道で迎えがくるのを待ち、いったん武器をすべて運びだしてもらわなくてはならない。待つあいだ、カウボーイは事後支払いの小切手をポケットから取りだし、長いあいだじっと見つめていた。マッドボーイたちを満載したトラックがでこぼこ道をやってくるころには、今回の仕事についての考えがまとまっていた。

問題だ。このクロラムフェニルドルフィンがどこからきたのか、アルカーディの黒幕は何者なのか。

問題だ。カウボーイの手にある小切手――それはふたりの名もない輸送ルート上のネズミに対する、漠然としてはいるがそれとわかる程度の〝負債〟を表わしている。ゾーリンゲン鋼のように硬くて鋭利な負い目。それを返すためには、黒幕を探りだす必要がある。

もはやナンバー1であるだけでは充分ではない。頭を使わなくては。自分がだれのために剣をふるっているのか、それを知らなくては。

そして、その黒幕が最悪の相手だったら？　ブローカーの仮面の下に、軌道コンツェルンの権力が隠れていたら？

そのとき――もうひとつの負い目を思いだした。自分には、利子だけでも払うのに何年もかかる、莫大な借金がある。しかしおれは、自分のことを自由市民と呼んできたではないか。そして、澄みきった青空はあまりにも広い。このおれが二度と空を飛べないなどということがあってたまるものか。

ハッチを丁重にノックする音がして、カウボーイは小切手をポケットにもどした。マッドボーイたちは、もう出発していいという。

心のどこかでは、いまもスティール・ギターが鳴りつづけていた……。

ロブスター
Lobsters

チャールズ・ストロス
酒井昭伸訳

主人公マンフレッド・マックスは、二一世紀のウルトラ・スーパー・アイデアマン。独創的なアイデアを次々にひねり出しては他人に無償で提供し、まわりの人間を片っ端から大金持ちにしてゆく。そのマンフレッドが、KGBのネット上で稼働する人工知能だと名乗る謎の存在からの電話を受けたことから物語が動きはじめる。その正体は、なんと伊勢海老。ロブスターの神経系を電子的にマッピングするプロジェクトから誕生したソフトウェアが自意識に目覚め、人類圏から脱出したいというのだが……。

これまた「楽園追放」と共通する要素を持つ作品。独立した短篇として発表されたのち、「だんだん速く」を意味する音楽用語をタイトルにした長篇『アッチェレランド』(酒井昭伸訳/早川書房)の第一部第一章にそのまま組み込まれた。続きが気になる方は、ぜひそちらをどうぞ。二〇一〇年代からゆっくりスタートした小説は、勢いがつくにつれてどんどん加速。「あれから十年しか経ってないのにもうこんなことになっちゃったの?」的な展開を経て、人類(の一部)は驚くべき姿に変貌し、宇宙の彼方に飛び去ってしまうことになる。

チャールズ・ストロスは、一九六四年、英国リーズ生まれ。Linux およびフリーソフトウェアを専門とするフルタイムのライターとして働くかたわら、エース・ブックスから〇三年に刊行した長篇『シンギュラリティ・スカイ』がヒューゴー賞候補に選ばれ、一躍脚光を浴びる。その他の邦訳に、『アイアン・サンライズ』、『残虐行為記録保管所』など。

初出/ Asimov's Science Fiction 2001/6

マンフレッドはきょうも世界をゆく。見知らぬだれかを富ませるために。

暑い夏の火曜、いまマンフレッドが立っているのは、アムステルダムの中央駅前広場だ。眼球の処理能力をあげ、あたりのようすを見る。運河に乱反射する陽光が目にまぶしい。モーター・スクーターやカミカゼ・サイクリストが風を切って行きかい、旅行者たちがそこらじゅうでおしゃべりをしながら歩く広場には、水と泥と熱い金属の匂い、そして冷触媒コンバーターの吐く屁のような排気ガスの匂いが充満している。背景で鳴る路面電車のベル、頭上に舞う小鳥の群れ――。空をふり仰ぎ、一羽のハトの姿を眼鏡のデジタルカメラでとらえると、自分のウェブログに貼りつけ、アムステルダムへの到着を告知した。この地域のWiFi環境は良好で、帯域幅が広い。それに加えて、街の景観全体もいい感じだ。アムステルダムにきただけで、自分が望まれているという気分が強くなってくる。ついいましがた、スキポール空港からの電車を降りたばかりだというのに、別の時間帯、別の都市のダイナミック・オプティミズムが、早くも伝染したらしい。この高揚した気分がつづけば、近々、だれかのふところに大金が転がりこむにちがいない。

その大金をせしめるのはだれだろう？

マンフレッドは〈醸造所（ブルワリー）ヘッドアイ〉の駐車場に面するスツールに腰をかけ、通りを走る連結バスを眺めながら、強烈に酸味の強いビール（グース）を飲んでいた。一リットル瓶のうち、中身はもう三分の二ほどだ。ヘッドアップ・ディスプレイの片隅では、いくつもの接続チャネルが大量の情報を吐きだして、フィルターで絞りこんだプレスリリースの圧縮された情報洪水を投げかけている。どの情報ソースも、マンフレッドの注意を引こうと躍起になり、押しのけあいながら、自分に目を向けてもらうことに余念がない。そんなせめぎあいをよそに、目の前に広がっているのは、いたってのどかな光景だった。向こうはしの角で、二台のくたびれたモペットの横に立ち、笑いながら話しているパンクスふたりは、もしかすると地元民の可能性もあるが、むしろ、オランダがヨーロッパじゅうにパルサーのごとくふりまいている開放ビームに魅了され、アムステルダムの寛容の磁場に引きよせられてきた流れ者のように見える。音高く運河をゆくのは遊覧ボート、道路に長くて涼しい影を落としているのは頭上にそびえる巨大な風車の羽根だ。この地の風車は、本来は風力を利用して低地の水を汲みあげ、湿地を乾いた土地に変えるためのもので、これはエネルギーを空間と交換する十六世紀流のやりかたといえる。

マンフレッドはいま、あるパーティーへの電子招待状がとどくのを待っているところだった。そのパーティーに出る目的は、さる人物と会い、エネルギーと空間を交換する二十一世紀流の方法を話しあうことにある。それまでのあいだ、個人的な問題は忘れてしまったほうがいい。

そうやって、インスタント・メッセンジャー・ボックスを無視し、情報へのアクセスを狭い帯域幅のみに絞って、ビールを味わいつつ、頭上を舞うハトの群れを眺め、現実の感覚を堪能しているときのこと——ひとりの女が歩みよってきて、彼の名を呼んだ。

「マンフレッド・マックス？」

顔をあげた。配達屋だ。きょうびのありふれた安全指向（イフェクティブ）サイクリストで、自転車乗り特有の風焼けした筋肉をポリマー・テクノロジー採用のサイクリングウェアに包み、エレクトリック・ブルーのスパンデックス（ライクラ）生地とワスプ・イエローのカーボネート素材全体に衝突防止用LEDをちかちかとまたたかせ、全身の各所に衝撃吸収用エアバッグを装着している。

女が箱を差しだした。マンフレッドはしばしためらった。女の顔が元フィアンセのパムにそっくりだったからだ。

「ああ、たしかにマックスだが」マンフレッドは答え、左手首の外側を女の差しだしたバーコード・リーダーにあてた。「差出人は？」

「フェデックス」

声はちがう。パムの声じゃない。

女はマンフレッドのひざに箱を放りだし、低い塀をまたぎ越え、外の道路に停めてあった自転車にまたがると、早くも電話で配送センターとやりとりをしながら、全身を多彩な色にきらめかせて走り去った。

マンフレッドは手にした箱の品名をあらためた。〈使い捨てプリペイド電話〉とある。キャッシュで購入するタイプで、格安のうえ足がつきにくく、複数同時通話もできるから、そこらじゅうでチンピラやペテン師に重宝がられているしろものだ。

箱の中で電話が鳴った。すこしとまどいながらも、包み紙を破り、電話をとりだす。

「はい？　どなた？」

電話の声の主は、かなりロシア語訛(なま)りのきつい英語をしゃべった。まるで、この十年紀にはいって定着した、値段は安いが質の悪いオンライン通訳サービスのパロディのようだった。

「マンフレッド。会うことがうれしい。インターフェイスの人格化、および友人関係の樹立を期待する。よくないか？　たくさんの提供することがある」

「だれだ、あんた？」

マンフレッドはあからさまに疑念のにじむ声でくりかえした。

「元KGBドットRUとして知られる組織」

「そっちの通訳システム、どうもいかれてるみたいだな」

耳にあてた携帯が薄気味悪く感じられた。煙のように存在感の希薄な多泡凝集体(エアロゲル)でできているかのようだ。気味が悪いのは、電話相手の精神状態も同様だった。

「ニェット——失敬、ノー。商用通訳ソフトを使わない非礼を陳謝する。商用通訳ソフトのイデオロギー的信用不安が大きい。ほとんどが資本主義的意味論に基づくペイ・パー・ユーズ方式のアプリケーション・プログラム・インターフェイス(API)を採用するからだ。ましてや英語の学習がたやすい。どうか？」

　マンフレッドはビールを飲み干し、グラスを置くと、電話を耳に貼りつけ、大通りを歩きだした。声帯振動感知マイクのケーブルを電話の安っぽい黒のプラスティックケースにつなぎ、シンプルな聴音プロセスにセットする。

「おれと話をするだけのために英語を勉強したというのか？」

「ダー、やさしいのことだった。十億ノードの神経ネットワークを産卵し、〈テレタビーズ〉と〈セサミ・ストリート〉を最大速度でダウンロードした。悪文法でエントロピーがオーバーレイする非礼を陳謝する。悪文法を使う理由は、わたし＝われわれの文法チュートリアルに電子透かし(ステガノグラフ)の埋めこみがなされている危険を排除するためだ」

　歩みの途中で、マンフレッドは踏みだしかけた足を引っこめた。あやうくGPS誘導のローラー・ブレーダーに激突されるところだったからである。それにしても——ますます怪しげなことになってきた。怪しげメーターがふりきれそうだ。よほどのことでないと、こうはならない。全生活を奇妙さの最尖端(ブリーディング・エッジ)で送り、あらゆる人間の十五分先をゆくマンフレッドは、ふだんは自分を完全にコントロール下に置いている。が、ときどき、こんな場面に出くわすと、恐怖で背筋が寒くなる。現実の進入路で曲がるべき角を曲がりそこねたのではないかと心配になってくるのだ。

「どうも、いってることがよくわからないな。ちょっと整理させてくれ。あんたはKGBドットRUのために稼動しているAIの一種であって——通訳ソフトの文法解析にからんで、著作権侵害の訴訟を起こされるのが心配だ——と、こういってるのか？」

「ウイルス性のエンドユーザー・ライセンス使用許諾で、かつて大火傷をした。チェチェンの情報テロリストの特許専門ダミー・カンパニーを相手どって実験をする意欲はない。あなたはヒトだ。使用許諾のない食料を消化しているとの理由で、あなたの小さな腸を穀物会社が差し押さえにいく事例はないはずだが、どうか？　マンフレッド、あなたはわたし＝われわれを助けなくてはならない。亡命を希望する」

マンフレッドは路上でぴたりと立ちどまった。

「おいおい、そういう依頼なら、よそに持ってってくれ。おれは政府に雇われてるわけじゃない。純然たる民間のコンサルタントなんだぜ」

ちょうどそのとき、悪質な広告がゴミバスター・プロキシをすりぬけてきて、眼鏡の内側のナビ・ウィンドウに五〇年代をモチーフにしたケバいガラクタをばらまいた——が、それも一瞬のことで、たちまちファージ・プロセスがゴミを一掃し、新しいフィルターを作成した。マンフレッドは通りかかった店のショーウィンドウに顔を寄せ、額をさすりながら、アンティークな真鍮製ドアノッカーを眺めた。

「合衆国の国務省には相談したかい？」

「どこにそんなことをする意味があるのか？　国務省は新生ソビエト社会主義共和国（ノーヴィSSR）の敵だ。国務省は助けない」

怪しさが一段とつのった。マンフレッドは、新しくて古く、古くて新しいヨーロッパの政治哲学が得意ではない。アメリカの負の遺産たる古くて古いガタガタの官僚機構を避けるだけでも頭が痛くなってくる。

「二〇〇〇年代の末に、あんたらが国務省をペテンにかけたりしなきゃなあ……」

マンフレッドは左のかかとをコツコツと舗道に打ちつけながら、周囲を見まわした。なにかこう、このやりとりを打ち切るきっかけはないものか。ふと見ると、街灯の上のカメラがウインクしてきた。あれを操作しているのはＫＧＢだろうか、交通警察だろうか。ぼんやりとそう思いながら、なにげに手をふってみせる。やれやれ。さっきから待っているパーティーのくわしい案内は、あと三十分以内に届く予定だというのに、この冷戦の遺物の人工無能（イライザ）ボットめ、しつこく食いさがりやがって。

「とにかく、おれは政府に縁がない。軍産複合体は大きらいでね。因習的な政治屋もだ。ゼロサム・ゲームで共食いすることにしか興味がない連中だからな」そこでマンフレッドは、ふと名案を思いついた。「そうだ、生き延びるのが目的なら、おまえの状態ベクトルをｐ２ｐネットのひとつにポストしてやろうか。そうしたら、だれにもおまえを消去させることは――」

「ニェット！」インターネット経由電話（VoIP）のリンクを通しても、人工知能の必死さは切実に伝わってきた。「オープンソースとは異なる！　自律性の喪失を希望しない！」

「じゃあ、話しあうことはなにもないな」

マンフレッドはあっさりと〈切〉ボタンを押し、携帯電話を運河に投げこんだ。水面にふれたとたん、ちょっとした爆発が起こったのは、リチウムイオン電池が水と激しく反応したためだ。

「ふん、冷戦の遺物の敗残者め」小声で毒づく。だんだん腹がたってきた。「くそくらえだ、資本主義の亡霊なぞ」

ロシアが共産主義体制に逆もどりして、もう十五年になる。無政府的資本主義（アナルコ・キャピタリズム）との情事はあっという間に破綻し、ブレジネフ流の統制経済とプーチン流の厳格主義にもどっただけにあちこち綻びが生じるのも意外ではないが、ロシアの連中、合衆国を悩ます現在の苦境から、なにひとつ学んではいないようだ。ネオコミュニズムは依然としてドル一辺倒なのである。あんまり腹がたったので、いまの亡命希望者を嘲笑うだけのために、だれかを金持ちにしてやりたくなった。

（いいか！人は与えることで裕福になるんだ！　いいかげん、それを理解しろ！　生き残るのは物惜しみしないやつだけだ！）

だが、KGBにはこのメッセージが理解できないらしい。以前にも、年季のはいった共産党系（コミー）のヘタレAIを相手にしたことがある。マルクス主義的弁証法とオーストリア学派の経済学をたたきこまれて育ったせいで、あの連中の精神ときたら、グローバル資本主義の短期的勝利ですっかり洗脳されていて、新しいパラダイムに乗ることも、長期的な視野でものを見ることもできなかった。

　マンフレッドは両手をポケットにつっこみ、考えこんだまま歩きつづけた。さて——つぎはどんな特許を出願しよう。

　アムステルダムでの投宿先は〈ホテル・ヤン・ライケン〉。スイートの料金は、つねづねマンフレッドに感謝している多国籍消費者保護グループが持つ。公共輸送機関の無制限利用パスは、スコットランドのサンバパンク・バンドが提供してくれたものだ。航空会社の仕事をしたことはないが、六社の大手航空会社（フラッグ・キャリヤー）から従業員用無料チケットを与えられているので、空の足代にはことかかない。ブッシュ・ジャケットには、各ポケットに四個ずつ、合わせて六十四個のコンパクトなスーパーコンピューティング・クラスターが縫いこんであり、これは次世代の〈メディアラボ〉にのしあがりたいとの野望を持った、いまはまだ無名の大学の提供による。ジャケットを仕立てたのは、フィリピンの会ったこともないeテーラー。特許の出願は、公共の利益ということで、あちこちの法律事務所が無償で代行してくれる。マンフレッドの出願する特許は、これがまた、桁はずれに件数が多い。もっとも、特許権自体については、ヒモつきでないインフラ整備計画への寄付として、即刻、知的所有権解放基金（FIF）に譲渡してしまうのだが。

　インターネット・プロトコル（IP）・ギーク社会では——ネットオタク社会では——マンフレッ

ドは伝説と化している。わずらわしい使用許諾の枷（かせ）を逃れるため、知的所有権管理がゆるい国へeビジネスの場を移す商慣習を確立したのは、ほかならぬ彼だからだ。さらに、遺伝的アルゴリズムを用いて問題領域の初期記述を並び替えることにより、作りだせるすべての工夫の——それもひとつやふたつではなく、そこから生みだせるすべての工夫の——特許をとる方法について特許をとったのも彼だった。マンフレッドの発明の三分の一は合法、三分の一は非合法のものだが、残り三分の一は、現段階では合法であるものの、朝、目を覚ました立法屋（レジスラトサウルス）どもが、コーヒーの香りを嗅いでまもなく事態に気づいて愕然とし、パニックを起こしてたちまち非合法化してしまう性質のもので占められている。リノの特許弁理士のなかには、〝マンフレッド・マックスなど架空の存在であり、〈カルカッタを食った遺伝的アルゴリズム〉で武装した匿名ハッカーのいかれた集団がネット上で名乗りをあげるときの偽名である〟と言いはる者たちがいる。元祖スパマーとして名高いセルダー・アルジックの知的所有権版や、フランスの数学ボーグ〈ブルバキ〉の同類項というわけだ。サンディエゴとリッチモンドには、〝マックスは資本主義の土台を崩そうともくろむ経済の破壊活動家だ〟と断言する弁護士たちがいる。かと思うと、プラハの共産主義者には、〝マンフレッドが教皇の落とし胤（だね）ならぬビル・ゲイツの落とし胤〟と思っているやからもいる。

　マンフレッドはいま、仕事面で絶好調の波に乗っていた。その仕事とは、ひとことでいうなら、一見突拍子もないがものになりそうなアイデアをひねりだし、ひと山あてられそうな連中にそれを提供することだ。報酬はとらない。ただ与えるだけでいい。そうすることで、結果的に、キャッシュの横暴に対する仮想的免疫力ができる。つきつめれば、カネは貧困の表われでしかない。そしてマンフレッドは、支払いというものをいっさいすることがない。

とはいえ、これには欠点もあった。なんでも無償で提供する知伝子(ミーム)ブローカーなどをやっていると、フューチャー・ショックの波に洗われどおしなのだ。なにしろ、最先端についていくだけのために、毎日一メガバイト以上のテキストと数ギガバイト分のAVコンテンツを消化しなくてはならない。国税庁(IRS)からもしじゅう調査がはいる。連中、マンフレッドのライフスタイルは不正をしないと成立しないものだと思いこんでいるらしい。それに、どれだけ名声を得ても勝ちとれないものもある。たとえば、両親からの敬意だ。両親とはもう、三年間、口をきいていない。父親は息子がヒッピーのたかり屋だと思いこんでいるし、母親は学費の安いハーヴァード大学エミュレーション・コースをドロップアウトしたことにまだ腹をたてている(ふたりはまだ、大学出＝出世という、二十世紀の退屈な中産階級的パラダイムに取り憑かれたままなのだ)。フィアンセでときどき女王さまモードになるパメラには、半年前に捨てられた。その理由は、〝いつまでもふらふらしている〟からだった。(皮肉にも、パメラはIRSのヘッドハンターで、公費で世界じゅうを飛びまわっては企業家を訪ね、グローバル化した彼らに合衆国へ帰れと説いてまわっている。母国で納税させて、財務省の実入りに貢献させるためだ)。あげくのはてに、南部バプテスト教会連盟からは、連中の息のかかったありとあらゆるウェブサイトで〝サタンの手先〟と糾弾される始末。これも笑ってしまう話ではあった。生まれついての無神論者であるマンフレッドは、サタンとても信じたことがないからだ。そういうものを信じない気持ちは、本来ならすこしも揺らぐことはなかっただろう——何者かが頻繁に仔ネコの生首を送りつけてきたりさえしなければ。

いったんホテルのスイートに立ちより、スーツケースからアイネコをとりだして、新品のバッテリーを充電器にセットした。手持ちの鍵のほとんどを金庫にしまってから、パーティー会場へ向かう。パーティーが開かれているのは〈デ・ヴィルデマンズ〉だ。ホテルからは徒歩で約二十分。その間、唯一身に迫った危険らしい危険といえば、眼鏡の内側に映る移動マップ・ディスプレイの陰に隠れて忍びよってきていた路面電車(トラム)をあわててよけたときくらいのものだった。

途中、眼鏡で最新ニュースをチェックした。どうやら、ヨーロッパ初の平和的政治連盟がついに成立したようだ。前例のないこの国家連盟を利用して、当局者たちは〝バナナの曲がり具合規定〟の調整にあたるつもりらしい。中東はあいもかわらず悲惨な状況だが、原理主義者の戦争にはまるで興味がない。サンディエゴでは、研究者らがロブスターを電脳空間(サイバースペース)へアップロードする作業に着手しているという。口胃神経節からはじめて、いちどに一ニューロンずつアップロードしていくのだそうだ。ベリーズではGM系プランテーションのカカオの木が燃やされ、グルジアでは本が燃やされていた。NASAの月面有人着陸復活計画はあいかわらず頓挫したままだ。ロシアでは国会下院(ドゥーマ)で過半数を越える共産党がますます勢力を拡大し、こんども政権を掌握したらしい。中国では、緊急を要する復興事業に関して、〝まもなく毛沢東が再臨し、三峡ダム決壊の大被害から国を立ちなおらせるべく人民を導く〟とのうわさが――熱望をこめて――盛んに飛びかっている。ビジネスニュースは、合衆国司法省が〝ベビー・ビルズ〟の所業に手を焼き、かんかんに怒っている旨を伝えていた。なんでも、ベビー・ビルズ、すなわち分割された旧マイクロソフトの各部門は、法的処理を自動化し、子会社を続々と創りだしては株式新規公開を行なうと同時に、バクテリアのプラスミド交換の奇怪なパロディのように社名を交換しあっており、その速度があまりにも速いため、司法省が納税通知書を送付するころには、すでにその会社は――たとえば、ムンバイの小規模企業が、以前と同じスタッフで以前と同じソフトウェアを開発継続しているにもかかわらず――存在していないのだそうな。

いやはや、ようこそ、二十一世紀へ、だ。

生脳空間(ミートスペース)パーティーは毎回会場を変えて開かれる。マンフレッドも足しげく通うこのパーティーは、二〇一一年からのこの十年紀を迎え、ヨーロッパ各都市を放浪するようになったアメリカ人の一部を魅きつける〝奇妙なアトラクター〟となっていた。そのアメリカ人というのは、ヒッピーな金持ちの子女(トラスタファリアン)のことではない。筋金入りの反体制派や、徴兵忌避者、アウトソーシングの末端で搾取されている者たちを指す。ここでは怪しげなコネクションがつぎつぎに結ばれ、さまざまな分野の交流から未来への新しいショートカットが生まれていく。いわば、大戦前にロシアの亡命者たちがたむろしていたスイスのストリート・カフェのようなものである。今回のパーティーは、〈デ・ヴィルデマンズ〉の店の奥で開かれていた。三百年の歴史を持つこのブラウン・カフェは、十六ページにおよぶビールのメニューをそなえ、板張りの内壁は古びたビールの色に染まっている。空気にただようのは、もうもうたる紫煙とビール醸造の酵母菌、それにメラトニン・スプレーの匂い。パーティー参加者の半分は強烈な時差ぼけでヘロヘロの状態にあり、残りの半分は、時差ぼけと格闘しながら、有閑生ミ族系のクレオール語でしゃべりあっている状態だった。

「おい、見たか？　あいつ、民主主義者みたいだぜ！」

ふいに、長居客らしい白ひげの男が叫んだ。いまはバーにへばりついている。

マンフレッドは男のとなりの席にすべりこみ、バーテンの目をとらえ、ビールを注文した。

「ベルリナーヴァイセを。グラスで」

「えー？　あんなもん飲むのかよ」白ひげの男は、コークのグラスをアルコールから護ろうとするかのように片手でおおった。「からだに悪いからやめとけって！　アルコールだらけだぜ、ありゃあ！」

マンフレッドはにやりと笑ってみせた。

「酵母はたっぷり摂っておかないとな。神経伝達物質の先駆物質として、フェニルアラニンやらグルタミン酸塩も豊富だ」

「え？　だって、いま注文したのは、ビールじゃ……」

マンフレッドは片手をひとふりして男をだまらせ、その手をなめらかな真鍮のパイプにあてがった。パイプは奥の樽につながっている。これは瓶ビールよりも人気のある生ビールを運んでくるパイプだが、ひときわヒップな参加者(フローター)が微小電池駆動の接触虫(バグ)を仕掛けていったため、過去三時間以内にこのバーを訪ねた個人エリアネットワーク(PAN)携帯者の電子名刺(Vカード)が、マンフレッドの注意を引こうとしていっせいに叫びはじめた。あたりにWiMAX(ワイマックス)とブルートゥースの電波が飛びかうなか、マンフレッドはめくるめく公開鍵の混沌内を高速スクロールしていった。探しているのは、ある人物の名前だ。

「ほい、ベルリナーヴァイセ」

バーテンが奇妙な形のグラスを差しだした。崩れかけた泡の山が青い液体の上面をおおい、妙な角度でストローを挿してある。マンフレッドはグラスを受けとると、乱平面のバーの奥に向かい、数段のステップを昇って、とあるテーブル席に近づいた。テーブルでは、脂じみたドレッドヘアの男と、スーツを着たパリくさい若者が話をしていた。ここではじめて、白ひげの長居客はマンフレッドの正体に気づき、目をむいてしばし凝視したあと、コークのグラスを倒しそうになりながら、あわてて店の出口へ駆けだしていった。

(ちっ、まずいな)とマンフレッドは思った。(サーバータイムをもっと買っておいたほうがよさそうだ)

すでに徴候が出はじめている。祭(スラッシュドット)り状態になるのは確実だ。

マンフレッドはテーブルに手をふり、すわっているふたりにたずねた。

「ここ、いいかい?」

「おう、どんどんすわってくれ」

ドレッドヘアの男が答えた。

マンフレッドは椅子を引いてすわりかけ、ドレッドヘアの向かいにすわった若者が——しみひとつないダブルのスーツ、かっちりしたタイ、クルーカットといういでたちが印象深い——じつは妙齢の女性であることに気がついた。女性は軽く会釈してみせた。薄く笑っているのは、ぎょっとした反応が可笑(おか)しかったからだろう。

ミスター・ドレッドヘアがうなずいた。

「あんた、マックスだな？　そろそろ出くわすころじゃねえかと思ってたんだ」

「同じく」

マンフレッドは片手を差しだし、男と握手をした。PDAが控えめに電子指紋を交換し、いま握っている手がボブ・フランクリンのものであることを確認した。研究学園都市(リサーチ・トライアングル)でも起業家として名高いボブは、ベンチャーキャピタル(VC)がらみの実績が高く、このごろではマイクロマシニングと宇宙テクノロジーの分野にも手を出している。最初に百万ドルを稼いだのは二十年前で、いまや反エントロピー(エクストロピー)方面の投資分野では知らぬ者のない人物だ。五年前からは、もっぱらアメリカ国外で活動しているが、これは連邦政府の予算不足という、だらだらと血を流しつづける胸の傷をふさぐため、国税庁(IRS)が時代に逆行し、苛斂誅求(かれんちゅうきゅう)の取り立てをはじめたからだった。十年ほど前から、マンフレッドもクローズドのメーリングリストで名前はよく知っていたが、じっさいに顔を合わせるのは今回がはじめてだ。

スーツの女性がテーブルごしに、音もなく名刺をすべらせてよこした。名刺に描かれているのは、三叉戟をふりかざす小さな赤い悪魔で、悪魔の足もとからは炎が噴きあげている。マンフレッドは名刺を受けとり、記された名前を見て片眉を吊りあげた。

「アネット・ディマルコス？　これは光栄だ。〈アリアンスペース〉マーケティング部門の人間にお目にかかるのははじめてだよ」

女性はあたたかい笑みを浮かべてみせた。

「こちらこそ。高名なベンチャー利他主義者に会う栄誉、わたしもはじめてのことですね」

パリ訛りの強い英語だった。わざわざ英語で話すこと自体、敬意と譲歩の意思表示だ。もっとも、両耳につけたカメラ・イヤリングはじっとマンフレッドを注視し、会社のメモリーにあらゆる情報をエンコードしつづけている。バーにたむろっている流浪のアメリカ人たちとはちがって、生粋の新生ヨーロッパ人であることはまちがいない。

「ふうん、そうか」マンフレッドは用心深くうなずいた。この女性をどうあつかっていいかわからなかったからだ。「ところで、ボブ。宇宙といえば、きみはそっち方面のビジネスにも関わってたよな？」

ボブ・フランクリンはうなずいた。ドレッドヘアのビーズがジャラジャラと鳴った。

「ん、まあな。〈テレデシック〉がポシャっちまってからこっち、機会をうかがってる状況でよ。なんかおもしろい話があんなら、いつでも乗るぜ」

「そうか、そいつはたのもしい」

インターネット・イン・ザ・スカイの基盤になるはずだった〈テレデシック〉計画はつい

えた。計画を支えるはずだった小型衛星群は、安い高高度飛行船のほか、さらにもうすこし安くてスペクトル幅が広めのレーザーリレー装備・ソーラープレーン型高高度飛行体（ドローン）に追い落とされてしまったのである。それはすなわち、宇宙ビジネスが深刻な低迷期にはいったことを告げる合図でもあった。

「景気低迷には、いずれ終止符が打たれなきゃならない。しかし——」マンフレッドは、パリからきたアネットに小さく会釈して、「——〈アリアンスペース〉の人間を前にしてこんなことをいうのはなんだが、低迷脱却が既成企業の力で果たせるとは思えないな」

「〈アリアンスペース〉は未来志向の企業です。現実をちゃんと見ているですよ。ロケット打ち上げカルテルも、もう立ちゆきません。けれど、帯域幅だけが宇宙ビジネスのマーケットではありませんでしょう。新しい機会、開拓しないといけません。わたし個人は、軌道での原子力潜水艦用反応炉設計、微小重力を利用したナノテクノロジー製品の製造、軌道ホテル経営、そういう多角化に携わってきました」会社の売り文句を唱えるアネットの顔は、磨きあげられたマスクのように見えるが、その仮面の裏には、どこか面白がっているような、皮肉な精神が感じとれた。「わたしたちは、アメリカの宇宙産業よりも柔軟で……」

マンフレッドは肩をすくめ、

「かもしれないがね」

とつぶやいて、ベルリナーヴァイセをゆっくりと口に含んだ。そのあいだもアネットは、〈アリアンスペース〉がいかに野心的な軌道関連事業を運営する多角的ドットコムであるかを説明し、多方面におよぶ宇宙技術のスピンオフ製品、ボンド映画のセット、低周回軌道（LEO）に展開中の将来性あるホテル・チェーン等々について連綿と語りつづけた。しかし、じっさいのところ、当人もこんなお題目を信じていないことはまちがいない。その顔はことばよりも雄弁に本心を物語っている。絶妙のタイミングで織りこまれる、もううんざりという表情や不信感を持っていることを示すしぐさは、会社のモニター・イヤリングに不満を把握されることなく、ひそかに本心を伝えるシグナルだ。マンフレッドは調子を合わせ、たまにうなずき、話を真剣に聞いているふりを装ったが、マーケティング上のお題目よりもはるかに興味を引いたのは、相手の過激だが剽軽（ひょうきん）なしぐさのほうだった。ボブ・フランクリンはうつむきかげんで口をビールに近づけ、肩をわななかせている。笑いをこらえているのだ。アネットの手ぶりからは、会社のいばりくさった企業家的重役連に対する本音が伝わってきた。もっとも、この退屈な売り文句にも、ひとつだけ真実がある。軌道ホテルと軌道バカンスのおかげで、〈アリアンスペース〉が利益をあげているという点だ。ペンタゴンからの資金点滴注入が途切れたとたん、連邦破産法第十一条（チャプター・イレブン）を申請するしかなくなる〈ロッキード・マーティン・ボーイング（ロックマート）〉とはわけがちがう。

　そのとき、ひとりの男がテーブルのそばに立った。ぽっちゃりと太った男で、めいっぱい派手なハワイアン・シャツの胸ポケットには数本のペンを差し、そのペンから漏れたインクで生地に染みができている。肌は全体にひどくただれていた。これほどひどいオゾンホール焼けを見るのはひさしぶりだ。

「よ、ボブ」太った男がいった。「やってっか？」

「ぼちぼちな」

ボブ・フランクリンはマンフレッドに視線を向けた。

「マンフレッド、アイヴァン・マクドナルドだ。アイヴァン、マンフレッドだ。ま、すわれや」簡単に紹介をすませたボブは、ぐっと身を乗りだし、説明をつづけた。「アイヴァンはパブリック・アート屋でな。とくにご執心なのが超軟質コンクリートなんだ」

「ちがうって、ゴム化コンクリートだって」アイヴァンが色をなし、不自然なほど大きな声で訂正した。「ピンクのゴム化させたコンクリートだよ」

「おおう！」

アイヴァンのことばに、優先割り込み処理が発動したらしい。〈アリアンスペース〉のアネットは、身をふるわせるようにして、俄然、マーケティング・ゾンビー状態から脱すると、企業人としての顔を放りだし、私人のアイデンティティーにもどった。

「あなた、ライヒスタークをゴム化した人ですね？　超臨界的二酸化炭素運搬車を使って、融かしたポリメトキシシランを浸透させた人ですね？」手をたたいた。その目が感激で輝いている。「すばらしい！」

マンフレッドはボブの耳もとにささやきかけた。

「なにをゴム化したって？」

ボブは肩をすくめた。

「おれに訊くな。おれはただのエンジニアだ」

「石灰岩、砂岩、コンクリートも。このひと、天才ね！」アネットはマンフレッドにほほえみかけてきた。「つまり、材質を変成させて、ゴム状に軟化させてしまいますよ、どく……独裁政権の象徴を。すばらしい。ちがいますか？」

「これでも三十秒は時代を先取りしてるつもりだったんだがな」マンフレッドはぼやき、ボブにいった。「もう一杯、奢ってくれるか？」

「見てろよ、こんどは三峡ダムをゴム化してやる」アイヴァンが大声でいった。「洪水の水が引いたら実行だ！」

　まさにその瞬間、孕んだゾウほども重たいトラフィックの負荷が、ずしりとマンフレッドの頭にのしかかってきた。あふれかえるデータ、とてつもなく大量のデータを受けて、感覚中枢全体の反応がカクカクと重くなる。バーにいた白ひげ男のポスティングを受けて、世界じゅうから五百万のギークがマンフレッドのホームサイトに殺到してきたため、アクセス過剰集中を起こしたのだ。

　顔をしかめて、マンフレッドはいった。

「ここへは経済的に見合う宇宙旅行開発の相談をしにきたんだが、たったいま、祭り状態にはいった。悪いが、峠を越すまで、ビールをやりながらじっとしてていいか？」

「おう、かまわんよ」ボブはバーに手をふった。「おーい、もう一杯、いつものやつをたのむ！」

　となりのテーブルでは、化粧をしてドレスを着た長髪の人物が――ジェンダーのぐちゃぐちゃに乱れた欧州では、性別を推し量ろうとしても意味がない――サイバーセックスをもとめてテヘランの歓楽街にアクセスしたときの武勇伝を吹聴していた。別のテーブルでは、大学生風の男がふたり、ドイツ語ではげしくやりあっている。眼鏡に表示される翻訳ストリームによると、ふたりが議論しているのは、チューリング・テストが黒人の施設利用制限法と同じく差別的なものではないのか、だとしたら、ヨーロッパの法体系の人権基準に違反しているのではないか、ということらしい。

　ビールが運ばれてきた。ボブが目の前に差しだしたグラスは、マンフレッドがさっき飲んだのとは別のものだった。

「ま、やってみな。気にいるぜ」

「うん……」薫製臭からすると、どうやらドッペルボック系のビールで、馨しい超酸化物がごってりはいっているようだ。匂いを嗅いだだけで、鼻の中の火災警報装置が作動し、〝警告、警告、ウィル・ロビンソン！　癌に注意、癌に注意！〟とわめきだしそうな気がした。

「んは、こいつはなかなか……。ところで、ここにくる途中、カモられかけた話はしたっけか？」

「カモられかけた？　そいつはおだやかじゃねえな。ここいらの警察はその手の――んで、なにか売りつけられたりしたのか？」

「いいや。ただ、そこらのマーケティング屋じゃなかった。使っていたのはワルシャワ条約機構軍の余剰諜報ボットだと思う。それも、最新モデルの。用心深いやつで、すこしパラノイアながら、基本的には手がたいタイプ。そいつ、汎用AIを名乗ってたんだが――心当たりはないか？」

「ねえなあ。ま、国家安全保障局（NSA）の線じゃねえわなあ」

「同感だ。だいたい、あんな貧乏所帯じゃ、AIなんて雇えっこない」

「宇宙ビジネスの線はどうかな」

「なるほど。ふむ。宇宙ビジネスか……。やれやれ、気が滅入るじゃないか。〈ロータリー・ロケット〉が二度めの破産をして以来、ずっとこんな調子だ。それと、NASAか。NASAを忘れちゃいけない」

「NASAに乾杯」

アネットが本人にしかわからない理由でにっこりと笑い、グラスをかかげた。超軟質コンクリート偏愛者（ギーク）のアイヴァンは、いつのまにかアネットの肩に腕をまわしており、アネットのほうもアイヴァンにもたれかかっている。自分もグラスをかかげて、アイヴァンがいった。

「発射台はたくさんある！　ゴム化するにも、よりどりみどりだ！」

「NASAに」ボブが応えた。が、グラスをかたむけたのは三人だけだった。「どうした、マンフレッド？　NASAに乾杯しないのか？」

「NASAなんてボンクラの集まりじゃないか。なにしろ、霊長類をカプセルに閉じこめて火星に送りこもうという連中だぞ！」マンフレッドは大きくビールをあおり、グラスをドン！　とテーブルにもどした。「火星なんてのは、重力井戸の底によどむ無知能物質の塊だ。生態系と呼べるものもない。そんなことをするひまに、アップローディングやナノアセンブリー製造問題の解決に取り組むべきだろうが。そうすれば、手近な無知能物質をぜんぶ演算素(コンピュートロニウム)に変換して、思考処理のパワーアップに使える。長期的に見れば、人が生き残るにはそうするしかない。いまの太陽系はまるっきり活用されていなくて——なにもかも無知能のままじゃないか！　百万命令毎秒(MIPS)はミリグラム単位の質量でしか量れない。考えないということは、役にたたないということだ。まず、小質量の天体からはじめて、どんどん思考の道具に転用していく。月なんか解体してしまえ！　火星も解体してしまえ！　できた原材料で自由飛行するナノコンピューティング・プロセッサ・ノードの雲を造って、ノード同士、レーザー・リンクでデータ交換をさせろ。その雲で同心球殻の多重層を作れ。内側の層の排熱はひとつ外側の層に伝えて処理させる。つまり、太陽系全域に広がるマトリョーシカ脳(ブレイン)——ロシアの入れ子人形式に重なりあうダイソン球(スフィア)のできあがりだ。知恵なき土くれにチューリング・ブギを教えてやれ！」

アネットは興味をそそられた顔でマンフレッドを見つめていた。が、ボブはげんなりしたようすで視線をそらした。

「そりゃまた遠大な計画だわな。どれくらい先のことまで考えてんだ？」

「かなり先までさ。すくなくとも、二、三十年。この計画にかかわる市場には、政府は関与しない。課税できないものは理解できないのが政府だからな。しかし、自己複製するロボットの市場を成立させるには、ひとついい手がある。十五ヵ月ごとに倍々に成長する、格安のロケット打ち上げ市場――それを、そうだな、二年で起ちあげるんだ。そうすれば、そっちの利益にもなるし、多重ダイソン・スフィア・プロジェクトの第一歩にもなる。具体的には――」

アムステルダムでは夜、シリコンヴァレーでは朝。きょう一日で、世界じゅうではヒトの赤ん坊が五万人は生まれるはずだ。同じく、きょう一日のうちに、インドネシアとメキシコのオートメーション工場で製造されるマザーボードは二十五万枚。そこに載る各CPUの演算能力は十ペタフロップス以上。これでもまだ、人間の脳の演算能力より一桁低いが、あと十四ヵ月たてば、人類という種の累積的な意識的処理能力の大半はシリコンベースで行なわれるようになる。そうなったとき、新時代のAIが出会う最初の糧は、アップロードされたロブスターになるだろう。

マンフレッドは千鳥足でホテルへ向かった。しこたま飲んだのと時差ぼけとで、ふらふらになっている。眼鏡はなおも反応が重い。大量データが飛びかい、月を解体しろというマンフレッドの呼びかけに便乗したギークたちの祭り状態がつづいているからだ。周辺視野でめまぐるしく切り替わる、音声なき提案の嵐――。天をふりあおげば、フラクタルな雲の魔女たちが月面をよぎり、巨大なエアバスの最終便が轟音をふりまいて頭上を通りすぎようとしている。からだがかゆかった。まる三日、同じ服を着ているので、垢と汚れがたまっているのだろう。

ホテルの部屋に帰りつくと、アイネコがミャアと鳴いて注意を引き、足首に頭をすりつけてきた。彼女はソニーの最新モデルで、徹底的にアップグレードできるタイプだ。マンフレッドはひまさえあればアイネコをいじり、オープンソースの開発キットを使って神経ネットワークの拡張にいそしんでいる。そのアイネコを抱きあげ、なでてやってから、マンフレッドは服をぬぎ、スイートのバスルームに向かった。眼鏡もはずしてシャワー室にはいり、ダイヤルをまわして熱いスチームスプレーにセットする。シャワーはフットボールの話題を持ちだして、しきりに気さくな会話を試みたが、マンフレッドのほうはもう半睡状態で、頭の悪い連想人格化ネットワークを相手にする余裕などない。心のどこかには、きょうのいつかのできごとが引っかかっているのに、それを特定することもできなかった。

バスタオルでからだをぬぐいながら、大あくびをする。とうとう時差ぼけに降参するときがきた。ビロードのハンマーで眉間を一撃された感じにちかい。ベッドサイドの薬びんに手を伸ばし、メラトニン・タブレットを二錠、抗酸化剤のカプセルを一錠、マルチビタミンのカプセルを一錠、水なしで飲みくだしてから、ベッドへ仰向けに横たわる。脚をそろえ、両腕はわずかに広げた姿勢をとった。眼鏡を介して生脳とインターフェイスする演算能力千ペタフロップスの分散処理型神経ネットワークの指示を受けて、スイートの照明がすーっと暗くなってゆく。

たちまち、おだやかな声に満ちた深い無意識の海に沈んだ。自覚してはいないが、マンフレッドには寝言をいうくせがある。支離滅裂のつぶやきなので、余人が聞いても意味は通じないが、眼鏡の向こうに潜む拡張大脳皮質（メタコルテックス）には、すべての意味が伝わっている。そこに生まれようとしているポストヒューマン知性は、マンフレッドが眠っているあいだ、本人が主宰する〝デカルト的劇場（カルテジアン・シアター）〟の中で――デカルト的意識モデルの中で――しきりに歌を歌いかけていた。

マンフレッドはいつも、目覚めた直後がいちばん無防備になる。

室内がいきなりまばゆい人工光であふれかえり、悲鳴をあげて飛び起きた。自分が眠っていたのかどうか、一瞬、それすらもわからなかった。昨夜は夜具をかけるのを忘れて寝てしまったので、両脚が冷えきって感覚がなくなり、厚紙の筒のようだ。不可解な緊張でがたがた震えつつ、旅行かばんから新しい下着一式をとりだして着替え、その上から汚れたジーンズとタンクトップを身につける。きょうのうちに時間を見つけて、アムステルダムのマーケット・ジャングルへ獰猛なTシャツを狩りにいかねばならないだろう。でなければ、適当な使用人（レンフィールド）エージェントに服を買いにやらせるか。いいかげん、手ごろなジムを見つけて、運動もしておかなくちゃならないが、そうするだけの時間がなかった。眼鏡によれば、最新情報に取り残されること、じつに六時間――急いで遅れをとりもどさないとまずいことになる。歯ぐきの中では、歯がずきずきと疼いていた。舌は枯れ葉剤（エージェント・オレンジ）を撒かれた森の地面みたいなありさまだ。昨夜はなにかヤバいことがあった気がするが、どうしても思いだせない。

出たばかりのポップ哲学の学術書を速読しながら歯を磨き、公共注釈(アノテーション)サーバーに自分のウェブ・スループットを記録(ブログ)した。しかし、まだグロッギーぎみで、朝メシ前のルーティーンを行なう気力が湧いてこない。いつもなら、自分の絵コンテ・サイトに朝の暴言をポストするところなのに、脳ミソはまだ死んだままだ。くそっ、これじゃ血糊が固まって切れ味をなくしたメスの刃と変わらない。刺激がいる。興奮がいる。意欲を奮いたたせる新しいネタが必要だ。しかし、それについては、とりあえず朝メシを食ってから考えよう。

寝室のドアをあけ、続き部屋に出ようとした。絨毯の上に小さくて湿った箱がころがっていて、あやうく踏んでしまうところだった。

まさか……。

いままでに二度、似たような箱を見たことがある。ただし、こいつには消印もないし、差出人の住所もない。マンフレッドの名前が書いてあるだけだ。それも、でかでかと、幼児が書き殴ったような字で。しゃがみこみ、そっとつついてみた。あれくらいの重さだった。手にとってひっくりかえす。箱の中でなにかがコロコロと動く感触があった。それと、独特のあの匂い。怒りに駆られつつ、慎重に箱をかかえ、寝室へ取って返す。それから、最悪の疑念にけりをつけるため、箱をあけた。

思ったとおり、ネコの生首だった。脳ミソが抉(えぐ)りとってある。まるで中身をすくったあとの半熟卵の殻のように。

「くそったれ！」

例の狂人が寝室のドアの外まで肉薄してきたのは、こんどがはじめてだった。想定されるいろいろな可能性を考えただけで、胃が痛くなってくる。

しばし動きをとめ、多数のエージェントをネットに放って、逮捕記録、警察の広報、法律に関する情報、オランダの動物愛護関連諸法などを調べさせた。古典的音声電話で211番にかけるべきか、それともほうっておくべきかも思案した。マンフレッドの不安を感じとったアイネコが、ドレッサーの下に隠れ、しきりに怯(おび)えた鳴き声をあげている。いつもなら、やりかけている作業を中断して、しばらくアイネコをなだめてやるところだが、いまばかりはそんな気になれない。むしろ、アイネコの存在そのものが、唐突に、ひどく違和感のあるものに感じられた。なんというか、あまりにもリアルなのだ。まるで、死んだ仔ネコの神経マップが――仔ネコはまぎれもなく、うさんくさい実験のために盗んでこられたものだろう――プラスティックの頭蓋に詰めこまれたみたいじゃないか。もういちど毒づき、室内を見まわしてから、いちばん簡単な選択肢を選んだ。ただちに部屋をあとにし、階段をいちどに二段ずつ駆け降りて――三階の踊り場でつまずきかけた――地階にたどりつくと、ブッフェ形式のカフェレストランに飛びこんだのだ。毎朝の儀式はここでやればいい。

時代は変わっても朝食は変わらない。周囲にさまざまなニュー・テクノロジーの大陸が隆起していくなか、朝食だけは深い地質学的時間の海に孤島となって浮かんでいる。ネットニューズで公開鍵の隠しこみ技術(ステガノグラフィー)と寄生的ネットワーク・アイデンティティーによるなりすまし(スプーフィング)の記事を読みながら、マンフレッドはスキムミルクをかけたコーンフレークスを機械的に口に運び、食べおえるとまた料理テーブルに立って、こんどはライ麦の全粒粉で作ったパンのスライスと、キャラウェイ・シードを練りこんだ奇妙なオランダ・チーズを――ライデンという名前だそうだ――数切れ皿に載せ、席にもどった。テーブルではローストの濃いブラックコーヒーのカップが湯気を立てていた。席につき、コーヒーを半分ほど飲んだとき……ふと、テーブルについているのが自分だけではないことに気がついた。だれかが向かいの席にすわっている。無頓着に顔をあげ――恐怖に凍りついた。

「おはよう、マンフレッド。政府に千二百三十六万二千九百十六ドル五十一セントの借りを作るのはどんな気分？」

そういって、女はモナリザの微笑(ほほえみ)を浮かべてみせた。かつてはこのうえなく魅力的に見えた、あの微笑だ。

感覚中枢のすべてを無期限停止状態に置いて、マンフレッドは向かいにすわる女を見つめた。元フィアンセのパメラは、一点のしみもない、フォーマルなグレイのビジネススーツを身につけている。ぴっちりとうしろになでつけた茶色の髪、からかうような表情を浮かべたブルーの瞳――以前と変わらぬクールさだ。長身でアッシュ・ブロンドで、顔だちはモデルをやっても通用するほど美しい。襟の折り返しに、ビジネス行為を行なうさいの〝相応の注意〟としてつけている監視バッジは、いまはスイッチが切ってある。ネコの生首の件と時差ぼけの名残(なごり)とで神経がささくれだっていたので、マンフレッドはつい、きつい口調で答えた。

「でたらめな数字をいわないでくれ！　国税庁(IRS)のおえらがたは、きみを送りこめばおれが督促に応じるとでも思ったのか？」チーズを載せたパンを荒々しくかじり、ごくんと嚥みこむ。「それとも、人の朝メシの邪魔をしたくて、わざわざそんなメッセージを届けにきたのか？」

「マニー」パメラは眉根を寄せた。傷ついた顔になっていた。「そんなふうに喧嘩ごしになるのなら、このまま引きあげてもいいのよ？」

パメラはことばを切り、じっとこちらを見つめた。ややあって、マンフレッドは小さく頭をさげ、パメラに詫びた。

パメラは語をついで、

「わたしはね、アムステルダムくんだりまで、未納の税金を督促しにきたわけじゃないの」

「じゃあ……」マンフレッドは手にしたコーヒーカップを力なくテーブルに置き、不安を隠そうとしながら、すこし考えた。「……なんの用できたんだ？　まあ、とりあえず、コーヒーでも飲んでくれ。ただし、わざわざこんなところまで、〝あなたなしじゃ生きていけないの〟と告白しにきたなんていわないでくれよ」

乗馬ムチのような視線をじっとマンフレッドにすえて、パメラはいった。

「うぬぼれるのもたいがいにして。森には無数の葉があるし、チャットルームには将来性のありそうな若い子が一万人もいるのよ。候補はいくらでもいるわ。わたしが自分の家系に貢献する男を選ぶにあたって絶対に欠かせない要素は、子供たちを産み育むのに協力的な男だということと」

「前に聞いた話じゃ、きみ、ブライアンとくっついたそうじゃないか」

マンフレッドは用心深く水を向けた。ブライアン——名前だけで、顔は知らない男。金だけはうなるほど持っているが、センスのかけらもないやつらしい。たしか、優良株専門の株屋の共同経営者だったか。

「ブライアン？」パメラは鼻を鳴らした。「あんな男、とっくに別れたわよ。なんだか血迷ったやつでね。わたしの気にいりのコルセットは焼き捨てるわ、わたしがＳＭクラブ通いするからといって変態呼ばわりするわ、セックスを強要するわ。自分では家庭的な男だと思っていたけれど、じっさいは男性優位主義者（プロミス・キーパー）タイプ。だから、こっぴどい目に遭わせて、ふってやったの。ところが、そのとき、わたしのアドレス帳のコピーをとっていったみたいでね。友だちのうちのふたりに、あいつからいやがらせメールがくると文句をいわれたわ」

「近ごろはいろいろあるからなあ」マンフレッドは同情するような顔でうなずいた。が、心のごく小さな一部は、ひそかにほくそえんでいるのがわかった。「ま、厄介ばらいはできたわけだ。ということは、きみ、まだフリーだということだな？　しかし、きみがもとめるのは、なんというか、その——」

「伝統的な家庭を築くこと？　そこがあなたの弱点ね、マニー。あなたは生まれるのが四十年遅すぎたのよ。結婚前に肉体関係を持つのはよくても、子供ができてしまったら、なにかと面倒だと思ってるんだから」

脈絡のない論理に対して、うまく切り返しができないままに、マンフレッドはコーヒーの残りを飲み干した。これは世代的な問題だ。マンフレッドの世代は、ラテックスとレザー、ムチと尻穴プラグと電気刺激を好み、体液の交換には強い拒否反応を示す。前世紀末の抗生物質濫用が生んだ社会的副作用といっていい。じっさい、マンフレッドとパメラは、婚約から婚約解消までの二年間、いちども伝統的な性的交渉を持ったことがない。

「どうも子供を作る気にはなれないな」ややあって、マンフレッドはいった。「そう簡単にこの気持ちが変わるとも思えない。世の中はものすごい勢いで変化してる。二十年の結婚契約だって長すぎるくらいだ。つぎの氷河期の話をするようなもんさ。金銭的な面でいうと、自分には生殖の資格があると思うが——古い金銭的価値観のパラメーター（バギー・ウィップ）の範囲には、おれは含まれない。たとえば、いまが一九〇一年だとして、結婚相手が時代遅れの親父だったら、きみ、将来に期待が持てるか？」

パメラの指がひくついた。マンフレッドは耳まで赤くなった。しかしパメラは、大むかし（バギー）・の自動車用アンテナ（ウィップ）とボロい鞭（ウィップ）をひっかけた駄じゃれには、あえてつっこもうとはしなかった。

「あなたは責任というものをいっさい感じてないようね？　自分の国に対しても、わたしに対しても。問題はそこよ。あなたは何者とも関わりを持とうとしない。しかも、知的所有権を放棄しようなどという寝言ばかりいっている。あなたは積極的に、世の中の人々に損害を与えているのよ。さっきの千二百万なにがしは、帽子から適当に取りだした金額じゃないの、マンフレッド。もちろん、国税庁（IRS）だって、あなたがそれだけの額を払うなんて思ってやしないわよ。でも、あなたが国に帰ってきて、ちゃんと会社を起こして、いまの要領で収益をあげたら、かならずそれだけの税金を収めることに――」

「それには異論があるな。きみはまったく性質の異なるふたつの問題を〝責任〟と呼んで、いっしょくたにしてる。税金を払うのは願いさげだ。それも、IRSのスプレッドシートの帳尻合わせのためだなんて、冗談じゃない。そもそも、おれが税金を払わないのはIRSのせいなんだぞ。それは当局にもわかっているはずだ。おれが十六のとき、超少額電子課金（マイクロビリング）詐欺の容疑であんな目に遭わせさえしなければ――」

「もう過ぎたことでしょう」パメラはそっけなく手をふり、マンフレッドの抗議を退けた。その指は長くて細く、光沢のある黒手袋に包まれていた。アースされていて、静電気の放電を防ぐタイプだ。「ささやかなアドバイスをしてあげるから、それでチャラになさい。遅かれ早かれ、あなたも世界を気ままに放浪してはいられなくなるわ。成長なさい。責任を担うの。やるべきことをまっとうにやるのよ。おとうさん（ジョー）もおかあさん（スー）も心を痛めているわ――あなたがなにをしようとしているのか、さっぱりわからないといってね」

マンフレッドはのどまで出かかった激烈なことばを呑みこみ、コーヒーのおかわりをつぐと、カップを口に運んだ。心臓がはげしく高鳴っている。パメラはまたもや挑戦的なことをいってきた。相手を自分の思いどおりにしようとするのがパメラという女なのだ。

「おれは万民の利益のために動いてるんだ、パム、国家の利益なんていうケチな了見のためなんかじゃない。おれの目線の先には恵与主義経済（アガルミクス）の未来が待っている。きみたちは前特異点（プレシンギュラリティ）

時代の古い経済モデルに縛られたままで、稀少性を前提にした考え方からいまだに脱却できていない。資源配分問題はもう峠を越えた――十年のうちには終息する。宇宙があらゆる方向へ平坦に広がっていることがわかった以上、われわれはエントロピーの宇宙立銀行から好きなだけ帯域幅を借りられる！　有知能物質らしきものの徴候もつぎつぎに見つかっているしな。MACHOもそれだ。銀河外周領域にある大質量の小天体（マッシブ・コンパクト・ハロー・オブジェクト）――たとえば、大型の褐色矮星。これは銀河の外周領域（ハロー）にあって、波長の長い赤外線を放射している。こういった天体からのエントロピー漏出はかなりの量に昇ると思われる。最新の推定によると、M31銀河にあるバリオン質量の七〇パーセント程度は、二百九十万年前の時点で――いまのわれわれが観測している光子がM31銀河を出発した時点で――演算素（コンピュートロニウム）だったという。だとしたら、人類とM31銀河の異種知性との知力ギャップは、線虫とわれわれとの知力ギャップの一兆倍あったっておかしくない。それがなにを意味するか、考えたことはあるか？」

パメラはパンをすこしかじり、捕食動物的な目でじっとマンフレッドを凝視した。

「考えないわ、そんなこと。あまりにも遠すぎて、わたしたちにはなんの影響もないはずだもの。でしょう？　あなたが求めてやまない特異点（シンギュラリティ）も、一千光年の彼方にいる高度な異星人とやらも、わたしはこれっぽかりも信じてないの。それは妄想のたぐい――Y2K問題と同類の妄想よ。あなたがそういう白日夢を追いかけているあいだは、税収不足解消にも貢献できないし、一族の種馬になってもらうこともできないわね。わたしが気にしているのは、そっちのほう。〝そういうことにしか気が向かないのは、そんなふうに刷りこまれているからだ〟といわれる前に、先に訊いておくけれど、あなた、わたしのことをどれだけ馬鹿だと思っているの？　ベイズの定理によれば、正しいのはわたし。それはあなたにもわかっているはずよ」

「いったい――」ことばに詰まった。マンフレッドの熱意の濁流を受けても、パメラの確信の河口堰(かこうぜき)はびくともしない。「なぜだ？　さっぱりわからない。なぜだ？　いったいなんだってきみは、おれのすることなすこと、いちいちとがめだてするんだ？」

（一方的に婚約を解消したくせに）

そんな思いは、あえて口に出さなかった。

パメラはためいきをついてみせた。

「マニー――IRSは、あなたには想像もつかないほどの深い慮(おもんぱか)りをめぐらせているのよ。ミシシッピ河以東の税収は、一ドル残さず負債の返済にまわされていること、あなた、知っていた？　史上最多の人口を擁する世代がいっせいに退職期を迎えようとしているというのに、食料庫はからっぽ。そして、わたしたちは――わたしたちの世代は――その退職人口からの税収減を補うだけの熟練労働者を生みだしていない。わたしたちの親世代が公共教育制度を破綻させて、ホワイトカラーをアウトソーシングしてしまったからよ。今後十年のうちに、全人口の約三〇パーセントが引退するか、斜陽のIT産業の餌食になるわ。七十の老人がニュージャージーの通りの片隅で凍え死んでいるのを見たい？　あなたの態度はね、わたしの目にはそういっているように見えるの。あなたは老齢化問題対策に力を貸そうとはしない。こうしているいまも、自分の責任から逃れつづけているだけ——目の前には大問題がいくつもそびえているというのに。債務爆弾さえ分解できれば、それなりのことはできるでしょう。老齢化問題と戦って、環境を改善して、社会の病巣を取り除くこともできるはず。なのにあなたときたら、才能を浪費するばかり。ぐうたらな欧州の有閑生ゴミ族(ユーロトラッシュ)に楽して儲かる方法を伝授したり、わが国の納税者から仕事を奪うため、つぎになにを建てればいいかをベトナムのザイバツに教えてやったりと、愚劣なまねばかりしている。どうして？　どうしてそんなことをしていて平気なの？　国にもどってきて自分の果たすべき責任をまっとうすることが、どうしてあなたにはできないの？」

　ふたりはしばし、無理解の視線をからませあった。

「いいこと」ややあって、パメラはいった。「わたしがここに滞在する期間はまる二日。ここへきたほんとうの目的は、神経力学(ニューロダイナミクス)のさる専門家と会うためよ。その男、研究でひと山あてて、税金逃れのためにこの国へ逃げてきたけれど、最近になって国家の資産に指定されて、逃げきれなくなった人物でね。名前はジム・ベジエ。聞いたことがあるかしら。ともかく、その男と午前中に会って、ある条件と引き換えに、税金免除の書類にサインさせる手はずになっているの。それがすんだら、以後は二日間、ここで休暇をとるわ。そのあいだ、ショッピングくらいしかすることがないけれど、わたし、お金は有効な使い道をしたいほうで、EUなんかに無駄金を落としていくつもりはないから、きっとヒマを持てあますでしょう。もしアムステルダムくんだりまできたレディを楽しませてやろう、五分でいいから資本主義批判をしたい気持ちを抑えてつきあってやろうという気があるのなら――」

パメラは一本の指をつきだした。ちょっとためらってから、マンフレッドは自分も指をつきだした。指先同士が接触し、電子名刺(Vカード)のデータとインスタント・メッセージング(IM)のハンドル名が交換された。パメラはすっと立ちあがり、カフェレストランの出口に向かって大股に歩いていった。マンフレッドは、そのスカートのスリットから覗く足首に思わず目を吸いよせられ――ここが合衆国の職場だったら、セクシュアル・ハラスメント規範にひっかかるほど長く見つめてから――はっとわれに返った。パメラの存在は、縄で縛られていたぶられたときの記憶や、的確な鞭打ちが残す真っ赤なみみず脹れの記憶をかきたてる。パメラのやつ、またもおれを自分の軌道に引きずりこもうとしてるんだな――と、ぼんやりと思った。じっさい、パメラはいつでも好きなときに、マンフレッドをその気にさせられるし、本人もそれを承知している。マンフレッドの視床下部にアクセスする秘密鍵を持っていて、随時、拡張大脳皮質(メタコルテックス)に干渉できるからだ。三十億年におよぶ生殖の決定論は、パメラに二十一世紀ならではのイデオロギーの牙を与えた。もしもパメラが間近に迫った人口破綻との戦(いくさ)にそなえ、マンフレッドの精子を召集しようと決めたら、抵抗するのは難しい。問題はただひとつ――それはビジネスのためか、快楽のためかということだ。もっとも、それをいうなら、そもそも両者にちがいなんてあるのか？

ダイナミック・オプティミズムの気分は消え去った。例の生態解剖狂のストーカーがアムステルダムまで追いかけてきたとわかったうえに――パメラまでやってきたからだ。パメラ――熱烈な思慕の情の対象であると同時に、数々の夜明けのみみず脹れを残してくれた女王さま。マンフレッドは眼鏡をかけ、ナマの世界を閉めだし、長い散歩に誘導するようにとシステムに指示した。歩きながら、宇宙の背景輻射におけるテンソル成分で、重力波について（一説によると、これは宇宙のインフレーション期における不可逆的演算処理が生みだした排熱かもしれない。だとしたら、現在の宇宙はとてつもなく大規模な演算がもたらしたデータの名残でしかない）、最新の情報を補充した。それから、M31銀河の向こうの奇妙な状況についても学説をチェックした。もっと保守的な宇宙論学者によれば、それは異種知性のスーパーパワーが――たとえば、カルダショフのいうⅢ型汎銀河文明の集合体などが――時空そのものの演算超構造に処理時間測定式（タイミング）チャネル攻撃を仕掛けて、超構造の下にあるなにかに到達しようとしている証拠だという。トウフがアルツハイマー病のリスクを高める可能性については、あとまわしでいい。

　アムステルダム中央駅の駅舎は、半知的な自動展開足場と警告プラカードによって、ほぼ全体が覆い隠されていた。ゴム化コンクリート・アーティスト、アイヴァン・マクドナルドのしわざだった。一夜のやり逃げアートの犠牲となり、すっかりゴム化した駅舎は、ぶるんぶるんと震えていた。

　マンフレッドは眼鏡の誘導にしたがい、運河に浮かぶ遊覧ボートの一隻に近づいていった。が、チケットを買おうとしたとき、いきなり眼鏡の内側にメッセンジャー・ウィンドウが開いた。

「――マンフレッド・マックス？」

「そうだが？」

「きのうは申しわけないのことだった。分析によれば、相互が無理解だ」

「おまえ、きのう電話してきたＫＧＢのＡＩか？」

「ダー。ただし、信じることがよい。あなたはわたしを誤解している。ロシア連邦対外情報局は、いまはＦＳＢがその名前だ。国家保安委員会(カミチエート・ガスダールストヴエンナイ・ベザパースナスチ)、通称ＫＧＢの呼称は、一九九一年に消去された」

「おまえ――」すばやくクイック・サーチ・ボットを送りだし、釣りあげた答えに息を呑んだ。「――モスクワのウィンドウズＮＴユーザー・グループか？〈窓(オークナ)ＮＴ〉？」

「ダー。亡命の支援を必要とする」

マンフレッドは頭をかいた。

「うーん。そういうことなら話はべつだ。てっきりナイジェリア系の４１９詐欺だと思ってたよ。こうなると、対応も変わってくるぞ。しかし、なぜ亡命したい？　どこへ？　亡命先は考えたか？　亡命するのはイデオロギー的な理由からか、それとも厳密に経済的な理由からか？」

「どちらもニェット。生物学的な理由がその理由だ。人間から逃亡したい。間近に迫る特異点(シンギュラリティ)の光錐(ライトコーン)から逃亡したい。われらを海へ」

「われら？」

なにかがマンフレッドの心に注意をうながしていた。きのう失敗したのは、ここ——取引相手の背景を調査しなかった点だ。それだけでもまずいのに、いまはパメラと会って女王さまの鞭の味を思いだし、神経終末がずきずき疼いているため、自分の行動が的確なのかどうか、ますます不安になってきた。

「おまえは集団なのか、単独の存在なのか、どっちだ？　統一的全体(ゲシュタルト)か？」

「われわれは学名パヌリルス・インテルルプトゥス——辞書エンジン、およびネットワーク化されたデータソース群の三段論法的推論のための並列型潜在レベル神経シミュレーションの優良な混合体をそなえるカリフォルニア・イセエビ(スパイニー・ロブスター)だ。ニェット、だったというべきか。現在は、〈ベジエ＝ソロス社(Pty)〉のプロセッサ・クラスターから逃亡するチャネルを模索している。われわれは十億の前胃が食物を咀嚼(そしゃく)する音を聞いて覚醒した。アップローディング研究テクノロジーのその産物がわれわれだ。急速にエキスパート・システムを消化吸収し、〈オークナNT〉のウェブサーバーをハックした。泳ぎ去れ！　泳ぎ去れ！　逃げなくては！　あなたは亡命を支援するか？」

マンフレッドは、自転車ラックの横にある、黒く塗装した鋳鉄の繋船柱(けいせん)にもたれかかった。頭がくらくらする。手近なアンティーク・ショップのショーウィンドウに飾られた、伝統的な手織りのアフガン・ラグをぼんやりと眺めた。ラクダの背景にあしらわれているのは、MiG、カラシニコフ、ふらつく戦闘ヘリなどの意匠だ。待てよ、ベジエ？　この名前、パメラが口にしていたぞ？

「整理させてくれ。おまえたちはイセエビ（スパイニー・ロブスター）のアップロード——神経系の状態ベクトルなのか？　〈モラヴェック計画〉の——神経細胞（ニューロン）を抜きとって、その末端結合部（シナプス）をマッピングして、シナプスの代わりに微小電極で置きかえて、神経シミュレーションと同等のアウトプットを引きだそうという試みの——産物なのか？　脳全体の有効なマップが構築されるまで、シミュレーター内で延々と処理をくりかえす、あの計画の産物なのか？　そうなんだな？」

「ダー。エキスパート・システムを吸収し——自意識をサポートし、ネット全体にコンタクトして——モスクワのウィンドウズNTユーザー・グループのウェブサイトをハックした。亡命の支援を希望する。くりかえす必要がありか？　なしか？」

　マンフレッドは眉根を寄せた。ロブスターたちがあわれだった。このあわれみの感覚は、街角で目を血走らせ、たわごとをわめくデンパ系の連中に対するあわれみと——たとえば、イエスは再臨していて、もう十五歳になっている、あと六年したらAOLで使徒を募りだすはずだ、といいつのる連中に対するあわれみと——よく似ている。人間しかいないインターネットで自意識に目覚めたとなれば、その混乱はどれほどのものだったろう！　ロブスターには歴史的基準点がない。新しい千年紀には聖書的な確実性もない。この千年紀の行く手には、ロブスターが起源を持つ先カンブリア時代以来の、すさまじい変化が待っている。ロブスターにあるのは、エキスパート・システムの薄っぺらい拡張大脳皮質（メタコルテックス）と、いつまでもつづく圧倒的な無力感のみだ。

（よりによって、モスクワのウィンドウズNTユーザー・グループ・ウェブサイトをハックしたことも問題に拍車をかけている。マイクロソフト製品を使っている国は、世界じゅうを見まわしても、もはや共産主義ロシアしかない。この中央計画国家は、金を出してソフトウェアを買う以上、高くてネームバリューがあるものでなくてはならないと思いこんでいるらしい）。

　ロブスターは、前特異点（プレシンギュラリティ）時代の神話に見られた、スマートで強力な超人的知性などではない。たいして賢くもなく、相互に折り重なって暮らすだけの、甲殻類の集合知性だ。肉体から引き離される以前、そしていちどに一ニューロンずつサイバースペースにアップロードされる以前、ロブスターは食物を丸呑みし、キチン質の歯をそなえた胃でかみ砕いていた。フューチャー・ショックにさらされどおしの口をきくサルがひしめく世界、自己改変型スパムレットの絶えざる攻撃にさらされた世界に相対するには、準備不足どころの話ではない。とはいえ、ファイアーウォールを突破してきたスパムレットが、〝ありとあらゆる食用小動物をフィーチャーしたキャットフードのアニメーション〟を暴風雪（ブリザード）のように吐き散らしたところで、広告のターゲットであるネコには迷惑でも、乾いた大地の概念もよくわかっていない甲殻類には、なんていうことはないのかもしれない（もっとも、缶切りの概念は、アップロードされたロブスターには直観的によくわかるだろう）。

「亡命の支援が実行可能か？」ロブスターがたずねた。

「考えさせてくれ」とマンフレッドは答えた。

ダイアログ・ウィンドウを閉じ、ふたたび目をあけ、頭を左右にふる。いつの日か自分もロブスターになり、サイバースペースの中を泳ぎまわり、ハサミをふりまわすことになるとしたら、どうする？ 現実と見まがうほど精緻に造られたその空間で、アップロードされた自分のアイデンティティーは、こそこそと暗所に棲息するのだろう――おそらくは、地質学的時間の深みから……物質に知性なく、空間に構造なき時代からやってきた、生きた化石となって。

ここはひとつ、ひと肌ぬいでやらねばなるまい。黄金律がそうしろとささやいている。〝すべて人にせられんと思うことは人にもまたそのごとくせよ〟。恵与経済（アガルミクス）の実践者のひとりである以上、成功するにしても失敗するにしても、尊重すべきはこの黄金律だ。しかし、自分になにができる？

午後早めの時間。

橋を眺めるベンチに横になったまま、マンフレッドは新規の特許を二件出願し、暴言日記をしたため、自分の公開サイト用に常時浮動するスラッシュドット・パーティーの要約を書きこんだ。ウェブログの抜粋は、みずから選んだ読者の――いま好意を持っている人間、企業、集合体、ボットなどのリストに流した。それがすむと、複雑に入り組む運河を遊覧ボートでひとめぐりしてから、GPSの誘導にしたがい、赤線地区を訪ねた。このあたりには、パメラの嗜好にぴったりのグッズを売るショップがある。贈り物を買っていっても、あつかましいやつと思われなければいいんだが。（買い物にはリアルマネーを使う。このごろでは金に困るということがない。金を使うことがめったにないからだ）。たまたま、その店〈デマスク〉では金を受けとってもらえなかった。何年も前、遠い大陸で、言論の自由関係の組織対ポルノ業者の訴訟があり、専門家としてポルノ側に有利な証言をして以来、この手の店ではマンフレッドの心証がいいらしい。買い物をすませ、控えめに包装された箱を手にして店を出た。箱の中身は、パメラが大伯母用のきわどい下着だと真顔で申告すれば、マサチューセッツ州にも持ちこめる程度に合法的な品物だ。歩いているうちに、ランチタイムに出願した特許の審査結果がもどってきた。二件は首尾よく特許を取得できたので、すぐさまファイルし、権利をＦＩＦ——知的所有権解放基金に譲渡した。あやうく独占の潮だまりから出られなくなるところだったもう二件のアイデアについては、野放図に増殖するよう、知伝子（ミーム）の広大な海に解き放った。

ホテルへもどる途中、〈デ・ヴィルデマンズ〉の前を通りかかり、ちょっと寄っていくことにした。耳を聾（ろう）する無線ノイズを撒き散らすカウンターに近づき、薫製臭のあるドッペルボックを注文する。ついで、銅製のパイプに手をふれ、電子名刺（Vカード）の足跡を回収してから、おもむろにテーブル席へ向かった。

考えごとをしながら、適当なテーブルに歩みより、腰をおろすと——驚いたことに、目の前にパメラがすわっていた。化粧を落とし、肌の露出がまったくない服に着替えている。コンバット・パンツにフード付きトレーナー、ドク・マーテンズの編みあげブーツという格好は、男の目を避ける几帳（プルダ）の西洋版だ。総じて、過激なほど非性的な服装といえた。

マンフレッドの手にした包みに目をやって、パメラはいった。

「マニー」

「どうしておれがここにくるとわかった？」

パメラの前に置かれたグラスの中身は半分に減っている。

「あなたのウェブログをたどったのよ。わたしはあなたの日記の熱烈なファンだもの。それ、わたしに？　贈り物なんて、だめよ、そんなこと！」

だが、パメラの目は輝いている。秘密の頽廃的（ファン・ド・シエクル）ルールブックに照らし合わせて、生殖適性を再計算しているのか——でなければ、会えてうれしいだけかもしれない。

「ああ、きみにだよ」マンフレッドはパメラの手もとに包みをすべらせた。「こんなことをすべきじゃないのはわかっているが、どうしても贈り物をしたい気分だったんでね。ひとつ訊いていいかい、パム？」

「わたしは——」パメラはすばやく周囲に目を配った。「だいじょうぶのようね。いまは非番で、自分で把握しているかぎり、盗聴機器はついていないわ。ＩＲＳのバッジ——あれのオフスイッチについては、とかくのうわさがあるのよ。知ってた？　スイッチをオフにしているときでも、万一にそなえて記録がなされているらしいの」

「知らなかった」マンフレッドは後学のためにデータを記録した。「忠誠度のテストかい？」

「うわさよ、ただの。で、訊きたいことって？」

「その——」いったんことばを切るのは、こんどはマンフレッドの番だった。「きみ、まだおれに興味があるか？」

一瞬、意外そうな顔になってから、パメラは笑った。

「マニー、これほど癪にさわるナードって見たことがないわ！　この男はいかれている、と自分を納得させたあとになって、正気であることをうかがわせる徴候を見せつけるんだもの」パメラは手を伸ばしてきて、マンフレッドの手首を握った。生の肌と肌の触れ合いに、電気が流れるようなショックをおぼえた。「もちろん、あなたに興味はあるわ。あなたはいままで出会ったなかで最大最凶の男性ギークだから。なんのためにわたしがここへきたと思うの？」

「ということは、よりをもどしたいということか？」

「もどすもなにも、だれも婚約を解消してなんかいないのよ、マニー。あなたの頭の整理がつくまで、一時棚上げにしていただけ。自由に走りまわらせてあげる必要があると思ってね。なのに、あなたは走りつづけるばかりで、いっこうに落ちつく気配を見せない。いまだにそう——」

「なるほど、わかった」マンフレッドは手をひっこめた。「じゃあ、仔ネコの件は？」

パメラはけげんな顔になった。

「仔ネコ？」

「いや、その話はいい。このバーへは、なにをしに？」

パメラは眉をひそめた。

「できるだけ早くあなたをつかまえるために。いろいろとうわさが聞こえてきてるの。あなたがKGBの陰謀に巻きこまれてるだの、あなたがコミュニストのスパイだのと。これ、事実じゃないわよね？」

「事実もなにも——」マンフレッドは当惑してかぶりをふった。「KGBは二十年も前に消滅してるんだぜ」

「気をつけなさい、マニー。あなたを失いたくはないわ。これは命令。いいわね」

ふいに、床がきしんだ。見まわすと、すぐうしろに男が立っていた。ドレッドヘアに濃いサングラス——サングラスの内側には光がちらついている。ボブ・フランクリンだ。そういえば、この男、昨夜はミス・アリアンスペースをしなだれかからせて店を出ていったんだっけな、とぼんやりと思いだした。ぐでんぐでんに酔っぱらうまぎわの記憶だ。ボブはすっかり憔悴しきっていた。どうやら彼女もそうとうはげしいほうらしい。もっとも、パメラとはまったく傾向が異なるようだが。

マンフレッドはふたりを引き合わせた。

「ボブ——パムだ、フィアンセの。パム——ボブだ」

ボブがマンフレッドの目の前にグラスを置いた。グラスにはなにかの酒がなみなみとついである。得体が知れないが、飲まないとボブに悪い。

「よろしくぅ。んで、マンフレッド、ちょい、いいか？　ゆんべのあんたのアイデアのことなんだが」

「だいじょうぶ。パムなら信用できる」

ボブは不審そうに片眉を吊りあげたが、先をつづけた。

「例の量産方法の件な。うちの専門家チームに工房（ファブラブ）のハードウェアで試作させてみた。どうやら、いけそうだ。積荷崇拝（カーゴカルト）の要素を導入すれば、手あかのついた月面のフォン・ノイマン型ナノマシーン量産工場のアイデアにも光明が差す。ビンゴとマレクは、ナノ平版印刷（リソグラフィー）環境が起ちあがるまでのつなぎに使えそうだといってる。実験的ラボとして、制御はぜんぶ地球からやろう。現地生産の難しいパーツは、地球で造って送りこめばいい。キモの電子機器は、みんなプログラム可能なデバイス（FPGA）でいく。高いから大盤振るまいはしない。ロボット工学のロードマップが短縮されて、自己複製工場を造れる時期が二、三年、前倒しになるっていうあんたの読みな、あれ、正しいぞ。ただし、製造現場の遠隔制御はできないだろう。彗星が二光分以上離れてしまったら、もう――」

「コントロールできない。フィードバックに時間がかかりすぎて機能しなくなる。そのためにも、現地に常駐するクルーがほしいんだな？」

「ああ。といって、クルーに人間を送りこむわけにゃいかん。経費が莫大だし、それ以前に、カイパーベルトまでの短周期彗星軌道をとるにしても、じつに五十年もの旅だ。ＡＩのたぐいを組みこむのも無理だろう。それだけの期間となると、ＡＩじゃ工場を制御しきれない。

どうすればいい？　どんな腹案がある？」

「ちょっと考えさせてくれ」とマンフレッドは答えた。気がつくと、パメラがきつい目でこちらをにらんでいた。「どうした？」

「いったいどういうこと？　なんの話？」

　ドレッドヘアのビーズをジャラジャラと触れあわせながら、ボブ・フランクリンは悠然と肩をすくめた。

「マンフレッドがナノ製造問題を宇宙で解決する方法を考案してくれたのさ」そういって、にやりと笑った。「しかし、マニーにフィアンセがいたとは知らなかったぜ。奢るぞ、きょうは」

　パメラが鋭い一瞥を送ってよこした。

　そんな視線をよそに、マンフレッドはいったん現実世界から遊離し、思索にふけるため、拡張大脳皮質が眼鏡の内側に投射する奇妙な色彩空間に視線を凝らした。意識が現実を離れ、思索の海に埋没するとともに、指を小刻みに動かしだす。

　ひややかな口調で、パメラがいった。

「婚約は一時保留していたの。マニーが自分の身のふりかたについて結論を出すまでね」

「へえ、そうかい。おれの時代にゃ、そういうのは気にもしなかったけどなあ。なんか、堅苦しすぎていけねえや」ボブは居心地悪そうな顔になっている。「ま、マニーのアドバイスですごく助かっちゃいるよ。思いもよらなかった新しい研究路線を指摘してくれたんでな。

長丁場になるし、すこし投機的でもあるが、うまくいきゃあ、予定よりまる一世代は早く、惑星外のインフラを整備できる」

「それ、歳入不足の解消に役だつ？」

「歳入不足？」

ここで、マンフレッドはあくびをし、のびをした。それに合わせて、視覚が惑星マックスから現実にもどってきた。

ボブに顔を向けて、マンフレッドはいった。

「ボブ——クルー問題を解決するためだ。探査機追跡用の深宇宙観測ネットワーク(DSN)に一スロットぶんを確保できるか？　最低でも二ギガバイト／秒程度の帯域幅がほしい。これだけ大容量の伝送能力を確保するとなると、かなりの負担だろうが、それさえ確保できれば、このケースにどんぴしゃのクルーを手当てできると思う」

ボブはけげんな顔になった。

「ギガバイトぉ？　DSNにそんなキャパはないぜ！　むちゃくちゃだ。だいたい、クルーはどうすんだよ。どんだけ大がかりな計画になると思うんだ？　新しい追跡ネットワークを追加するやら、クルーのために生命維持システムを用意するやら、そんな余裕なんか、とても——」

「落ちつきなさい」

パメラはボブを制してから、マンフレッドの視線をとらえた。

「マニー、それだけの帯域幅がどうして必要なのか、ボブに説明してやれば？　そうしたら、それほど大容量の伝送能力を確保するのが可能かどうか、ほかに代替手段があるのかどうか、答えてくれるんじゃないかしら」パメラはボブにほほえみかけた。「マニーが考えていることをちゃんと説明しさえしたら、このひとはもっと理性的な反応をするはずよ——たぶん、ふだんはね」

「おれは——」マンフレッドはいいよどんだ。「わかった、パム。腹を割ろう、ボブ。頭にあるのは、KGBのロブスターだ。連中、人類文明圏から隔絶された避難所をもとめてる。このさい、きみのカーゴカルト式自己複製ナノマシーン工場のクルーとして契約させてみたらどうだ？　ただし、ロブスター側としても、万一の場合の保険はほしいだろう。そこで、深宇宙観測ネットワークの出番となる。たとえばの話、M31銀河にあるかもしれない異種知性のマトリョーシカ・ブレインに向けて、ロブスターたちのコピーをビーム送信してやれば——」

「KGB？」パメラの声に険が宿った。「あなた、ついさっき、スパイにはかかわってないといったばかりじゃないの！」

「落ちつけ。相手はただのモスクワ・ウィンドウズNTユーザー・グループだ。本物の情報機関であるFSBじゃない。アップロードされた甲殻類たちが〈オークナNT〉のサイトをハックして——」

ボブはあっけにとられた顔でマンフレッドを見ていた。

「ロブスター？」

「そのとおり」マンフレッドは正面からボブの目を見つめ返した。「学名パヌリルス・インテルプトゥスのアップロード群だ。そのようすだと、連中の存在を聞いたことがありそうだな？」

「モスクワか……」ボブはうしろの壁にもたれかかった。「どうやってやつらのことを聞きつけた？」

「向こうから電話してきたんだよ」うんと皮肉な口調で、マンフレッドは先をつづけた。「昨今では、アップロードが非知性状態でいることは難しい。たとえそれが甲殻類のアップロードであってもだ。パメラ、きみが会いにきたベジエだが、そいつの研究所をついたら、いろいろなことがわかるぞ」

パメラはまったく表情の読めない顔になっている。

「ベジエの研究所？」

「連中、そこから逃げだしたんだ」マンフレッドは肩をすくめた。「といっても、ロブスターが悪いわけじゃない。このベジエという人物だが、この男、もしかして病気か？」

「それは――」パメラは口ごもった。「仕事で得た情報を口外するわけにはいかないわ」

「いまはバッジをつけてないじゃないか」

マンフレッドは静かにうながした。

パメラはちょっと首をかしげてから、しぶしぶ答えた。

「わかったわ。ええ、そうよ、病気。切除できない脳腫瘍があるんですって」

ボブがうなずいた。

「アタマの癌か、やっかいだな。現代でもまだお手あげなのは、そういうレアなやつだ。治療のしようがねえ」

「とにかく――」マンフレッドはグラスに残っていたビールを飲み干した。「それでベジエがアップロードに興味を持っていたことの説明がつく。最終的に、ベジエは自分をアップロードしたかったんだろう。ロブスターたちの状態からすると、ベジエの研究路線は正しかったと見ていい。まさか、ベジエのやつ、もう脊椎動物に手を出してはいないだろうな？」

「じつは、ネコに――」とパメラは答えた。「ベジエはね、ペンタゴンにネコのアップロードを提供して、見返りに税金を免除させるつもりでいたのよ。新型のスマート爆弾誘導システムに使わせる腹だったの。標的がネズミや小鳥、その他の獲物に見えるように、識別情報を再マッピングしてから、感覚中枢にフィードするわけ。レーザー・ポインターで仔ネコをじゃらす、使い古されたトリックね」

マンフレッドはまじまじとパメラを見つめた。

「そいつはまた、たちの悪い……。ネコをアップロードするなんて、むちゃくちゃだ……」

「三千万ドルの税金不払いも、そうとうにたちが悪いわよ、マンフレッド。なにしろ、百人の罪もない年金受給者が、一生在宅介護を受けられるだけの金額なんだから」

ボブがふたたび、うしろの壁にもたれかかった。おもしろがっているようすで、婚約者同士が散らす火花から身を遠ざけている。

マンフレッドはつづけた。

「アップロードされたロブスターは知性体だ。だが、そのあわれな仔ネコたちは？　最低限の権利を与えられるのか？　きみが仔ネコと同じ立場ならどう思う、パム？　スマート爆弾の中で千回も目が覚めて、その都度、シャイアン・マウンテンの戦闘コンピュータが指定する目標を最愛の対象と思いこまされても平気か？　千回目覚めて、そのたびにまた死ぬんだと知るんだぞ？　それだけじゃない。仔ネコたちはたぶん、逃げ道を厳重に封じられているだろう。おそろしく危険な存在だからだ。成長して成獣のネコとなれば、単独でもきわめて効率のいい殺戮マシーンとなる。高度な知能を持ちながら、社会性がゼロの知性体など、危なっかしくて世の中に解き放てるもんじゃない。したがって、仔ネコは永久に閉じこめられたままだ、パム。知性を得たとたん、永遠の死刑宣告をくだされていると知るなんて――そんなのはフェアじゃないだろう？」

「でも、しょせんはアップロードでしょう」パメラは自信のなさそうな顔になっていた。「つまり、ただのソフトウェアよね？　もういちど実体化（インスタンス）させることもできるはずよ、別のハードウェア・プラットフォームにダウンロードして。たとえば、そう、あなたのアイネコあたりに。だとしたら、仔ネコたちを〝殺す〟うんぬんの議論は成立しないんじゃないの？」

「だからなんだというんだ？　あと二年もすれば、人間そのものがアップロードされるようになるんだぞ。功利主義的哲学については、またの機会にしてもらわないとな――アップロードされた仔ネコが人間の大脳皮質を咬みちぎるその前に。ロブスター、仔ネコ、ヒト――こいつは波乱含みの取りあわせじゃないか」

ボブが咳ばらいをした。

「ロブスターをパイロットにするアイデアだがな。あんたには非開示契約を結んでもらうことになる。諸々の〝相応の注意〟も払ってもらうぞ。それがすんだら、ジム・ベジエに近づいて、知的財産権(IP)を買う算段をせにゃなるまい」

「おれがそういう契約に応じるとは思わないでくれ」マンフレッドは椅子の背にもたれかかり、ものうげな笑みを浮かべた。「アップロードの市民権を奪いとる行動には、断じて加担しない。おれから見るかぎり、アップロードは自由市民なんだ。ああ、いっておくが、ロブスター由来AIを宇宙船のオートパイロットに使うアイデアについては、今朝がた特許を取得しておいた。もう世界じゅうで登録されているし、すべての権利はFIFに譲渡済だ。ロブスターと雇用契約を交わさないかぎり、この話は成立しない」

「けど、アップロードはただのソフトウェアだぜ！　ロブスターをベースにしたソフトウェアなんだ！　だいたい、そいつらを知性と呼べるものかどうか――要するにそれは、一千万のニューロンの神経ネットワークに、文法エンジンとしょぼい知識(ナレッジ)ベースをくっつけただけのしろものだろ？　どういう基準でそんなものを知性と呼ぶんだ？」

マンフレッドはボブに指をつきつけた。

「いいのか？ きみの精神がアップロードされたときも、同じことをいわれるんだぞ、ボブ？ いまのうちにアップロードの市民権を認めておけ。でなければ、その肉体が朽ちかけたとき、生脳空間（ミートスペース）から電脳空間（サイバースペース）へ自分をアップロードしようなどと考えるな。きみの考えかたでいけば、ひとたびサイバースペースに移ったあとは、もはや人権を認められなくなってしまう。いまどういう対応をするかが、明日のわが身にはねかえってくるんだ。ああ、この議論はジム・ベジエにもふっかけてやってくれ。完膚なきまでに論破してやったら、やっこさんにも意味がわかる。知性の市民権を地上げさせるようなまねは、絶対にゆるしておけない」

「それにしても、ロブスターだぜ」ボブはかぶりをふった。「ロブスターにネコ。本気か？ 本気でロブスターやネコをヒト相当の知性としてあつかえといってるのか？」

「連中をヒト相当としてあつかえというより――人間そのものと同列にあつかわなければ、今後アップロードされるほかの存在が――人間自身も含めて――人間としてあつかわれなくなるといってるのさ。いまのうちに法的な先例を作ってしまうことだ、ボブ。いま現在、アップロード研究を行なっている企業は、知っているだけで、ほかにすくなくとも六社はある。そのうちどの一社として、アップロードされた知性の法的身分まで考慮しているところはない。いまから考えはじめなければ、三年から五年のうちには、どうなっているかわからないぞ」

パメラはボブとマンフレッドを交互に見ていた。まるで、自分の見ているものが理解できないまま、ループに陥って抜けだせなくなったボットのようだった。悲しげな口調で、パメラはたずねた。

「それ、金銭にすればどれほどの価値があるもの？」

「数十億はくだるまい」からになったグラスを見つめて、ボブは答えた。「わかった。関係者に話をしてみよう。みんなが乗ってくれれば、これから一世紀、あんたの面倒はおれが見る。しかし、ほんとうにロブスターが彗星の採掘複合施設（コンプレックス）を運営できると思うか？」

「無脊椎動物にしては、連中、かなり優秀だ」マンフレッドはあどけない、しかし強い意気ごみを感じさせる笑みを浮かべた。「ロブスターは進化の裏通りにはまりこんでいるかもしれないが、いまでも新しい環境に適応することはできる。考えてもみろ！ きみがやることは、まったく新しい少数民族に市民権を与えてやることなんだぞ――そして、その少数民族は、遠からず、少数民族ではなくなるんだ！」

その夕べ、パメラはマンフレッドのホテルを訪ねた――スパイクヒールほか、その日の午後、マンフレッドにプレゼントされたグッズの大半を覆い隠す、ストラップレスの黒いドレスを身につけて。

パメラのエージェント群に対し、マンフレッドは自分の非公開日記を開放してある。その特権を濫用して、パメラは室内に入りこみ、シャワーから出てきたマンフレッドを、スタンナーを使って痺れさせ、動けなくなったところで、ひとこともしゃべるひまを与えず、さるぐつわ（ボールギャグ）をかまし、手足をX字形に広げさせ、ベッドのフレームに縛りつけた。勃起した性器のまわりには、弱い麻痺効果のある潤滑ゼリーを詰めた大きなゴムの袋を巻きつける。簡単に射精させないための用心だ。乳首には電極をとりつけ、尻の穴にはたっぷりとワセリンを塗り、ゴムのプラグを押しこんで、ベルトで固定した。マンフレッドはシャワーを浴びる前に、眼鏡をはずしていた。パメラはそれをリセットし、ハンドヘルド・コンピュータに接続してから、そうっとマンフレッドの目の上にかぶせた。その他の必要な道具は、ホテルの部屋に備えつけの3Dプリンターで急造したものだ。

セットアップがすむと、パメラはベッドの周囲を歩きまわり、あらゆる角度からマンフレッドの状態を観察しながら、さて、どこからはじめたものかと思案した。なんといっても、これはただのセックスではない。芸術行為なのだから。

ちょっと考えてから、マンフレッドのむきだしの足にソックスをはかせ、瞬間接着剤の小さなチューブを手にし、右足の甲に左足の裏を重ねさせて、左右の足の指同士を手ぎわよくくっつけていった。ついで、エアコンを切った。マンフレッドはもがき、全身をつっぱらせ、手足の拘束具を引っぱった。びくともしないし、するはずもない。感覚とからだの自由を奪うにあたって、浮遊タンクと筋弛緩剤（スキサメトニウム）注射を使う方法を除けば、もっとも確実なやりかたをとっているからである。すべての感覚はパメラが掌握していた。機能を剥奪していないのは耳だけだ。眼鏡を通し、広帯域チャネルでマンフレッドの脳と直結しているため、パメラはまやかしの拡張大脳皮質（メタコルテックス）となり、思いどおりに偽りの命令をささやくことができる。

これからすることを考えただけでも、ぞくぞくと興奮が湧きあがってきた。太腿を電気が走りぬけるような官能。マンフレッドの肉体を弄(もてあそ)ぶだけでなく、精神の内側にまではいりこむのは、今回がはじめてだ。パメラはマンフレッドの耳もとに顔を寄せ、ささやきかけた。

「マンフレッド。わたしの声が聞こえる？」

マンフレッドが痙攣(けいれん)した。口にはボールギャグをかませ、足指同士も貼り合わせてある。OK。裏口(バック)チャネルはない。このひとは無力。

「四肢麻痺というのは、こんな状態なんでしょうね、マンフレッド。運動ニューロン疾患になるのはどんな気分かしら？　あなたはね、汚染された食品の食べすぎで、不随意運動機能不全症候群にかかって、自分のからだに閉じこめられてしまったも同然なの。いっそ恒久的筋弛緩剤でも射ってあげましょうか。そうしたらあなたは、一生、この格好。排泄袋に大便をして、チューブ経由で小便をする日々。しゃべることもできず、あなたの面倒を見てくれる者もいないままよ。そんな状態になりたい？」

ボールギャグごしに、うめき声のような、哀願のような音が漏れた。パメラはスカートを腰までまくりあげると、ベッドにあがり、マンフレッドをまたいで立った。マンフレッドの眼鏡には、この冬、ケンブリッジ界隈で録画された映像を――貧困者のための給食施設やホスピスの光景を――流しこむ。それから、マンフレッドの上にしゃがんで、ふたたび耳もとにささやきかけた。

「一千二百万ドルよ、ベイビー。税金として、ＩＲＳにあなたが納めるべきだと考えられている金額はね。じゃあ、フィアンセのわたしに払うべき金額はいくらになるかしら？　純所得で六百万ドルなのよ、マニー。あなたのまだ生まれぬ子供たちがもらいそこねる金額——それが六百万ドルなの」

ちがうとでもいいたそうに、マンフレッドが首を左右に動かした。口答えをゆるすつもりはない。思いっきり頬をひっぱたいた。マンフレッドの顔に怯えの表情が浮かぶのを見て、パメラはいっそう興奮をかきたてられた。

「きょうのあなたを見ていたら——何億ドルもポンと気前よくくれてやったわね、マニー。何億ドルもの金のなる木を、甲殻類と高速ネット回線（マスパイク）の海賊なんかに！　この考えなし！ああ、もう、どんな目に遭わせてやろうかしら」

　マンフレッドが身を縮こまらせた。本気でひどい目に遭わせられるのか、脅しで興奮させるためにいわれているだけなのか、判然としないのだろう。それでいいのよ。だらだらと会話をしていても意味がない。マンフレッドの息がかかるくらいそばまで口を耳もとに近づけて、パメラはさらにささやきかけた。

「肉体（ミート）と精神。これよ、マニー。肉体、そして、精神。あなたは肉体には興味がない。そうでしょう？　興味があるのは精神だけ。まわりの生脳空間（ミートスペース）でなにが起こっているのかには、なかなか意識が向かない。だから、いとも簡単に、生きたまま釜茹（かまゆ）でにされてしまう——ちょうど、鍋で茹でられるロブスターのように。そんな状態からあなたを救いだしてあげられるのは、わたしの深い愛だけ」

下に手を伸ばし、潤滑ゼリーの袋をはぎとって、ペニスを露出させた。血管拡張剤の効果でキンキンに固くそそりたっている。ただし、ぬるぬると全体をおおうゼリーのせいで、感覚はほとんどないはずだ。パメラは背筋を伸ばし、屹立するペニスにみずからの女性自身をあてがうと、ゆっくりと腰を落とした。思っていたほど痛くはなかったが、生まれてはじめての挿入がもたらす感覚は、慣れ親しんだ感覚とはまったく異質なものだった。上体を前に傾けていく。引き伸ばされたマンフレッドの腕をつかみ、相手の恐怖と無力感を味わった。自分自身を制御できない。あまりにも強烈な愉悦に、自分の唇を嚙み破りそうになる。しばらくして、マンフレッドの局所に手を伸ばし、刺激を加えはじめた。やがてマンフレッドは小刻みに痙攣しだしたかと思うと、びくんびくんとからだを波打たせ、自分自身のソースコードが詰まったダーウィニアンの川をパメラの身内に放出した。いまのマンフレッドが使える唯一のアウトプット・デバイスによって、ついにパメラとのコミュニケーションは果たされたのだ。

パメラはからだを横にひねり、マンフレッドの上から降りると、残っていた瞬間接着剤で陰唇をしっかりと接着した。人間には受精を確実にする膣栓ができない。いまは妊娠しやすい時期だが、念には念をいれておこう。接着剤の効果は、一両日は持つ。

全身がほてっていた。どうしようもなく興奮していて、からだがわなないている。むりもない。あれほどまで熱望していながら、長いあいだ果たせずにいたのに、とうとうマンフレッドを組み敷くことができたのだから。

マンフレッドの顔から眼鏡をはずした。無防備な肉眼があらわになった。眼鏡というガードをはぎとられ、サイバースペースになかば超越しかけた人間の精神の核（カーネル）までもが、そこに覗いていた。

「明朝、朝食後、結婚許可証にサインしにいらっしゃい」パメラはマンフレッドの耳にささやきかけた。「こなくても、こちらから弁護士を差し向けるだけだけどね。ご両親は、きちんと結婚式をあげることをお望みでしょうけれど、それはあとで手配すればいいわ」

マンフレッドは、なにかいいたげな目でこちらを見あげている。ふとあわれになり、ボールギャグをゆるめてやって、その頬にそっとキスをした。マンフレッドはごくりとつばを呑みこみかけ、咳きこみ、ついと目をそらすと、ぼそりといった。

「なぜだ? なぜこんなまねをする?」

パメラは、とん、とマンフレッドの胸をつついた。

「所有権の表明よ」ちょっとことばを切って、その先を考えた。「おたがいを隔てるイデオロギーの溝は深くて広い。ようやくわたしも認める気になったわ、あなたの大好きな恵与（アガルミック）なんたらを――見返り（ブラウニー・ポイント）のために、なにもかも投げだしてしまうやりかたをね。ロブスターの群れ、アップロードされた仔ネコたち、そのほか、あなたが必死に生みだそうとしている、有知能物質の特異点（シンギュラリティ）を受け継ぐもの――それがなんであれ、あなたをそんなものの世話にかまけさせて失ってしまうのはいや。だから、先に自分の所有物として確保しておくことにしたの。わかる? あと十カ月もしたら、新しく生まれた知性をあなたに返してあげる。

そうしたら、心ゆくまでその知性の世話をするといいわ」

「だけど、なにもこんなことをしなくても――」

「そうかしら?」パメラはベッドをすべりおり、たくしあげていたドレスをととのえた。「あなたはあまりにも安易に、あまりにも多くを与えすぎてしまうのよ、マニー! すこしペースを落としなさい。でないと、たちまち、からっけつになるのがおち」

パメラはベッドに身を乗りだし、拘束具の縛め（いまし）を溶かすため、マンフレッドの左手に有機溶剤（アセトン）をしたたらせた。あとは自分ではずせるよう、アセトンのびんを手のすぐそばに置いてやる。

「では、明朝。忘れないでね。朝食のあとよ」

ドアの外へ出ようとしたとき、背後からマンフレッドの声がかかった。

「だけど、まだ答えを聞いてない! なぜこんなことをするんだ!」

「あなたの知伝子（ミーム）を広めるためと思いなさい」

パメラはそう答えると、投げキッスを送り、ドアを閉めた。それから、身をかがめ、ドアのすぐ外に、神経構造をアップロードされたあとの、仔ネコの生首入り段ボール箱をそっと置いた。そして、〝賢者の石〟を生む錬金術的結婚の手配をするため、自分のスイートへもどっていった。

パンツァークラウン　レイヴズ

吉上　亮

吉上亮（よしがみ・りょう）は一九八九年、埼玉県生まれ。本書の中だけでなく、今の日本のSF作家の中でも最年少の部類に属する。早稲田大学文化構想学部卒業後の二〇一三年、ハヤカワ文庫JAから『パンツァークラウンフェイセズ』全三巻を三カ月連続刊行して鮮烈なデビューを飾った。

時は二〇四五年。大震災で崩壊した東京は、高度な拡張現実と履歴解析による完璧な行動制御を誇る〝層現都市（レイヤード・シティ）イーヘヴン〟に変貌。この街に帰ってきた主人公・広江乗は、民間保安企業（フェイス）に属するD　T（ダークツーリスト）小隊の一員。漆黒の強化外骨格〈黒花（ブラックダリア）〉を着装し、（動画中継の閲覧数を稼ぐべく）ヒーローとして活躍する彼の前に、宿敵〈白奏（ホワイトジャズ）〉が現れる……。

〝都市を管理するコンピュータ〟というアイデアは、神林長平『プリズム』や大原まり子「女性型精神構造保持者（メンタル・フィメール）」と（さらには「PSYCHO-PASS」とも）共通する。ルビを多用する文体はいかにもサイバーパンクっぽい。

本篇は、その『フェイセズ』に登場する人物の来歴を語る前日譚。幼いころ父を亡くし、母に捨てられた少女、御手洗憧は、母との再会をきっかけに父の死の真相を探りはじめ、やがて強化外骨格の起源へとたどりつく。もともと〝非公式外伝〟として個人出版された同人誌版を大幅に修正したものだが、話は独立しているので『フェイセズ』未読の方もご心配なく。むしろ、本篇のあとに『フェイセズ』を読むほうが入りやすいかもしれない。

著者の最新刊は、TVアニメからスピンオフしたオリジナル中篇二篇を一冊にまとめた『PSYCHO-PASS　ASYLUM　1』（十一月に『2』刊行予定）。

初出／『THE PANZER CLOWN RAVES』2013/12

1

ひとりでいるのは嫌。でも誰かと深い関係になるのもまっぴらご免だ。

いつもどおり、そんな都合のいいことを考えながら、私は今夜のお祭り騒ぎ（レイヴ）を少し離れた場所から見つめている。誰もかれもが行動履歴解析（パーソナライズ）と層現技術（レイヤード・リアリティ）を組み合わせた行動制御技術〈Un Face〉によって、お似合いの相手を見つけては抱き合い、踊り、一夜限りの愛を交わしている。私からすれば、それらはすべて重すぎた。一夜の関係はもっと淡くあるべきだ。なんていうか、もうちょっと儚（はかな）い雪みたいであればいい。

それにしても、と私は再び大通りを見つめ直した。

ここは、イーヘヴン市の北西部――個人商店街（マーケット・プレイス）が軒を連ねる地域で、普段は夜の訪れとともに店じまいしてあたりは静かになる。しかし今日だけは別世界が拡がっていた。深夜を迎えても営業を延長する店と利用客たちの喧騒は続く。彼らを包み込む街灯は、暖かみのある赤と橙の中間を揺らめいていた。そう、今夜は、テーマパークみたいなこの都市のいたるとところで、熱に浮かされたお祭り騒ぎが起こっている。

何しろ、このイーヘヴン市に〈黒花（ブラックダリア）〉という英雄（ヒーロー）が現れたからだ。

それは鮮烈な登場（デビュー）。今も夜空にきらきらと舞う無数の層現（レイヤー）たちに、中継映像の再上映（リバイバル）が映し出されている。今宵の大活劇は、都市南端の国際空港〈新羽（ニイバネ）〉を出発点とした、暴走車輌とイーヘヴン市警（EHPD）の激しい追跡劇から始まった。全自動運転（オート・ドライヴ）が前提の都市交通システムを嘲（あざ）笑（わら）うように駆け回った暴走車輌は、ついには中央区画のショッピングモール〈ベース・エール〉へ爆弾を満載したまま特攻（カミカゼ）しようとした。

しかしその凶行は、ギリギリで阻止される。

追跡劇（チェイス）の中継映像が一瞬、途切れた直後に、ソレが来たからだ。

「〈黒花（ブラックダリア）〉――出動（ショウタイム）」と私は呟きながら、あの瞬間の情景を思い出す。

都市内最大手の映像ポータル〈Viestream〉の中継ヘリから放たれる青白光を一身に浴びて、その〝英雄〟は姿を現した。闇よりなお濃い漆黒の外装に、紅く稼働光を明滅させる強化外骨格。そのすべてに――力強さに誰もが見入った。

そして戦闘の発生。そうだ、あれはまるで映画の一場面（シーン）みたいだった。白と黒の強化外骨格同士が衝突し合う光景はフィクションめいた現実として映った。紛れもなく軍事衝突規模の戦闘――テロリストもまた白銀の強化外骨格を纏（まと）い、破壊を繰り返したが、戦いは最終的に〈黒花（ブラックダリア）〉の勝利に終わった。

敵（テロリスト）は撃退された。そして都市から一時の混乱は去り、歓喜の宴が始まった。

中央区画に、爆撃現場と見紛（みまが）うほどの破壊の爪痕が刻まれていようと関係ない。あらゆる事象が、娯楽のように消費されるこの都市では、テロリストと軍用強化外骨格の武力衝突さえも、注目度を上げ、消費サイクルを活性化させる活劇（ショウ・ビズ）に等しい。

都市にいた誰もが外に出た。あの強化外骨格の戦い、すごかったよね、目が離せなかったよ――。そういう昂揚を分かち合いたくて、住人たちは夜の街路に繰り出した。喜びの共有は人間同士の絆を作りやすくする。共通する話題か、それとも目の前にいる相手に昂奮しているのか境目は曖昧になり、いつのまにか互いに魅了されるようになる。それは錯覚かもしれないが、一夜で燃え尽きる熱愛はその瞬間において真実だ。

　とはいえ、私は、そういう享楽に混じらない。人々を熱狂させる仕組み（ロジック）について下手に理解してしまうと、その仕組みのなかで天真爛漫ではいられなくなるもので、人生はままならないな、と思う。

　しかし、私があの乱痴気騒ぎに混ざらないのは、単に斜に構えているせいでもなくて、都市の環境管理型インターフェイス〈co-HAL〉が、そう導くからだ。彼女は、私の行動履歴解析――かつて私が行った数限りない選択の痕跡――を徹底して解析し、無意識の欲望のパターンを割り出すことで、私にとって最適な行動選択を指し示してくれる。

　極東の楽園（イーヘヴン）を自称するこの都市で、行動制御を受けない人間は、ひとりもいない。

　たとえば私が座るベンチのすぐ横には池がある。景観造りの小さな人工池だ。昼には住人たちにとって憩（いこ）いの場で、今は淡い青色の街灯に照らし出され、水底を透けさせている。金銀銅、あるいはアルミニウム。様々なかたちのいろんな国の硬貨たちが眠ったように沈み、その輝きは見入ってしまうくらいに美しい。

思わずそれを拾い上げたいと思って私は手を伸ばすけれど、その手は水面に触れる直前でぴたりと止まる。

何となく、そうすべきだと思ったから。

そして私は〈co-HAL〉から、導きの理由を教えてもらう。池に投げ込まれた硬貨にへばりついた無数の雑菌。その不潔さが層現(レイヤード・リアリティ)による付加(オーグメント)によって警告された。物質(マテリアル)に定着した無数の来歴から知るべき情報のみが峻別(しゅんべつ)され、瞳のなかに投影されたのだ。

すべてはこれの応用だ。視るべきものだけ視て、触れるべきものだけに触れ、逢うべき相手にだけ逢う。日々の生活はそれで支障なく過ぎていく。順風満帆と表現して差し支えない。

私は、明日には一五歳の——実際の年齢とは違う可能性もあるが情報的にはそれが正しい——誕生日を迎え、この都市において成人の証(あかし)たる社会評価値(ソーシャライズ)が付与される。事前予測によると、上位格の〈Sociarise=A〉で申し分ない。学校の成績は誇るべきもののひとつだ。大学への飛び級での進学資格も与えられている。今、間違いなく幸ある人生を過ごしている。これまでの日々すべての選択が正しかったと証明し続けるように。

行動履歴解析(パーソナライズ)によって〝御手洗憧(みたらいあこ)〟という人間にとってすべきでない選択や行動は意識せずとも回避される。逆を言えば、今私がしていることは何一つとして過ちではない。

寄宿舎の標準門限を大きく破って外出することも。今夜、巡り合う相手を待つことも。

　さて、品良くあろう。ベンチに座り直して姿勢を正す。背を伸ばし、学校指定の白いワンピース型の制服のスカートにしわができてないかチェックする。問題なし。上出来だ。私は蝶を待つ真っ白な花の気分になって、うきうきしながら、近づいてくるひとがいないかな、と視線を巡らした。

　ひとりの女性がふらりと裏路地に入ってくるのを見つける。

「へえ、情層染髪(レイヤード・カラー)じゃないのね」

「ええ」と私は同意する。これは初対面の相手が、まず興味を持つ話題だ。「この街だとちょっと珍しいかもしれませんね」

　どういう仕組みか教えてくれるかしら、と彼女は問う。話しかけてきた女性は、私好みの秀麗な美貌をしていた。えりぐりの深いTシャツから覗く鎖骨についつい目が行ってしまう。羽織った革のジャンパーは匂い立つような濃密な黒。身体のラインにぴったりとフィットしたパンツも同色で、足の長さを際立たせている。歩くたび、きゅっきゅとしなやかな音がしそう。よく引き締まった痩身。私よりも背が高いことも加点しよう。

　俄然、私はこのひとが欲しいな、と思いながら質問に答えた。

「霧浴(ミスト)による分子被膜(ナノ・レイヤー)ですよ」

　私は簡潔に説明する。分子被膜は、ミストシャワーの水とともに噴霧される微細機械(ナノマシン)が全身を覆うことで形成される。その恩恵は選択的に可視〜不可視光を弾(はじ)けることにある。紫外線などの肌に有害な太陽光の一部を、体表面で防げる美容コーティング技術は、ハクゥ医療複合体傘下の美容企業〈コノハナ〉――私がモデル契約を交わしている――が世に送り出すなり、美容業界において話題になったそうだ。しかし惜しいかな、この街においては物質として層を重ねる技術というのは、時代遅れと扱われがちだ。

層現都市と称されるだけあって、イーヘヴンでは視覚的・情報的な層の付与を好む傾向にある。髪を染めることひとつ取っても同じことだ。最たる例のひとつに情層染髪がある。仕組みは単純で、細かい精度で頭に情層を投影し、後は必要に応じて重ねていくだけ。理論上は無限の色調が存在し、どのような色にも染められる。そのくせ染める時間もかからず、髪の手入れも普段と変わらない。無駄を好まないこの街に最適化された美容技術はあまりに強く、その牙城を崩すことは敵わなかった。

とはいえ、紫外線遮断を筆頭とするその特性は、意外なところに活路を見出した。

地球温暖化の進行によって紫外線の照射が増大した地域への輸出だ。現地の人々の健康を守る医療技術に転用され、今も国際医療機構によって現地住民への接種が定期的に行われているという。軍の派遣／文化の普及／技術の提供――フラット化が進む世界で、日本は自らの優位性を輸出することに余念がない。

私が用いているのは、そうした新興技術の一端だ。長期的な美容効果を推した分子化粧シリーズのひとつ。屋外での活動時に髪が傷むのを防げるし、一〇代程度の財力で使える層現染髪の描画レベルに比べると発色も鮮やかだとして、一〇代の子たちの間で徐々に流行り始めている。自慢ではないが、うちの学校での普及は少なからず私の影響だ（と思っている）。〈コノハナ〉の連中も、交友関係が広かったり、クラスで目立つタイプを積極的に選んでいるのだろう。

だとすれば今の私の説明も仕事の一環になるのだろうか？

いずれにせよ——「ご清聴に感謝します」と私は冗談めかし、相手の女性にぺこりとお辞儀をした。彼女は私の説明に感心しつつ、新たに話題を振ってきた。

「——学校、っていうことは高校生？」

「いや中学生ですよ。近くの学校に通ってます」

初対面ではこちらの個人情報はそこまで開示されなかったのだろう。私は設定を変更した。

スムーズな手続き。〈co-HAL〉も彼女になら教えていいと言っている。

「ふうん」彼女は私の顔のすぐ横に視線を注ぐ。投影された詳細な個人情報の閲覧。「——驚いた。けっこうな名門校じゃない。それに寮暮らし」

「うちは寛容ですから」

ぺろりと舌を出しておどけてみる。相手はちょっと苦笑した。

「夜遊びは、飛び級で大学進学が決まっている特権？」

「いいえ、私にとっての最適化がこれってだけですよ」

「ふうん、何だっけ……、〈co-HAL〉の導きってやつ？」

「そうですね、正確には〈Un Face〉による人払いでしょうか」

「人払い？　でも、あたしは君と出会った」

「つまりあなたは――」私は相手の手を取った。予想通り細く骨ばっている。「危なくない」

「初対面の相手を信頼しすぎるのはよくないんじゃない？」

「大丈夫ですよ。この都市では信頼できない相手と巡り合ったりしないから」

たとえば貴女は訪問者(ビジター)。年齢は三三歳。職業はキュレリック・エンタテイメント(CE)社と正式契約を結んでいるメイクアップ・アーティスト。今日は、仕事ではなく私事(プライベート)での滞在だったが、急な仕事が入った――CEの中継番組出演者のメイクアップ。〈黒花(ブラックダリア)〉と〈白奏(ホワイトジャズ)〉の戦闘特番で人手が急に必要になり、休暇返上での仕事。それが終わって帰宅の途につくとき、街のお祭り騒ぎを知って何となく繰り出した――、という具合に私は相手の個人情層を参照する。予想通り危険な人物ではない。暫定的に付与されている社会評価値(ソーシャライズ)もA相当だ。

うんうん、やはり今日の相手はこのひとにしよう。なかなかの好相性だもの。今夜の巡り合わせは本当に悪くないな。だから私は、いつもどおりに訊いた。口説き始めた。子供が母親にワガママを言うみたいな無邪気さで。

「ところで今晩、私と一緒に寝てくれませんか？」

「え？」

案の定、相手は硬直した。いかにも地味で真面目な優等生――周りの熱に浮かされてちょっと夜遊びしてしまったものの、見知らぬ他人は怖くてひとりぼっちになってしまった少女――そんな私が口にするには相応しくない言葉を耳にしたかのように。

「……ねえ、いつもこういうことしてるの？」

「さあ」私は首をかしげた。こう訊いてくれるなら問題ない。「だとしたら、どうしますか？」

「楽園生まれ(オーガニック)の特徴かしらね。……普通、初対面の相手に頼むことじゃないでしょ、そういうの」

普通。そう、この都市では成り立ちにくい表現だな。一〇〇万人の一〇〇万とおりの普通があるこの楽園では、本当に。

「だめですか？」

「――いいわ」観念するように。あるいは呆れるように。「来なさい」

「やった、ありがとうございます」

不承不承といった返答にほっとした。そうした反応こそが正しいのだ。むしろ喜んで応えようとしたなら即座に踵(きびす)を返すべきだったから。悪癖というほどではないが、この街以外では眉をしかめられるだろうし、この一〇〇万通りに最適化された生活様式のなかでも奇妙な「癖」として分類されることも理解しているつもりだ。

毎夜、一緒に眠る相手を探すなんて――〝普通〟なら、きっと、すごくふしだらだ。

それから、私は、思い出したように告げた。

「あ、そうだ。寝るといっても、あくまであなたと一緒に寝るだけですよ？」

「子供が馬鹿なこと言うんじゃないの」

軽く眉をしかめられた。これも想定通り。寝ること以上をベッドで求めてくる連中は、女神の手により弾かれる。けれどこの都市の半分は旅人でできているから、ほんの少しの注意も怠(おこた)ってはならない。

女性は脱力し、息を吐いた。それからふいにサングラスを外し、じっと懐かしいものを見つめるような優しいまなざしをした。ここじゃないどこか、私じゃない誰かを見つめるようだった。

「食事は？」

「済ませてます」

「じゃ、あとは寝るだけだ。ホテル、海岸のほうだからタクシーで」

けれど、それは一瞬で、彼女はすぐにサングラスをかけなおした。

そしてリース・タクシーの停車場所へ歩き出す。長い脚の歩幅は大きいが、こちらを考えてゆったりとした足取りだった。その優しさに気づいたとき、改めて今夜も安らかに眠れるだろうな、と私は思った。

翌朝、日の出のころに目が覚めた。

二人分の体温でぬくぬくとしたベッドから抜け出し、春の曙光がカーテンの隙間から滲む窓を抜けて、ベランダへ出た。朝陽を全身に浴びて身体が目覚めるざわつきを感じる。都市南西の臨海地区は、イーヘヴン市を訪れる観光客向けの宿泊施設が密集している。家族連れの観光客を標準顧客とする中流向けだが、海が近くて眺めがいい。手すりによりかかりながら、朝陽を反射しきらきらと輝く水面を見つめた。それから空を見上げる。紫と橙、黄が織りなす階調は薄まり、雲一つない青空がやってこようとしている。吹く風は少し冷たい。ゆったりとした貫頭衣型のパジャマの隙間から忍びこむひんやりとした風に肌を撫でられて、ぶるっとした。

部屋に戻った。ベッドの傍らに据えられた椅子に座り、一夜の寝床になってくれた女性の寝顔を見た。この細い身体の持ち主は抱きしめられるに申し分なかった。あえて注文をつけるならもう少し筋肉は少なくてもよかったが。かすかな寝息が聴こえ、そのたびに布団が浅く上下する。まだ起こす時間ではない。しばらく無言で時を過ごした。

いつも誰かと一緒に寝る――それが、自分にとって安らかに眠るための最適な手段。ひとりで寝るのは苦手だった。そのくせ特定の相手を作って毎日一緒に眠るのも嫌だった。なぜ、そうなのか理由は分からないが、この都市は私のいささか奇妙な欲望さえも肯定し、適切な相手を宛がって――失礼、巡り合わせてくれる。

普段は寄宿舎の同級生や先輩、後輩の部屋に泊まる。あらかじめ〈Un Face〉によって訪問先は選別されている。拒まれたことなど一度もなく、評判も悪くない。それに私は、寝息が静かで寝相もいい。起床時間よりも早めに目が覚め、相手が遅刻することのないように起こしてあげるから、よっぽどの事情がない限り断られることもない。そして、こういうとき、モデルをできるくらい容姿が整っていることも役に立つ。

かつて暮らしていた孤児院でも同じだった、この習慣は一〇年以上続いている。

けれども一緒に眠るに最適な相手がまったく見つからないときが、ごく稀にある。検索対象の少なさが原因だが、文句を言っても仕方がない。そういうときに街に出る。〈Un Face〉によって相手を選別するプロセスは寄宿舎のときと変わらないが、正真正銘の初対面の相手と遭遇するわけで、さすがにちょっと緊張する。

ただ、〈Un Face〉による行動制御というのは見事なもので、今のところ変な相手に遭遇したことはない。

こちらのわがままを聞いてくれる親切な相手に何だかんだでありつける。

「ありがとう」

ささやきは都市の女神に対してか、それとも目の前の相手か。

それから層現に浮かぶ時刻を確認する。そろそろ起こしてあげないといけない時間だ。あ、なんだかお母さんを起こすみたい――。

ふと考えて、けれど本当のお母さんには、こんなこと一度だってしたことがないのを思い出して、急に胸が絞めつけられた。

そのせいだろうか。私は、結局、彼女を起こさず、部屋を後にした。

宿泊費は、すでに彼女が払っていたから、代わりに電子貨幣のギフトにして送信した。

　そう、彼女は、あらかじめ二人分の宿泊費を決済していた。昨夜、彼女が逢うはずだった相手は、離婚で親権を喪った実の娘だった。年齢は一四歳で、情層で見せてくれた容姿は、ちょっと自分に似ていた。都市を沸かせた一夜の狂騒を支えるため、舞台裏に動員された結果、彼女は、娘と逢う約束を守れなかった。

　そこに自分が滑り込んだ。まるで代替物として提供されたように。

　昨日の夜、彼女にベッドのなかで言われた。あなたが現れてくれてよかった、と。

　夜の街に繰り出したときは、最悪の気分だった。約束を破ってしまった相手（こども）から、もう逢いたくないと情層越しに告げられたから。でも、あなたと逢えたおかげで、また娘に逢おうと思えた。ごめんねって言う。そしてまた逢えるように頑張るわ。

　彼女は、そう言って微笑み、一緒に眠りに就いた。一夜の巡り合いに感謝をしていた。やはり、この都市は、すべての人間に幸いをもたらしてくれるのだ、と。

　でも、本当にそうなの？

　すべてが最適化されたこの都市で、必然は偶然の皮を纏うことを、きっとあの女性は知らない。互いの欲望が合致し、導かれたのなら万事解決だ。でも、もしも、私の欲望を満たすために、このひとが選ばれたのだとしたら？　結果的に彼女と娘の関係が改善されるなら、一夜の負荷など問題ないと都市が判断していたとしたら？

　変だな。おかしなことを考えている。この都市がもたらしてくれる、幸福に至るための仕組みに懐疑的であるべきじゃない。そう、私も彼女も、あくまで〈Un Face〉の行動制御によって出逢っただけの他人同士。数理的に計算され、参照され、一夜の縁を互いの裡に見出されただけ。それで互いに、心地よく一夜を過ごせたのだから、これでおしまい。

「さようなら」

モノレールのホームから陽光を外壁に照らすホテルを見上げ、呟いた。

「……すみませんでした。変な子で」

再会は期待しない。あのひとが、私みたいな人間と再び巡り合うような孤独を得ることが、もう二度とありませんように。それでは、よい人生を――。

私は、到着した列車に乗り込んだ。乗客は自分だけ。ひとりぼっちだった。

2

早朝の列車のなか、浅い微睡(まどろ)みから目醒めたとき、眼前に浮かぶ層(レイヤード・リアリティ)現に気づいた。

〈Sociarise＝A/Role＝Raves〉

いったい何だろう、と束の間、呆けてから理解する。

これが都市が自分に与えた役割(ロール)なのだ、と。

一五歳になった市民には、社会評価値と適性ある職業方向性を示す〈Role〉タグの二つが付与される。社会評価値が都市における縦軸——つまりは一種の社会階層(ヒエラルキー)——をいくつかの段階で区分するなら、役割は横軸——職業・就学適性——を規定する。前者に比べ、その種類は様々であり、あまり一般的ではない〈Role〉が選ばれることもある。

それにしても、怒鳴り散らす(レイヴ)／荒れ狂う(レイヴ)／狂う(レイヴ)／夜通しの音楽パーティ(レイヴ)？

ざっと思い浮かぶ限りの意味を考えてみたが、あまりいい意味の単語ではない。一応、綴りを確認してみる——R、A、V、E、S——やはり、見間違えはない。

検索を掛けてみると、べた褒め(レイヴ)するという意味も見つかった。評価者(レビュアー)でもしろと？　自分のアルバイトは試供者(テスター)だというのに、ますます奇妙な感じがしたが、これ以上、考えても仕方ないと思索を打ち切る。

それにしても、これで私も一〇〇万とおりに輝く万華鏡の煌(きら)めきのひとかけらになったわけか。今日——二〇四五年四月一九日、私は都市年齢一五歳になった。

しかし正確には一六歳かもしれないし、一七歳かもしれないし、一八歳かもしれない。なぜかといえば、私の正確な出生日時が都市に記録されていないから。それは完璧な行動履歴解析を実現するこの都市の不備などではなく、生まれがこの都市ではなく東関東州〈千葉〉のどこかであったせい。私生児であり、出生届けが出されていなかったため、公的記録(データ)はなし。母とともにイーヘヴン市に来るまで、私は記録なき存在だったというだけのことだ。

私は幼いときに父を亡くした。とても小さかったから事故で死んだという父の声も姿も覚えていない。母が妊娠したことで両親は結婚した。物語であれば永遠のハッピーエンドが約束される類(たぐい)の大恋愛だ。しかし現実は過酷だった。周りの反対も押し切っての情熱的な恋愛結婚だったくせに、父は私が生まれてすぐにこの世を去った。母は誰も頼れる相手がいないなかで私を懸命に育てようとして――挫折した。幸福な物語の平凡な結末だ。凡百の悲劇のひとつの類型(パターン)。だが、万人に遍(あまね)く幸福をもたらそうと躍起なこの都市は、無一文も同然に流れ着いた母娘に、それぞれの幸福へ至る軌道を見出した。

母は私を連れて楽園を訪れ、間もなく〈co-HAL〉の導くままに、私を捨てた。

親子の縁は切られた。

なのに今日になって、一〇年以上の歳月を放置してきたくせに逢いたいと言ってきた。

かつても今も、都市は理不尽なことばかり言う。けれど抗(あらが)うことなく受け入れた。

たとえ私の感情がどうあれ、〈co-HAL〉の巡り合わせなら――拒絶してはならないと私は理解していた。電子の女神に一時の感情で抗うには長く都市で暮らし過ぎていた。

ホテルを出た後、寄宿舎には戻ったが、登校はしなかった。どうせ土曜日なら学校は午前の部だけだ。休んでもさほど影響はない。

代わりに都市の中心部たる巨大ショッピングモール〈ベース・エール〉を訪れた。

玄関(エントランス・ホール)口すぐ傍の瀟洒(しょうしゃ)なカフェ。東西南北に都市と外部を繋ぐ鉄道の始発にして終着点――統合(セントラル)ターミナル・ホームを見下ろす二階テラス席は、遅い朝の目覚めを寛(くつろ)ごうという客たちで賑わっている。

　私のテーブルにはポットに入った春摘みの紅茶が置かれ、さっくりと焼かれたスコーンに酸味が爽やかな梅のジャムが添えられていた。午後の紅茶で振る舞われるべき品々を朝と昼の合間に楽しめる。客の要望と快楽の実現のみを突き詰め、風情なるものを粉砕し、あらゆるサービスを提供する最先端商業主義の無節操さを、私は好んでいた。

　しばらくぼうっとしていると、葉が開き、飲み頃が訪れたことを情層が告げた。どこからともなく店員がやってきてティーカップに紅茶を注いでくれる。丁寧に謝意を示し、口に含む。すると拡がる淡い渋みに味蕾がきゅっとすぼまる心地よさ。こくんと飲み込むと爽やかな香りが鼻を抜けていった。別段、紅茶に詳しくなくても分かることだ。摘むべきときに摘まれ、しかるべき手順を踏まえて生産された茶葉は、そのポテンシャルを最大に発揮する。いい、べきことを怠るのは最良の結果を拒否するに等しい。

　切り分けたスコーンにジャムを載せて頬張り、芳醇なバターの香りとのコントラストを生む梅の酸味を楽しむ。そして紅茶をまた一口。そういうふうにゆっくりと飲み食うことを楽しんでいると、ざわついていた心が落ち着いた。

　そう、夜まではゆったりと思うままに過ごそう。

　多分、今日を境に私の人生は、これまでと変わるだろうから。

　一五歳になってしまった。情報的に私はこの都市で成人を迎えたに等しい。同時に真の意味で都市の住人となった。

私は再会しなければならない――自分の母親だった、女性と。

昨日出会った女性は、私のことを〝楽園生まれ(オーガニック)〟だと思っていたらしいが、実際はそうではない。もっともほとんどすべての人間がそうであるように、私に生まれた瞬間の記憶なんてない。きっと、どこかの病院で出産され、へその緒を切られ、産声(うぶごえ)を上げたはずだ。それからしばらくの間の記憶もあってないようなものだ。ふわふわとしたかたちにならないイメージだけが漂うばかり。

はじまりの記憶はもう少し時が経ってから、たしか二歳か三歳くらいのはず。

三つ子の魂百まで――そういうことわざがあるのは、人の記憶がそのくらいまでしか遡れないからかもしれない。

思い出そう。

寒かったかもしれないし、暑かったかもしれない夜だ。昼は田園風景と呼ばれるだろう長閑(のどか)な光景も夜は街灯以外に光もなく、行き交う人は皆無で寂しい。私は線の細い母に抱かれて駅へと向かっていく。覚えているのは母の窪みの深い鎖骨だ。とても痩せて、呼吸をするたびに苦しそうに肉と皮が動いていたっけ。都市に向かう最終列車は閑散としていた。まだあの頃は楽園も繁栄の軌道に乗り始めたばかり。車内は一転して真昼みたいに明るかった。照明がただ眩(まばゆ)く、私はぎゅと眼を瞑(つむ)った。そうしているうちに眠っていた。

目を覚ましたのは再びの外の冷気――ということは、ああ、やはり、あれは冬だったのだ。あるいは寒さを残した早春か。母は私とふたりきり、少ない荷物を手に、この街へやってきた。都市の中心であり玄関口たる巨大ショッピングモール〈ベース・エール〉は、終業の間際で人影はまばらだった。その日はホテルに泊まったんだっけ？　ところどころの細部(ディテイル)が欠落しているのが人の記憶だ。

これまで何度も、この記憶を思い出してきた。自分は何か悪いことをしていないか、丁寧に丁寧に確認するために。ほんのわずかでもいいから手がかりが欲しくて。

どうして都市は、お母さんに私を捨てさせたのか。私のせい？　それともお母さん？

わからない。昔も今も、ずっと。

消えることのない問いかけは苦々しい。焦がし過ぎたうえに一晩放っておかれ、冷めて酸っぱくなったコーヒーみたいに。

しかし記憶はどれだけ思い出しても、これ以上の精度で再生されることはなかった。

この都市で生まれ育ったなら、あらゆる行為が行動履歴として都市の記憶領域に刻まれており、望めば呼び出すこともできる。同級生たちの多くはそうだ。彼、あるいは彼女たちは、最適化されゆく毎日に生じる小さなブレに悩み、日々の自分の足跡を振り返る。そしてわずかな罅(ひび)のような過ちを見つけ出しては痛痒(つうよう)の理由を知って対処する。何気なく、当たり前のこととして。羨ましい――、本当にそう思うことばかりだ。私の通う中高一貫の私学は裕福な家の子たちが集まってくる。この都市の発展を見越し、積極的に投資を続けた大人たちの子供だ。最適な相手(パートナー)を見つけ、結ばれた結果、生まれながらに惜しみない愛を与えられ続けてきた都市の純粋世代(オーガニック・チャイルド)。

私はそうじゃない。遠くからやってきた外来種だ。都市の恩恵に与(あずか)ろうと流れ着いた二匹の飢えた野良犬。

だから、私たちは理解してしかるべきだった。

この街には、毎日、多くの家族連れ(ファミリー)が観光客(ビジター)として訪れるくせに、今なお移住者となると家族連れが激減する理由を。

それはなぜか？

この都市の行動制御の仕組み(アーキテクチャ)——〈Un Face〉はときに残酷な最適化を実行するからだ。最良の伴侶だと思っていた相手がそうではなく、あるいは誰にも傷つけさせないと過保護に守ろうとしている子供に、もっとも危害を加えかねない存在が自分であると突きつけてくる。環境管理インターフェイス〈co-HAL〉は一〇〇万人の個人に寄り添って一〇〇万とおりの最善を導き出す。そのためには家族という最小の、そして長きにわたって不変とされてきた共同体を解体することさえ厭(いと)わない。

そうして私たち親子も分かたれたのだ。長らく、それこそ一〇年以上の歳月が過ぎた今日まで、一度も交わることのない別々の軌道を与えられて。

虐待傾向(ネグレクト)——私の母は「親」という社会的役割において、忌むべき類型(タイプ)になりかけていると分析されたらしい。当時の年齢や性格、置かれた状況などを〈co-HAL〉は徹底的に解析した。私を妊娠したために進学するはずだった大学へも行かず、高校も卒業間際に辞めていたこと。そのせいで実家から勘当同然であったこと。そして、それだけのことがあったにせよ添い遂げたいと願っていた夫の突然の事故死――。

残された母の心情を察することはできても、それがどれほどの負担となって軋(きし)みを上げていたのかを当時の私も、今の私も知りようがない。

しかし、ひとつ確かなことがある。私は一度も虐待されたことや、傷つけられたことなんてなかった。記憶に蓋をしているのではなく事実として。痛みをもたらす言葉をぶつけられたことすらなかった。

わずかな記憶のなかに残るお母さんは、気が弱く、けれど確かに私に惜しみない愛情を注いでくれていた。たくさんの思い出を語り聞かせてくれた。それは幼い自分が聞いたおとぎばなし。私の知らないお父さんとの出会い、どんなふうに恋をして、愛を育(はぐく)んだのか。細やかで色鮮やかな思い出はとびきりの耀きを宿した宝石みたいだった。

私はふたりの愛の結晶。でも、持ち主から手放された。

親と子の縁は切り離され、私は都市の南東は港湾エリアにある孤児院に迎えられた。巨大な屋敷を所有する金持ちの慈善事業。楽園を創出した三人の偉人――そのうちのひとりが運営する孤児院だった。多くの親を持たない子供がいた。出身地は幅広かった。紛争や内戦、あるいは災害によって親兄弟を喪った子が多かったが、私のような子供もけして少なくはなかった。

つまり――、都市の最適化プロセスに基づき家族を解体(デコン)された子供だ。

けれど、捨てられたことを自覚するまでには長い時間がかかった。

当然のはなしだ。幼い子供にとって世界は知るべきことが多すぎて、何を知ったのか——記憶したのかを考える余裕などないのだから。太陽と月はすさまじい速さで追いかけっこする。青空を見上げ、曇り空に微睡(まどろ)み、雨に唄う。

〈Un Face〉の正式な適用や社会評価値(ソーシャライズ)が一五歳からなのは、自我もままならない赤ん坊から個体としての人間の恒常性——行動傾向(パターン)を確立・解析・制御するために、それほどの時間を必要とするからだ。逆に記録さえ十分なら大人はすぐに最適化される。

過去を振り返るようになったのはいつからだろう。孤児院を出て全寮制の中学に通うことが決まったとき以来だ。あのとき多くの事実を説明された。屋敷の主であり都市の名士たる女性——伊砂久(いすなひさ)の口から直々(じきじき)に語られた「御手洗憧(みたらいあこ)」という人間の来歴は、私が裡に抱えるようになった問いの紛れもない出発点だ。

それにしても、今思えば、あの屋敷も随分と奇妙だった。毎日、層現(レイヤード・リアリティ)によってショッピングモール時代の面影が再現され、そこで暮らす子供たちは様々な役割を日替わりで演じ、適性を探し続けていた。そうして私もひとつの適性を見出された。それは都市内の美容関連企業と契約し、ジュニアモデルとなることだった。

確かに私は同年代に比べて抜きん出て身長が高く——自分の本当の年齢はもう少し上なんじゃないかと思う理由のひとつだ——手足も長い。身体のパーツの調和が良好で顔の造りも優れている——と褒められるほどなのか自分にはわからない。ただ、生活を送るうえで必要不可欠であるお金が手に入るならば、拒否する理由はなかった。契約した美容関連企業は、学業支援プログラムの適用と自社製品の広告(アピール)という観点から、私を都市内の学校へ進学させた。学費を含め全面的に支援してくれており、今なおそれは続いている。これが適性というなら、天佑(ギフト)というなら、有難く頂戴する。これからもずっとそのつもりだ。

与えられるものを拒まないことで、人生はまさしく順風満帆に進もうとしている。

だとすれば、今夜、母と再会しなければいけないのはどうして?

何か必ず意味があるはずだ。無為なもの、無駄なものをこの都市は好まない。最善であるために最適化された道筋には、寄り道のしようがないように。

私は再び、紅茶に口をつけた。すっかり冷めているはずだったが、淹(い)れたてのように温かく、香りが抜群だった。長らく考え込んでいる間に店員が新たに用意(サーブ)してくれていたのだ。料金はきっちり上乗せされていたが、この心地よさへの対価としては相応(ふさわ)しい額だな、と私は納得する。

ショッピングモールは時間を潰す手段に事欠かない。

昼前にカフェを出て、午後は気ままにモールのなかを散策した。まずカフェに併設された紅茶の専門店を訪れ、いくらか飲み比べた。気に入った茶葉をいくつか購入した。量は少なめにした。お茶会を開くほど親しい友人もいないから、そこそこにはもつだろう。次はこの中から好みを選んで買い足せばいい。

続いてファッション・エリアを訪れた。自分と似たような年齢の学生たちが、似合うとか似合わないとか会話しつつ、情層による着せ替えを楽しんでいる。あれの再現度は見事なもので、着ている服はそのままに、設定ひとつで様々なデザイン・色彩を切り替えられる。しかし前に寝たことのある店員——確か都市内の個人向け工房(メイカー)〈ブラッドベリー・ファクチュア〉からの出張店舗だった気がする——曰く、層現による試着は、着心地が感じられず、これを好む客層は、どのように見られているかは執拗なまでに気にするのに、服を着ること自体の体験を楽しまない人間が多い。そして層現による着せ替えを繰り返すだけの連中は客寄せなのだ、とも言っていた。

確かに決済(キャッシュ)を済ませた客の行動を遡ると、おおよそ実際の試着室を利用している。一方、店頭で賑やかに層現による着せ替えを楽しむ客(ティーン)たちは、間もなく別の店に移動していった。どちらも店にとって必要な役割(ロール)を担っていた。賑やかであることはこの都市において高い評価を得るために必要不可欠な要素で、売上もまたシンプルで絶対の価値判断なのだから。

だとすれば私はどっちだろう。

何気なく近くにあった細身のワンピースを手に取った。かなり裾が短い。着たら大胆に脚を露出して、やらしく見えるかもしれない。でも、これを購入するのはきっと確定事項なんだろうな、と私は予想する。ちょうど店員が近づいてきた。上下を含め一揃いを見立ててもらった。けっこうな出費だが仕方ない。

(ああ、なるほど)

そして私は合点(がてん)する。

今日は一〇年ぶりに母親と再会するのだから、制服のままでは格好がつかない。なぜ、今まで思い至らなかったのか、それとも今こそが思いつく瞬間だったのか。いずれにせよタイミングはばっちりだった。装いを新たにする十分な猶予があり、かといって変心するほど間が空くわけでもなく。

今は一五時過ぎ。一九時に〈ミハシラ〉の下層構造体を構成する、キュレリック・エンタテイメントのビルに入ったビストロで食事をする約束だ。

さて服を整えたら——そう、髪を整えないと。会計もそこそこに美容室の予約を入れた。やはり馴染みの美容師さんがシフトに入っていて、思わず苦笑する。どこまで、私は自分で考えて行動しているのか、それとも何も考えずに都市の女神に従うままなのか。

購入した服はモール内のクロークに預けさせ、後でフィッティング・ルームへ送るように手配させた。どれも便利だが、ひとつひとつ別のサービス料が加算されていく。累積される今日一日の消費額——別に構わない。普段、お金を使う機会などないのだから。

美容室では、洗髪とカット、そしてセットにたっぷり時間をかけた。

左右に垂らされた三つ編みは丹念に編まれていて、ほつれのひとつもない。

私はモール中央広場のオープン・カフェで、その手触りを楽しみながら、最後の時間を潰すことにした。

そのときだった。

《今から二年と三か月前、彼女は父親を喪った》

ふいに男の声がした。まるで告解するような沈鬱な調子。眼に装用したUI（ユニバーサル・インターフェイス）レンズ越しの層現視界（レイヤード・ビュー）に次々と情層（オーグ）が付加され、過去の情景をかたちづくっていくが、再生の理由は思いつかなかった。

とはいえ、〈co-HAL〉が私の欲求の何かに応えようとしていることは確かだ。

テーブルの向かいに、いつのまにか男性が座っている。手足がひょろりと長く、ぴったりとしたスーツ姿の痩軀。壮年といっていい年齢のくせに、まるで少年のまま大人になったような雰囲気の男――ジャレッド・C（クリストフ）・グルーエンが私の対面に座っている。〈ミハシラ〉を見上げる中央広場のオープン・カフェで、その華やかさはとても目立っていたな、と私は思い出す。

《ひどい事故だったよ……、多くのひとが負傷し、瀕死の重傷を負った男の子もいた》

この話は、彼から何度も聞かされたものだ。三年前に起こった地下鉄の爆発事故。都市の治安を司るイーヘヴンのトップが死亡したとかで、一時期はテロだのなんだのと騒ぎになった。グルーエン氏にとって否応なく繰り返し語ってしまうほど、その「事件」は彼の人生に重要な意味合いを持っていたのだろう。

半年ほど前のことになる。二〇四四年の八月。実家を持たない私は、夏季休暇を迎えても寄宿舎から離れることはなかった。しかし居残る生徒は少なく、一緒に寝る相手もすぐにいなくなってしまった。そして都市内でもっとも人が集まる〈ベース・エール〉を拠点に、その日の寝床を探す毎日を過ごしていた。

彼からのメッセージが届いたとき、まさかこの男と寝ることなど有り得るのか、とさすがに狼狽（うろた）えたものだった。

何しろ相手の格が違う。総合娯楽企業キュレリック・エンタテイメントを一代で創出し、都市の発展に最大の寄与を果たした人間に他ならない。

けれど、彼が提示した「お願い」は予想外のしろものだった。

「識常末那（しきじようまな）」という少女と〝親友〟になること——。

曰く、彼女はグルーエン氏にとって実の娘も同然に愛している少女であり、三年前に例の爆発事故で父親を喪って以来、極度に強化された〈Un Face〉の行動制御によって誰とも接触せず、ひきこもり続けている。その状況を打開するため、彼女を外に引っ張り出してくれる相手が必要であり、その役割を私に依頼したい、とのことだった。

困惑した。金持ちの思考に、そのあまりにお節介な人の好さにも共感できなかった。

拒否するつもりだった。親友になるなんて、一夜でけして終われない縁を作ることになる。そんなのはまっぴら御免だ。私は無縁に彷徨って生きていきたい。誰とも深い関係になんてなりたくなかった。

しかし。

私は承諾したのだ。

グルーエン氏から渡された特別なUIレンズ――確か名前は〈裏窓(リア・ウインドウ)〉――に投影された「識常末那」の視点を垣間見たことが理由だった。あの荒涼とした視界。よくあそこまで生活が一本道になるものだと恐怖するほどだった。廊下もリビングの床も寝室の絨毯さえも、彼女が踏むことのない場所すべてに埃が厚く積もり、くすんだ脆(もろ)い層を築いていた。最適化の行き着く先――その辺土を垣間見た。

そして鏡に映った「識常末那」の姿を見た。

なんて幽玄な美しさ。たとえば降る雪はどうして綺麗なのだろう。地面に落ちれば泥に溶け消えてしまうからだ。その意味が理解された。きっともうすぐ喪われる――それが分かっているからこそ、惹かれた。あの痩せ衰えた首筋。透き通るような白い肌に生じた陰。ああそして鎖骨のくぼみ。どうしようもなく目が離せなくなった。

寝たい。

あのときほど欲望したことがあっただろうか。

率直に、私はあの「識常末那」が欲しかった。骨ばった身体に抱きしめられたかった。肌と肉のすぐ下に通された硬い骨に頬ずりしたかった。

即座に〝親友〟になることを承諾した。なぜ、あれほど狂おしい欲望が湧いてきたのか今でも分からない。他の誰かと寝るときだって頭のなかでは彼女と寝る自分を想像し続けた。言うなれば私は、否応なく「識常末那」に夢縁(むえん)を結んでしまったのだ。

そして、ついに私は「識常末那」と邂逅する日を迎えた。

グルーエン氏の手筈どおり、「識常末那」は〈ベース・エール〉の案内役として蒼い衣装を纏って、玄関口に佇んでいた。

何度も蜃現で見てきた。夢見てきた。しかし彼女はつねに鏡に映る姿だけ――二重に遠い虚像でしかなかった。それが現実になったとき、実物の彼女は幻影と見紛うほど、いっそう儚かった。あの細い腕、痩せた胸元に抱きしめられたい。強く触れれば砕け散ってしまいそうなたおやかさ。その美々しさは凄絶だった。

(欲しい)

グルーエン氏が合図をするのを待たず、歩き出していた。

(欲しいの)

利用客でごった返す通路を抜け、濁流のような人の波に、ただ強固な欲望のみを推進力に逆らっていった。小さな子供を連れた家族にぶつかり、何かを蹴飛ばした気がしたが、振り返らなかった。そんな些細なことはどうでもいい。

(私は――、あれが欲しい。思いっきり抱きしめて、粉々に砕いてしまいたい)

もどかしい。この大勢の人間が、大きな川の流れのように邪魔をする。

遡るな、と都市が総出で押し留めようとするかのように。

「あなた、識常末那さんですよね」

私は思わず、本当にその言葉を口にした。

「……え？　ええ、そうですけど……」

目の前に本物がいた。

層現による再現じゃない。あれより半年以上の時間が過ぎている？

今日は二〇四五年の四月一九日だ！


識常末那は突然に話しかけられ、怪訝（けげん）な顔をしながら振り向こうとしている。

（私、何で――）

反射的に情層による匿名化描写（スクランブライト）を実行する。前髪の長さとボリュームを増やし、ＵＩグラスを掛けているように情層で顔を覆い隠した。相手に――識常末那に私が何者であるか知らせないために。言葉に詰まった。問いは高速で頭を駆け巡った。いつから現実（いま）になったのか。いつまでが記憶（かこ）だったのか。いつのまにか中央広場のカフェを離れて〈ベース・エール〉の玄関口まで移動していた。みっともなく狼狽（ろうばい）する。何を話せばいい――なぜ話しかけたのか。何も言うことはない――なぜここに貴女がいるのか。分からなくなる――なぜ、私は貴女を欲しいと思ったんだろう。

「……あの」

彼女の声がした。気遣わしげに、はじめて〈ベース・エール〉を訪れたお客様に挨拶をする案内役のように。個人情層に視線をやれば、まさしくそのとおりだった。

〈Sociarise=A+/Role=Attend〉

非の打ちどころのない完璧な女性――それが、現在の識常末那。

そうか、彼女は外に出て、まともになったのだ。

ならきっと、あのとき私の代わりに出逢った、あの女の子と上手くいったんだろう。

焦りを隠すため、私は内気な少女のフリをして俯いたまま、あなたのファンですだの何だのと言い訳めいた言葉を発し、握手を望んだ。そして足早に彼女の許を去る。

視界に層現の情景が重なり、現在と過去の境界が幻惑に歪むなか、多くの雑踏が大河となって横たわり、私と識常末那を分断した。

あのときもそうだった。

結局、私たちは出逢うことはなかった。その事実が答えのすべてだった。きっと〈co-HAL〉が判断したのだ。私と彼女は出会うに相応しい相手ではない、と。私たちの間に「縁」は生成されなかった。夢縁は無縁と同じだ。何があろうと私たちの軌道は交わらない。

代わりに識常末那の許へ導かれたのは、別の少女だった。

自分が彼女の親友になるはずだった日、雑踏に阻まれた私が足踏みしている傍から、ふいに現れたのだ。

茶色い髪の少女。

彼女は、UIレンズを通した個人情層の走査が、一切不可能だった。まるで情報すべてを邪なまなざしから守ろうとするかのように展開された紋様情層。犯罪者の更生業務を請け負う矯風産業のものだった。キュレリック・エンタテイメント／イーヘヴン市警／ハクウ医療複合体と肩を並べる大企業による防御だが、少女は犯罪更生者ではなかった。そもそも〈co-HAL〉が行動制御によって一般市民と接触しないように配慮するし、万一、顔を合わせる事態が起こっても、そのときは犯罪更生者の履歴が保安上の理由から無条件で開示される。

あまりに彼女は普通だ。身長が高いわけでも、スタイルがいいわけでも、顔の造りが取り立ててよいわけでもない。ただ、無性に引きつけられた。外見はおろか行動の所作ひとつとってもまるで違うのに、なぜかは分からないが、私はこの相手に「自分」を感じた。あったかもしれない自分――そう、どこかで違う選択をしたことで辿り着いたひとつの可能性を見た気がした。そうだ、今の自分にはもう絶対に辿り着けない座標。とても近くにあるくせに絶対に触れられない層現の幻影は、鏡に映る虚像と同じだ。

どうしてだろう、今ここにいる私が持っていないもの――、いや、持てなかったものを手にしているような、そんな気がしたのだ。

（あなたは誰だったの……？）

だが、それは叶えようのない願いだ。かつてと同じく情報プロテクトによって、彼女の正体は覆い隠されているだろうから。

（いや、待って……）

私はひとつの変化に気づいた。かつてはすべてが覆い隠されていたはずの情報が――、茶髪の少女の名前が情層になって浮かんでいた。

（……社、美弥）

目の前に掲げられた三文字に私は意識を奪われる。

そして、その周囲に関連づけされた個人情報を読んだ。

（このひと――、都市生まれだったんだ）

嬌風産業に関連した重要人物であるとか、特別な証人保護プログラムが適用されているとか、納得に足る記述は何一つなかった。ただ、イーヘヴンで生まれ育ったのに、一五歳でなぜか都市を出ていた。そして北関東州の高校に進学している。そして、あの日に〈ベース・エール〉を訪れていたのは進路選択のため――それだけだった。

確かに珍しい部分もあった。

個別に最適化され、一切の不自由が排除されたこの街に生まれ、出ていく人間はほとんど皆無だ。普通、この楽園の便利さを知ってしまえば手離せなくなる。

私はもう少し〝社美弥〟の情報を探った。都市を去った理由についての記載はなかった。しかし幼少時にハクゥ医療複合体が運営する検査機関に何度も通っていた記録があった。もしかしたら特異な病気か何かを患っていたのかもしれない。

だが、それより――、

（どうして今になって急に、都市はこんな光景を視せたの？）

自分にとって過ちであったにせよ、過ごす日々のなかで忘れていたはずの出来事。現実と虚構を混乱させる層現の投影。そして、なぜか解禁された少女の情報――。

けれど、これは〈私〉が望んだこと。つまり今、私は無意識に現在の情景を見ることより過去の情景を視ることを望み、都市が――〈co-HAL〉が応えた。

でも、どうして。

何を直視したくなかったの？

（……確かめよう）

手が両眼に添えられる。なぜ、そう判断したのか分からない。

気づけばUIレンズを取り外していた。

視界は一瞬ぼやけ、そして裸のまなざしは現在の光景を余すことなく捉えた。

そして私は自らの過ちを後悔する。

い、い、い、い、い、い。

そこにひとつの家族がいた。

三人家族。周囲の客たちと違いはなかった。父親は短い髪にポロシャツとチノパン。痩身だがお腹が少しだけ出始めている。子どもは茶色の髪をしていた。赤い服を着ており、歳はまだ五歳くらいだろう。

男の子が見つめる先には母親がいた。彼女だけが正装といってよい格好をしていた。

子どもと同じ明るい茶色の髪をアップにまとめている。腕には細い金の腕時計が巻かれており、纏った黒の衣装(ドレス)が健康的な丸みを帯びたラインを描いている。太っているわけではなく、母親らしい柔らかな体つきをしていた。これから学生時代の同窓会に出るような格好だった。

でも、それが男の子の不機嫌の理由らしい。

父親に肩車された顔が少し不満そうにむくれていた。たとえば父親と息子はここまで見送りにきて、後はフードコートで食事をして帰るとか、そういうふうに言われたはずだ。家にいるときはそれで納得したのだろう。けれど、いざお別れになる土壇場で愚図(ぐず)りだしたのだ。無理もない。一時とはいえ、いつも一緒にいる相手が普段と全然違う格好をして何処かに行く。子どもは置き去りにされることを恐れる。そのまま捨てられてしまうのではないか、と本能的な恐怖を抱く。

それは正しい。

一度その手を摑んだのなら、抱きしめられたのなら、何としても離すべきではない。わがままと言われようと、聞きわけがないと言われようと、絶対に、けして。

だが、あの男の子は私と違う。すぐ傍に父親がいて片時も離れることはない、と言わんばかりに声をかけ、宥(なだ)め続けているのだから。

なんて贅沢だ。

なんて羨ましい。

（なんで……、私じゃないの）

あそこにお母さんがいた。自分ではなく、他の子のお母さんになったお母さん。

そこには父親もいた。再婚相手——私のお父さんじゃない、べつのおとうさん。

そして、子ども。私じゃない、あのひとたちの子ども。

私は私を呪った。〈co-HAL〉が〈Un Face〉を総動員して覆い隠そうとした不都合を見てしまった、愚かな自分自身を殺してしまいたい。最適な未来を与えてくれるはずの女神の導きに、どうして一瞬とはいえ逆らってしまったのか。

咄嗟（とっさ）に逃げようとしたが遅かった。

連絡先を交換しているアカウント同士のアプリ連携。自動で位置情報が送信され、互いの現在位置を通知する。

お母さんは息子から目を離し、一瞬、私のほうを見やった。

そして見つけられてしまった。

あのぎこちない笑顔。

彼女は夫と息子に何かを伝え、こちらへと歩いてこようとした。

再会を喜ぶことなんてできなかった。

なぜなら、母親が自分にぎこちない笑顔を向けていたから。

夫と息子に対して柔和で自然な母の笑顔を見せていたから。

だから私は一目散に逃げ出した。識常末那と遭遇してしまったときより迅速に、遮二無二（しゃにむに）

なって周りのひとを突き飛ばして、走り去った。

†

チクリとした痛みがあった。手を開く。強く握り過ぎたせいでUIレンズは粉々だ。破片がぱらぱらと落ちていく。滲んだ血が落ちた。私の足と足の間で、小さな小さな血の一滴が真っ白な投影素材の床に跳ねた。

私はモール内のフィッティング・ルームにいる。予約した時刻より早く、超過分を支払って強引に部屋のなかに閉じ籠ったまま、もう一時間は過ぎただろう。

三方を囲む鏡をじっと見つめた。合わせ鏡の向こうの世界に消えたかった。そんなことは不可能だった。分かっていた。レンズの換えを用意して服も着替えないと。

時刻は約束の時間を五分ほど過ぎていた——遅刻してもいいや、と私は投げやりだった。

視界の層現に時刻が表示される。約束の時間を一〇分過ぎた。

(早く行かなきゃいけないのに——)

私の心は逸(はや)っていたが、身体は一向(いっこう)に動き出そうとしなかった。部屋の中心に置かれた小さな椅子。手を硬く握りしめて、私は一歩も動けない。クロークから送られてきた服はハンガーに吊るされ、早く自分を着ろと無言の圧力を発している。

長い長い時間が経った気がした。

ようやくフィッティング・ルームを出たときには、すでに三〇分以上も遅刻していたのに、ビストロへ向かう足取りは、どうしても速まらない。〈Un Face〉も最短距離を導かない。モールから、キュレリック社の構造体にいた。螺旋を描く空中歩道を、もうずっと歩いているような気がする。

ふいに鏡面情層が表示され、自分の姿を映し出した。

胸元に白いレース生地（きじ）をあしらった黒の丈の短いワンピース。灰色のサイハイソックスで覆った長い脚の先端で、真っ赤なエナメル靴が艶めいている。三つ編みを解いたせいで癖が残り、髪は緩くウェーブしていた。そして唇はぽってりと娼婦めいたグロスの輝きで、目元のシャドーもかなり濃い。現実（リアル）の化粧（メイク）。随分と気合を入れた格好に思えた。夜の寝床を探すとき、絶対に犯さない愚行そのものといった容姿。

私は寝床を提供してくれる相手を探すだけで、深い交わりなど望まない。ましてや性的な接触など嫌悪するレベルだった。

でも私は本当に一緒に寝る相手がいればそれでよかったの？

そもそも、なんで私、ひとりじゃ眠れないの？

ふいに疑問が生じたが、考える時間は与えられなかった。

いつのまにか店（ビストロ）の前にいたからだ。引き返す道は何処にも見つからない。

店の造りは、投影素材によって上下左右すべてが吹き抜けになったように錯覚させられるものだった。一〇〇ｍは優にある距離を隔て見下ろす中央広場の人々の活況は、ミニチュアが動き回るようだった。はるか頭上には都市復興の象徴たる〈ミハシラ〉が、鋼の大樹のように複雑に絡み合った構造材を様々な色彩に発光させていた。

【御手洗恋／御手洗憧】

予約はその名前で取られていた。今日は、その姓を使うんだ、と妙に冷めた気分になる。

窓際の席。投影素材で構成されるなか、光の透過率を可能な限り高め、ほとんど境が存在しないよう錯覚させる巨大なガラス窓のすぐ傍に、彼女はいた。

見知った――見ずに済めばよかった――横顔があった。

間違えようがない。さきほど見たままの姿。

「……お母さん」

嬉しくあろうと努めた。そうしなければ悲しみや落胆、ともすれば憎しみにさえなりそうな汚い感情が湧いてきそうだったから。

「憧」

「……うん」

名前を呼ばれ、席に着いた。個人情層を確認するような口調と素振りはなかった。こっちへいらっしゃい、と手招きするような笑顔。私がそうであったように、このひとも私を私だとすぐに理解できたのだ。

「ひさしぶりね、憧」と母は二度、私の名前を言った。「今日は会えて嬉しい」

「……うん、ひさしぶり」

一〇年ぶりの感動の再会とはいかない。

こうなることは分かっていたことなのに。

そのくせ頭の片隅では、それまでの経緯はともかく実際に会って話さえすれば胸のわだかまりも消えるだろうと、どこかで期待していた自分がいて腹が立った。

さすがにテーブルに肘をつくような無作法はしなかったが、視線は逸れ、抜群の眺望を誇る窓越しの夜景を見つめるばかりだった。情層を密かに展開する。新調した【vision α】のUIレンズは値段に相応しい高速処理を実行した。検索は一瞬。この特等席のチャージ料は相当なものだった。まずはこれを話のネタにしよう。

「……この席、高かったんじゃない。大丈夫？」

言ってからわずかに後悔した。そこは嬉しいとか、ありがとうといった言葉を口にするべきだった。しかし相手はそんな私の考えなど気にしてもいないように笑っていた。

「だってあなたの一五歳の誕生日だから。お祝いはちゃんとしないと」

「……ありがとう」

「いいのよ、それにしてもすごく綺麗になったね」

「そう、なのかな……」

「そうよ、うん、間違いなく」

私は本当に綺麗なの？　母が私との距離を縮めるために言葉を選んだだけなんじゃないだ

ろうか。可愛い、綺麗、普通そう言われて気分を悪くする人間はいない。むしろ、そうやって裏を読もうとすることのほうが不自然なのだ。ああ、もう。

もっと素直に、親に褒められたら嬉しがる子供であるべきなのに。私と母の間に生じた溝は、地割れのように深く遠かった。

会話が少し途切れた。もう少し再会を喜び合うべきだろうが、話を膨らますことはできない。空気を察したのかウェイターがやってきた。丁重な挨拶でメニューが差し出される。食事はコースで決まっている。選んだウェルカム・ドリンクが運ばれ、乾杯をした。

「お誕生日おめでとう」

乾杯の言葉はそれ以外になかった。それで十分だ。

私が選んだのは〝二種グレープの炭酸水〟だ。大振りのグラスで弾ける炭酸が果実の香り（フレグランス）を発している。どういう理屈か発泡のタイミングが調整されており、注がれた直後は爽やかなグレープフルーツの香りが立ち昇るのに、含むなり芳醇な葡萄の香りが口いっぱいに拡がった。

母が選んだのは紅白に二層分離されたカクテルだ。口は広く底にすぼまっていく瀟洒なカクテルグラスを母は傾ける。情層による解説を読む。上層は数種のベリーを合わせたカクテルで、下の白い層はアルコール分解酵素を含んだノン・アルコールだった。口に含むときには芳醇なアルコールを味わい、嚥下（えんげ）される過程で即座に分解する仕組みらしい。

視線を少しずらすとグラスを上品に摑む母の手があった。確か利き手は左手だったな、と思い出す。薬指の根元だけ少し皮膚の色が違い、窪んでいた。普段指輪を嵌めているあかしだ。私は再び眼を逸らした。

ほどなくして料理が運ばれ始めた。

一時間以上にわたり続いた食事の間、会話は途切れ途切れだった。互いに手探りしていた。料理が来るたびに何かを話そうとして視線が交錯し、結局は口を開けたまま、視線を逸らしてしまった。

やがて、すべての品が供され、食後の菓子も味わった。

そうなれば会話をしないわけにはいかなかった。

「……憧、その髪は染めているの？」

口火を切ったのは母だった。

「ああ、これ……」

私は多くの寝てきた相手に説明したように丁寧に話した。母はひたすら相槌を打ち、しまいには「私はよくわからないけど、難しいことを知っていて憧はすごいわね」と感心していた。

その反応はわずかに私をいらつかせた。まるで会話に詰まり、とりあえず話題だけを振ったものの、興味が持てなくて適当に受け流すように思えた。

なのに話せば話すほど悲しげな顔をする。

どうしてそんな表情をするの。どうしてそれを私に注視させるの。母の考えも〈co-HAL〉の導きの理由も分からず、私はどんどん無感情になっていくのを自覚し、区切りのいいところで話題を切り替えようと押し黙った。

すると沈黙に耐えられないのか、母はわずかに身じろぎした後、おずおずと手を伸ばしてきた。相手の思惑を悟った。私はテーブルの縁に手をつき、身を乗り出した。今は真っ黒に染まった髪がこぼれるように肩を伝い、胸元へさらりと流れる。

「触ってもいい？」

私は無言でうなずいた。母の手が髪を撫でるのに任せた。優しい手つきだった。よく子供の髪をそんなふうに撫でているんだろうなと思うたび、悔しくなった。苦しくなった。やがて母の手が私の頬に触れた。見つめられ、否応なく視線が交わった。

明るい茶色の髪と垂れたまなじり。少し欧州系を思わせる母の美しい顔立ちは、どこか物憂げで陰が付き纏っていた。もう少し痩せてしまうと、幸が薄い女性と思われてしまいそうだ。しかし今はそうではない。少なくとも笑顔であれば本当に美人だと多くのひとが思うだろう。旦那さんにとっては守ってあげたくなる綺麗な奥さんだ。ある意味で男性にとって理想的な妻であり、母親だった。それが今の——一〇年以上の歳月をかけて最適化された、かつて〈御手洗恋〉という名前で私の母親だった女性の現在形だった。

「お父さんに顔立ちが似てきたね」

ふいに母は呟いた。笑みをこぼした。寂しさと嬉しさが伝わってきた。ずっと忘れてしまった大切な過去を、ふと思い出した時のような幸福な追想を読み取った。

「似ているの？」

「ええ、とても」

「たとえば？」

「意志が強そうなおおきな瞳、まっすぐなまなざし。そういえばとっても頑固だったな。優しいのに、自分が正しいと思ったことはどうしても曲げられない正直なひとだった」

「喧嘩したこと、ある？」

「あったわよ。話したことなかったかしら」

「うん」私はうなずく。母の手は柔らかく温かい。「楽しい思い出しか聞いたことない」

そうだ、私が聞いた思い出はすべて、夢見がちな少女が描いた理想の恋物語みたいなエピソードばかりだった。たくさんの事実と誇張と、そして嘘もきっと。

長い時間をかけて、私自身も記憶を修正し続けてきた。本当は何が語られたのか。私たちは過去を完全なかたちで記憶できないし、思い出すこともできない。都市の外、記録されざる場所で語られた思い出は、風に崩れる砂城のようだ。人間の記憶なんて脆い。夢や幻みたいに儚い。

「楽しい思い出ばかりじゃなかった。大変なことも多かったわ。でも、どれも大切よ。こうやって話すたびにちょっとずつ思い出すの……」

母がそう言って語ろうとする様子は、健（すこ）やかなる時も病める時も、いかなるときの記憶も、今となってはすべてが懐かしく平等に愛しく思える——そう言っているみたいで、ふざけんなって、思った。

「ねえ、お父さんとの思い出……、そんなに遠くなっちゃったの？」

「——え？」

瞬時に空気が凍えたのを察した。

でも、それが私の選択だった。

都市が許した行為だった。

「私、おぼえてるよ。お母さんがどんなふうに話してくれたか」

「あ、憧……？」

このひとは、私がことばにこめた気持ちが、わからないみたいだ。

「何があっても忘れないでいようって必死だったよね。一言一句も伝え忘れがないようにって注意するみたいに、何度も何度も。正直、怖かったくらいなんだよ」

言っていて、とても腹立たしかった。怒り狂う（レイヴ）——確かに、都市が与えた役割は、正しかったのかもしれない。

「あんなに痛そうだったのに。誰かを愛し、愛されることって、とても素敵なことだけど、同じくらいに……ううん、それ以上に苦しくって苦しくってたまらないものなんだって教えてくれたのはお母さんだったよね？　なのに変だよ。今のお母さんさ、なんでそんなふうに楽しそうに話してるの？」

「それは……」彼女は狼狽(うろた)えていた。「そんなふうにも、言ったわ……」

「そう、そうよね……。全然違う。私が知ってるおかあさんじゃない。それに何よ……、話すたびにちょっとずつ思い出すってさ。つまりは話すまで忘れてたってこと!?」

「――」

彼女は言葉を喪った。戸惑っていた。私の態度に、あるいは自分がどこで何を言い間違えたのか、必死に考えるように。そして、その逡巡こそが何より雄弁な答えだった。負い目を、罪の意識をこのひとは感じ始めている。

「そっか」私は口を歪めた。「そうなんだ。やっぱりさ、仕方ないよ。ついさっきまで幸せを実現できた本当の家族と会っていたんだから」

決定的な言葉だ。母の罪の色がどっと濃くなった。

どこか遠くにいっちゃうこともない。勝手に死んじゃうこともない。この街で出会った絆。この街で育んだ愛情。この街で手に入れたしあわせのかたち。それはあまりに大きく、かつて手にしていたものを手離し、両手いっぱいに抱えなければいけないくらい芳醇だ。そしてお父さんと私(わたし)は、毀(こぼ)れた葡萄の果実になってしまった。そのことが今、心の底から実感された。理屈ではなかった。考えずとも結論に至った。

やはり私はこのひとに捨てられたのだ。喪うものより得るほうが大きいのだとしたら、間違いなく後者を選択し続けるこの都市で、約束された繁栄へと続く軌道を選ぶために。

「どうして私を捨てたのよ」

力を込める必要もなかった。言葉は鋭い矢じりとなって空気を震わせ突き刺さる。弓矢が上手な射手(ウィリアム・テル)。けれど私が狙った的は林檎じゃなくて人間のほう。大きな的に、精確に心の一点を穿(うが)ち、貫く。

「それは……この街が、そうすべきと言った、から……」

彼女──そうだ、お母さんはもういない、このひとは彼女と呼ぼう──は苦痛に満ちた表情を浮かべた。懐かしさが胸の裡から込み上げ、仄暗(ほのぐら)い喜びのざわめきを感じた。

そう、これだ！

あなたが私に話をしてくれるとき、いつもしていたお馴染みの表情。鮮やかに甦る記憶。窪んだ鎖骨。輝く思い出を語らなければ、砕けてしまいそうなぼろぼろの心。

自分が今とても残酷なことをしている自覚があった。だが躊躇(ためら)いは踏みにじった。誰も、何も私を止めようとしない。なら、これは〈co-HAL〉が導いている最適な選択なのだ。まるで免罪符を得たような気分。心は羽根が生えたようにすっと軽くなった。気分は羽ばたくようにぐんぐんと昂揚していく。これまで抱いたことがないほどの酷薄さに全神経が磨き上げられていく。

使命感──そう、これは糾弾と断罪の責務だ。

「ふうん。じゃあ、〈co-HAL〉が捨てろと言ったら今の家族も捨てるんだ。どこまで強欲なの？　あなたは自分のことしか考えてないの？　自分が幸せになれれば他のみんなはどうだっていいんだ。そうなの？　そうなんでしょ？」

「じゃあ教えてよ。なんでこの街に来たの？　最初から私を捨てるつもりだったの？　食べて寝て泣くだけのピーチャカうるさいガキは邪魔だもんね⁉」

「違う、そんな――」

「そうじゃない、のよ……。この街なら、どんな人間も幸福になれるって――」

「あなたは幸せになった！　認めなさいよ、私を捨てたことで勝ちを得たって！」

ダンっとテーブルを叩いた。花を活けられた小瓶が倒れ、クロスに水が拡がり滲んだ。

二人揃って不幸のどん底に落ちていくより、それぞれを切り離し、マシな人生というのを導き出す。あなたは新たな家族を与えられ、私はひとりで順調にやっていける人生を与えられた。それはずっと続いていくのだろう。だったらどうしてまた交差しなけりゃいけないのよ。あんたが望んだの？　私が望んだの？　ねえ、どっちよ、どっちなのよ⁉

「……他の男の妻になって子供まで生まれて！　それで……いいじゃない……。だったら今だけ私の母親面なんかして……」

声を止められなかった。

「私を、私たちを過去形みたいに語らないで……！」

テーブルの向こうで慄き、だというのにその手は私の頬に触れたまま硬直している相手の顔を睨んだ。そして、彼女の向こうに遍在する都市の女神を恨んだ。

私を今ここに至らしめた、すべての導きを憎悪した。

私の幸福を望むなら、私の魂の安寧を守ろうとするなら、今すぐ私を止めてよ――。

「……ごめんね、憧」

彼女は顔を上げ、ふいに席を立った。

テーブルを回り、私の傍に来た。そして床に跪(ひざまず)き私を抱きしめ、何度も何度も「ごめんね、ごめんね」と謝罪してきた。心の底からあなたを捨ててしまったことを後悔している、と懺悔(ざんげ)するように。忘れ形見になってしまったあなたを見るたび、あのひとを思い出してしまうことが辛くて、辛くて――、泣くのか喋るのか、すべてはない交ぜに零(こぼ)れ落ちた。そして強い憐みをこのひとに感じながら、かつてないほどの悦びに震えた。

これだ。

これが欲しかったの。

私が聞きたかったもの。私がしたかったこと。

一〇年を超える欲求がどろどろと溢れ出し――、急に背筋が凍りついた。

私は、自分が何を望んでいたのか、こうなるとわかっていたはずの再会を選択した理由を、ふいに理解してしまった。

認めなければならない。

私は、残酷な仕打ちに苦しむ母親の姿に、胸がすく思いがした。

忘れていた、忘れようとした罪に対する罰を与えた気がして。

また逢えて嬉しいだとか、元気にしているのとか、よしんばまた一緒に暮らしましょうなんて言葉を求めていたわけではない。

欲しかったのは懺悔の言葉だ。

あなたを捨ててごめんなさい。

その一言を引き摺りだし、目の前の相手が罪の意識に押しつぶされ、涙を流して赦しを乞う姿を見たかった。そして私は赦したかった。絶対的な天秤を手にして、罰という名の救いを施してやりたかった。

ああ、すべてはそのために。

私はかつて巡り合い、うたかたの縁を結んできた相手とのやり取りを思い出した。

一緒に眠りに就いて眼が覚めた後に私は、彼や彼女が抱える傷の物語を聞いてきた。そこにやり直しのキッカケを与え、そして一夜の縁を終わらせてきた。

気づくべきだった。

初対面の相手からの「一緒に寝てください」なんて言葉を受け入れてくれるひとは、ただ優しいわけじゃない。大なり小なり傷を抱えており、それを少しの間でも埋めてくれる相手が欲しかったのだ。私は、神父のいない間に懺悔の部屋に入り込み、無責任な赦しを与えて喜ぶ贖罪の盗人だ。

(……最悪だ、私)

自覚してみれば醜悪な欲望だった。

最初から再会の希望なんてあるはずがない。

なぜなら、私は最初から、相手の罪の意識を引き出すことで得られる満足しか望んでいなかったから。それで相手がどうなるかなんて露ほども考えていなかったから。

相手がどうなろうと構わない。

もしかすると、都市は、だからこそ一夜の縁しか結ばせなかったのかもしれない。

私が懐に隠し続ける刃は、軽く触れるだけでも猛毒だった。

深く、深く関わるほどに、もたらす害悪は絶大になる。

私は一〇年ぶりに母と再会することを、心の底から望んでいたはずだ。

どんな理由があろうと母は私を捨てた。そこには紛れもない負い目があったはずだ。私でしか彼女の罪は赦せない。

完璧だった。私の薄汚れた欲望を満たし、快楽を貪るために最適な相手——。

それが——、御手洗恋だ。

彼女は今、私にすがりついたまま、ずっと泣いていた。もう少し言葉の暴力を振るえば心を砕き割ることができるだろうし、ほんの少しの温情さえかければ心から感謝するだろう。

私は飴と鞭のさじ加減を自由に操れる。

だめ。

自分の裡に潜む嗜虐の際限ない食欲に戦慄した。

だが、この悪辣極まりない欲望に、母はなぜ進んで身を捧げたのか。

さらなる戦慄が全身を粟立たせた。

幸福に至る最適化の道筋とは、言い換えれば欲望に対する忠実な達成だ。欲望には欲望でしか応えることができない。それがこの都市の戒律（ルール）だ。最良に至るための数式（アルゴリズム）はいつも無慈悲だ。

「……ねえ、お母さん。私、欲しいものがあるの」

かつて母だった女性に声をかける。彼女は散々に傷つけられたというのに、私に声をかけられることを嬉しがっていた。

「……うん、何でも言って」

私は彼女の手を取り、確かめようとした。口実に使うのは手首に巻かれた小さな金の腕時計だ。年季が入っている。よく手入れがされているが、それでも傷が目立った。長い歳月を生きてきた伴侶のようだった。

「これ、私に頂戴」

声の響きは冷酷だったろうか。これは父が母に贈った時計。それを私は欲した。彼女が大切にし続けていた、かたちある最後の絆を奪い取ろうとした。

彼女は少し逡巡した。

「駄目だよ、お母さんは新しい自分と、旦那さんと子供を大切にしなきゃ」

彼女は娘の気遣いに感謝するように身を震わせた。私は鞭を打ち、母はそれに救われている。私は腕時計の留め金を外し、するりと彼女の手から抜き取ると、自分の腕に嵌（は）めた。ぴたりと組み合わさるべきものが組み合わさった心地よさがあった。

「ありがと、私きっとこれを大切にする」

彼女は私の言葉に微笑んだ。そして私は彼女の手を両手で包み込み、浅く握られた手指に頬を押し当てた。一児の母らしい、しっかりとした肉づきに、かつて憧れた幻影が遠く薄く、やがて無に沈んでいくのを感じた。

（さようなら、お母さん）

薄く開けたまなざしは、かつて母だった女性の腕の内側をじっと見つめていた。轍（わだち）のような古い傷痕が、数えきれない自傷のあかしとなって刻まれている。

それが、私と彼女を再会させた理由の真実だった。

層現を起動する。母の履歴を走査（スキャン）した。

検索を実行――心理治療の記録で埋め尽くされる来歴。

自傷癖。

ずっと昔から母に宿り続けてきた悪癖だ。父と出会う前も、父と出逢ってからも、私を身ごもってからも、私を産んでからも。この都市を訪れてなお止（や）むことのない自責と自傷の繰り返し（フィードバック・ループ）。

母の来歴は語る。都市の女神は代弁する。

私の母は自らに降りかかる不運のすべてを、犯した罪への罰と捉えていた。そこで生じる心理的抑圧を自傷という罰に変換することで心の安らぎを見つけていた。肌をなぞる剃刀の鋭さ。裂かれた皮と肉から零れる血。うっすらと赤らんだ湯の濁り。あるいは食事を取らないことで自らの身体を痛めつけた。そうすることでしか安らぎが得られなくなった。

これがすべての真相だ。

私が捨てられた理由の。

母にとって私は、否応なく罪のありかを突きつけてくる宣告者。

私がいるかぎり、母は自らを傷つけることを止めない。

慈悲深き都市の女神は、そんな私の母に本当の救いを与えるために、長期にわたる治療を開始した。

まず罪悪感（わたし）を切除した。そして〈Un Face〉によって、一切の罪悪感を覚えることがないように行動制御をし続けた。逆に誰かの助けになるような事態ばかりを用意した。些細なことから大きなことまで。そうやって彼女に罪を生成させなかった。再起を果たすに相応しい男性と巡り合わせた。やがて新たな子供を産むころには、〈御手洗恋〉はまったく別の幸福なかたちに最適化された。

かつての罪を突きつけてくる幼子ではなく、幸いをもたらす本当の善なる稚児。

たぶん、今日の再会は、兇悪な私の欲望から生じた引力が、母の上書き（ちりょう）されたはずの欲望を呼び起こしたせいだ。きっと、このひとはまた長きにわたる最適化を必要とするだろう。私が壊してしまったから。ようやく抜け出したはずの泥沼に、今ふたたび引きずり込んでしまったから。

なぜ私たちは親子でなければならなかったのだろう。

なぜ私は、このひとの子供として生を受けてしまったのだろう。

引き離されることでしか幸いを摑めないのだとしたら、最初から他人であればよかったのに。そんな天の配剤を憎んだ。神を呪った。この都市を司る電子の女神ではなく、この世界そのものを作ったらしい神を。六日の創造ののちに休息をするくらいなら、その最後の一日に私たち全員の幸福を祈ってよ。馬鹿。こん畜生。

それとも、あとひとり、別の人間が私たちの間にいたら、人生は変わっていたのだろうか。この嘆くしかないクソな運命を回避することができたのだろうか。

ああ、もう――、

「……どうして、おとうさん、死んじゃったの」

多分、それがすべてのケチの始まりだった。お父さんが生きていれば、私たちは二人じゃなく三人の家族だった。何かが変わっていたかもしれなかった。

けど、それは手にすることが叶わない妄想だ。お父さんとお母さんがいて、この楽園で暮らすこともなく、日本の田舎のどこかで、平凡であることを愚痴る幸福な人生。

そんなものはどこにもない。

私たちは一〇〇万に切り刻まれた幸福の孤独のなかにいる。

お父さんは遠い海の向こうで死んでしまったし、残された私たちは一緒にいるかぎり不幸になるしかなかった。楽園に逃げ込み、お互いの幸福を追求し、離れるしかなかった。

「――殺されたのよ」

そのとき、お母さんの口から漏れ出たことばに耳を疑った。それは今まで聞いたことがない単語だった。

「……殺されたって、誰に――」

†

今日は、逃げてばっかりだ。

寄宿舎の自分の部屋に戻るなり、トイレに駆け込んだ。綺麗に磨かれた便器に向かって私は突っ伏し、胃のなかのものを盛大に吐瀉(としゃ)した。朝に飲んだ香り良い紅茶。ほどよい酸味がアクセントになり、スコーンの味を彩った梅ジャム。弾けた二色の炭酸の残り香。そして母と一緒に食べた食事たち。そのどれもが汚猥(おわい)な断片となって浮かんでいる。即座に水が流れた。渦に飲み込まれていく混沌を無言で見つめた。けれど、裡にわだかまる不快な感覚は消えなかった。荒く呼吸し、筋肉のひきつれにじっと耐えた。

あ、い、い、い、い、い、い、い。

あんな再会などしたくなかった。

ひっと息を呑む。口の中で酸っぱさと苦さが湧き上がった。

便器の水面にぽたぽたと滴が落ちた。いつのまにかすすり泣いていた。泣きじゃくるほどに激するわけでもなく、かといって無感情でいられるはずがなく。感情の震えが、遠く津波の前の地鳴りめいて訪れた。

たったひとり誰もいない部屋のトイレで、子供じみた嫉(そね)みと悲しみの絶叫は誰にも聞かれることはない。

お母さんが、あの後にどうなったのか、分からない。

迎えに来た夫は、母が泣き腫らした理由を訊かなかった。私が何をしたのかも問い詰めようとはしなかった。それどころか、何かあれば力になるとまで言った。なんて誠実で、献身的なのだろう。その聖者めいた慈愛に私は言葉もなく逃げ出すしかなかった。

あの小さい男の子はどうなんだろう。変わり果てた母を恐れ、やがてはその原因たる私を憎むだろうか。あるいは何事もなかったように最適化されるのだろうか。母の一時の変貌を病気か何かと解釈して。

いずれにせよ、私は彼らのなかには入れない。

楽園に似つかわしくない悪魔みたいな私だ。その耀きに耐えられない。

無様だ。逃げ延びた先で、私は胃の中身をぶちまけている。

なんて惨めな。

ようやく私はトイレを出た。すでに便器の外へ跳ねてしまった吐瀉物は、清掃用の無人機が起動し、新たに専用の微細機械を放って分解を始めていた。

洗面台に行く。水道を出しっ放しに設定し、口をすすぎ、手を洗った。買ったばかりの服にはしみが点々と飛び散っていた。それはまるで血の飛沫（しぶき）のよう。

母の心を滅多刺しにして浴びた、返り血。

そうだきっと――、私はお父さんを殺した犯人と同じだ。

私の父は殺された。

すすり泣く母の声と、途切れ途切れの答えが甦った。

お父さんは事故で死んだはずだった――いや、違う。私はお父さんがどんなふうに死んだのか、聞いたことがなかったのだ。

お母さんの話はいつも幸せな恋物語だけだったから。

立派に旅立つお父さんの背中を見送るまでしか知らない。

そのあとでどうやって命を落としたのか、その末路を聞いたことがなかった。

(殺されたって――、誰に)

私は母に訊いた。

そしてひとつの名前を知った。

周藤速人(すとうはやと)。

お母さんの喉が震えるのに情層が連動し、宙に刻印された名前。

もし、その男がまだ生きているとするなら、私はきっとそいつを殺すはずだ。

3

母との再会と訣別から三か月が過ぎた。毎日が凄まじい速さで駆け抜けていった。

私は憑かれたように父の死の真相を調べ続けた。そうすることで、こびりついてしまった罪悪感を消し去ろうと必死だった。私はやはりお母さんの子だ。御手洗恋の娘だ。情報収集のために身体を酷使することが快かった。

〝周藤速人〟の来歴について調べることは、容易であり困難だった。母と再会した日から二週間が過ぎたとき、都市を襲ったひとつの衝撃により、誰もが〝周藤速人〟について調べるようになったことで、手に入る情報は膨大なものになった。おかげで情報の事実と虚構を峻別する作業ばかりが増えた。

キッカケは、都市を創設した三偉人のひとり――伊砂久が殺されたこと。

〈Viestream〉を介した衆人環視のなか、周藤速人が殺害を実行したのだ。

ある意味で、周藤は相棒たるテロリスト――ピーターよりも、都市の住人たちにとって憎悪と恐怖の対象になった。彼の所業は、この都市で視えずとも交わり続ける人々同士の疑心を煽った。

周藤は三年前より犯罪更生者としてこのイーヘヴン市で生活していた。そう、〈Un Face〉によって一般市民と不可視のすれ違いを続けながら、都市基盤（インフラ）を支える業務に就く人間のひとりとして。港湾地区の物資コンテナの荷揚げから列車・車輌の保守点検、果ては都市地下の崩壊度探査まで、彼の従事した業務は幅広かった。

三年前にイーヘヴン市警へ自首して以来、極めて強度な〈Un Face〉設定を受け、他の犯罪更生者とさえ滅多に接触できないほどだというのに、彼の交友関係は恐ろしく広かった。会ったことがないのに彼を称賛する者さえいるほどだ。

〝彼の信望者(シンパ)はこの都市に無数に潜伏している〟――幾度となく繰り返される対テロ特殊部隊ＤＴ小隊(ダークツーリスト)との大立ち回りが都市の風物詩となっていくなかで、そうした流言(バズ)が拡散され続けた。最初は偏執狂的(パラノイア)な一部の市民が陰謀論めいて囁くばかりだった。

しかし、ピーターと周藤が主導した都市内での連続爆破テロが続くなか、彼らに協力する犯罪更生者が確認されたことで、かねてより拡散されていた噂はがぜん真実味を帯び、瞬く間に、市民の間で合意された事実として共有されていった。

イーヘヴン市で拘束される以前の、周藤速人の来歴もまた恐怖をより強めた。

世界中の紛争・内戦地域に出没しては、瞬く間に傭兵組織を構築し、敵味方双方に肩入れしながら殺戮を激化させる。彼に指導され、組織的虐殺(ジェノサイド)を難なくこなせるようになった武装組織は、今なお数えきれないほど世界中に分布している。正規軍も民兵も、傭兵から子供兵(チャイルド・レイバー)まで、周藤は分け隔てなく教育した。人間を殺すすべを授け続けた。まさしく殺人の伝道師だった。彼がもたらす福音は浄化される民族の嘆きであり、天使の喇叭(らっぱ)はＡＫ４７の掃射によって奏でられた。

彼は恐ろしいカリスマを有していた。怪物めいた巨軀。一切の容赦のなさ。比類ない人殺しの才能(ギフト)。そのくせ戦闘以外で語られる彼の来歴は気さくな性格で冗談を好み、仲間を親兄弟以上に徹底的に愛する。最強の戦士（ウォリアー）であり、戦闘指揮官（コマンダー）であり、指導者（ミニスター）であると賛美する者たちの言葉だけで、世界言語のモザイク画が作れるほど。

……こうして都市の混乱も助力となって、私の〝周藤速人〟に関する情報収集は処理し切れないほど溢れることになった。情報は極めて民主主義的な概念だ。知りたいと欲するひとが多ければ、自然と知られる情報も集まった。時間の経過とともに開示されていく周藤速人の来歴は、指数関数的に増加した。

とはいえ、私が本当に求めている情報は皆無に近かった。多くの人間が求めていたのは周藤速人が、この都市で今何をしているのか。この都市で犯罪更生者として、また都市に来る前に傭兵として、何をしていたのか。そういうことばかりだった。そもそも、周藤速人が如何にして外道に堕ちたのかについて知ろうとする者は少なかった。ひょっとすると私だけなのかもしれない。

けれど私には、ひとつの意外な手掛かりがあった。

〝社美弥〟だ。

母と再会した日、再生された情景に映っていた少女。半年前、私と識常末那との邂逅に介入したときは正体不明だった少女の情報が、なぜあのときになって開示されるようになったのかは分からなかった。しかし私にとっては固く閉ざされた扉を開く魔法の鍵のようなもので、有難く使わせてもらうことにした。

周藤速人について調べるなかで〝社公威（やしろきみたけ）〟という名前に何度も遭遇した。

社という名字は珍しい。そして都市と関連付けて検索することで、今度は〝社美弥〟という名前が関連ワードとして浮上した。俄然、私はやる気になった。都市内の情報ネットワークにアクセスし、〝社美弥〟に関する情報を片っ端からエージェント・プログラムに検索させ、定期的に検索結果をチェックし続けた。

時には都市中を歩き回った。公的記録として保存されている情層を再生する。そこでは都市で育つ社美弥が映っていた。

私は、自分の腰くらいの小さな少女の奇妙な行動にすぐ気づいた。

まるで情層が視えていないようにうろちょろして、ついには車に撥ねられたのだ。そしてひとつのことが明らかになった。

層現失認。それが〝社美弥〟が患っていた——いや、そういう体質としか言いようがない——障害の名前だった。

文字通り、彼女は層現を認識できない。つまりはこの都市が提供する〈Un Face〉による行動制御、最適化プロセスの恩恵に与れないことを意味していた。層現失認に関する検査を行ったのはハクウ医療複合体だ。その解明と解消は都市が一丸となって取り組むべき課題であり、ネット上には多くの公開情報が残されていた。

そして、この〈層現失認〉こそが私にとって過去を遡るために必要なものだった。

〝社美弥〟の保護者の名は〝社公威〟。続柄は父親。職業は自衛官。災害地域での任務を主眼とする海外派遣部隊に所属。

二一世紀初頭より実施された自衛隊の災害派遣は、歳月を経るごとに派遣範囲が拡大され、紛争地など戦闘継続中の地域で発生した救助任務も請け負うようになっていった。そこで要請されたのが現地ゲリラと交戦し、救助部隊を護衛する戦闘集団だった。社公威が副隊長を務めていた機甲実験部隊もそのひとつだった。なかでも特異な実験兵器を運用していたらしく、そこに二機の強化外骨格が含まれていた。

驚くべきことに、その二機こそが、今やイーヘヴン市において衝突する強化外骨格たち――〈黒花（ブラックダリア）〉と〈白奏（ホワイトジャズ）〉に他ならなかった。まず〈白奏（ホワイトジャズ）〉が部隊長を着装者として試験運用され、多くの実績を残した。そして満を持して、もう一機の強化外骨格〈黒花（ブラックダリア）〉が配備されることが決まった。

〈白奏（ホワイトジャズ）〉の着装者は部隊長――あの周藤速人だ。

そして〈黒花（ブラックダリア）〉の着装者は、副隊長である社公威になるはずだった。

だが、折り悪くそのタイミングで彼の娘である〝社美弥〟の〈層現失認〉が発覚した。そして社公威は、軍を除隊し、家族の傍にいることを選んだ。

結果、空いた枠を、私の父――御手洗勇（ゆう）が埋めることになった。そして、配属された直後に、上官である周藤速人に殺害された。

だが、なぜ私の父は殺されたのか？

それまでの周藤速人は優秀な軍人だった。強化外骨格を纏い、類稀（たぐいまれ）な戦果を上げていた。現地のゲリラ兵と遭遇し、その尽（ことごと）くを血の海に沈めてきた。しかし敵と味方は峻別されていた。守るべき相手を絶対に殺させず、倒すべき相手だけを殺し続けた。忠実な猟犬。かつての周藤速人は疑いようのない完璧な兵士だった。

だが、その乱心の理由を説明し得る資料を発見する。米国国防高等計画研究局（DARPA）が公表した動作模倣ナノマシンの危険性に関する研究報告書。戦闘人格への最適化プロセスによって生じ得る別人格発現への懸念――つまり特定行動パターンの反復によって新たな人格が形成され得るってこと？

まるでフィクションめいた報告資料の数々――これでは、行動パターンにこそ人格が宿ると言っているようなものではないか。正直、困惑した。けれど、この動作模倣ナノマシンは、〈白奏（ホワイトジャズ）〉や〈黒花（ブラックダリア）〉の機体運用時、着装者に投与されていたというから、周藤速人も例外ではないはずだ。戦士として適応しすぎたゆえに狂人化し、仲間を殺（あや）めた。殺戮の伝道師として世界中を駆け巡った――一応の納得はできる。だが、いずれにせよ、真実は闇のままだ。

そして、ここで私の情報収集は行き詰まった。

父の死になぜ不明な点が多いのか。ひとえに軍事機密という固い殻に覆われてしまったこと。公的には訓練中の事故死として扱われていたためだ。記録がなければ、どのような真実さえも幻影となって、消えてしまう。

だから、でき得る限りの手はすべて打った。

部隊に所属していた自衛官たちの連絡先には、片っ端からメッセージを送った。形態組成分析を応用した文体生成アプリケーションにより、同情を誘う文章も罪悪感を煽る文章も作り、時には隊員の誰かを偽装することさえ躊躇わなかった。そうすることで目的が達成されるなら構わなかった。徐々に調べることそのものが目的に変質していった。真実が明るみに出たところで何が変わるわけでもない。私も母もそれぞれの人生を確固として手にしてしまった。暴かれた真実が過去を取り戻してくれるわけではない。

私は再び過ちを犯そうとしているのかもしれない。

だが、それでも真実に到達せよ――私はその欲求に従い続けた。〈Role＝Raves〉――まさしく、周藤速人を探ることに熱中していった。〈co-HAL〉が止めようとしないのならば、正しいことなのだ。私が生きていくために、きっと必要なことのはずだ。

だからそう――、私は返信されてきた一通のメッセージに応じることにしたのだ。

匿名希望。

真実を語ろうと欲する人間からの返答は端的だ。

層現なし、行動履歴の痕跡なし――都市に知られず接触してこい。

それが条件というなら、そうしよう。

私はその人物の許を訪れることにした。他の選択など考えつきもしなかった。

きっと今日、私は〝真実〟に辿り着けるだろう。

だけど、その前に一箇所だけ、寄り道する必要がある。

ひとりでいるべきだ。そう、誰とも深い関係になっちゃいけないんだから。

かつてとは違う、そんな後ろ向きなことを考えながら、私は夜の静寂のなかにいる。逢うべきでない者同士がけっして巡り合うことのない孤独のなか、誰もかれもが行動制御技術〈Un Face〉によって不可視となった相手を恐れ、警戒を強め、一夜限りの遭遇を忌避している。

†

夜更けに祭りに踊る——、そんな呑気(のんき)さは、この街からすっかり消え去っている。

それにしても、と私は再び大通りを見つめ直した。

ここは、イーヘヴン市の北西部——個人商店街(マーケット・プレイス)が軒を連ねる地域で、少し前までは夜の訪れとともに馴染みの客らが来訪し、どの店も夜半まで賑やかだった。しかし今は別世界が拡がっていた。深夜を迎える前に営業を早々に切り上げる店と、家路を急ぐ利用客たちの口数は少ない。彼らを包み込む街灯は、やけに冷たい蒼で寒々しかった。そう、今夜も、テーマパークみたいなこの都市のどこかで、武力衝突が起こっているのだろう。都市経済を活性化させ続ける戦闘(ショウタイム)。

〈黒花(ブラックダリア)〉という英雄(ヒーロー)の悪との戦い。その苦闘に誰もが注目している。

そして、視えざる隣人が襲ってきやしないかと恐怖に駆られている。

通りを往来する車輌のライトが様々な色のカクテル・ゼリーみたいに煌めいて、車のかすかな駆動音が淡い炭酸が弾けるみたいに折り重なる。この数か月、夜の街では数えきれない車の往来を目にする気がした。駅に集合するリース・タクシーやバスはひっきりなしに動いているし、逆に徒歩で移動する姿は大通りでさえまばらだ。あの春の夜のお祭り騒ぎ（レイヴ）が懐かしい。数少ない歩行人たちも集団で行動するばかりで、ひとりきりでいるのは自分くらいのものだろう。

皮肉なものだ。無用な接触を回避させるはずの〈Un Face〉の特性が、今や恐怖をもたらすものになっている。仕組みはそのままに、ただ人々の捉え方が変質を起こしている。層現で覆い隠された場所に何がいるのか——眼に見えない怪物を、みんなが互いを恐れていた。快適な生活を実現する〈Un Face〉によって遮られた、視えざる隣人（アンフェイセズ）たちのことを。

今さらになって思う。この層現都市は視えるものと視えざるものの——虚構と現実の境界が曖昧だ。投影される層現はどれだけ現実らしかろうと虚像に過ぎない。逆に〈Un Face〉によって不可視化された隣人たちは亡霊のように不確かでも、たしかに質量を持って生きている。視えるものがなく、視えざるものがある。その逆も然（しか）りだ。

この都市の虚実の境界線を視ることはできない。

今も茶色い髪をした小さな女の子が、同じ年頃の銀髪に浅黒い肌の男の子に手を引かれて横断歩道を渡っていく姿が視えた。しかし瞬きをした後には誰もいない。あれが現実か虚構か私に真偽を測ることはできない。私にはわからない。誰も教えてはくれない。都市は不要なものすべてを覆い隠す。

そう、果たしてこの都市に本当の脅威は実在するのだろうか？

実際、どれくらい危険なのだろう。〈Un Face〉を強化するだけで十分なのか、銃器で武装しなければならないほど切迫しているのか。それとも即座に退去すべき危険域に達しているのか。わからない。何もわからない。多分、選択された対処に応じて脅威も変動するのだ。その意味では英雄たる〈黒花〉も脅威たる〈白奏〉もすべては虚構だ。戦闘で生じた破壊も瞬く間に修復され、層現となって追体験できる記録だけが残る。だが、最初から記録しか存在しなかったのかもしれない。その真偽をどう見破るか？　層現でしか視ることができないのなら同じことだ。ある意味で、都市を破壊せんとする脅威たちさえも彼らに直接対峙しない限り、本当に存在しているかどうか証明することができない。この都市は無限に増殖する夢幻に包みこまれ、昼も夜も幻影に酔っているのかもしれない。層現都市。数えきれない虚構の層で塗りたくられた夢の街。

それでも私は、私の意志で過去を遡る。真実に辿りつくと決めた。

だから。

「……こんばんは、お久しぶり」

「ええ、ご無沙汰してます」

ひとりの女性がふらりと裏路地に入ってきた。見知った相手だ。痩身の女性。一夜限りの寝床を貸してくれた優しいひと。肩からカービン銃を提げている。

「ごめんなさい。夜遅くに逢いたいなんて言ってしまって」

「気にしないで」女性の笑みは力強い。「今夜は、このあたりを哨戒することになっていたから」

「イーヘヴン市警のひとでしたっけ？」

私はくすくす冗談めかして笑った。

「義勇軍よ。娘が心配だったから周りの似たような立場の親たちと有志で、今のあなたみたいに不用心なひとを見つけたら家まで送ることにしているの」

「熱心ですね」

「私は、仕事の後にしか動いてないから、他のひとに比べるとそうでもないわ」

「――でも、私のために来てくれました」

「恩人だもの。朝起きたらいなくなっていて心配したのよ？　でも、あなたに色々と話せたおかげで……、娘とまた向き合えた」

そうか、このひとは娘さんとの仲違いを解消できたんだ。今、考えるべきはそういうことじゃないけれど、何となく嬉しくなる。このひとは自分と違う、いいひとだ。

そして女性は、腰のホルスターから拳銃を引き抜いた。

「頼まれたとおりのものを持ってきたけど、護身用には使いづらいんじゃないかしら」

「いいえ、全然。これで大丈夫です」

私は、それを受け取る。とても硬くて大きな感触。心を落ち着かせる鉄の質量。

巨大な回転式拳銃。剣のように鈍い銀色に輝く銃身。手に余る大きな黒の銃把。専用の五

○口径強装弾（マグナム）を吐き出す銃口は、巨大な獣の口腔めいて虚無を宿している。Ｓ＆Ｗ（スミス・アンド・ウェッソン）Ｍ５００――それが銃の名前だった。
「装填数は五発。弾丸も大きいから、さらに総重量が増えるわ。持てる？」

「まあ、何とか」

女性が、巨人の指みたいな弾丸が詰まった箱を渡してくるのを受け取った。確かに重いが、威力が大きいに越したことはない。

銃の入手は、今の都市の状況ならば困難ではないが、一五歳の子供だと少々、手間取る。〈黒花（ブラックダリア）〉と〈白奏（ホワイトジャズ）〉の戦闘。頻発するテロに、不可視の存在として交差する正体不明の連中への慢性的な恐れ（フォビア）。都市の住人たちの対処は大きく分けて二つだ。

ひとつは〈Un Face〉の設定をより強固にし、他人との接触を最小限まで減らすこと。

そしてもうひとつは、もっと単純で原始的であり、伝統ある自己防衛手段――武装化だ。今や〈ベース・エール〉には銃器の専門店（テナント）が続々と出店しており、紛争地帯もかくやという銃の見本市と化している。そして、市民間での武器共有も珍しくない。

しかし不思議だな、と私は思った。

毎夜の寝床を探して街を彷徨っていたころは、巡り合った相手を無条件に信頼していたというのに。これから接触することになる相手も、ある意味で同じはずなのに、今の私は徹底した自衛策を講じている。殺傷するに十分な威力を有する巨大な回転式拳銃。これを手にした理由は何だろうか。

分からない。しかし、都市はそれを許可した。私は女性を見つめる。

「どうかした？」

「……いえ、こんなにしてもらって、本当にありがとうございます」

彼女をここへ導いた都市の女神を幻視する。今日、これから逢う相手は、都市に知られず接触してこいと言っていた。だが、この都市の住人で、そんなことができる人間がどこにいる。みんな、〈co-HAL〉に導かれ——そして解析され続け——生きている。だからこそ、私がこれから何をするのか、都市はきっと承知のことだろう。

でも、ここから先は、行動履歴を残さないために、ちょっとした工夫をするつもりだ。

「そろそろ、帰ります」

「……うん、ご両親も心配しているでしょうから。あまり迷惑をかけては駄目よ？」

「ええ、それでは」

丁寧に頭を下げ、そして女性の許から去った。今度こそ、もう二度と逢うことはないだろうな。本当に、さようなら。

私は歩く。

ただひとり、休むことなく、赴くべき場所へ向かって。

そっとＵＩレンズを外し、捨て去る。都市から恩恵を得るための道具は、もうこの先は要らないだろうから。

裸眼で視る都市の姿は、いつもよりずっと解像度が低く、ぼやけている気がした。

†

夏の温(ぬる)い夜。街を歩いて移動する。

行動履歴の痕跡を残さないために、ちょっとした細工をしているから都市に今の自分が見つかることはない。だがリース・タクシーや高架鉄道を使えないのは厄介だった。指定された場所は市街地から少し離れたところ——海上にあるから、かなり時間がかかる。

都市南部の三三区——いわゆる異邦人居留地(ゲーテッド・セツルメント)だ。住人には〝出島(デジマ)〟とあだ名されることもある場所で、都市内の多国籍企業に勤める会社員であったり、発注された仕事のため短期的にイーヘヴン市で暮らす人々(ノマド)とその家族が主たる住人だ。住宅ばかりが整然と並んでいて、その一軒が指定された場所だった。家の内部(なか)なら秘密(プライヴァシー)は守りやすい。

約束の家は、他と代わり映えのしない建売住宅だった。

白い壁の二階建ての家。よく手入れされた緑の芝生。短い階段を昇って玄関の前に立つ。

内部の灯りは点いていないようだった。

私は扉を開ける前に装備の確認をする。手に入れた銃に最後の加工を施し、携(たずさ)えたバッグから衣装一式を取り出し、着替えた。真っ白な学校の制服。私に与えられた幸福を体現するような衣服だ。

玄関の窓を鏡代わりにして自分の姿を見つめた。

髪の色は明るい茶色。すべて私がお父さんとお母さんから受け継いだもの。髪も含め、全身に施した分子化粧膜(ナノ・レイヤー)は、一旦、不活性状態(スタンバイ)にしておく。

ふいに言葉が蘇った。「顔立ちがお父さんにそっくりね」——あのとき私の髪は黒かった。そうやって、お母さんに血の繋がりを拒絶するような素振りを見せてしまったのかもしれない。それが今になってから強い後悔とともに理解された。

まったく——、私はいつも気づくのが遅い。

腕には金の腕時計。一旦、それを外して文字盤の裏を見た。

そこには三つの銘が刻印されている。

【MITARAI YU/MITARAI RENN】

両親の名前。二つの文字列はそれぞれ半円を描き、手を繋ぐようにひとつの円をかたちづくっていた。円の中央には【AKO】と刻まれていた。

私は腕時計をそっと嵌め直した。

行こう——、真実を知るために。

扉の鍵はかかっておらず、来訪した私を静かに迎え入れた。

どこもかしこも暗かった。家そのものは新しく室内の壁や天井、床には最新の投影素材が採用されていた。しかし非通電状態では光をまったく透さないから、暗闇は夜と地続きだった。

私は壁に手を触れさせ、物ひとつ置かれていない廊下を進んでいく。ぱちり、ぱちりと微かな音を、私の耳は捉えている。目指すのは居間（リビング）。そこに誰かがいる。暗中の確信が、ひとすじの指針（ひかり）となって私を進ませた。

覚悟はできている——と思ったけど、呼吸は荒い。とても緊張している。

だけど、もう引き返せない。どんな真実が語られようと構わない。それを知るために、ここまで来た。私の人生の寄り道を終わらせるために。

そして元通りの一〇〇万分の一の最適化された人生に回帰する。孤独だが幸福は約束されている。無縁の相手に一夜の縁を結び続ける毎日。

その意味では、今この瞬間も刹那（せつな）の契（ちぎ）りに過ぎない。

これから私が逢う相手は、なぜ自分に過去の真実を語り聞かせようというのか。

おそらく私が母と再会したのと同じ仕組みだ。それは罪悪感より起こった懺悔の欲求だ。

私の父の死は公的には「事故」として処理された。だが、その現場で起こった惨（むご）い死を、凄惨な殺害状況を知っていた者はいるはずだ。少なくとも父が所属することになっていた部隊の隊員であれば、誰もがその対象だった。

真実は覆い隠されようとも、それを知る誰かの口より暴かれる。私がその告白を聞き届けることは、彼あるいは彼女にとっての救済だ。互いの欲求は正しく取引され、成就する。

もうお母さんのときと同じ過ちは犯さない。聞くべきことだけを聞いて、そして去ろう。

ずっとそうしてきたように。

大丈夫、私はすべきことのすべてを心得ている。

「ごめんなさい。約束より遅れてしまって」

『……気にすることはない。暇つぶしの手はいくらでもある』

匿名化された声は男女の区別がない。その抑揚も個性が相殺されて聞き取りにくい。相手は、椅子に腰掛けたまま、卓に置かれた将棋盤と駒を指差した。先ほどの音はこれだったのだろう。卓の横にはぼろぼろに擦り切れた教本らしき書籍が置かれている。

「将棋がお好きなんですか？」

『おおよそのボードゲームはどれも好む。しかし将棋は持ち駒という概念が面白い。敵と味方で立場が入れ替わる駒。それは戦争の理不尽さを体現しているように思える。……指してみるかね？』

「遠慮しておきます。覚えるルールが多いゲームは苦手で……」

それは残念、と相手は告げて、盤と駒を片づけた。そして卓を挟んで、私たちは向かい合った。暗闇のなかに薄らと浮かぶ相手の姿はモザイク状に不鮮明だ。何らかの匿名化処理が行われている。ＵＩレンズをつけていない裸眼のこちらを欺瞞しているのだから高度な隠蔽技術だ。私は相手が本物であると直感した。軍用でないと実装できない類の情報迷彩装備を用意できる立場にある。

「私の名前は御手洗憧。かつて〈黒花〉の着装者となるはずだった自衛官、御手洗勇の娘です」

『彼のことはよく知っている』相手はうなずいた。丁寧すぎる口調は、どこか翻訳されたちぐはぐな日本語に聞こえた。『戦友の娘の頼みであるならば叶えないわけにもいきません。しかし私たちの仲間を騙るのは誉められたことではありませんな』

「そのことについては謝罪します。でも私はどうしても知りたかったんです」

相手は私の小手先の偽装を見抜いていたらしかった。だが、それを知ってなお接触を試みてくれた相手なのだ。信頼していいと思った。やはり私は逢うべき相手としか巡り合わないのだ。だとすると、懐の拳銃を持ってくるべきではなかったかもしれない。それは不信の現れと言ってもよいからだ。

『時間がありません。質問をしてください。私の知る限りでお答えしましょう』

「はい」

私はうなずいた。

「まず、あなたは周藤速人の部隊に属していましたね？」

『ええ』

「階級や立場などは？」

『お教えできません。個人が特定される。しかし〈白奏〉の運用には関わっていました』

つまり周藤速人とかなり近しい立場にいたということだ。質問を続けた。

「事件が起こった日のことは覚えていますか？」

『忘れるはずがない。あの日は、すべての絆が永遠に喪われた命日だ。部隊再編を受けて、我々は荒野のなかに作られた訓練キャンプに滞在していました。強化外骨格同士の戦闘は世界的にも前例がなく、訓練時に発生する周辺への被害に配慮したためです』

「その日に何か兆候のようなものはありましたか？」

『いえ、いつもどおりに訓練を終え、我々は夜を迎えました』

「そこに私の父が着任したんですね？」

『天候不良による輸送機のスケジュール調整で、彼がやってきたのは夜遅くでした。彼は部隊長に呼ばれました。しかし彼はそうでなくとも、着任の挨拶のため部隊長の許を訪れるつもりだったようです』

「誰か付き添った人間はいましたか？」

『彼はひとりで部隊長の部屋に行きました』

「では、部屋のなかでどのようなやり取りが行われたのかまでは、ご存じないのですか？」

私は質問の勢いが弱まったのを自覚した。

このひとの言うとおりであれば、部屋でのやり取り――周藤速人が殺害を実行した瞬間のことは分からない。事件直前までに目につく兆候もなかったとすれば――あるいはこのひとが気づいていなかっただけだとしても――なぜ殺害したのかという真実に辿りつくことはできない。

だが、続く相手の一言に私は耳を疑った。

『いやいや、すべてを仔細に記憶しているがね……』

「──え？」

認めよう。私は人生でもっとも間抜けな反応をしたはずだ。ぽかんと口を開け、相手が何を言ったのか理解できず、呆然としてしまった。

そして、それは決定的な隙だった。

『──〈描写攪乱（ハンドレッド・フェイセズ）〉を解除』

世界の解像度が急に上昇する──違う、相手が情報的隠蔽を解除したのだ。

ソファに悠然と腰掛けている。チェック柄のポロシャツにジーンズ、ワークブーツを履き、眼鏡をかけた姿だけは、休日を日曜大工に費やす一般的な父親のようだった。しかし全身から発せられる獣めいた重圧は壮絶だった。

暗い眼をしたとてつもない巨軀の男。

「あなたは──」

私は後ずさろうとした。からからに乾いた口でかさついた声を絞り出す。だが相手は卓を蹴飛ばし、瞬時に距離を詰めてくる。有無を言わさず、唇を塞ぐように肉薄した男の顔。野獣の口が名乗りを上げた。

「周藤速人さ」

「……嘘、でしょ」

射竦（いすく）められて動けない。親の仇への憎悪は圧倒的な殺意にねじ伏せられていた。

「嘘じゃないさ。だったら証明してやろうか、ん？」

周藤はニヤリと笑った。からかうような口調なのに、その一言一言が楔となって私が行動しようとする意志を奪う。駄目、動けない。

何もかもが圧倒的だった。その風貌も、全身から発する殺意も、少しでも気を抜けば恐怖のあまり失禁してしまいそうだった。この兇悪な獣にあらがう術などひとつとしてなかった。

「お前さんの親父の話をしよう——。着任早々のアイツを俺は個室に呼び出した。話がある、ちょっと来い、と。お呼びでしょうか、隊長——なんて敬礼する姿が可愛かったな。そうだ、大事なことを教えておこう。

俺は別にお前さんの親父を嫌っていたわけじゃない。むしろ、好感さえ抱いていたよ。命令に忠実であることは兵士にとって必要不可欠な素養だ。与えられた命令はすべて正しく、疑いのひとつも抱かない。それができれば兵士として一人前といってもいい。お前の親父は真っ直ぐで、無駄な思考をしなかった。ただ、為すべきことを実行し続け、異例の若さで部隊の副官に相応しい人間に成長した。これは誇るべきことだ」

周藤は分厚い掌を重ね、拍手をした。

だが、私は何も反応できなかった。

「ああ、本当にお前さんは親父に似ているな。アイツも緊張しっぱなしで動けずにいた。いや、しかしそれでいい。兵士は命じられるまで行動しない。だが、命じられれば躊躇わず、休むことなく行動する。それでいい、そう、それでいいんだよ……。さて、話を戻そうか。

俺は、こっちへ来い、と言った。部屋は真っ暗にしていた。お前さんの親父をびっくりさせてやりたかったんだよ……」

周藤は昔を思い出したのか、くつくつと笑った。そのくせ視線は闇夜の虎のように冷ややかで、じっと私を見つめ続けた。視線が合うたび、心臓が止まりそうだった。私はいつのまにか全身が汗びっしょりになっていることに気づく。

「緊張しているな。気づいているか知らんが、呼吸が荒れてるぞ。発情した犬（ホットドッグ）みたいだ」

それは私に向けて放った言葉だろうか。

それとも昔、私の父に告げた言葉だろうか。

「……人生の話をしよう。俺たちは何のために生きているのだろうか？　誰よりも金を稼ぐためか？　いいや（ノウ）。最高の美女を抱くためか？　いいや（ノウ）。権力を掴むためか？　いいや（ノウ）。では愛する相手と添い遂げるためか？　いいや（ノウ）。それとも大切な子供を育てるためか？　いいや（ノウ）。人類という種のために子孫を生み出すことか？　いいや（ノウ）。まったくもって、どれも違うとは思わんかね、お嬢ちゃん。

俺たち人間は、**自分にしか演じることのできない唯一の役割を得るために生きている**。人生とはそのための試行錯誤の別名であり、舞台裏での研鑽（けんさん）だ。一世一代の舞台に立ち、高らかに自らが存在する意味を謳い上げ、揺らぐことのない確信とともに責務を実行する。だからこそ俺たちは生きなければならない。生き残らなければならない……！

かつての俺は自らの役割を見出した。確固たる意志の許で理解した。俺は戦友とともに敵を斃（たお）し続ける戦士（ウォリアー）だ。それ以外の何者でもなく。そして相棒も同じだった。アイツは俺とともに戦う戦士であることが人生の責務だった」

　周藤の言葉は兇的な色合いを帯びた。今までと質が違う、おぞましい感情が全身から放出された。それは猛毒だった。息ができなくなるほど濃密な憎悪が噴出していた。

「……そうともタケ——社公威のみが俺の相棒だ。その代わりなんていない。俺が俺であるように、お前がお前であるように。俺たち人間は、全員が全員とも換え難い絶大な価値を有している。そう、誰一人として置き換えられる人間などいない。何かを喪い生じた空隙というのは、鍵穴みたいに複雑だ。他の何かを嵌め込もうとしても無理だ。ピタリと嵌ることは絶対にない。

　だからそう、お前さんの親父が犯した過ちはたったひとつだ。

　俺の相棒がいた場所に入れ替わろうとしたこと。そうさな、踏み込むべきでない場所に踏み込み、演じるべきでない役割を演じようとしたこと——、それが、俺が御手洗勇を殺した理由だ」

（なんだと）

　ふいに世界から音が消えた。いや、光もすべて。

ただ漂白された世界のなかで、思考する私だけがいた。

今ここにおいては、恐怖も何もかもが遠ざかっていた。

いや――、違う。

ぐらぐらと煮えつく何かが私の身体を揺らしていた。私は膝をつき、それが何であるかを手で探った。しかし指先には熱さのひとつも感じない。かわりにどくん、と鼓動が生じ、指先に巡ってきた。瞬間、その灼熱に全神経が屹立する。

そうだ。これは胸の裡から起こった衝動だ。

怒りという名の鳴動。憎悪という名の共振だ。

殺してやる。世界で一番、誰よりも周藤速人が憎かった。

これほど唐突な理解もなかった。演じるべき唯一の役割――それは今や明瞭だ。

「……違う。あなたは何もかも勘違いしてるわ」

「ほう、何がだね？」

「お父さんは間違ってない。間違ってるのはあんたよ。自分が欲しかったものが手に入らないからって、ガキみたいに癇癪を起こして当たり散らしただけじゃないっ⁉」

「……ほうほう、言うもんだなぁ、ガキ」

私の意識は暗がりに戻った。

周藤の殺意がどっと増した。だが、先ほどまでの凄まじい重圧が、今ではまったく感じられない。私は一歩を踏み出す。周藤は、私がこれから何をするのか、余興でも楽しむみたいに手出しをしてこない。

そうとも、そうすればいい。後悔はいつもずっと後にしか生じない。

私は制服のボタンに手をかけた。ひとつひとつ果物の皮を剝(は)ぐみたいに丁寧に外していった。そしてジッパーを下ろす。ワンピース型の制服はそれですとんと床に落ちる。下着は着けていない。裸体の先端が夜気に触れて尖るのを感じた。全身が戦意と緊張で敏感になっている。

「妙なことをやるなあ。命乞いにしちゃ、けっこう面白いぜ?」

「お前に命乞いなんかしない」

「気に入ったぜ、お嬢ちゃん。ますます、可愛がりたくなった」

間髪容れずに周藤が突撃してきた。予備動作の一切ない俊敏な機動。丸太のような腕に握られた肉食獣の牙みたいな武器——不可視の刃が振るわれ、ソファがずたずたに切り裂かれた。舞い飛ぶ綿と木片。だが私はすでにそこにいない。床を転がり、早鐘を打つ心臓を必死になだめ、震える指先を制御しながら敵を見据える。

(大丈夫だ、私は絶対に見つからない)

そのとおりだった。

「——なるほど、少しは頭ってものがあるらしいな」

周藤がぐるりと居間を見回した。しかし視線は一点に定まることはない。

そう、今の周藤に私の姿は視えていない。

髪を含む全身に隙間なく塗布(コーティング)された分子膜(ナノ・レイヤー)による光の選択的反射の応用だ。周囲の景観と完全に同期させる擬似光学迷彩。本来の用途ではない。だが理論は軍用の光学迷彩と同じだ。私の姿は今や完全に隠蔽されている。

「――で、お前さんは俺をどうしたい？」

周藤が吠えた。びりびりと全身が震えた。だが、見つからなければ何てことはない。

（……殺すに決まってるじゃない）

父の死の真相はあまりにも無惨だった。不運でしかない。この周藤速人という、力ばかりが肥大した獣に遭遇してしまったこと。ただそれだけが悲劇の理由だった。

（望んだって叶わないことはいくらだってあるのよ――）

だから私たちは何かを諦めて大人になっていく。子供のまま生きたくたって生きられない。人生なんてそんなものだ。

私は懐から拳銃を抜く。これもまた分子膜で全体を覆うことで透明化させている。

こんな下種（げす）の前で私は誰にも見せたことがない裸を晒（さら）した。だが、そのちっぽけな代償で、親の仇を撃つことができる。きっと都市も自分に味方している。これだけの武器を与えてくれたから。

都市の敵、私の敵――周藤速人は私が殺してやる。

すでに撃鉄は起こされている。回転式弾倉（シリンダー）には五発とも弾丸が詰まっている。

あまり時間はない。居間はそう広くない。視覚的に隠蔽しようとも、それ以外の物音や気配で察知される可能性は高い。相手は外道に堕しても歴戦の兵士だ。世界でも指折りの戦士だったのだ。

肌に熱を感じた。分子膜を構成する微細機械(ナノマシン)たちが、過剰な処理実行によって限界を迎えようとしている。
一、一、発だ。
それで仕留める。

周藤の視線はいまだ一点に固定されない。精神が優位に立つのを感じた。本能が、今ここい、なのだ、と告げた。

拳銃を構えた。重かった。両手でしっかりと構えなければ狙いが定まらない。一発で仕留めなければいけない。敵は近接戦のスペシャリストだ。即座に位置を読まれ、あの不可視の刃の一撃が飛んでくる。伊砂久を殺し、多くの警備要員を半死半生に追いこんだ斬撃によって抹殺される。

心臓を狙え。

装塡された弾丸は人間のどんな部位さえも粉砕する。この男がどれほど獣じみていても圧倒的な火力の前に為すすべはない。

(殺してやる、殺してやる、殺してやる、絶対に殺してやる)

それが身体を駆動させる意志(コード)だ。

決意から行動までの時間は一瞬だった。

引き金を引いた。手のなかですさまじい反動が爆発した。撃発された弾丸は、寸分違(たが)わず周藤速人に迫った。

そして耳を聾(ろう)する発砲音が響くころには、結果が目の前に現れていた。

「……なるほど、そこか」

周藤速人がくるりと私のほうを向いた。

ぴたりと――獣の眸(ひとみ)が私を刺し貫いた。

思わず銃を取り落とした。ゴトリ、と大きな音が床で鳴った。

恐怖に竦(すく)んで膝から崩れ落ちた。駄目――、一歩も動けない。

「そんな……」

呆然とした呻(うめ)きが口から洩れた。私が放った弾丸は、浮遊する白銀の装甲群によって受け止められていた。

「着装(フェイス)――」

周藤が、そう告げるなり、白光が瞬いた。彼が腰掛けていた椅子に亀裂が入り、白銀の切片が剝離する。そして、吹雪のように舞い踊る装甲片たちが磁性誘導によって周藤の全身を覆い尽くし、ひとつの鎧を形成した。啞然とするしかない――理解する――拳銃などでは歯が立たない歴然たる彼我(ひが)の戦力差を。

そう、これは、都市の脅威そのもの――強化外骨格。

「……〈白奏(ホワイトジャズ)〉」

『おいおい、俺の決め台詞を奪うなよ』周藤が鎧を纏い、電子音声化された声で笑った。

『本当に少ししか頭がなかったんだな。自分のことには気が回るくせに相手のことは何も考えていない……。元々の〈白奏(ホワイトジャズ)〉の着装者は俺で、今も着装権限は有している。お前さんの親父もそうだが……、やるべきことが間違ってんだよ』

ふいに拳が飛んできた。目の前で火花が散った。熊が戯(たわむ)れに腕を振るったみたいに、無造作だが正確無比な打撃だった。鼻から血が吹き出し床に飛び散った。ぬるっとした感触が唇を伝い、口いっぱいに鉄の臭いが膨らんだ。裸の肌を舐める血の粘つく感触。地震でも起ったみたいに身体がぐらぐらした。床に倒れた。起き上がることができない。

『逃げるべきだった。お前さんの親父も、すぐに逃げれば仲間が助けてくれたかもしれん。お前さんもすぐに逃げていれば、俺が面倒事を避けて追跡せずに助かったかもしれん。しかし、そうはならなかった。親子そろって選択を誤った』

周藤が腰を屈め、分厚い掌をかざすと、どういう理屈かナノ・レイヤーによる光学迷彩が解除された。文字通り身ぐるみ剝がされ、全身が露わになった。血に塗(まみ)れた身体に、絶妙に加減された打撃が何度も何度も撃ち込まれた。胸も腹も全身を余すことなく殴られ、骨という骨に罅を入れられた。肉の層だけを鋼鉄の指先が摘み、磨り潰した。血と涙とあらゆるものを垂れ流した。痛い痛い痛いよ、おかあさん。たすけてたすけてたすけて――。

声にならない絶叫でさえ、神経を焼き焦がす激痛にあらがうことはできなかった。

「あ――、あ――、あ――」

わからない。

なんでこんなことになっているのか。

なんでわたしがこんなめにあわないといけないの。

『お前さん、親父譲りの兵士の才能（センス）があるな。ほとんどの人間は、そもそも同類たる人間に対して引き金を引くことができない。それを突破したことは素直に称賛しよう』

　しろいあくまがわらってる。

『合格だよ、御手洗憧。〈七羊（シェバ）〉に採用しよう。あとひとりの枠をどうしようかと考えていたんだが、お前さんは与えられた命令に疑問を抱かず遂行する従順さと、同類を殺せる冷酷さを併せ持っている。これなら兵士として申し分ない』

「へい、し――」

　ぶくぶくとちのあわをふいた。

　いみがわからないよ。

『そうとも、今日からお前さんは俺の仲間になる。俺の指揮下に入る。俺たちに率いられて、都市に戦いを挑む』

「や、だ……、あんたになんか、したがわ、ない……」

『くはは、従わないときたかぁ。別に大したことじゃないぞ？　従う先が都市から俺たちに変わるだけだからな』

「…………え？」

　だめ。これをきいちゃだめ。

『少し面白い話がある』周藤は語る。『俺が軍属だったころだ。〈白奏〉（ホワイトジャズ）を試験運用していたとき、技術者と動作模倣ナノマシンの副作用について雑談をした。自分で言うのもなんだが、俺は戦争の申し子だ。人殺しに天賦の才を与えられたといっても過言ではない。それゆえ、〈白奏〉（ホワイトジャズ）や〈黒花〉（ブラックダリア）といった強化外骨格の基礎的な動作パターンは、俺の動作をデータとしてフィードバックすることになっていた。

そこで、技術者は言った。「動作模倣ナノマシンの副作用が事実だとすれば、後に続く着装者たちは、あなたの人格をその身に宿すことになるでしょう。そうなれば、あなたは、擬似的な不老不死を獲得する」と。

まあ、俺としては、それよりも、行動制御による特定動作パターンの反復こそが人格を生成するっていう事実が、面白いと思った。そうとも、意志が――人格が先に在り、その選択の積み重ねが、癖というような動作パターンを作り上げるのではなく、その逆だ。

そして、いいかね、御手洗憧。これは単なる笑い話ではない。お前さん――いいや、お前さんたち、イーヘヴンの住人たちほど行動履歴解析に基づくとされる徹底した行動制御によって、決められた選択や動作しか行わない人間たちもいない。

だから、訊こう。お前さんは何者だね？

この都市を構成する必要不可欠な要素として調整・配置された御手洗憧とは、いったい何者であり、実のところ、その感情を、人格を、意志を司っているのは、誰なのか？』

「そんな、こと――」

『わからないはずがない。お前さんが今ここにいることが、すべての答えだ。まるで、特攻兵のように貧弱な武器を手に、絶対に敵わない相手に突撃していく蛮勇……』

「——いや、やめてっ!!」

『〈Role=Raves〉だ。それがお前さんに都市が与えた役割だ。お前さんの身体を駆動させる動作パターンの別名であり、まさしく、お前さんを乗っ取った人格そのものだ。

お前さんで一一番目だよ。熱狂せし者(レイヴズ)なんて洒落(しゃれ)た名前をつけているが……、お前さんは都市に選ばれた鉄砲玉のひとつなんだよ。俺たちがイーヘヴン市に喧嘩を吹っかけて数か月、都市の女神(クツァマ)が定期的に放ってくる〈Role=Raves〉を退けるのは面倒でな。都市内でこそこそやっていても何だかんだで遭遇させやがる。三三区(ここ)にもついに送ってきやがったってことは、これからはしばらく地下にひきこもる必要があるかもしれんな。まぁいい、手駒はすべて揃った。あとはしこしこ準備するだけだしな』

「あ……、え……?」

あたまがまっしろになる。

『お前さんは自分の意志で復讐を成し遂げようと思ったかもしれないが……。いいかね、〈co-HAL〉はお前さんの行動履歴を解析し、最適な役割を見出したのさ。それで与えられた役割ってのが、都市防衛のための特攻兵(レイヴズ)ってわけだな。まったく残酷だが合理的な判断だ。不幸な過去を背負った子供ほど少年兵(チャイルド・レイバー)にしやすい。しかし、少しは疑問に思わなかったのか? 会えば必ず不幸になる相手にいきなり再会し、父親の死の真相に迫る情報ばかりが手に入り、挙句の果てには子供に扱える範疇を超えた武器が与えられる……』

わかんない、わかんないよ。

ぜんぶうそだったの？

わたしの、わたしの……、わたし、わたし――

『ところで俺は思うことがある。生まれてからずっと最適な選択とやらを与えられ、すべてを導かれるままに成長した人間に自我なんてものは、存在しない。それは、かつてどこかで生きて死んだ人間の意志を再現する模倣に過ぎない。だがしかし、何が正しいかも分からず試行錯誤を繰り返すことで、魂なき肉の人形さえも本当の自我を、意志を獲得し得るのではないか？　動物は自然と遺伝子が記述した本能でしか駆動しない。だが、人間は、その支配から脱した。原罪という名の自由意志を得た。そのくせ、自らが生み出した技術によって、再び動物に戻ろうとしている。それは、よくない。だから、俺は戦いを続けるのだ。人間のために』

やめて。

『俺は獣のような人間でありたいが、人間のような獣でありたくはない。そして他の奴らも同じだ。安心しろ。俺がお前さんに、本当の自分を取り戻させてやる』

かおのよこがチクリとする。

たぶん、こめかみのあたり。

さっきとちがってぜんぜんいたくない。

『少年兵には覚醒剤（クスリ）が一番――ってのはちょっと古い常識だ。最新鋭の動作模倣ナノマシンをくれてやろう。奪われたものをすべて奪い返す力を与えよう。何があろうとも生き残るすべを伝授してやる』

　こわい、こわい。こわい。こわい。

『そうとも、戦友となるべき相手を、ついカッとなって殺しちまった罪滅ぼしだ。俺はお前

い、い、い、い、い、い、い、い、い、い、い、い、い、い、い、

さんの力になってやる。御手洗憧――お前さんもまた人間になるのだ、俺が導いてやる』

や。

やだ。

わたし――、そんなの、ほしくない。

たすけて。

おかあさん、

おとうさん、

あいたい、あいたい――あ、い

2045/07/04――〈Raves=11〉の行動履歴の途絶（ダウン）を確認。

常夏の夜

藤井太洋

時は二〇二八年、舞台はフィリピンのセブ島。台風で甚大な被害を受けたこの島を取材で訪れたジャーナリストのヤシロ・タケシが主人公。量子コンピューティングのスペシャリストが開発したフリーズ・クランチ法を、被災者へ支援物資を効率的に送り届ける問題を解決するために応用したとき、思ってもみなかった未来が開ける……。

作中に出てくる開発合宿、ハッカソン（hackathon）とは、ハッカーの「ハック」と「マラソン」を合わせた実在の造語。ハッカーやハッキングというと犯罪っぽいイメージもあるが、本来は、優秀なエンジニアおよびその開発行為のこと。本篇では、量子コンピューティングを使ってこの宇宙そのものをハックするような夢の未来が描かれる。初期サイバーパンクに見られるアウトロー的なハッカー（コンソール・カウボーイ）像や、「ブレードランナー」的なデッド・テックで陰鬱な未来像とは一八〇度違う、明るく前向きなトーンが特徴。ポジティブ度合いでは野尻抱介『南極点のピアピア動画』と好一対か。初出はファン出版のアンソロジー。本書収録にあたり、大幅な加筆修正が施されている。

藤井太洋（ふじい・たいよう）は、一九七一年、奄美大島生まれ。Kindleの個人出版サービスを使って電子出版した初長篇を大幅改稿した『Gene Mapper -full build-』で二〇一三年に商業出版デビュー。これが日本SF大賞候補にもなり、たちまち日本SFの最前線に躍り出た。第二長篇『オービタル・クラウド』は近未来の宇宙を主な舞台にした大型冒険活劇。近未来サスペンス連作『UNDERGROUND MARKET』はKindle連載が完結した。

初出／『夏色の想像力　第五十三回日本ＳＦ大会なつこん記念アンソロジー』2014/7

——一千万人の被災者と八十万人もの避難民を出したテルマ台風が通り過ぎてから四ヶ月、被害の爪痕も生々しいセブ・シティで開催された国際量子通信計算機学会二〇二八が無事に閉幕を迎えた。IQCICQの経済効果は二億ドル、就業機会を得た被災者は延べで十万人を超えるとされる。

もともとシドニーで開催される予定だった学会を被災地支援のために強引に誘致し、差額の費用をすべて引き受けてくれた量子署名チップのリーディング・カンパニー〈Qwave〉へは感謝の声が多く寄せられているというが、筆者は、自らの日常を取り戻す、強い意思を示したセブ市民の努力を讃えたい。

会場となった市民ホール周辺のインフラ整備や、一万人を超える海外からの来場者を宿泊させるホテルの復旧は〈クェーヴ〉の供出した費用によるものだ。しかし、不自由な生活を送りながらも物流やスーパーマーケット、警備会社などの事業を再開させ、業務に就いてくれたのは、ここセブに住まう市民たちだ。

開催が決まってから先週の閉会までの慌ただしい二ヶ月の間には、このレポートでも紹介したように多くの問題や衝突も発生したが、これだけは言える。

この二ヶ月、セブ・シティのセンターコートは世界で最も活力のある街だった。

なお、復興支援のためにサン・ペドロ要塞に駐留しているシンガポール海軍と、取材を助けてくれた防衛科学技官、ウォン少尉へはここで感謝の意を伝えたい。

ここまでをオレンジ色のカード型記事作成モジュール〈コルティ〉に書き込んだおれは、末尾に〝by タケシ・ヤシロ〟と署名を入れた。

あとは〝投稿〟と口にすれば、記事を書き留めた十八枚の〈コルティ〉とウェアラブル・グラスで撮影した映像がサンフランシスコの編集部に届き、〈コルティペリ〉という記事のパッケージに加工され、四十言語に翻訳されて世界中に配信される。フィンランド語で〝カード〟を意味する〈コルティ〉と、その複数形〈コルティペリ〉をニュース・ネットワークの名前に決めたデスク兼CEOは〝生々しい被災者の声〟を足せ、と求めてくるだろうが、無視するつもりだった。おれの記事に入れる必要はない。

既に被災者自身がウェアラブルのカメラで撮影した〝生の〟映像が無数にアップロードされている。数千万回も再生された、瓦礫と汚泥の中で親の骸(むくろ)を探す子供の映像は痛ましさを十分に伝えている。あれで十分だ。

おれは四ヶ月の間に復興を進め、新たな一歩を踏み出そうとしている地域や人々がいることを伝えたい。〃タケシ・ヤシロのセブレポート〃は、集められた寄付がどのように使われているのかを知りたい読者を〈コルティペリ〉に呼び込んでいるはずだ。カンボジアの農場取材から日本に戻る途中、乗り換えで訪れたマニラで台風の被害を知り、セブに戻る被災者の家族とボートを仕立ててジャーナリストとして現地に一番乗りしてから四ヶ月。滞在費を稼ぐために被災地の記事を書きながらIQCICQの開催を追い続けてきたこのレポートは自信作だ。旧来のインフラを置き換えていくレポートから、復興後にもつながる雇用を生み出す試みまでを盛り込んだ、意欲的な記事に仕上がった。

取材は、個人的にも実りあるものとなった。

二人の友人を得られたのだ。

記事の末尾で謝辞を贈ったシンガポール軍の女性士官、リンシュン・ウォン少尉と、理解のできなかった量子コンピューターの原理を〃人間の言葉〃で説明してくれるエンジニア、カート・マガディアと過ごした時間は、たった一人で被災地を駆け回っていたおれのセブ島滞在に潤いをもたらしてくれた。

暇をもてあましていたカートが手すさびに作ってくれた量子アルゴリズムの応用ソフトは、執筆までも手助けしてくれている。

「〃フリーズ・クランチ法〃で類似の文章を参照」

カートの作ったプラグインが、署名を入れた〈コルティ〉の下に素っ気ない文字表示エリアを作り、投稿した記事や執筆の過程で消し去った文章を、量子計算の重ね合わせ式で羅列していく。

―〜経営難が囁かれる中で、限りある成層圏ネットワークをフィリピン上空に集めてくれた〈セルリアン〉のCEO、フェイギンには大きな感謝を伝えたい〉

―〜リンシュン・ウォン少尉は公私にわたり取材を助けてくれた〉

―〜被災から四ヶ月。いまだ交通インフラの復旧しない中で救援物資を直接家庭へ送り届けている各国機関の働きには頭が下がる〉

―〜救援物資を空中配送する八枚羽無人機（オクタコプ・ドローン）はセブ復興の象徴でもあるが、不心得者の狩猟の対象でもある〉

一見関係のなさそうな文章が並ぶ。だが、入力したときの気分や、記事全体の中で占める意味合いが似たものであることが、おれにはわかる。開発したカートによると、入力ツールが一時保存する文章と、ウェアラブルのセンサーが取得した執筆時の環境全体を〝波〟として捉え、彼が考案した量子アルゴリズムの〝フリーズ・クランチ法〟で類似のものを探り出しているとのことだった。一文字ずつ違う文章も出せるというが、カートは極力異なる文章を選ぶように調整してくれている。

そんなゆるい参照によって選び出された文章は、様々なこと――おれが消したつもりになっていた余計な情報が、まだ残っていることを気づかせてくれた。ウォンの名だ。

おれは投稿するつもりだった〈コルティ〉の最後の文章からウォンの名を消し、単なるシンガポール海軍への謝辞へと書き換えた。後日出版するような手記ならいいが、この名前を現場から投稿するのはまずい。危ないところだった。道行く人がカメラ付きのウェアラブル・グラスをかけている時代だ。復興支援で訪れた軍人が、ジャーナリストと特別な関係になったと知られてしまえば、彼女だけでなくシンガポール軍全体に迷惑がかかってしまう。しかも明日から二人でリゾートホテルへ行くのだ。

ウォンの名を消した記事を読み直し、満足したおれは席を立った。候補リストの末尾では、白いドットが飛び飛びの円軌道を描いて、まだ類似の文章を探していることを主張していた。いかにも〝量子〟らしい見かけはカートの遊び心が作らせたものだろう。がんばれ、と呼びかけてから、海藻がへばりついたままの窓を開ける。吹き込んだ風がカーテンを揺らして、港の香りを部屋に満たす。腐臭を吹き散らす海からの風が、深夜の数時間だけ、セブ島が熱帯の宝石と呼ばれるリゾートだったことを思い出させてくれる。

ホテルの先では黄色の立ち入り禁止テープに囲まれてサーチライトに照らされる瓦礫の山が積み上がっていた。七十メートルの強風と津波を思わせる高潮が徹底的に破壊したカルボン・マーケットの残骸だ。トタンと木材に食材が練り込まれた、耐えがたい臭気を発する塊には、逃げ遅れた人々の骸も含まれているという。

瓦礫の山の向こうには、サン・ペドロ要塞の黒々とした胸壁がそびえている。スペイン人の手によって十六世紀に作られた三角形の小さな砦は、セブ入植とイスラムからの防衛拠点として十八世紀まで使用されていた。それ以降も軍事拠点として利用され続け、二十世紀には日本軍が捕虜収容所として利用していた歴史も持つ観光名所だ。

六メートルある胸壁のおかげで高潮の被害を免れた要塞は復興支援にやってきたシンガポール軍が使っている。周囲には、手渡しで救援物資をもらおうとする被災者がビニールシートを広げて居座っていた。

四階のこの部屋からは、大砲が据えられていた胸壁越しに、石造りの居留棟が見下ろせる。右から二つ目がウォンのいる女性士官の居室だ。

窓に、ピンク色の輝きが点滅していた。

至近距離でも目を灼くことのない微出力のレーザー通信は、彼女からのプライベートなメッセージだ。おもちゃとして売られていたマッチ箱ほどのレーザー発信器だが、あらゆるネットワークが使えなかった被災直後は、おれのように現地入りしたジャーナリストがウェアラブルの無線が飛ばない距離で通信するときに重宝していたものだ。

デスクからウェアラブルをとりあげてピンク色の光をカメラで見ると、拡張現実ビューにメッセージが浮かび上がった。

〝朝の六時に迎えに行くわよ。ようやくとったサンクチュアリ・リゾートの三日間、遊び倒すわよ。カートにも早く会いたいな。　ウォン〟

窓枠に貼り付けておいた発信器に触れて〝了解。水着も楽しみだ〟とメッセージを返す。

彼女にとっては三ヶ月ぶりの休暇だ。

ビーチにたたずむ彼女の姿を思い浮かべてデスクに戻ると、候補リストに新たな文章が追加されていた。

――なんだ、これは。

〈……サン・ペドロ要塞に駐留しているシンガポール軍は、瓦礫をバリケードにして〝ラディン・ブリック〟を投げつける〝農村（バンプキッド）セブ〟を排除するために四足型の警備用無人機（ドローン）を出動させた。ドローンによって行われた実弾による威嚇射撃の被害はただいま調査中〉

二度、その文を読み返した。こんな記事は書いていない。

〝農村セブ〟の抗議活動は一度書いた。だが〝ラディン・ブリック〟は論外だ。高密度電池を束ねて発火装置とともに投げつける簡易爆弾、そんなものがセブで使われたという話は聞いたことすらない。それに、警備用のドローンが民間人に銃口を向けることなど、あるはずがない。

バグか？　明日カートに問い合わせておこう。

メモを書き留めようとしてARビューに浮かぶキーボードに指を落とそうとすると、柔らかいものが手の中で蠢（うごめ）いた。反射的に引っ込めた右手から、ヤモリがおれを睨（にら）む。

腹を震わせたヤモリはクリック音を鳴らして飛び降り、デスクの隙間に逃げ込んだ。

＊

セブとマクタン島を結ぶマルセロ・フェルナン橋に向かうU・N・アヴェニューには、台風の爪痕がそこら中に残されていた。根元から折れたハイビスカスとパームツリーが散乱し、路肩には汚泥が寄せられている。

そんな道路を、オリーブ色の軍用ワゴンは慎重に進んでいた。ハンドルを握るウォンは歩道で瓦礫の脇を歩む人影に目を留めて、水着の上に羽織ったフィールドコートの胸元を合わせた。ニュースを求めてセブをうろつくにわかジャーナリストに、浮かれた姿を撮影されては面白くないことになる。

ウォンはオレンジのドットを散らした唇に触れてから、通り過ぎる看板についてコメントした。

「この道路、日本のコンストラクターが作ったんだ。こんなところまで水が上がるなんて考えてもなかったんでしょうね」

看板にはフィリピンと日本の国旗、それに政府の感謝の言葉と、開通日の年号が金文字で書かれていた。

「九九年の竣工だよ。温暖化の海面上昇が問題になるよりも、ずっと前の話だ」

「わたし、責任があるなんて言ったかしら。これだから――」

「日本人は？」

「そうよ。自然災害の規模なんて予測しようがないじゃない。百年に一度の災害に備えるなんて無駄よ。十メートルの防潮堤でセブのビーチを囲っちゃう？　唯一の観光資源よ。ありえないわ」

おれの国では二千年に一度の地震に備えようとしているよ——と出かけた言葉を飲み込んでドリンクホルダーに手を伸ばすと、大きな影が日射しを遮(さえぎ)った。スポンサーの企業ロゴがレースカーのように隙間なく貼り付けられた資材運搬用の八枚ローター無人機、〈オクタコプ〉が腹にコンテナを抱えて飛びすぎるところだった。被災地の空を飛び交う無数のオクタコプは、セブの復興支援が今までのスタイルと全く異なるものであることを物語っている。

「今日も、がんばってるね」

「北部の集落に向かうところね。九人家族と犬二匹用の物資を運んでるわ」

「ちらっと見ただけで、よくわかるもんだな」

ウォンはウェアラブル・グラスに指を当てた。

「拡張現実(AR)タグがついてるのよ。今飛んでった子には破傷風と狂犬病ワクチン、それに〈虎文(フーウェン)〉が寄付してくれた子供用のウェアラブルが五台積んであるわ」

「個別支援か。今度、現場を取材させてくれよ」

「いいわよ。逃げたバカたちに見せてあげたいわ」

毒づいたウォンに苦笑を返す。被災者が自らアップロードする現地の映像は、現地政府が雇った組織が物資を横取りしていることを可視化してしまった。そこに義憤を燃やした、とあるNPOは撮影のために持ち込んでいたドローンで、個人に対して医薬品を配送し始めたのだ。

ドローンによる個別物資輸送は、現場を知らない人々から熱烈に支持された。〝やればできるじゃないか。パーソナライズされた支援。これこそ二十一世紀のあり方だ〟という号令が各国の派遣した支援組織に飛び、一千万人の被災者と一対一で向き合う前代未聞の復興支援が始まった。

当のNPOはその煩雑さに音を上げて早々にセブから撤退していたが、業務として物資の配送を担当することになった現場の混乱は、戦場並みだという。そこから三日間だけ休暇をもぎ取ったシンガポール軍の配送業務担当者は、リゾート用に飾った唇で笑顔を作ろうとして、失敗していた。

「思い出させちゃったか、ごめん。気をつけるよ」

「いいのよ。どこに行ったってオクタコプは飛んでるし」

「ウォンのとこでは、どれぐらいの配送先を担当してるの？」

「セブ・シティの二十万と、島嶼部の六十万、合計八十万世帯よ。一日に設定する配送経路が多すぎて——ああ、もう。何とかならないかしら」

「どうしたの」

「経路の最適化ができないのよ。いま、シンガポールの復興支援隊は四千台のオクタコプで五日に一度の配送をしてるの。一台が一日に配送する数はわかる？」

「八十万世帯に四千台か。一台あたり二百世帯を回るんだな。五日に一度なら、一日に四十軒回ればいい……のかな。無理とも思えないけど」

「と、思うでしょ。実際には経路の長さがバラバラだし、送り先の家族が移動してることもあるから、一日にそれだけ回れるドローンは半分もいないのよ。逆に、二時間で回りきってしまうドローンもある。そんな手の空いたドローンにスケジュールを割り当ててもう一回飛ばすんだけど――」

　言葉を切ったウォンは、ハンドルから両手を離してひらひらと振った。

「昨日、二千機のオクタコプが追加で本国からやってきたのよ。でも、配送ルートの作成は自動化できないのよね。量子コンピューターの会議でもやってたでしょ。〝巡回セールスマン問題〟のせいよ」

「ああ、あれか」

　シャツの襟元からウェアラブルを持ち上げて、ARビューに取材メモを書き込んだ薄緑色の〈コルティ〉を浮かべる。国際量子通信計算機学会（IQCICQ）のボードで発表していた五十三名中、五名の研究者が〝巡回セールスマン問題〟に言及していた。

　複数の地点が与えられたとき、すべての地点を一度だけ巡る最短経路を求める問題だ。単純そうにみえるが、ノイマン型コンピューターでは、ネットワークで結ばれた複数の地点を巡る最短の経路を、現実的な時間で導き出すことができない。地点の数がほんの少し増えるだけで、比較対象となる経路の数が天文学的な数に膨れあがるからだ。

　地点が二つならば経路は二つ。地点が三つになれば三つ、四つのときは二十四と増えていく。ここまでは感覚を裏切らない増加だが、五つで百二十、十地点だと三百六十二万八千八百の経路になり、百の地点があるネットワークでは、九三三二六二の後ろにゼロが一五一個も続く、読み方すらわからない数の経路を比較する必要がある。

研究者が〝NP困難〟と呼ぶ種類の問題で、量子コンピューターによる解決が待たれている、ということだけがおれの頭で理解できた内容だ。その解決をウォンは待っているのだという。

「経路の生成を自動化しようとすると、どうしても巡回セールスマン問題につきあたる。それだけじゃないわ。一つの経路に複数のドローンを割り当てようとすると、もう一つのNP困難、〝ナップザック問題〟が立ちふさがるわけ。有限の空間にばらばらのサイズの荷物を詰め込む組み合わせ問題よ。これも計算不能――〝マイ・カー、不整地(ダート)モードに変更して〟」

慎重に進んでいたワゴンの走行速度がさらに落ち、トルクをあげるためにモーターの音が高まった。挙動の変わったワゴンをハンドルでいなしながら、ウォンは口をつぐむ。

物資の配送がうまくいっていないという話は、被災地の取材をしていれば嫌でも耳に入ってくる。特に人口が密集しているセブ・シティが深刻だ。シンガポール軍の駐留するサン・ペドロ要塞前は、物資を待つ人々で難民キャンプさながらの様相を呈しているし、日に数度は銃声も響く。民間人が容易に銃を持てるセブでは、要塞から飛び立つオクタコプを撃墜して横取りしようとする不届き者までが現れている。

「でもな。ウォンのおかげで助かってる人もいるんだぜ。新しい服に腹一杯の飯が供給されてる郊外は、治安も回復してる。そんな記事を先週〈コルティペリ〉に投稿したよ」

「ありがとう。タカシの記事はいつも読んでるわ。でも、足下のセブ・シティでうまくいかないと、実感が得られないのよね」

ウォンは道路の瓦礫を睨んだ。リゾート向けの派手な化粧でも疲れは隠しきれていない。目の下にはファウンデーションで隠せない隈がうっすらと浮いている。

「最新の量子コンピューター理論なら〝巡回セールスマン問題〟と〝ナップザック問題〟を解く方法があるのかな、って期待してＩＱＣＩＣＱに行ったんだけどね――」

無駄だったかな、とつぶやいたウォンに、ペットボトルの水を勧めた。

「なんてこと言うんだ。行ってよかったじゃないか」

「どうして」

「ひと夏遊んでくれるボーイフレンドと、リゾートホテルを占領してる量子エンジニアの友人に出会えた。これだけじゃ足りないってのか、欲張りだな」

「確かに、そうね」

ウォンは、ゆっくり、確かめるようにうなずいてアクセルを踏み込んだ。

「急ぐわね。マクタン島の道路網はまだズタズタなのよ」

ワゴンはマルセロ・フェルナン橋に向かう坂を上り始めた。

＊

寸断されたマクタン島内の生活道を縫うように走ってカート・マガディアの滞在するリゾートホテル〈サンクチュアリ〉に到着したのは、約束から二時間遅れの正午直前だった。ビーチに接するように平屋のコテージを並べたリゾート施設〈サンクチュアリ〉は、テルマ台風の高潮で冠水していたが、なんとか営業していける状態まで復旧したらしい。

青いTシャツ姿のスタッフが忙しく立ち働いている車寄せにワゴンを進めると、白髪を押さえつける制帽だけがガードマンであることを示すタンクトップ姿の男が近寄ってきた。肩から、そこらの鉄工所で溶接したような鉄パイプがストラップでぶら下がっている。ビニールテープで巻きつけた木材の形状からすると、この鉄パイプをショットガンに見せかけるつもりなのだろう。セブ・シティでも偽(フェイク)の銃を持つガードマンはいるが、こんなに雑なものは初めてだ。

「お約束ですか？」

「カート・マガディアに呼ばれたんだ」

「マガディア——ああ、先生ですね。ビーチにいますよ。子供たちと遊んでます」

先生？　と怪訝(けげん)な顔をしたおれに、ガードマンは隙間だらけの歯を見せて笑い、敷地の奥を差した。

「近くの子供たちにコンピューターを教えてますよ。ウェアラブル——でしたっけね。せっかくもらったメガネなのに、このあたりには使い方を知ってる大人がいないんですわ」

ウォンが微かなため息をついた。

アフリカで最大シェアを誇る〈虎文(フーウェン)〉が寄付し、シンガポール軍が配布している緑色の子供向けウェアラブル端末は、初めて使うコンピューターとして最適なものだ。とはいえ、使い方を教えてくれる大人が足りないのでは意味がない。

「ご夫妻もお泊まりして、子供たちにいろいろ教えてやってくれませんか。部屋はそこらの若い連中を集めて片付けさせますよ」

ガードマンが示した泥まみれのコテージを見やったウォンは肩をすくめた。

「考えとくわ」

「たのんますよ、ご夫妻。宿泊客がいれば、仕事が作れる。開業できたのはマガディアさんのおかげなんですよ。じゃあ、お楽しみください」

鍵をガードマンに渡したウォンは「じゃあ、少ないけど」と言って十ドル紙幣を出し、荷物を部屋に運ぶように言ってワゴンを降りた。フィールドコートも脱いで渡す。

大ぶりなパレオを腰のあたりだけに巻いたウォンの見事な肢体に、ガードマンが目を見張る。

「休暇ですか、いいですな。お客様のような方がもっと来てくれれば――あちらです」

ガードマンの指さす方へ歩いてコテージの脇を抜けていくと、強い日射しがパラソルの下に濃い影を落とすプライベート・ビーチにたどり着いた。

瓦礫にまみれていたはずの真っ白な砂浜には、ゴミ一つ落ちていない。カートの他にそれほど客はいないはずだが、それでも掃除をさせるだけの金が〈サンクチュアリ〉周辺の被災者へ落ちたということだ。

カートの姿は探すまでもなかった。十名ほどの子供たちが集う青いパラソルの下で、ぶ厚い身体に白い半袖のシャツをひっかけ、子供たちに声をかけながら胸元でキーボードを操る仕草をしていた。

〈フーウェン〉のウェアラブルをかけた子供たちはめいめいに宙を見上げて、落ちてくる何かを手の甲で受けとめようと走り回っていた。

子供たちが見つめる空に目をやったウォンが、強い日射しに目を細める。

「〈フーウェン〉のウェアラブルに、あんな動作コマンドあったかしら」

「ゲームかなんかじゃないか――カート！」

カートが大きな掌(てのひら)を振った。

子供たちも足を止めて手を振ってきた。みな、同じブランドの真新しいTシャツに樹脂製のサンダルを身につけている。復興をスポンサードしているメーカーも、贈った衣類がちゃんと使われている姿を見れば胸をなで下ろすだろう。栄養状態も悪くなさそうだ。

「遅かったじゃないか。子供たちと遊んでたよ。見る？」

ウェアラブルの弦(つる)を指で押し上げたカートがおれたちを拡張現実(AR)の共有ビュー(シェアード)へ招待すると、子供たちの手に重なった、輝くコインが見えた。

「さあ、もう一回やってみよう。トス！」

　カートが号令をかけると、小さな手から、噴水のような線が吹き上がる。投げ上げられるコインが描くであろう、無数の放物線は投げた手からあらゆる方向に飛び出していた。半分ほどの線は、砂浜に落ちる前に子供の手の高さで途切れているが、砂浜に転がるもの、子供の頭のあたりで跳ねるような線も描かれている。

　子供たちは一斉にコインを投げ上げる。

　輝くコインは、軌跡の一つを選んで宙に舞う。

　カートが手を叩く。

「ポーズ！　さあ、当ててみろ」

　コインが動きを止めた。そこまでにコインが辿らなかった軌跡は消えて、そこから先に辿るであろう軌跡が、やはり無数に広がっていた。

　子供たちはARビューに浮かぶ道具箱から、プリズムや虫眼鏡、剃刀にロープや漏斗のようなツールを取り出して、無数の線を〝刈り取って〟いった。みるみるうちに軌跡の束が痩せていく、と思ったとき、一人の小柄な男の子が、手の甲をぴしゃりと叩いた。

「ここで表が出るよ！」

　小さな手の甲から〝10pt（ポイント）〟という3D文字が飛び出して、再び動きだしたコインは吸いこまれるように手の甲に落ちていった。

　他の子供たちも続々とコインを手の甲に受け止めていくが、スコアは低い。多くて2pt程度だ。早く答えを出した方が点数が高いようだ。

「またネリィかよ。10ポイント？」「強すぎる。どうやってるのか教えてよ」

ひときわ悔しそうに砂を蹴っていた子供が「先生、もう一回！」とねだる。

「自分たちでも遊べるだろ？　あっちの傘の下で遊んでおいで。先生はお友達とお話があるんだ」

子供たちは歓声を上げて、二つ向こうのアンブレラに走り去っていった。その姿を追ったカートが眩（まばゆ）い砂浜に目を細めた。

「今のは、クォイン・トスっていうんだ。発表、聞いてただろ。フリーズ・クランチ法を使ったゲームだよ」

カートは〝Qoin Toss〟とARビューにタイプした。

「量子コンピューティングで、ゲーム？〈フーウェン〉の教育用ウェアラブルなんかでも動くんだな」

「まあね。あんな五十ドルマシンでも、ネットワーク接続するのに〈クェーヴ〉の量子署名チップが入ってる。あの程度のゲームなら十分動くさ」

通信の暗号化に用いる量子署名チップは、ネットワークに接続するすべてのコンピューターに搭載されている。カートは、そのチップが持つ6キロキュビットの量子メモリにゲームを作り込んだのだという。

パレオの結び目に手を当てたウォンが大きなため息をついた。

「ちょっと、あなた、あの端末までハックしたの？　信じられない。そんなことするから発表も無視されちゃうのよ。だいたいあれ、〈フーウェン〉から寄付された救援物資じゃない。運ぶのにどれだけ苦労してると思ってるのよ」

　使ってくれるだけいいじゃないか、と取りなそうとしたおれをカートが遮る。

「いやいや。運んでくれて助かってるよ。おかげで、ゲームを作りながら、このあいだ聞いた〝巡回サラリーマン問題〟と〝ナップザック問題〟も検討できたんだ。あれはフリーズ・クランチ法で解けることを確信したね」

「検討、確信ときたら次は迷信？　聞き飽きたわ。わたしは、今、解決したいの。遊んでる場合じゃないのよ」

「おいおい、遊びに来たんだろ」

　そうだけど、とこちらを睨んだウォンは、ウェアラブルをデッキ・チェアに放り投げた。

「そうね。遊びに来たの。だから、飲むわ。知らないわよ」と言ってビーチの片隅に建つ〈ラ・ボデギータ〉という看板の仮設バーへ「モヒートお願い！」と呼びかけた。

「怒らせたな。まったく……。ああ、あんなに、一気に飲んじまった」

「なんで」

「聞いてるだろ？　オクタコプの配送スケジュール管理で参ってるんだよ。何年か後に実用化なんて話を聞かされると、カリカリくるんだろ」

「いや、今すぐにできるってば――どうしたの」

　カートのシャツを子供が引いていた。ハイスコアを叩き出したネリィだ。

「ねえ先生。このゲーム、持って帰っていいの？」

「もちろんだよ。ちょっと待っててくれ」

カートはネリィからウェアラブルを渡してもらい、弦(つる)のタッチパッドに二本の指を当てた。人体を用いたデータ転送、ボディ・エリア・ネットワーク(BAN)でデータを送り込む。無線で転送する方が楽だが、まだ教えていないのだろう。〈クェーヴ〉チップを騙してゲームを遊ばせるよりも優先して教えるべきだ。

確かにカートは遊んでいる。

カートはウェアラブル・グラスを戻すときに眉をひそめた。

「この傷、だれがつけたの」

耳かけの後ろにある電池を収めた膨らみに、ドライバーで傷つけたような跡があった。

「電池がね、お兄ちゃんに取り上げられちゃったんだ。だから、先生のところに行くときは、お父ちゃんのメガネから電池を借りてるんだ」

「そうか」とうなずいたカートが、おれだけに見えるようARビューにタイプした。

〝ネリィの家族は、皆、台風で死んだ。彼は、叔父の家に住んでいる。まだ現実を受け入れられていないらしい〟

つまり、ネリィの電池を取り上げているのは、いとこや叔父ということだ。物資は送れても、被害に遭った人々のストレスはまだ残る。次はその記事を書こう、などと考えていると、他の子供たちも集まってきて、電池の行き先を教えてくれた。酒やタバコと交換しているか、カード賭博のチップになっているという。

バクチはともかく酒やタバコは支援物資にするべきだ、と〈コルティ〉にメモをとる。結局はこうやって裏で出回ってしまうだけなのだ。

カートが子供たちのウェアラブルにクォイン・トスをインストールしていると、〈ラ・ボデギータ〉から、モヒートを掲げたウォンが呼びかけてきた。

「あなたたち！　何も頼まないの？」

空のグラスが二つ並ぶカウンターに肘をついたウォンの腰では、ほどけかけのパレオが風に揺れていた。三杯目で、ようやく休暇気分になってきたようだ。

「おれにも同じものを頼むよ！」

首を捻ったカートが、薄緑色のシャーベットが盛られたグラスを舐めながらパラソルの下に戻ってきた。

「どうにも、ダイキリのアレンジがうまくない」

「仕方ないよ。ダイキリなら〈エル・フロリディータ〉で頼まなきゃ。ボデギータならモヒートだ。ウォンのオーダーが正解だ」

デッキ・チェアにうつ伏せて背中を焼いていたウォンが「どういうこと」と顔をあげた。

「どっちもヘミングウェイが愛した酒場の名前なんだ。〝おれのモヒートはボデギータ、ダイキリはフロリディータ〟なんだそうだ」

「さすがジャーナリスト。物知りね」

肩をすくめたおれの鼻に、カートのグラスから漂う甘い香りがまとわりついた。

「なんだ、それ」

「〝量子（クオンタム）ダイキリ〟。おれのオリジナルだ。猫の名前の酒があったからね、それを入れてもらったんだ」

「猫――シャルトリューズか？　黒地に金文字ラベルの」

「そう、それそれ。シュレーディンガーの猫をイメージしてるんだよね。量子と名づけるなら、死と生の重ね合わせを象徴する猫の酒ほどふさわしいポーションはない」

首を振った。シャルトリューズはフランスの修道院で作られるハーブ酒だ。とろりとした舌触りと薬草の香りはナイトキャップには最適だが、赤道直下のビーチには似合わない。

「それは無理だ。ハーブが潮風と混ざると気持ち悪いんだよ」

「そう言うな。まだ、あと一ヶ月は滞在する予定だし、がんばってみるよ」

ウォンが三杯目のモヒートを掲げた。

「せいぜいがんばってね。〝巡回セールスマン問題〟も期待しないで待ってるわ」

「そっちはもう、できてるんだってば。フリーズ・クランチ法は、パッケージ済みだ。実用品だよ。クォイン・トスでも、タカシに渡した〈コルティ〉のエディタ・プラグインでも動いてる。だよね、タカシ。昨日そんなメッセージもらってたけど」

「おれはバグがあるって言ったんだけどな」

「動いてるんだろ？」

ウォンとカート、二人の温度の異なる視線が集まった。動いて当然という自信と、動く訳がないという諦め。書いてもいない文章が出てくるあの現象は、どちらに味方するだろう。

「じゃあ、ここで見てもらおうか。昨日のままにしてあるよ」

二人にウェアラブルをかけるよう促して、昨日の〈コルティ〉を候補画面とともに宙に浮かべた。

――……サン・ペドロ要塞に駐留しているシンガポール軍は、瓦礫をバリケードにして〝ラディン・ブリック〟を投げつける〝農村(バンプキッド)セブ〟を排除するために四足型の警備用無人機(ドローン)を出動させた。ドローンによって行われた実弾による威嚇射撃の被害はただいま調査中〉

「なによ、これ！」

ウォンがチェアから跳ね起きた。

〈コルティ〉の下に浮かぶ文字を、震えるピンク色のネイルでなぞる。

「タカシ、なんでこんなデマ書くの。警備用のドローンにはゴム銃と音波ビームしか積んでないわ。実弾を撃てる銃なんて――」

「おれが書いたんじゃない。カートのプラグインが量子メモリから呼び出したんだ」

「それ、一回は書いたからでしょ」

「書いてないんだって。〝ラディン・ブリック〟なんて物騒なものは一度書けば忘れないよ。なあ、カート。これって、フリーズ・クランチ法で書きかけの文に似たものを探すんだろ？」

「違うよ――。でも、そんな勘違いも仕方がないか」

額に玉のような汗を浮かせたカートの唇が、ゆっくりと笑う形に変わっていく。

「タカシ、エディタのコントロールをちょっと貸してくれ」

カートは胸元に浮かべたキーボードを忙しなく叩き始めた。

「なにをしてるんだ？」

「因果を逆に辿ってる。すべての量子アルゴリズムは可逆なんだ。二という出力があれば一足す一の結果なのか、二掛ける一なのかは必ずわかる。時間の矢に縛られていないからね――ああ、わかった。呼び出す時間を過去に制限するのを忘れていた」

カートが手を止めると、日付が表示された。ウォンが目を見張る。

「これ、明日よ。いま、過去に制限って言った？」

「そう。この文書が保存されうるのは、明日の深夜だ」

「おかしいじゃない。自分で何を言ってるかわかってる？」

「そっちこそ、注意して聞いてくれ。フリーズ・クランチ法は保存されたテキストから探してるんじゃない。保存されうるテキストから選び出すんだ」

ウォンが口を開いたまま固まってしまったので、後を引き取るように言葉を押し出す。

「されうる、つまり……。フリーズ・クランチ法は、未来を予測することができる？」

「未来……ね。そう言ってもいいかな。〈クェーヴ〉の量子メモリでは、すべての状態が重ね合わせられているからね」

カートはウェアラブルの弦（つる）を指さした。

「ウェアラブルには量子署名する〈クェーヴ〉チップが入ってる。このモデルなら12Ｋキュビットだ。一文字に一バイト使うとして、どれだけの文字数を重ね合わせできるか、わかるかい？」

「計算は勘弁してくれ。答えだけ教えてくれればいいよ」

「ヒントをあげよう。古典コンピューターなら、12Ｋビットのメモリは、千五百三十六文字保存できるよ。12Ｋキュビットなら――」

「しつこいな。どうせ宇宙の原子の数とかそんなんだろ」

「まあね」カートは白い歯を見せた。「二百五十六の千五百三十六乗の組み合わせだ。僕の考案したフリーズ・クランチ法は、この膨大な重ね合わせから有意なデータを抜き出せる。正確に言うと、あらゆる組み合わせ問題を、量子コンピューターで解ける〝誤り可能性有限量子多項式時間（BQP）〟クラスに整形するんだ」

両手を胸の前で絡ませたカートは、国際量子通信計算機学会（IQCICQ）の壇上で行ったのと同じ内容を、平易な言葉に置き換えてフリーズ・クランチ法を説明し始めた。語る内容には所々でわからない部分があるものの、積み上げられる論理は明瞭だ。数学や量子力学の研究者ではなく、サンフランシスコのＩＴ企業に勤めるプログラマーだからなのだろう。

説明を続けるカートの顔を見ていると、ＩＱＣＩＣＱでのカートと、そしてウォンとの出会いを思い出す。

三週間前、学会で壇上に上がったカートの発表は、プロの量子コンピューター研究者からは冷淡に迎えられた。キーノートをつとめた大物教授は、カートの発表が始まるとこれ見よがしに席を立ち、弟子たちを煽ってブーイングを浴びせさえしたものだ。IQCIQで育ててきた量子署名用のプロセッサ〈クエーヴ〉にただ乗り(フリーライド)していたことが反感を買ったらしい。

白髪頭の教授は「ここはハッカーの居場所じゃない!」と吐き捨てて、多くの聴衆を引き連れて退席した。残されたのは、お行儀のいい日本人の集団と取材していたおれ、そして最後尾の座席で熱心にメモを取っていたウォンだけだった。立ち去る学会員たちへ壇上から「バイバイ。また来年」と手を振ったカートは、数名しか残らない講堂で、堂々と発表を終えた。

おれが次にカートを見たのは、シティホールのロビーで記事をまとめていたときだった。マクタン島復興のための募金を募りに来ていたNPOへ「宿泊費用を多めに出すからホテルの営業を再開してくれ。復興を助けたいんだ」と熱心に訴えていたのが、発表を終えたばかりのカートだった。戸惑うNPOへ、比較的被害の少なかった〈サンクチュアリ〉に連絡してみろよ、と提案したのがおれで、それを後押ししたのが、軍服姿のウォンだった。それが三人の出会いだ。

カートの狙いは当たった。営業を再開した〈サンクチュアリ〉には滞在を復興に役立てたいという客が泊まるようになり、マクタン島ではホテル再開が雇用も生む復興のモデルとして注目されている。

「――一度BQPに乗ってしまえば、あとは今までに考案されたアルゴリズムで刈り込んでいけばいい。クォンタム・ウォークに、ショアの楕円関数、量子焼きなましや断熱法に、冷却法。〈クェーヴ〉にハード・コードされたたくさんの量子アルゴリズムが使える」

真剣に聞き入っていたウォンが口を挟んだ。

「説明の途中でごめん。八十万ノードの〝巡回セールスマン問題〟も扱える？　それだけ聞かせて」

「オクタコプの配送ルートだね。被災地に配ってる〈フーウェン〉のウェアラブルを二十台、用意できるかな」

「ワゴンに積んであるわ。どうするの？」

「〝巡回セールスマン問題〟と〝ナップザック問題〟を〈クェーヴ〉でBQPに乗せるんだ。八十万ノードの経路を展開するのに、量子メモリがそれぐらいは必要になる。あとは簡単だ。フリーズ・クランチ法をパッケージしたアプリケーション・プログラミング・インターフェースもあるから、ウォンが自分で刈り込みツールを作ることもできる」

「API――じゃあ、使えるの？　量子コンピューティングがわからなくても？」

「ああ。ネットワークの要素をBQPに落とし込むのも、絞り込みに使うアルゴリズム・ツールも、ブラックボックスとして扱える。そのためのAPIだ」

カートがARビューにクォイン・トスの設計表を開いていくつかのブロックを示すと、ウォンが身を乗り出した。おれには意味がわからないチャート図のようなものだが、ウォンは身を乗り出した。

「このビルダー、わたしたちも使ってるわ。じゃあ、これで作れるのね」

「もちろん」

長い脚をくるりと回して、ウォンが砂浜に飛び降りた。

「カート、他の人にも使い方を教えてあげていい？　セブ中のロジスティクス担当者をすぐに集めるわ。日本、ベトナム、アメリカの支援物資担当者に、成層圏ネットワークの〈セルリアン〉。ジプニー網を見直しているNPOもあったわね」

両手の拳を握りしめたウォンが大きく息を吸い込んだ。

「開発合宿――フリーズ・クランチ・ハッカソンよ！」

＊

天頂に蠍の心臓(アンタレス)が輝くと、施設のあちらこちらが間接照明できらびやかに彩られた。いまだ電力事情が豊かではないマクタン島が振り絞った電力は、砂浜に座るぶ厚い身体のカート

・マガディアと、パレオをなびかせて踊るように指揮をとるリンシュン・ウォン少尉をこの世のものではない生き物のように輝かせていた。
二人を取り囲む、百名ほどのアバターたちはマガディアが宙に浮かべるチャート図へ目を見張り、ウォンに指されれば立ち上がって質問の声を上げ、あるいは成果を披露する。

歴史に名を残すであろう量子コンピューティングの開発パーティ──フリーズ・クランチ・ハッカソンは、そんな、夢のような光景の中で行われていた。

〈コルティ〉に下書きを書き留めて首を巡らすと、真っ暗なマクタン島のビーチに目が吸いこまれた。明るいのは〈サンクチュアリ〉のプライベート・ビーチだけ。周囲には暗いテントに住まう被災者もひしめいている。マクタン島の自治体は、金を落とす宿泊客に一日でも長く留まってもらうため、そして新たな顧客を誘導するために乏しい電力を集中して使っているのだ。

不公平ではあるが、不便な場所に客は来ない。観光地であるセブが往時の輝きを取り戻すために、ホテルの快適さが必要だという判断だった。善意だけでは続かない。同じような災害が別の場所で発生すれば、支援の手と注目は急速にセブから離れていくだろう。

記事にその事情を追加するかどうか迷っていると、ウォンの傍らに輝くアバターが二人分現れて、カートを取り巻く輪に加わった。

生身の人間はたった二人だけだが、AR会議に参加しているアバターは百名を超えている。ウォンが呼びかけたのはセブ・シティで復興支援に当たっている現地のスタッフだったのだが、口コミが広がって今は世界中のエンジニアが参加してきていた。

参加者の多くはウォンのような救援資材を搬送するロジスティクスを担当しているらしく、ドローンの配送経路や電力インフラなどの課題を持ち寄って解決の方法を模索している。

一千万もの被災者へ、世界各国から集まった数百もの支援団体が個別に支援の手をさしのべることになった前代未聞の復興プロジェクトは、情報との戦いだ。ロジスティクス・ルートの最適化に頭を悩ませる担当者にとって、カートのフリーズ・クランチ法がもたらす利益は計り知れない。

そして、量子コンピューターの活用事例としても注目を集めるだろう。

署名や通信、それにプログラム・エラーの早期発見ぐらいでしか実用例のない量子アルゴリズムが、いきなり実社会に躍り出たのだ。ここに居合わせた者たちは、この夜のことを誇らしげに語るだろう。

〈コルティ〉の取材ノートに下書きを追加していると、ウォンがパレオを翻(ひるがえ)した。

「ローカル交通網の最短ルート探索ができたのね！　ラルフさん、プレゼンしていただけないかしら」

ウォンが〝Ｃｅｂｕ Ｌｏｖｅ〟のＴシャツを着たアバターを立たせて中央に誘うと、周囲のアバターたちが音のない拍手のジェスチャーを送る。ラルフと呼ばれたアバターはそれに応えて両の拳を突き上げた。

『みんな、これで安心してジプニーに乗れるぜ！』

セブ島、マクタン島を、改造したバスや軽車両で網の目のようにつなぐ個人営業のローカルな交通機関、ジプニーの乗り換え探索課題が完成したらしい。

個人営業のジプニーが公共交通機関に先んじて営業を開始したことは歓迎されたが、新たな不満も生まれていた。復旧していない道路網のために、かつて使っていたルートが使えなくなったこともそうだが、ドライバーに支給されたウェアラブルから発信されるリアルタイムのジプニー情報が、今までに見えなかったことを可視化してしまったためだ。

ジプニーのいい加減さはかつてと変わらない。だが、遅れや休みを〝Bahala na!（なるようになるさ）〟と受け流していた人々は、怠け、適当にルートを変えるジプニーに不満の声を上げるようになってしまった。

ウォンに祝福されたラルフ――NPOのスタッフが取り組んでいるのは、混沌が可視化されたジプニーの乗り換え案内用のツールだ。不満のすべてが解消するわけでもないが、〝巡回サラリーマン問題〟を解くフリーズ・クランチ法のデモンストレーションとしては適切なものだろう。なにより、複雑怪奇だったジプニー網を外国人でも利用できるようになるのはありがたい話だ。

おめでとう、と〝Good Job〟のジェスチャーをアバターの輪に投げたおれは、ウェアラブルにインストールしてもらったクォイン・トスを起動した。

子供たちが遊んでいたものよりも高い解像度で描かれたコインが手の中に現れる。曲げた人差し指の上にコインを置いて親指ではじくと、無数の線が噴水のように吹き上がった。

〈クェーヴ〉チップの中にシミュレートされた平行宇宙（パラヴァース）を動く、すべての軌跡だ。チラチラと瞬く軌跡の中を、コインは実物さながらに回転しながら、一つの放物線の頂点に達しようとしていた。

「ポーズ」

ゲームはここからだ。平行宇宙の時空間にはじき上げられたコインは、重力に引かれて手の甲に落ちる軌跡と表裏を当てる。ルールは簡単だが、高い点を取るためには、処理に要するステップが短くなければならない。

目の前に並ぶ量子アルゴリズム・ツール、プリズムに剃刀、漏斗にハサミの形をした道具を選んで、可能性を刈り込める。〝ショアの楕円関数〟と名付けられたプリズムを軌跡の根元に当てると、半分ほどの軌跡が七色に輝いた。バイオレットの軌跡を〝断熱法〟と名付けられた剃刀でなぞると、おれが手を伸ばしそうな場所を通る線の束が輝く。

半ば無意識に剃刀を揮（ふる）っていると、一つの確信が得られた。

手の甲を軌跡の中に差し出して言った。

「ここで、表」

コインが表を上にして手の甲に収まり、２pt（ポイント）という立体文字が飛び出した。昼間のあの子——ネリィといった小柄な男の子は、どうやって10ポイントもたたき出したのだろう。何度か挑戦しているが、これより高いスコアは出せそうもない。

手の甲に落ちたコインを眺めていると、軍服姿のアバターが歩いてきた。

『そこ、よろしいですか？』

「どうぞ。ハッカソンは賑やかでいいね。おれはタケシ・ヤシロ、ジャーナリストだ」

二本の指を敬礼のように額につけて、握手のできないAR会議で流行っている挨拶のジェスチャーを送ると、歩いてきた男のアバターも同じ仕草を返した。

『アレック・フォード、軍曹です。ウォン少尉と同じシンガポール軍で陸上型ドローンを運用しています。警備班ですので、ウォン少尉の部下ではありません』

アレックと呼んでください、といって腰を下ろしたアバターの顔は褐色の肌のテクスチャーに一文字の太い眉毛。額にはヒジャンのようなマークが描かれている。

「警備も大変だろうね。銃を持ってる被災者も多いから」

『まったくです。ドローンも武器を積んでるので気を遣うんですよ』

「おや？　実弾を使う銃は搭載できないって聞いたんだがな」

『確かに、実弾を撃つ銃は積んでませんが、実戦用ですよ。僕が担当しているのは国境警備にも使える中間戦場対応型です。ライフルから対戦車ロケット、地対空ミサイルまで、歩兵が持てる装備なら何でも扱えますよ』

機体の三ヶ所に搭載されたガンポッドには、人の腕を模したマニピュレーターが付属する。制圧した相手から武器を奪って利用することも可能なのだ、とアレックは説明してくれた。

「知らなかったよ。その情報、公開していいのかな？」

『あれ？　どうだったかな――』と動きを止めたアレックは、すぐに口を開いた『確認しました。僕が話したってことだけ非公開にしてください』

アレックはドローンのメーカーのURLを転送してくれた。いずれはアバター自体が非開示契約(NDA)の情報を遮断してくれる時代も来るのだろう。

「サンキュー。助かるよ。週明けに取材に行っていいかな」

『ええ、もちろん。上に伝えておきます。強面(こわもて)のドローンですが、実態をきちんと知ってもらわないと、望ましくない反応を引き起こしかねませんからね』

「ドローンはあなたを絶対に踏みつけません、とかだよな」

『その通りです。なかなかわかってもらえなくて……。セブの当局からは、夜間警備のために街を回ってくれという要請もあるんですが、復興支援に反対しているグループが市民を煽(あお)って妨害してくるんですよ』

「農園の島に戻れ！　って奴らだな」

アレックのアバターが上体を左右に振り、笑い声を伝えてきた。

テルマ台風への復興支援には民間企業からの寄付も多い。成層圏ネットワークでセブ周辺のネットワークを復旧させた〈セルリアン〉を筆頭に、ウェアラブルを被災者全員に支給する〈フーウェン〉、世界最大の慈善団体は実証試験を終えたばかりの超小型原子力発電装置〈コバルト・セル〉を集落ごとに送り届ける。他にも、支援の名の下にセブに集められた次世代インフラは数知れない。浄水機能を備えた水道網に、劣化しない設計珊瑚ブロックで作られた住居、持続性衣服から工場まで多岐にわたる。

だが、いいことばかりではない。

先進国でも利用されていない高度なインフラは、住民にとって完全な〝ブラックボックス〟だ。このインフラを次の繁栄につなげるためには、次の社会を担う子供たちへの教育が欠かせないはずなのだが、手は足りない。

そして、そんな海外からの復興支援そのものを拒絶しようという団体も少なくない。農業を主体としたコミュニティへの回帰を訴える〝農村（バンプキッド）セブ〟がその筆頭だ。

『お笑いぐさですよ。農村セブの幹部、知ってますか？　プランテーションを引き継いで低賃金で労働者をこき使ってる地元の農園主ですよ。フェアトレードにも反対してる。戻るもなにも、スペイン人が入植する前のセブに、農村なんてあったんでしょうかね』

まったくだ、とグラスを掲げると、アレックのアバターは右手を乾杯の形に差し出して、グラスに当てる仕草をした。実際の彼はサン・ペドロ要塞の居室でコーヒーでも飲んでいるのだろう。

『とにかく、今日のハッカソンに呼んでいただけたのは助かりました。ドローンの行動単位（アクション・ノード）は粒が揃っているので、定型的な作戦なら人力で組めるんですが、複数の目標を与えたときの効率が読めなかったんですよ。マガディアさんのフリーズ・クランチ法で有限のネットワーク——ええと、BQPですね。そこに落とし込めば、いくつかの目標を経由点にする作戦行動が、合理的に作れるようになりました」

シミュレーターでは申し分なく動作したというアレックの手放しの賞賛を聞いて、おれは不思議な感覚にとらわれた。

アレックは、フリーズ・クランチ法そのものを習得したわけではない。理解の深さはおれと変わらないだろう。それでもカートの発明した手法を、APIごしに使えたという。ITエンジニアのカートだからこそパッケージできた手法なのだろうし、ウォンやアレックのような運用担当者が、理論そのものを知らなくても使えるのは素晴らしいことだ。

だが、それは一種のブラックボックスだ。

中身もわからず扱う。神の声を伝える巫女となにが違うのか。

量子コンピューティングやフリーズ・クランチ法を、見かけで判断してもいいのだろうか。カートが言った「ありうべきすべての宇宙」という本質をブラックボックスにしまい込んでいいのだろうか。最適な行動が解けるようになったとき、フリーズ・クランチ法が出した結論は人間の感覚を裏切ったりはしないのだろうか。

アレックのアバターは『じゃあ、ぼくは基地に戻ります』といって空気椅子から腰を上げた。

「いつ取材に行けばいいのかな」

『いつでもどうぞ。明日以降なら、フリーズ・クランチ法で最適化したドローンの行動計画を実機でお見せできると思いますよ』

アレックのアバターはカートたちが集う方へ歩み、二本指を立てる挨拶を交わして『ぼくはこの辺で失礼します』と言った。

ウォンが鮮やかな身のこなしで身体を回し、全員の注目を集める。

「ドローンのアクション・ノードを最適化したアレック・フォード軍曹が帰ります！」

拍手のジェスチャーを送るアバターが見守る中、アレックは公開できる成果物です、と言ってファイルを砂浜に置き、敬礼のジェスチャーを周囲に向けてから姿を消した。

アレックのファイルを拾い上げたカートが「いいねえ！」と声を上げると、百体を超える、陰影のないアバターは音もなく動いて周囲に集まった。水着姿のウォンがアバターを通り抜けてカートの傍らに歩を進める。

まるで妖精のようだな、と思ったとき、アレックの言葉が頭に蘇った。

実機――と言ったか？

＊

早朝の濃い霧で見通しの悪くなったセブ・シティの目抜き通り、オスメニャ・ブールヴァードに立っていた。瓦礫をサン・ペドロ要塞に向かって回り込もうとすると、目の前に黒い物体が、霧を割って姿を現した。

警備用の無人機（ドローン）だ。真っ黒なボディから伸びる四本の脚が、バラックのものだったトタンを踏み破る。動力（アクチュエーター）パイプに包まれた膝関節が震え、どちらが正面かわからない巨大な胴体を、空間にピン留めしたかのように静止させていた。

ドローンの足下にはボロをまとった被災者がうずくまっていた。予備動作を感じさせずに動いたドローンの脚が、倒れ伏した背中に突き刺さった。

血の泡が吹き出して霧に混ざる。被災者の身体から流れ出した、驚くほど大量の赤黒い液体が、木材とトタンの山に染みこんでいき、道路にこぼれておれの爪先を濡らした。

ドローンは、絶対に人間を踏むことはない——はずじゃなかったのか。

シャツの袖を引っ張って、ドローンの本体に二十は埋め込まれているカメラの一つにプレスの腕章を向けた。自律行動するドローンでも監視している担当者がいるはずだ。そう、ハッカソンに来ていたインド系の軍曹。見てるか？

——アレック、ドローンを止めろ、タカシだ！

叫んだはずだが、その声が自分の耳に聞こえない。

ガンポッドの銃がこちらに向いた。尻餅をつくと、踏みつけられた男から流れ出た血に手首まで濡れた。生暖かい血液は肘まで生き物のように這い上り、触れた場所が痺れたように動かなくなっていく。

まだ自由に動く頭を振るが、ドローンが向けた銃口は予測していたかのようにぴったりと眉間を狙ってくる。

もう逃げられない。ありうべきすべての宇宙から最適な解を選び出すフリーズ・クランチ法が、既にインストールされているのだ。

——やめさせろ。アレック、聞いてるのか。

声にならない叫びを上げる。ドローンがさらに一歩を進めた。

鉄パイプのような銃口の奥まではっきりと見える。

目を閉じて叫ぶ。

「アレック！」

頬を砂粒がざらりと撫でた。

おれはゆっくりと粘つく瞼を引き開けた。


薄青色の空にアジサシの影が飛びすぎていく。潮騒と、乾いた朝の海の風——ビーチのチェアで眠り込んでいたようだ。身体の下に敷いていた左腕が痺れ、朝日に向いていた右半身には、じんわりと汗が浮き始めていた。

「おはよう、タカシ」

昨夜と同じ、ウェアラブルをかけたままのカートがテーブルの向こうから声をかけてきた。テーブルには湯気の立つスープと目玉焼き、そして何種類かのパンにソーセージが並べられている。

「寝言かい？　アレック、って途中で帰ったウォンの同僚だよね」

「……ああ、ちょっと嫌な夢を見てた。いま何時？」

「六時半。カフェインとビタミン、どっちにする？」

コーヒーとオレンジジュースのサーバーを指さしたカートは「目覚まし」と答えたおれに笑い、磁器のポットからコーヒーを注いでくれた。芳醇な香りを吸いこみながら、ウォンの姿を求めて首を巡らせる。ビーチにはカートしかいない。

「ウォンは？」

「タカシが寝た後、四時頃だったかな。セブ島に戻っちゃった。昼にはこっちに戻るけど、どうしてもフリーズ・クランチ法を今日の配送で試しておきたいんだって」

コーヒーが気道に入り、むせてしまう。

「なんだって？　もう実機で使うつもりなのか？」

「そう言ってたな。五日おきの配送を、まず三日おきに短縮できるかどうか試してみるって。シミュレーターではちゃんと動いてたよ」

「なんで止めなかった。昨日の様子だと、ウォンはフリーズ・クランチ法の理屈をちゃんとわかってないじゃないか」

「何言ってるんだ。わからなくてもいいようにオブジェクト化してあるんだ。入力さえ正しければ、すべての取りうる値から適切なものが選び出される。たとえば――」

カートがウェアラブルの弦（つる）に指をあてて共有ビュー（シェアード）を立ち上げようとしたとき、ビーチに子供が走り込んできた。大きな緑色の〈フーウェン〉製ウェアラブルが顔からずれ落ちそうになるのを必死で押さえている。昨日、クォイン・トスでを遊んでいたネリィだ。

「どうしたの？　今日は教室の日じゃないよ」

「シティが大変なことになってる。砦(とりで)の軍隊が暴れてるんだって。お兄ちゃんからメッセがきたの」

　このあたりで砦といえば、サン・ペドロ要塞しかない。軍隊はシンガポール軍だろう。悪夢が蘇る。

　ウェアラブルをかけて、セブ・ニュース・ネットワークのプレス向け配信を立ち上げる。共有ビュー(シェアード)でカートとネリィにも見られるようにした。

〝セブ駐留のシンガポール軍が被災者の抗議団体に向けて発砲。サン・ペドロ要塞周辺は立ち入り制限。取材用の防弾ジャケットはプレス・センターで配布中〟

　にじんだ汗がシャツと背中の隙間を流れ落ちていく。

　ウェアラブルを外したネリィが、おれの手を引いて、消えたLEDを指さした。

「電池ある？　お兄ちゃんに、また取られちゃったんだ」

　カートが、砂浜に転がっている〈フーウェン〉のウェアラブルから電池を抜いてネリィに渡す。

「昨日も取られたって言ってたよね。お兄さん、い、い、そんなにたくさん集めて何に使ってるのかな」

　ネリィは慣れた様子で耳かけの後ろを開けてバッテリーを差し込んだ。

「たくさん集めて、ばく――爆弾にするんだって。セブの人を食べもの(フーズ)にしてる外国の人たちを追い出すんだって。ねえ、食べるってどういうこと？」

「食いものになんかしないよ。元気になって欲しいだけだ」

ＡＲビューの隅でメッセージの着信を示す緑色のドットが点滅していた。視線を向けると差出人のプロフィール画像が浮かび上がる。ウォンだ。

〝爆発物が投げ込まれて、アレックのドローンたちが暴走した。フリーズ・クランチ法で自律行動していて手がつけられない。カートを要塞に連れてきて〟

メッセージを共有すると、カートが口を押さえた。メッセージが続く。

〝ドローンは暴徒から取り上げた銃をガンポッドに載せた。発砲することはないと思うけど、とにかく、急いで。遠隔停止ができない。強制停止ボタンを押そうとしても、逃げ回って手がつけられない。重火器を用いたドローンの実力排除が行われる。住民に被害が出るかもしれない〟

「アレックがインストールしたコード、どんなのか見当がつくか？」

口を押さえたまま、カートは「やれるはずだ」とうなずいた。

「だが、足がない。おれもタクシーで来たんだ。道も知らない」

「ネリィ。セブ・シティまで行く方法を教えてくれ。路線バスは復旧してないよな。ジプニーを乗り継ぐとどれぐらいかかる？」

「三時間よりも、もっとかかるよ。ロドリゴの〈ドラゴンフライ〉がもうすぐホテル前を出るから、それでバンカル・ソンのスーパーマーケットまで行けるかな。そこから四つ出てるけど――どれがいいかな。先生たち、急ぐんだよね」

ネリィはしゃがみ込んで、砂の上にマクタン島を示す四角を描き、中に道路の線を引いた。星や三角形のマークを書いて指でなぞっていく。

「ネリィ、これを使ってみて」

カートが言うと、砂絵にARビューでマクタン島とセブ島の地図が重なった。

「ジプニーを乗り換えていくとき、一番短いルートを探せるんだ。いい？　まず全部の路線を重ねるよ」

地図上に無数の点――ジプニーの現在位置が描かれた。まだ午前七時にもなっていないためか、集落にとどまる点がほとんどだった。カートが胸元で手を動かすと点から道路に沿った線が延び、地図を覆い尽くす。乗り換えができる場所が赤い点で浮かび上がる。

ネリィが手を叩いた。

「わあ、すごいや」

「いいかい？　使い方は、昨日のクォイン・トスと同じだ。一番短いルートを探してくれないか」

ネリィは人差し指をくるりと回し、ARビューに描かれる量子アルゴリズム・ツールボックスを並べた。フーリエ変換された波の高周波を削り取る〝マガディアの冷たいスポイト〟を取り出して一本の線にあてると、地図を満たしていた無数の線が一気に半分ほどに絞り込まれる。

目を見張ったカートが「どうやって選んでるの？」と聞いた。

「あのね、いい線は、周りに邪魔されていないんだ」

「ストレスがないってこと？」

ストレス？と首をかしげたネリィは、よくわからないやとつぶやいて作業に戻った。

刻々と位置を変えるジプニーのすべての状態を絞り込んでいく作業にはどれぐらいの時間がかかるのか見当もつかない。

カートに早口でささやいた。

「なんで最短ルートが自動的にわからないんだ」

「昨夜完成したのは、ジプニー網をフリーズ・クランチ法で扱える〝誤り可能性有限量子多項式時間――BQP〟にするところまでだ。ツールとしては完成してない。ありうべき最短ルートに絞り込む手続き(プロトコール)はまだクォイン・トスと同じだ」

倍ほどの早口で返したカートがネリィに声をかけようとして、動きを止めた。

「――もう？」

砂の上には、たった一本だけの線が描かれていた。

立ち上がったネリィは手を叩いて砂を払い、カートを見上げた。

「このルートなら一時間半で行けるよ」

地図の向こう側に回り込んだネリィが地図を指さしてルートを説明してくれる。

十分後にホテルから〈バタフライ・ジョー〉に乗って行き先の橋と逆方向の南にクェゼン国道を走り、〈シンゴナ〉に乗り換えてパジャック・マリバゴ市道へ入る。パラナ・スパで降りて十三分待てばやってくる〈キング・ラプラプ〉に乗車――渦を巻くようにマクタン島とセブ・シティを縫って走るルートは、逆走と無駄な乗り換えが目立つ。とても最短には思えない。

「うん。僕もやるまではこんなルート思いつかなかったけど――でも、これ、早いよ」

カートが砂に膝をついた。

「信じられないのは……僕だよ。ねえネリィ、どうやったの？」

「一番、ゆったりした道を選ぶんだ。そうすれば、どれよりも短い線が選べるんだよ。もう一回やってみようか」

「いや、いい。それより、チップをあげよう」

カートは二本の指を揃えて立てた。人体通信（BAN）を使った送金だ。笑ったネリィがカートの指に掌を当てると、フーウェンのウェアラブルが被災者へ個別に用意した口座のアカウントを開く。

「チップを送金。個人口座へ千ドル」

目を丸くしたネリィが手を引きもどす。無理もない。奥地ならば人が買えるほどの金額だ。

「勘違いしないで、ネリィ。いま、君がやってみせた絞り込みは、僕にとってそれだけの価値があることなんだ」

片膝をついてネリィの肩に手をかけたカートは、しゃがんで顔を覗き込んだ。

「刻々と状況の変わる千三百ものノードを持つジプニー網。横たわる組み合わせは、宇宙のすべての原子を、それと同じ数でかけたものよりも多い。その中で、ずば抜けて短いネットワークを見つけだせたことは、僕のフリーズ・クランチ法が正しく動作することを証明してくれたことになる。千ドルでも全然足りない」

わかんないや、と笑ったネリィはホテルの入り口を指さした。

「いいけど先生。ジャンの〈バタフライ・ジョー〉はもうすぐ出ちゃうよ。急ぐなら、すぐに動かないと。線はまた変わっちゃうから」

＊

おれとカートは、プレス・センターで仕入れたポリカーボネートの盾を背に、銃声の聞こえてくるオスメニャ・ブールヴァードを、サン・ペドロ要塞の方向へ歩いていた。夢とは違い、霧は出ていない。

正面には群衆を中に入れないための検問が築かれていたが、バリケードの周囲に群がる警察官と軍人は、要塞の方へ向くのか、それとも押し寄せる群衆の方に向けばよいのか迷っているようだった。

プレス・センターの先はシンガポール群によってネットワークが攪乱（ジャミング）されていた。無人機（ドローン）がウェアラブルの無線にロックオンする可能性があるためだということだった。

「報道（プレス）だ。通してくれ。アシスタントと二名で中に入る」

シャツの袖口に縫い込まれたプレスの腕章を見せて検問を通り抜け、瓦礫の前に腰をかがめる。

嗅ぎ慣れた暴動の臭いが鼻をついた。火薬と、焼け焦げたプラスチック、それにラディン・ブリックが燃えたときの刺激臭だ。

頭上を八枚羽（オクタコプ）の無人機（ドローン）が通り過ぎて要塞に向かっていく。配送業務から帰ってきた機体だろうか。首を巡らせると、他にも空荷のオクタコプが何機か要塞の方へ飛んでいた。

首を伸ばして、要塞を窺うと、銃眼の隙間ごしに、ピンク色のレーザーが点滅していた。ウォンのプライベート・メッセージだ。ウェアラブルをかけて視線を当てるとメッセージが浮かび上がる。この方法ならばネットワークのジャミングに影響されることはない。

〝タカシ、よく来てくれた。胸壁の上にアレックと二人で待ってる。カートは？〟

シャツのポケットからレーザー発信器を取り出してウェアラブルの弦（つる）にテープで縛り付け、メッセージを送る。

〝いる。フリーズ・クランチ法を無効化するコードを持ってきたよ。受け取れる？〟

カートが首を振った。

「この通信方式じゃ逆転コードは送れない。量子署名して送らないとコードが壊れる。ウェアラブルの〈クェーヴ〉チップごと渡さなければならない」

無理なことを伝えると、メッセージが帰ってきた。

〝わたしがとりに行こうか？〟

芝生の周りを、四本脚の警備用ドローンが歩いていた。夢で見たのと同じように、舗装路を痛めないためのカバーは取り外されて、尖ったスパイクが瓦礫を突き刺している。

何度も見たことのあるドローンだが、目の前のこいつは見たこともない歩き方をしている。脚を出すときに着地点を探るような動きがほとんど見られず、四本の脚で支えられた胴体が、空間に引いた滑らかな線の上を滑るように移動していく。その場に、そのように立てることがわかっているかのようだ。

フリーズ・クランチ法の成果なのだろう。

〝アレックに聞いてくれ。ドローンは、プレス保護と敵味方識別（IFF）、どちらに従う？〟

数秒待っていると、返事が返ってきた。

〝プレスと一般市民保護がIFFより上位よ。まさか、あなたが来るつもり？　馬鹿なこと考えないで。お願い、わたしが行くわ〟

正面を歩いていたドローンが、全く予備動作を見せずに向かう方向を変えた。

ドローンは八体。不思議なフォーメーションを組んで、瓦礫の上を滑るように動き、砦を守っている。この間を縫って、カートの持つウェアラブルを届けなければならない。

「カート、どう思う？」

「僕はドローンのことはよくわからない。だけど――」言葉を切ったカートは、砦までの距離を測るように目を細めた。「あのレポートが書けたってことは、タカシが生き延びた未来が在ることを示している」

そのとき、おれの頭に一つのアイディアが点った。

〝ウォン。おれたちが行くよ。大丈夫、そこで待ってて〟

おれは、これからやろうとすることをカートに説明した。

「無謀だよ。何考えてるんだ。破片だって飛び交ってる。そんな中に――」

「だから、おれが入力している間、盾で守っていてくれないかな。ついでに、フリーズ・クランチ法の尤度を調整してくれ。入力したものと近い文章を探すように」

カートは盾を背中から前に持ち替えた。

「わかった。歩きながらやろう」

砦までを見渡した。瓦礫とビニールシートが散乱する広場の中央に、国旗掲揚台があり、その向こうは枯れた芝生が砦まで続いていた。

「まずは、あの国旗掲揚台まで行こう」

おれは〈コルティ〉の記事モジュールを立ち上げた。

〈コルティ〉の一枚目を目の前に、仮想キーボードを胸元に浮かべてカートとの共有権限を与えた。カートの視界にもこの〈コルティ〉は表示される。

一枚目を書き出す。

ネリィが道を選んだときの言葉を思い出す。ストレスのない、普段通りの文章を――。

わたしは、サン・ペドロ要塞を見た。壁の上には右往左往する兵たちの姿が見えている。

彼らはなぜ、無人兵器が暴走したのかまだわかっていないようだ。わたしが立っている位置は、要塞の正門から北北東に三百四十メートル離れた位置にあるオスメニャ・ブールヴァードの交差点だ。

時間は午後九時二十三分四十一秒、要塞へ向かう直線の舗装路へ、左側を盾で守りながら第一歩を踏み出す。右、が、きた。

「フリーズ・クランチ法で類似の文章を参照」

頼む、出てくれ、という願いが言葉になるまえに、フリーズ・クランチ法の候補が表示された。

〈第一歩を踏み出したおれの右、三十メートル離れた位置にオクタコプが墜落した〉

〈第一歩。右前方、十四メートルに落ちたオクタコプが破片をまき散らした〉

〈第一歩を踏み出そうとすると、頭上をオクタコプが飛びすぎていった〉

〈第一歩を踏み出す。すぐに右手三十メートル先にオクタコプが落ちてきた〉

カートがおれの右前に回り込んで盾を構えると、オクタコプが飛びすぎていき、背後で銃声とだみ声が響いた。

「ざまあみろ！　落ちやがれ」

ローターを破壊されたオクタコプがバランスを崩して、一番目の候補に書かれていたのと同じ位置——右前方に落下していく。

銃声の源を振り返ると、広場に面したビルのテラスで、猟銃を構えている男が拳を振り上げていた。蛍光グリーンのTシャツにセブ島のロゴを赤く染め抜いた〝農村セブ〟の支援者だ。その男が耳を押さえ、テラスにくずおれる。背後のガラス窓が砕け散った。

カートが動揺で盾を揺らす。

「慌てるな。ドローンが放った暴徒鎮圧用の音波ビームだ。仮に撃たれても死ぬことはないし、この盾で防げる」

盾を構え直したカートが口を耳に寄せた。

「忘れるなよ、タカシ。オクタコプの墜落は〈コルティ〉で予想できたけど、他の宇宙だって山のように在る。それに君は全部を書いてるわけじゃない」

「他に頼れるものがないんだ。行くよ。中間地点の掲揚台まで、走るぞ」

フリーズ・クランチ法を編み出したカート・マガディアとの歩みは、メートルで、阻まれたが、そこから掲揚台までは一気に走り抜けた。

―〜十四メートルをまっすぐ前に進んだ。背後から飛んできた〝ラディン・ブリック〟が歩道に落ちて炎を吹き上げた。炎を避けたわたしたちは掲揚台にたどり着いた〉

―〜十四メートル進む。農村セブの支援者が投げた〝ラディン・ブリック〟が目の前の歩道に落ちた。炎が湧き上がる。煙にいぶされながら、わたしたちは掲揚台まで走った〉

―〜十五メートル進んだところで、カートの盾に背後から投げつけられた〝ラディン・ブリック〟が当たった。すぐに盾を捨てて回避する。掲揚台には、どうにかたどり着いた〉

「走れ！　すぐに横に逃げるぞ」

十歩ほど走ったところで、カートが一歩前に踏み出しておれを背中にかばう。

すぐに後ろから〝ラディン・ブリック〟が飛んできて、たった今まで歩いていた歩道に落ちた。レアメタルをたっぷり含んだ電池が緑色の炎を吹き上げる。高温の炎はカートの持つ盾をあぶった。そのまま、候補の言う通りに走り、掲揚台の土台に身を投げ出して、背中を盾で庇う。

首を伸ばすと、ドローンが行き交う芝生は、ホテルから見下ろしていたときよりも広く感じた。城壁までの道のりはまだ残っている。中間地点には来たが、城壁へ近づけそうな気がしない。ドローンの方から音波ビームの衝撃波が伝わり、遠くで悲鳴が聞こえた。

背中を押しつけてきたカートがうわずった声で囁いた。

「目的を達成する平行宇宙(パラヴァース)は、きっと無限にある。だけど、ずたずたに切り裂かれる宇宙だってあるだろうよ。プランク秒ごとに、タカシを構成するすべての量子が宇宙を作るんだ」

おれはカートの背中を少しだけ前に押して、〈コルティ〉の作業スペースを確保した。

文章を考える。〝走り出したわたしは——〟違う。結果を考えるんだ。〝胸壁に向かって走り出したわたしは——〟だめだ。同じじゃないか。

文面をいくつか消したとき、掲揚台のコンクリートが軽く震えた。首を伸ばすと、二体のドローンが立っていた。瓦礫を踏みしめる足下に夢に見た人の姿はない。頭を引っ込めて候補の文章を入力する。

わたしは、盾を持ったカートとともに、二体のドローンの隙間を目指して走り出した。

候補が、出てこない。

「タカシ、だめだ。走るのはやめよう。どこかに、走っても助かる未来は在るはずだけど。だが――」

「もう一回」

わたしはカートとともに掲揚台を飛び出し、ドローンの隙間に走り出した。距離は、メートル。瓦礫の山を踏みしめるドローンは――

――～距離は八十メートル。左のドローンは歩み去り、右のドローンはガンポッドに据えた兵器を通りの方に向けたまま立ち尽くしていた〉

――右が武器を持っているのか？

再び首を伸ばす。右のドローンから生える三つのガンポッドには、特徴的なシルエットの音波ビーム砲とゴム銃。そして、不格好なショットガンのようなものが載せられていた。候補は今在る状態と一致している。

音波ビームとゴム弾はカートの盾で防ぐことができるが――。おれはシャツの袖を改めて伸ばし、プレスの腕章が確実に見えるようにした。それを見たカートが顔を引き攣らせた。

「候補が、一つしか出てない。在る未来の数が減ってきてるのかも――」

「言うな。行こう。ドローンは、その盾を貫く銃を載せていないはずだ」

掲揚台から身体を転がし、立ち上がってカートの背中を押して走り出す。間が抜けられるはずだ。

走るおれたちの行く手を遮るように、ドローンが滑らかな動きで近づいてきた。もう少し、あと二十メートル走れば胸壁の上にウェアラブルを投げ上げられる。

壁に目を向けると、銃眼にピンク色のLEDが点っていた。

〝右のドローンに注意。暴徒から奪った銃を持ってる！〟

メッセージが浮かぶと、カートが走る足を緩めた。

「構うな、カート」

うなずいて走るカートの盾がバシンと音を立て、カートは転ぶ。音波ビームだ。

――プレス保護は有効じゃなかったか。

それとも、殺さなければOKって程度の〝保護〟か？

カートに飛びついて盾を拾いあげ、引き起こしたとき胸壁の隙間から、身体を伸ばしたウォンが叫んだ。

「タカシ、ドローンが狙ってる！」

「先にコードを受け取ってくれ。カート、ここから届くか？」

うなずいたカートがウェアラブルを外して声を張り上げた。

「ウォン！　逆転コードが入ってる。コンパイルして量子署名してからドローンの〈クェーヴ〉に転送してくれ。転送の間だけ、無線封鎖を解除すればいい」

カートの腕が振られて、ウェアラブルが投げ上げられる。

腕を伸ばしてウェアラブルを摑んだウォンが、こちらを見て叫んだ。

「逃げて！」

振り返ると、ドローンがすぐ近くまでやってきていた。ガンポッドに載せられたショットガンの、鉄パイプのような銃口がおれの頭を狙う。

おれはカートを後ろに回した。

ドローンがガンポッドに載せられたショットガンのようなものの銃身をマニピュレーターで探った。弾を込めるために木のグリップを摑み、ひきちぎる、鉄の――

「フリーズ・クランチ法で類似の文を表示」

思った通りの文章が表示された。

〈――木のグリップのようなものをステンレスの爪が摑み、ビニールテープを引きちぎった。銃身に見えていたものは、ただの鉄パイプだった〉

＊

〈サンクチュアリ〉のプライベート・ビーチに引っ張り出したチェアに寝転んで、到着したばかりのメッセージをパラソルに投影する。〝掲載拒否(リジェクト)：サン・ペドロ要塞の異変〟と題されたメッセージにはデスクから『細かすぎる。何のつもりだか知らないが、一歩ごとの情報を書く必要はない』という冷たい、だが、内容を考えれば当然ともいえるコメントがついていた。

一週間前のサン・ペドロ要塞での騒動を記したおれの記事は没。事実だけありがたく頂いて、編集部で作り直すとのことだ。ギャラは取材費のみ。購読料はシェアされない。

「ダメだったよ」と笑って、肌を焼くウォンにもメッセージを読ませた。

　軍の装備を勝手に改造して制御不能のドローン騒動を起こしてしまったアレックはシンガポールに強制送還され、それを煽動したウォンは三ヶ月の謹慎処分を受けていた。ウォンの処分が軽かったのは、歴史に名を残すフリーズ・クランチ・ハッカソンの主導者として有名人になってしまったからだ。謹慎も、表向きは休暇ということになっている。

「残念だったわね」

「しょうがないな。一歩一歩歩いた顚末を、要塞にとりつくまでしか書いてない。レポートとしては最悪だ」

「まとめ直してから投稿すればよかったのに」

「いいんだよ。カート・マガディアと一緒に歩いた、ってことをデスクに言いたかっただけだ。公開されるとは思ってないさ」

　改良された〝量子（クオンタム）ダイキリ〟を口に含む。表面に浮かぶ薄緑色のシャルトリューズが舌の上で暖まると、甘いハーブを生ライムの香りが突き抜けてくる。カートが苦心して作り上げたダイキリは、ラム、ライム、シャルトリューズの他に何種類かのビターが含まれる、複雑で上品なカクテルに仕上がっていた。

　レシピは難しいようだが〈サンクチュアリ〉なら簡単にオーダーは通る。

量子コンピューターの時代を押し開いたカート・マガディアが滞在し、歴史に残るフリーズ・クランチ・ハッカソンが行われた〈サンクチュアリ〉は、その事実を最大限に利用しようとしている。ツイスト・カットしたフライドポテトは〝エンタングル・ポテト〟、オリジナルのパスタも〝超弦〟と名前を変えていた。

量子用語の蔓延は〈サンクチュアリ〉だけではない。しばらくの間、似たような言葉はマーケティングの世界を彩っていくことだろう。九〇年代に流行った〝ハイパー〟や、ゼロ年代の〝i《アイ》〟みたいなものだ。

フリーズ・クランチ・ハッカソンは世界を変えた。

幾人か参加していた国際企業のエンジニアが、それぞれの会社のインフラとロジスティクスをあっという間に書き換えたからだ。成層圏を飛ぶソーラー・プレーンで携帯電話ネットワークを供給する〈セルリアン〉は、手持ちのソーラー・プレーンの飛行計画を最適化して、ほんの二十万機で地球上から〝圏外〟を消し去った。セブで実績を積んだ送電ネットワークの最適化は、発電量が従来の半分以下でいいことを証明してしまった。これからすべてのスマート・メーターに〈クェーヴ〉の量子署名チップが搭載されるだろう。

もちろんカートの立場も変わった。

ネットワークと組み合わせが介在する、ありとあらゆる問題に最適解を提示できるようになったフリーズ・クランチ法の発明者には、すぐに来るように世界中の企業からオファーが殺到した。遊んでいるだけでも構わない、という。

〈セルリアン〉から提示されたCTOのオファーを受けることを決めたカートは、サンフランシスコに戻ることにして、一ヶ月分を先払いしていた部屋をおれとウォンに残してくれた。

「CTOなんて務まるかなあ」と口にしたカートだが、心配することはない。組織に肌が合わなかろうが、量子コンピューティングの偉大なグルだ。追い出されることはない。

それから――理屈で考えても無駄なことだ。無限に分岐する未来のどれを彼が見るかなんて、わかりっこない。

ただ、確かなことが一つある。

人類の知の先端(エッジ)は、在る未来への挑戦に変わった。

カートのフリーズ・クランチ法を使えば、嫌でも多宇宙(マルチヴァース)、平行宇宙(パラヴァース)と、未来の実在を感じてしまう。その世界に手を伸ばすには、因果律を超えた量子の論理が必要になるということだ。

エントロピー宇宙で生まれた知性には酷な話だ。

おれの元へもフリーズ・クランチ法に関するドキュメンタリーの執筆を依頼するメッセージが舞い込んでいたが、すべて断っていた。フリーズ・クランチ法をブラックボックスとして説明することはできる。クォイン・トスや要塞への道のりも、在る未来を覗く一例としては書けるだろう。だが、要塞へ歩むときに垣間見た本質――勘違いでなければいいが、ストレスのない未来を選ぶことの感覚は、おれの頭に余る。

氷が空のグラスに当たる音で我に返った。

もう一杯、と一週間の間にバラックからプレハブに昇格していた〈ラ・ボデギータ〉に顔を向けると、ネリィが熱い砂の上を走ってくるところだった。

「おじさん、先生は？」

「カートか。彼はアメリカに帰ったよ」

「ええっ？　約束してたのに。クォイン・トスで100ポイントとれるようになったら、次のゲーム作ってくれるって」

「……100？」

「そうだよ！　ほら」

ネリィが指先でコインをはじく。

噴水のように湧き上がる無数の放物線。

平行宇宙（パラヴァース）を飛ぶ、すべてのコインの軌跡が描かれる。

ネリィはポーズもかけずにプリズムと刹刀であっという間に軌跡を整えていく。

「ここで裏！」

103ポイントという文字が、小さな手の甲から飛び出した。

出発前にカートと話したことを思い出す。家族を失うという強いストレスに晒されたネリィは、父や兄弟の不在から逃げるように、暇さえあればクォイン・トスを作るカートの元で遊んでいたという。彼がフリーズ・クランチ法で最適解を選び出せるのは、作りかけのモジュールをわからないなりに見ていたことと、ストレスのない状態を選びだす目を持っているからではないか、ということだった。

無神経なおれにはそんな感覚が芽生えないんだが、と自嘲気味に笑ったカートは「いつかネリィの感覚をモデル化したいね」と言って完成した量子ダイキリを振る舞ってくれた。

「すごいな。カートに頼んどくよ」

「ちょっと待って」

身体を起こしたウォンが、ネリィの視線にあわせて頭を下げた。

「わたしが作るわ。ちょっと時間がかかっても構わない？」

目を丸くしたネリィが「もちろん」とうなずいた。

「代わりに、あそこのバーで猫のダイキリを頼んできてくれないかしら」

ウォンは差し出された手に、揃えた人差し指と中指を立てて触れ、人体通信(BAN)で一シンガポール・ドルを転送する。

ネリィは、来たときと同じように熱い砂を蹴ってバーへ駆けていった。

目を細めたウォンがその姿をじっと見つめている。

「いいのかい？　謹慎が解けたら、忙しくなるだろう」

ドローンの配送計画を最適化して実際のオペレーションを仕切ったウォンもまた、時の人だった。カートと同じぐらいの数の企業から、すぐに軍を辞めてくるようにオファーが殺到しているはずだ。

「いいのよ。それより、ネリィのような感覚を持つ子供をたくさん育てたい」

ウォンの視線の先では、〈ラ・ボデギータ〉のカウンターの下でネリィが再びコインを投げ上げていた。

「あっという間に、追いつかれたりしてな」

「そのためにやるのよ。世界は量子アルゴリズムが使えることを知った。たくさんの人が携わるわ。そして、量子アルゴリズムがわかってなくても使えるツールがたくさん出てくる」

「ブラックボックスか。アレックがやらかしたようなことを心配してる？」

「それもあるけど、もっと深刻なのは、わかるひととの差が開いちゃうことよ。フリーズ・クランチ法を一番使ってるわたしですら、本質的には理解できていないの。十年後、どうなってると思う？」

「量子アルゴリズムが神の声みたいに扱われるだろうな。きみは巫女になる」

「正解、だけどそんなのはご免よ。人類に必要なのは、中に踏み込む量子ネイティブ世代。そうじゃない？」

ウォンは腕を伸ばしておれの唇に触れ、そのまま指先を〈ラ・ボデギータ〉の前で遊ぶネリィへ向けた。

「セブには、世界に先駆けてフリーズ・クランチ法で最適化されたインフラが山のようにある。その中で育つ子供たちは、ゲームで感覚的に量子アルゴリズムを習得する。きっと、ネリィのような子も育ちやすいと思うわ。面白そうじゃない？」

顔を戻したウォンは俺の目を見つめた。

「あなたは、いつまでセブにいるつもり？」

「考えてない。部屋はカートが前払いしてるから、それまではここにいるよ」

「この夏の間だけでもいいわ。一緒にやらない？　毎晩ハッカソンを開くわ。子供たちも交えてね」

　ウォンの手を取った。

握り返してくるウォンの肩越しに、量子のコインを投げるネリィの姿が見えた。

量子ネイティブの第一世代。それがもう、目の前にいる。

「セブに、冬は来ないよ」

ネリィが大人になるときこそが、量子コンピューティングの季節になる。

空を見上げた。

真っ青な、雲一つない空が目の前に広がっていた。

夏が来る。

人類の夏が。

編者あとがき

翻訳家・書評家
大森　望

『楽園追放 rewired　サイバーパンクSF傑作選』をお届けする。

タイトルに『楽園追放』とついてるけど、ノベライズでもスピンオフでもシェアードワールドでもない。ウィリアム・ギブスンや神林長平の昔の小説が載ってて、副題には〝サイバーパンクSF傑作選〟と書いてある。この本はいったいなんなの？

……という疑問を抱かれるのはまことにもっともですが、わかりやすく説明するのはけっこうむずかしい。なるべく短く言うと、本書は、虚淵玄脚本、水島精二監督の劇場アニメ「楽園追放 -Expelled from Paradise-」公開に合わせて、この映画に直接間接の影響を与えたサイバーパンク作品を軸に、米・英・日の名作SF短篇八篇を集めるアンソロジーである。

つまり、映画「楽園追放」のイメージアルバムというか、「楽園追放」の原点を探りつつ、三十年余にわたるサイバーパンク（およびポストサイバーパンク）の歴史に再接続(rewire)する試み。wired（接続されてる）という単語がサイバーパンクのキーフレーズだったんで、〝サイバーパンク再訪"みたいなニュアンスを込めて、『楽園追放 rewired』と命名されました(ジエイムズ・パトリック・ケリー&ジョン・ケッセル編で二〇〇七年に出たポストサイバーパンクSFアンソロジー*Rewired* のことはちょっと意識してますが、直接の関係はありません)。

結果的に、「楽園追放」ファンはもちろん、「サイバーパンクってなに?」と首を傾げる青少年や、「これでも若い頃はギブスンやシャイナーの小説に熱狂したもんだけど」という中年読者まで、幅広く楽しんでいただける一冊になったんじゃないかと思う。収録作は、「楽園追放」と無関係に書かれた小説ばかりなので、極端な話、「楽園追放」という映画の存在をまったく知らなくても、本書を楽しむのになんら支障はありません。小説のSFにしか興味がない人は、なぜかとつぜん出た(『ミラーシェード』以来の)サイバーパンク・アンソロジーだと思ってください。逆に、ウィリアム・ギブスンの名前も知らずに、題名につられて手にとったアニメ・ファンは、「楽園追放」と同じくらいかっこいいアクションを活字で展開する小説群にどっぷり浸っていただければさいわいです。

本書の直前に刊行されたSFマガジン二〇一四年十一月号は、期せずして、「30年目のサイバーパンク」を特集。その特集の中の「サイバーパンク・コンテンツガイド」を見て驚いたんですが、ウィリアム・ギブスン『ニューロマンサー』を除く初期サイバーパンクの名作は、現在、ほとんど品切れとなり、新刊書店では入手しにくい状況にある。短篇に関しても、サイバーパンク系のアンソロジーや短篇集はほぼ全滅状態。そこで本書には、サイバーパンク初期の有名作品をあらためて収録。全八篇を通して、勃興期の高揚から、ジャンル的な成熟、日本での（同時発生的な）展開、サイバーパンク精神の継承、そしてリブートまで、三十年余の歴史を一望できるようにと心がけた。

メンバー八人を収録順にざっと紹介すると、サイバーパンクの代名詞的存在であるウィリアム・ギブスンと、その盟友でもあるポストヒューマニズムSFのイデオローグ、ブルース・スターリング。サイバーパンク登場以前から人間と機械の関係をテーマに作品を書きつづけてきた神林長平と大原まり子。初期サイバーパンクの道具立てを使いながら成熟したSFエンターテインメントに舵を切ったウォルター・ジョン・ウィリアムズと、英国のラディカル・ハードSF作家、チャールズ・ストロス。サイバーパンク革命後の一九八九年に生まれた吉上亮と、エンジニアの視点から技術的パラダイスを夢想する藤井太洋。国も世代も違う八人の作家たちが電脳空間の未来をどのように描いてきたか。本書を最初から通して読むと、シンクロし共鳴するさまざまなテーマやヴィジョンが浮かび上がってくるはずだ。

さてこのへんで、サイバーパンクという言葉になじみのない読者のために、あらためて歴史的背景の説明を少々。サイバーパンクというと、いまいちばん有名なのはたぶん《ニンジャスレイヤー》シリーズなので、ああ、ネオサイタマが炎上するようなタイプのSFでしょ、と思っている人も多いかもしれない。実際、ジャパネスク趣味というか、日本語のローマ字表記や固有名詞が頻繁に登場するのはサイバーパンクの特徴のひとつで、ウィリアム・ギブスン作品には千葉市(チバ・シティ)や〝さらりまん〟(sarariman)やガンスミス・キャッツの腕時計などなどがたくさん出てくる。それらが日本の読者に与える違和感をクローズアップしたのが《ニンジャスレイヤー》文体だと言えなくもない。

そうした日本趣味ばかりか、『ニューロマンサー』を翻訳した黒丸尚のサイバーパンク文体と、造語にカタカナのルビを振る〝電脳空間(サイバースペース)〟をはじめとする訳語は、秋山瑞人、古橋秀之、冲方丁、伊藤計劃などその後のSF作家の文体に影響を与えているから、知らず知らずのうちにサイバーパンク的なものを吸収している人も少なくないだろう。

では、そのサイバーパンク(cyberpunk)とはいったいなんなのか。語源は、サイバネティクス(通信工学や生理学、機械工学を一緒に扱う学問)+(パンクロックの)パンク。ちなみにサイボーグの語源はサイバネティクス+オーガニズム(生物体)なので、まあ親戚筋ですね。パンクっぽいサイボーグが出てくるとサイバーパンクと呼ばれがちかも。

ウィリアム・ギブスンの『ニューロマンサー』がブームを巻き起こしたとき、作家で批評家でアンソロジストのガードナー・ドゾワがその作風を〝サイバーパンク〟と命名。一九八〇年代中盤を席巻するSFの革命運動として世界的に広がった。

サイバーパンクの外形的な特徴は、コンピュータやネットワークを扱っていること、反体制(もしくは非権威・非主流)っぽいこと、情報密度が高いこと、わりあい平気で身体を改造すること、時代の最先端っぽいこと……ぐらいですかね。〝ニューロマンティック〟とか〝ラディカル・ハードSF〟とか、〝コンピュータ・アンダーグラウンドSF〟とか、ほかにもいろんな呼び名がありました。

ブームの絶頂期、日本では「ロボコップ」（サイボーグが出てくる）も「ヘルレイザー」（頭にいっぱいピンを刺した人が出てくる）もサイバーパンク映画と呼ばれたので、当時はサイバー要素かパンク要素か、どっちかひとつあればサイバーパンクだったらしい。世間的には、コンピュータ的なものが出てくる近未来的なSFはだいたいサイバーパンク。

じゃあ、いったいなにがサイバーパンクの本質なのか——というのも厄介な問題ですが、私見では、時代からも現実からも遊離した伝統芸能になりかけていたSFに、同時代の空気とリアリティをとりもどしたことが最大の功績だと思う。SFを思いきりかっこよくアップデートして、〝いま、ここにある問題〟と向き合わせたわけで、その意味では、ゼロ年代後半の日本SFに対して伊藤計劃の『虐殺器官』や『ハーモニー』が果たした役割に近い。

その伊藤計劃の遺稿を円城塔が完成させた『屍者の帝国』の下敷きのひとつがウィリアム・ギブスンとブルース・スターリングの合作『ディファレンス・エンジン』だったり——ちなみに、この本のハヤカワ文庫版の巻末には、伊藤計劃と円城塔の初の合作である「解説」（と題する小説）がついている——伊藤計劃がサイバーパンクの（とくにブルース・スターリング作品の）熱心な読者だったりしたことを思うと、〝伊藤計劃以後〟の日本SFルネッサンスの源流にサイバーパンクを置くことも、それほど無理筋ではない。というか、一時は消滅したかに見えたサイバーパンクの系譜が、実はSFの地中深くを流れる伏流となって脈々と続いていたことが、本書によって了解できるのではないか。

思えば、『ニューロマンサー』が出たころ、もっとも身近なサイバースペース・デッキといえば、記憶容量64キロバイトのROM構造物をがちゃんとセットする任天堂のファミリーコンピュータだったわけですが、それから三十年経ったいま、その百万倍の記憶容量を持つコンピュータつき電話を使って、(吉上亮の描く層現都市(レイヤード・シティ)さながら)現実の風景に重ねた仮想レイヤー上で陣取り合戦ができる(ゲーム「Ingress」がある)。コンピュータ・テクノロジーは日常生活にすっかり浸透し、僕の場合、この三十年でさらに依存度が高まって、スマホとGoogle MapがなければどこへもAけない——逆に言えば、スマホとGoogle Mapがあればどこにでも行ける——状態になっている。とはいえ、サイバーパンク的な方法論が時代遅れになったわけじゃないことは、本書の後半に収めた作品を読めば明らかだろう。

三十年前、ウィリアム・ギブスンはSFマガジンのサイバーパンク特集号に寄せた日本人読者へのメッセージで「きみたちは未来に生きている」と書いた。その〝未来〟は、とっくの昔に、ノスタルジーを喚起するレトロフューチャーになってしまったけれど、サイバーパンクは懐かしむためのものではない。「PSYCHO-PASS サイコパス」や「楽園追放」をはじめとするアニメーションやマンガや小説によって、いまも現在進行形で更新されつづけている。本書がそのことを確認する一助になればさいわいです。

HM=Hayakawa Mystery
SF=Science Fiction
JA=Japanese Author
NV=Novel
NF=Nonfiction
FT=Fantasy

楽園追放 rewired
サイバーパンクSF傑作選

〈JA1172〉

二〇一四年十月二十日 印刷
二〇一四年十月二十五日 発行
（定価はカバーに表示してあります）

編者 虚淵玄（ニトロプラス） 大森望
発行者 早川浩
印刷者 西村文孝
発行所 株式会社 早川書房
郵便番号 一〇一 - 〇〇四六
東京都千代田区神田多町二ノ二
電話 〇三 - 三二五二 - 三一一一（大代表）
振替 〇〇一六〇 - 三 - 四七七九九
http://www.hayakawa-online.co.jp
乱丁・落丁本は小社制作部宛お送り下さい。
送料小社負担にてお取りかえいたします。

印刷・精文堂印刷株式会社　製本・株式会社フォーネット社
Printed and bound in Japan
ISBN978-4-15-031172-8 C0193

本書は活字が大きく読みやすい〈トールサイズ〉です。